John Stephens
El oscuro final

John Stephens obtuvo un MFA de la Universidad de Virginia y estuvo diez años vinculado al mundo de la televisión como productor ejecutivo de *Gossip Girl* y escritor de *Gilmore Girls* y *The O.C.* Actualmente vive con su esposa en Los Ángeles.

EL
OSCURO
FINAL

EL OSCURO FINAL

JOHN STEPHENS

Traducción de Neus Nueno Cobas

VINTAGE ESPAÑOL
Una división de Penguin Random House LLC
Nueva York

PRIMERA EDICIÓN VINTAGE ESPAÑOL, DICIEMBRE 2015

Copyright de la traducción © 2015 por Neus Nueno Cobas

Información de catalogación de publicaciones disponible
en la Biblioteca del Congreso de los Estados Unidos.

Vintage Español ISBN en tapa blanda: 978-0-8041-7182-3

Para venta exclusiva en EE.UU., Canadá, Puerto Rico y Filipinas.

www.vintageespanol.com

Impreso en los Estados Unidos de América
10 9 8 7 6 5 4 3 2 1

Para mis hermanos

Prólogo

Emma aporreó la espalda del gigante. Se retorció para clavarle las uñas en la cara y en los ojos. Pateó y manoteó. No sirvió de nada. Rourke se la había echado al hombro, bien sujeta, y avanzaba con largas zancadas seguras hacia el portal llameante que ocupaba el centro del claro.

—¡Emma!

—¡Emma!

La llamaron dos voces procedentes de la oscuridad. Emma estiró el cuello para intentar ver algo entre los árboles que bordeaban el claro. La primera voz pertenecía a Michael, su hermano. Pero la segunda... La había oído por primera vez hacía unos momentos, justo antes de que Rourke se despojara del conjuro de alteración que le daba el aspecto de Gabriel. La segunda voz era de Kate, su hermana, a quien había creído perdida para siempre...

—¡Kate! ¡Estoy aquí! ¡Kate!

Emma se volvió para mirar qué sucedía detrás de Rourke, para ver lo cerca que estaban del portal, cuánto tiempo tenían...

El portal era un alto arco de madera envuelto en fuego y estaban tan cerca que Emma notaba su calor. Tres pasos más y sería demasiado tarde. Justo entonces apareció una figura que cruzó las llamas. Era un muchacho; aparentaba tener la misma edad que Kate, o tal vez un poco más. Llevaba una capa oscura y su rostro quedaba oculto por la sombra de la capucha. Lo único que se distinguía en él era un par de brillantes ojos verdes.

Entonces Emma vio que el muchacho hacía un gesto con la mano...

1

Cautiva

—¡Déjenme salir! ¡Déjenme salir!

Emma tenía la garganta irritada de tanto gritar; le dolían las manos de tanto aporrear la puerta metálica con los puños cerrados.

—¡Déjenme salir!

Se había despertado sobresaltada hacía varias horas, cubierta de sudor y con el nombre de Kate en los labios, y se encontró sola en una habitación extraña. No se cuestionó que ya no fuese de noche, que ya no estuviera en el claro. Ni siquiera se preguntó dónde estaba en ese momento. Nada de aquello importaba. Había sido raptada, era una prisionera y tenía que escapar. Así de sencillo.

—¡Déjenme salir!

Después de comprobar que la puerta estaba cerrada, su primera acción había sido inspeccionar su celda para ver si ofrecía algún medio de escape evidente. No era así. Los muros, el suelo y el techo estaban hechos de grandes bloques de piedra negra. Las tres pequeñas ventanas, demasiado altas para que Emma llegase hasta ellas, solo mostraban el cielo azul. Además de eso, estaba la cama en la que se había despertado, en realidad solo un colchón, unas cuantas mantas y un poco de comida: un plato con tortas, unos cuencos con yogur y un humus de color amarillo, una carne quemada e inidentificable y una jarra de barro llena de agua. En un arrebato de orgullo y rabia, Emma había arrojado por una ventana la comida y el agua, un acto del que ya se arrepentía, pues tenía tanto hambre como sed, mucha sed.

—¡Déjenme... salir!

Agotada, Emma se apoyó contra la puerta. Sintió el impulso de dejarse caer al suelo, taparse la cara con las manos y ponerse a sollozar. Pero entonces pensó en Kate, su hermana mayor, y en que había oído su voz mientras Rourke cruzaba el claro con ella al hombro. Su hermana había regresado del pasado solo para morir ante ellos. Y Michael, aunque era el Protector del Libro de la Vida, había sido incapaz de traerla de regreso (por lo que Emma se cuestionó qué sentido tenía entonces poseer algo llamado «el Libro de la Vida»). ¡Pero ella había oído la voz de Kate! ¡Eso significaba que Michael debía haberlo logrado! ¡Kate estaba viva! Y saber que Kate estaba allí fuera, en alguna parte, significaba que de ningún modo, con un cero coma cero cero cero cero de posibilidades, iba ella a sentarse y echarse a llorar.

—¡DÉJENME... SALIR!

Aún tenía la frente apoyada en el frío metal de la puerta y gritaba contra él, notando las vibraciones mientras golpeaba la puerta con los puños.

—¡DÉJENME...!

Emma se detuvo y contuvo el aliento. Durante todo el tiempo que llevaba dando golpes en la puerta y gritando, la respuesta había sido un silencio absoluto y atronador. Sin embargo, entonces oyó algo, unas pisadas. Eran ligeras y procedían de abajo, muy lejos, pero cada vez sonaban más fuertes. Emma se apartó de la puerta y miró a su alrededor en busca de un arma, maldiciéndose una vez más por tirar la jarra de barro por la ventana.

Las pisadas se hicieron más fuertes, convirtiéndose en un pum, pum, pum pesado y rítmico. Emma decidió salir corriendo en cuanto se abriera la puerta. ¿No hablaba siempre Michael del factor sorpresa? Ojalá no le doliera tanto el dedo gordo del pie. Seguro que se lo había roto dándole patadas a la estúpida puerta. Las pisadas se detuvieron al otro lado y se oyó el chasquido metálico de un cerrojo. Emma se puso tensa y se preparó para salir disparada.

Se abrió la puerta, Rourke se agachó para entrar y todos los planes de huida de Emma se desvanecieron. El gigante llenaba la entrada; no habría podido pasar ni una mosca.

—¡Vaya, vaya! ¡Qué jaleo estás armando!

Llevaba un abrigo largo y oscuro de cuello alto, forrado de pelo. Calzaba unas botas negras que le llegaban casi hasta las rodillas. Sonreía mostrando kilómetros de grandes dientes blancos y tenía la piel lisa y sin cicatrices; las quemaduras que el volcán le había dejado en el rostro y que Emma había visto en el claro habían sanado por completo.

Emma notó la pared de piedra contra la espalda. Se obligó a alzar la vista y a mirar a Rourke a los ojos.

—Gabriel te matará —dijo.

El gigante se echó a reír. Se reía de verdad, echando hacia atrás la cabeza como en las películas. El sonido retumbaba contra el techo.

—Yo también le deseo buenos días, señorita.

—¿Dónde estoy? ¿Cuánto tiempo llevo aquí?

Con Rourke de pie ante ella y prácticamente sin posibilidades de escapar, Emma quería las respuestas que antes no le importaban.

—¡Oh, solo estás aquí desde anoche! Y en cuanto a tu situación, estás en el fin del mundo, y todo lo que te rodea está hechizado. Tus amigos podrían pasar por aquí sin saberlo. No te rescatarán.

—¡Ja! Tus estúpidos hechizos no van a detener al doctor Pym. Con solo hacer esto —Emma chasqueó los dedos—, destrozará todo este lugar.

Rourke le sonrió, y Emma reconoció la sonrisa que los adultos les dedican a los niños cuando no se los toman en serio. Si la cara de Rourke hubiese estado remotamente a su alcance, Emma le habría dado un puñetazo.

—Creo, moza, que sobrestimas a tu brujo y subestimas a tu amo.

—¿Qué quieres decir? El estúpido Magnus el Siniestro está muerto. El doctor Pym nos lo dijo.

Otra de esas sonrisas irritantes. Se la estaba buscando.

—Estaba muerto, niña. Pero ya no. Mi amo ha regresado. Deberías saberlo. Tú misma le viste.

—No, yo no...

Emma se calló. La había asaltado una imagen de la noche anterior, la del muchacho de ojos verdes que salió de las llamas. Una sombra pareció caer sobre su ánimo. La niña luchó por deshacerse de ella, se dijo que era imposible, ¡ese muchacho no podía ser Magnus el Siniestro!

Rourke dijo:

—Conque te acuerdas.

Había un tono de triunfo en la voz del irlandés. Sin embargo, si esperaba que esa niña flaca y agotada se rindiera, llorara, se derrumbara y se diera por vencida, estaba muy equivocado. Emma era ante todo una luchadora. Había crecido peleando, año tras año, orfanato tras orfanato, peleando por cosas pequeñas y cosas grandes, por una toalla sin agujeros, un colchón sin pulgas, peleando con chicos que se metían con Michael, con chicas que se metían con Michael, y sabía reconocer a un abusón cuando lo veía.

Levantó la barbilla y cerró los puños, como si pudiera pelear con él.

—Mientes. Está muerto.

—No, niña. Magnus el Siniestro vive. Y es gracias a tu hermano.

A pesar de su rabia, Emma intuyó que Rourke decía la verdad. Pero no tenía sentido. ¿Por qué iba Michael a hacer eso? Entonces, en un instante, comprendió lo que había ocurrido: ese era el precio que Michael había pagado por traer de regreso a Kate. Y al saber que, con tal de que Kate pudiera vivir, Michael había asumido la culpa que otros le atribuirían por desatar el poder de Magnus el Siniestro sobre el mundo, Emma experimentó una oleada de cariño hacia su hermano y se sintió más fuerte. Se irguió un poco.

—Y entonces ¿por qué no está aquí tu estúpido amo? ¿Es que tiene miedo?

Rourke la miró fijamente y luego, como si hubiese tomado una decisión, dijo:

—Ven conmigo.

Se volvió y salió por la puerta a grandes zancadas, dejándola abierta. Emma se quedó allí en actitud desafiante, sin querer hacer nada de lo que Rourke sugiriese. Entonces comprendió que no iba a conseguir gran cosa quedándose en su celda y se apresuró a seguirle.

Justo al otro lado de la puerta, había una escalera que dibujaba una curva, y la muchacha oyó las pisadas de Rourke abajo, alejándose. Así que estaba en una torre. Había empezado a sospecharlo. Empezó a bajar, y en cada piso encontró una puerta de hierro como la suya. Pasó por ventanas situadas a la altura de sus ojos, y a medida que descendía por la torre vio un mar de escarpadas montañas cubiertas de nieve que se extendía en todas direcciones.

¿Dónde estaba?

La escalera terminaba en un pasillo hecho de la misma roca negra y áspera que la torre, y Rourke giró hacia la derecha sin molestarse en esperar. Intuyendo una oportunidad, Emma giró hacia la izquierda, pero le cerraron el paso un par de *morum cadi* de ojos amarillos, vestidos de negro. Tanto si Rourke los había apostado allí como si no, las criaturas parecían estar esperándola. La miraron fijamente mientras su olor a podredumbre llenaba el corredor, y Emma sintió que un miedo terrible y vergonzoso crecía en su pecho.

—¿Vienes? —resonó la voz de Rourke pasillo abajo, burlona—. ¿O necesitas que te coja de la mano?

Maldiciendo su propia debilidad, Emma corrió tras el hombre, mordiéndose el labio para no llorar. Se prometió estar presente, lanzando vítores y flores, cuando Gabriel le cortase por fin a Rourke esa estúpida cabeza calva.

Él la estaba esperando junto a una puerta que daba al exterior.

—Sé lo que quieres —dijo ella al llegar—. Quieres que te ayude a encontrar el último libro. Kate tiene el *Atlas*, Michael tiene la *Crónica* o como se llame. Sé que el último es mío.

La muchacha no sabía con certeza por qué había dicho eso. Quizá fuese porque le daba mucha rabia asustarse por un solo par de chirridos, pues había visto centenares de ellos. Simplemente la habían pillado desprevenida. Además, quería demostrarle a Rourke que no era una cría; sabía cosas.

Rourke la miró. La cúpula de su cabeza se perfilaba contra un cielo completamente azul.

—¿Y sabes cuál es el último libro?

—Sí.

Rourke no dijo nada. Un viento gélido inundó el corredor, pero Emma se quedó como estaba, con los brazos a los costados del cuerpo. Habría preferido morirse a reconocer que tenía frío.

—Es el Libro de la Muerte, y no te ayudaré a encontrarlo. Ni lo sueñes.

—Intentaré superar mi decepción, pero al menos dale al libro su correcta denominación. Llámalo la «Cuenta». Y te equivocas en otra cosa: lo encontrarás para nosotros. Aunque aún no. Magnus el Siniestro tiene planes más inmediatos. Has preguntado dónde estaba. Ven.

Salió al exterior y Emma le siguió, irritada consigo misma una vez más por obedecerle.

Recorrieron la parte superior de una muralla de piedra que bordeaba un amplio patio cuadrado extendido hacia un lado de la fortaleza, probablemente la fachada exterior. Al volver la vista atrás, Emma vio que la fortaleza se alzaba negra y enorme. La torre donde había estado apuntaba al cielo como un dedo torcido. Bajo sus pies, el patio estaba ocupado por treinta o cuarenta imps y *morum cadi*. Nada de lo que no pudieran encargarse el doctor Pym y Gabriel.

Aun así, Emma sintió que se desvanecía su confianza.

La fortaleza estaba construida encima de una aguja rocosa que se alzaba en un valle rodeado de montañas por todas partes, y desde la muralla podía verse lo que pasaba a kilómetros de distancia. Gabriel y los demás tendrían que encontrarla primero, atravesar todas esas montañas después, e incluso entonces seguirían sin poder acercarse a la fortaleza sin ser vistos.

Rourke se había detenido en una esquina y le hizo señas para que se adelantase. Emma se armó de valor para no mostrar temor alguno.

—Hace cuarenta años —dijo el gigante—, Pym y otros del mundo mágico atacaron a mi amo. Creyeron vencerle y destruirle. Pero él tiene un poder que sus enemigos no comprenden. Y muy pronto lo sabrán.

Le indicó con un gesto que mirase hacia el fondo del valle. La muchacha apoyó las manos en la áspera piedra y se inclinó hacia delante.

Por un instante no entendió lo que veía. Luego, aunque se había prometido no mostrar temor, emitió un grito ahogado. Porque el fondo del valle, que ella creía cubierto de un oscuro bosque, estaba lleno de movimiento. Y mientras cambiaba su interpretación de lo que estaba viendo, se dio cuenta de que oía débiles y lejanos golpes, porrazos y gritos, y un profundo y rítmico redoble de tambores. Había hogueras ardiendo por todo el valle, humo negro que se alzaba hacia el cielo; lo que Emma había tomado al principio por árboles no eran árboles, sino figuras, imps y chirridos y a saber qué más, miles y miles de ellos.

Estaba mirando un ejército.

—Magnus el Siniestro se va a la guerra —dijo Rourke, y su voz tembló de pura emoción animal.

2

El Archipiélago

—¡Deprisa, niños! Queda poco tiempo.

Kate, Michael y el brujo se apresuraban por las callejas sinuosas. El día, cálido y soleado hasta hacía unos minutos, se había ensombrecido por las nubes. Un viento frío alzaba pequeños tornados de polvo que subían en espiral.

—¿Adónde vamos? —inquirió Michael, jadeante. Sus pies chocaban contra los adoquines, y el bolsillo interior de la bolsa que le había regalado Wilamena, la princesa de los duendes, para sustituir la que perdió en el volcán, y que contenía la *Crónica* encuadernada en piel roja, le golpeaba la cadera.

—Al puente que cruzamos anoche —dijo el doctor Pym—. Mi amigo está creando un portal.

—¿Un portal adónde? —preguntó Kate.

—A algún sitio seguro —respondió el brujo, y después añadió en voz baja, quizá confiando en que no le oyeran—: O eso espero.

—Pero Emma...

—Hemos pasado la voz. No podemos hacer nada más. Ahora daos prisa.

La ciudad era un conjunto de tiendas y casas con aguilones enclavada junto al Danubio, unos kilómetros al oeste de Viena. Formaba parte del mundo mágico y no aparecía en ningún mapa ni atlas; esta-

18

ba oculta, invisible para todos salvo unos pocos elegidos. Kate calculaba que era el decimocuarto o decimoquinto lugar de ese tipo (había perdido la cuenta exacta) que el brujo, Michael y ella habían visitado en los tres días transcurridos desde el rapto de Emma y la huida de los tres de aquel bosque de los duendes situado en el último rincón del mundo. Estaba el pueblo cercano a Ciudad de México donde hablaron con tres magos ciegos que sabían todo lo que dirían los niños antes de que hablasen; estaba el restaurante de Moscú lleno de humo donde enanos de altas botas negras y camisas largas como sotanas llevaban bandejas de plata cargadas con humeantes cafeteras; el pueblo flotante del mar de China donde vieron formas luminosas y espectrales («espíritus del agua», las llamó el brujo) flotando tenues en la superficie del agua por la noche; el pueblo nevado de los Andes donde el mal de altura les oprimió los pulmones; la pesquería de Nueva Escocia —llovía y olía a pescado—; la escuela de brujería de la llanura africana abrasada por el sol donde niños y niñas menores que Michael, con la cabeza rapada y unas túnicas de un amarillo vivo, corrían entre risas, pasándose bolas de fuego de color turquesa.

Y a todos los lugares a los que iban llevaban el mismo mensaje: Magnus el Siniestro ha vuelto, tened cuidado.

Y en todas partes hacían las mismas preguntas: «¿Habéis visto a nuestra hermana?», «¿Habéis visto a nuestros padres?».

Y en todas partes recibían las mismas respuestas: «No», «No».

El día anterior (aunque quizá fuera el mismo día, pues era difícil orientarse cuando se recorría el globo a toda velocidad y el mediodía se convertía en la noche más profunda en un abrir y cerrar de ojos) habían estado en una pequeña población de la costa australiana donde unas olas azules y blancas rompían alargadas contra una playa dorada y los habitantes parecían tan aficionados a la magia como al surf. Habían ido a ver a un amigo del doctor Pym, un brujo delgado y arrugado por el sol que iba descalzo a todas partes y llamaba a Michael «coleguita», y le habían hecho las mismas preguntas que a todo el mundo, para recibir las mismas respuestas. De pronto, había aparecido en el centro del pueblo una legión de *morum cadi* vestidos de negro, con las espadas desenvainadas y unos gritos que brotaban de sus gargantas y helaban la sangre. El doctor Pym había abierto inmediatamente un portal en la salita del hombre, una cortina de aire con un brillo trémulo que obligó a atravesar a los niños, quienes afirmaban poder ayudar...

—No. En realidad, vuestra sola presencia aquí aumenta el peligro para los demás.

... y al cabo de un momento se encontraban junto a las aguas de color azul oscuro del Danubio.

Agotados y conmocionados, habían ido a la casa de otro de los amigos del brujo, una bruja de rostro sombrío con el pelo negro y corto aplastado contra la cabeza, y tras varias tazas de té fuerte y las habituales preguntas y respuestas («no», «no»), habían mandado a Kate y Michael a pasear por el jardín de la mujer, quien les advirtió que algunas de las plantas mordían, para poder hablar a solas. Pero no llevaban allí ni una hora cuando Pym salió corriendo de la casa y les llamó a gritos.

—¿Por qué corremos? —preguntó Michael en ese instante—. ¿No puede abrir un portal en cualquier parte?

—No —respondió el brujo—, pero no es el momento más oportuno para explicarlo.

—¿Por qué no utilizo el *Atlas*, entonces? —dijo Kate. Nadie ponía en duda que la magia del *Atlas* residía dentro de ella y podía invocarla a su voluntad para viajar a través del tiempo y del espacio—. Puedo...

—¡No! Solo cuando no haya otra opción. ¡Es demasiado peligroso!

Kate se disponía a aducir que su situación actual parecía bastante peligrosa cuando el grito de un chirrido desgarró el aire, y Michael y ella se detuvieron en seco. No pudieron evitarlo. Ambos sabían controlar el miedo que les asaltaba cuando oían el alarido de un *morum cadi*, pero necesitaban tiempo para prepararse, para estar listos.

Ese grito les había cogido desprevenidos y sonaba muy cerca.

Entonces Kate vio que el brujo se volvía. Sus manos se movieron siguiendo una pauta determinada, y a espaldas de los niños la calle pa-

20

reció alzarse como una ola justo cuando dos chirridos volvían la esquina para cargar contra ellos. Los *morum cadi* estaban a pocos metros de distancia, tan cerca que Kate pudo ver sus brillantes ojos amarillos, pero las piedras de la calle se estaban apilando hasta formar un muro a cada lado que llegaba a los tejados de las casas, y justo cuando las criaturas habrían caído sobre ellos, Kate y Michael se encontraron seguros detrás del muro del brujo, escuchando el estrépito de las espadas de los monstruos contra las piedras.

—Venid —dijo el doctor Pym, y los sacó de allí.

Una manzana más adelante, Kate, Michael y el brujo salieron del laberinto de calles. El río se hallaba ante ellos, un puente lo cruzaba, y allí, de pie en la cabecera del puente, estaba la bruja morena con un aspecto aún más sombrío y malhumorado que antes.

—¿Está a punto? —preguntó el doctor Pym.

—El portal está abierto —respondió la bruja. Hablaba con acento extranjero y con mucha fuerza, escupiendo cada palabra como si fuera una bala de cañón, como si estuviera decidida a mandarla lo más lejos posible—. Os llevaré a San Marco, donde podréis subir a una barca.

—Muy bien. Y nos veremos mañana.

—Sí.

—Y no te olvides de...

—Cerrar el portal cuando hayáis cruzado. Lo sé. Daos prisa. Ya casi están aquí. —Por un momento los ojos de la mujer se posaron en Kate y su hermano, y su rostro se suavizó un poquitín—. Encontraremos a vuestra hermana y a vuestros padres. Vuestra familia no está perdida. Ahora marchaos.

Y de repente el doctor Pym tiraba de ellos por la pendiente del puente. Kate vio la ondulación en el aire, semejante a la del agua que corría debajo de sus pies. Alargó el brazo y cogió a su hermano de la mano; había atravesado muchos portales diferentes en los últimos días, avanzando entre un humo que no la ahogaba, entre un fuego que no quemaba, a través de cascadas o de un rayo de luz, pero siempre se aseguraba de coger a Michael de la mano. Ya había perdido mucho; no iba a perderle a él.

Los alaridos de los chirridos sonaban ya más fuertes y más cerca, pero Kate no se volvió a mirar; mantuvo la vista fija en la trémula cortina de aire. El doctor Pym les franqueó el paso y ella agarró la mano de Michael con más fuerza todavía, cerró los ojos y notó el remolino familiar que le revolvía el estómago, el fuerte sonido precipitado al pasar por un túnel, se le destaponaron los oídos, y luego, silencio.

O no exactamente, pues se oían el suave romper de las olas en la orilla y el grito de alguna gaviota en el cielo. Kate notó el sol en la cara y abrió los ojos. Unas vastas aguas azules se extendían ante ellos, y por un momento creyó que habían vuelto a Australia. Entonces vio que se hallaban en una playa de piedras lisas grises y negras.

Miró a Michael.

—¿Estás bien?

Él asintió con la cabeza y apartó su mano de la de ella.

—Sí.

—¿Tienes idea de dónde estamos?

Michael se encogió de hombros.

—Supongo que nos lo dirá el doctor Pym.

Pero el brujo había echado a andar ya por la playa en dirección a un embarcadero donde estaban atracadas una docena de barcas de aspecto maltrecho con redes negras atadas a los lados. Kate observó a su hermano. Michael se había quitado las gafas y se las estaba limpiando en la camisa. Hacía varios días que estaba muy callado. La muchacha lo entendía, por supuesto. Michael se culpaba del regreso de Magnus el Siniestro y, por extensión, del rapto de Emma. Kate había tratado de decirle que solo había hecho lo que tenía que hacer, que lo ocurrido era tan culpa de ella como de él.

—¿Sí? —había dicho su hermano cuando se lo había sugerido—. ¿Y eso por qué?

—Bueno, soy yo la que murió.

Había muerto, y Michael había utilizado la *Crónica*, el Libro de la Vida, para traerla de regreso. Sin embargo, para ello había tenido que resucitar primero a Magnus el Siniestro, quien con la ayuda de su esbirro Rourke se había apresurado a raptar a Emma. Así que él solamente había hecho lo que había hecho porque ella se había dejado matar.

Hay culpa para dar y regalar, había querido decir Kate.

Pero no podía dejar de pensar que había algo más. Algo que él no le contaba. ¿Qué era esa barrera que Michael había creado entre los dos?

Unos pocos minutos después, estaban en una barca. El casco golpeaba —tap, tap, tap— contra las pequeñas crestas del agua y el viento inflaba las dos velas. La superficie del mar aparecía salpicada de islas por todos lados. A Kate el pelo le azotaba la cara, y la muchacha tuvo que sujetárselo con las manos. Michael y ella estaban sentados en un banco del centro, con los pies apoyados en las gruesas redes plegadas. El brujo se hallaba frente a ellos, mientras que el capitán, en la popa, sujetaba el timón con una sola mano con gesto despreocupado. La barca olía a pescado y salitre. El doctor Pym había dicho que su viaje no duraría más de una hora, y por la relativa calma del mar y el modo en que la barca se deslizaba por el agua, Kate supuso que el viento que henchía las velas era obra del brujo.

—Quiero agradeceros vuestra paciencia —dijo el doctor Pym, levantando la voz para hacerse oír por encima del fuerte viento—. Sé que últimamente no he estado muy comunicativo, pero era importante que nos moviéramos deprisa y recorriésemos la mayor distancia posible. Por eso envié a los demás.

Al decir «los demás» se refería a Gabriel y a los duendes. La noche que Kate, Michael y el doctor Pym habían abandonado la Antártida, Gabriel y dos grupos de duendes habían salido también a buscar a Emma y a anunciar a toda la comunidad mágica que Magnus el Siniestro había regresado. Kate se preguntó si alguno de ellos habría tenido noticias de Emma.

—Sin embargo, ha llegado el momento de iniciar la siguiente fase —añadió el brujo.

—¿Cómo? —dijo Kate—. ¡La siguiente fase es rescatar a Emma!

—Por supuesto. Esa es nuestra primera meta, la más importante. Pero, una vez que rescatemos a vuestra hermana, el regreso de Magnus el Siniestro seguirá requiriendo acciones. Es parte del mensaje que he estado llevando de un lado a otro. Dentro de dos días todos los miembros del mundo mágico que apoyan nuestra causa, duendes, humanos y enanos, enviarán representantes aquí para que podamos planear nuestra estrategia.

—¿Quiere decir que vamos a empezar una guerra? —preguntó Michael.

De pronto el brujo pareció muy viejo y cansado.

—Querido muchacho, a juzgar por los recientes acontecimientos, la guerra ha empezado ya.

—¿Y dónde es «aquí»? —preguntó Kate—. ¿Adónde vamos?

—Esto —el brujo estiró un largo brazo para abarcar el mar y las islas que les rodeaban— es el Archipiélago, un conjunto de unas cuarenta islas en pleno centro del Mediterráneo, aunque resulte invisible para el mundo exterior. Todas las islas son distintas entre sí: hay territorios de enanos y territorios de duendes, y en algunas solo viven hadas, trolls o dragones.

»Pero vamos allí. —Y señaló un promontorio verde a lo lejos—. Altre Terros, también llamada Loris o Xi'alatn. Es nuestra ciudad más grande, el mayor núcleo de población mágica y, en muchos aspectos, el verdadero corazón de nuestro mundo. Con un poco de suerte, allí encontraremos las respuestas y la ayuda que buscamos.

Se quedaron en silencio. Kate renunció a sujetarse el pelo y se concentró en afianzarse para no perder el equilibrio debido al movimiento del barco. También intentó, como había hecho en cada momento de tranquilidad de los dos últimos días, no pensar en Emma, no preguntarse si estaría herida o asustada, no preguntarse cuándo volvería a ver a su hermana, pues hacerlo era caer en un hoyo de inquietud y culpa que solo conducía a más inquietud y culpa.

En vez de eso, pensó en sus padres y en el mensaje que había recibido Michael diciendo que se habían escapado e iban en busca del último Libro de los Orígenes. Durante diez años sus padres habían sido prisioneros de Magnus el Siniestro. ¿Cómo se habían escapado? ¿Les había ayudado alguien? En tal caso, ¿quién había sido? ¿Y por qué habían partido en busca del último libro en lugar de intentar encontrar a sus hijos? ¿Tenía algo que ver con la advertencia de su padre de que no debían permitir que el doctor Pym reuniese los tres libros? Los niños no tenían modo de saberlo, porque la advertencia no procedía de su padre mismo, sino de una proyección fantasmal suya contenida en una esfera de cristal que Michael había hecho pedazos, y el fantasma se había desvanecido sin explicar los motivos de su advertencia. Los niños no le habían transmitido al doctor Pym esa parte del mensaje, pero no paraban de debatir en vano sobre lo que podía significar. Kate estaba a favor de preguntárselo al brujo directamente, pero Michael se negaba, diciendo que necesitaban más información, y como era él quien había recibido el mensaje, su hermana postergaba la decisión.

Kate miró al viejo brujo. Llevaba su habitual traje de tweed raído y sus gafas de carey torcidas y llenas de parches (con los cristales salpicados de espuma de mar). Su pelo blanco y rebelde estaba alborotado por el viento. Solo con mirarle se sintió reconfortada. Era el doctor Pym; era su amigo.

¿Por qué no se esforzaba más por convencer a Michael de que debían contarle al brujo lo que había dicho su padre? ¿Había en realidad una parte de ella que dudaba de él?

Ya se estaban aproximando a la isla, y Kate hizo un esfuerzo por volver al presente. La isla, rodeada de una franja de imponentes acantilados blancos, parecía alzarse sobre sus cabezas. El interior de la isla estaba cubierto de vegetación, y en el centro había una única montaña escarpada, con puntiagudas agujas que salían de sus laderas. Kate no vio ciudades ni pueblos.

—Estamos rodeando el lado de barlovento —dijo el brujo—. La ciudad de Loris está a sotavento, donde los acantilados llegan hasta el agua.

Mientras hablaba, el bote empezó a dar bordadas, y tanto Kate como Michael se agarraron al borde. Empezaron a ver más embarcaciones, viejas barcas de pesca como la que ocupaban, barcos pequeños pilotados por serios marineros enanos, un barco muy rápido pintado con complicados dibujos florales y pilotado por un duende que se las ingeniaba para entonar una canción para un grupo de delfines, peinarse y manejar el timón, todo al mismo tiempo, y que les saludó con un gesto despreocupado del brazo y la expresión un tanto extraña «¡La-la-lo!».

Kate esperó a que Michael hiciese un comentario sobre la ridiculez de los duendes, pero su hermano permaneció en silencio.

Al dar la vuelta a la isla los niños vieron que, en efecto, los acantilados empezaban a descender hacia el agua y se abría un puerto. Era como si la isla extendiese un par de largos brazos rocosos y la barca se dejase estrechar entre ellos, pasando a una zona de serenas aguas azules. Muelles de piedra y madera penetraban en el puerto como dientes mellados, y había docenas de barcos, atracados o zigzagueando entre las demás embarcaciones. La sensación general era de una incesante actividad comercial: algunas barcas llevaban enormes capturas de pescado y otras aparecían cargadas de cajas y mercancías, y en el aire resonaban los gritos y exclamaciones de los trabajadores.

Más allá del puerto había una estrecha playa y luego unas altas murallas blancas que se extendían en torno a la ciudad, sin duda construidas tiempo atrás para su defensa, aunque en ese momento las puertas estaban abiertas de par en par y la parte superior de los muros estaba adornada con abundantes flores. La ciudad en sí, que ascendía por la pendiente, era un conjunto escalonado de casas apiñadas de piedra blanca; pero lo que atrajo la atención de Kate fue una estructura única ubicada en la parte más alta de la ciudad y que daba la espalda a los acantilados. Aunque el resto de la ciudad estaba hecho de la misma piedra blanca, este edificio era inmenso y de color rosa; se cernía sobre la ciudad como si fuese el refugio de unos gigantes.

Kate supo sin lugar a dudas que la fortaleza de color rosa era su destino.

El viento mágico había abandonado las velas y la barca se deslizaba hacia un embarcadero de piedra donde quedaba libre un solo puesto de atraque. Al acercarse, los niños distinguieron una figura baja y robusta en el embarcadero. La figura le gritaba a un pescador que intentaba atracar su barca:

—¡¿Que quién soy?! ¡Soy el tipo que va a hundir esa bañera podrida a la que llamas barca si no te largas! ¡Este está reservado!

Para dejarlo más claro, la figura se sacó del cinturón un hacha reluciente y la blandió contra el pescador, que ya estaba remando hacia atrás a toda prisa.

Al reconocer el rostro y la voz de la baja figura, Kate experimentó auténtica felicidad por primera vez desde hacía días.

En el mismo momento Michael dio un salto y a punto estuvo de hundir la barca, gritando:

—¡Es el rey Robbie! ¡Rey Robbie! ¡Rey Robbie!

El rey de los enanos, que ya les había visto, agitó sus brazos rechonchos y sonrió de oreja a oreja.

—¡Ah, vosotros dos sois un regalo para la vista! Dejad que os vea bien.

Los niños se hallaban en el embarcadero, y Robbie McLaur, el rey de los enanos de Cascadas de Cambridge, ya les había abrazado con fuerza y les había besado en ambas mejillas con su cara barbuda.

—Estás. más guapa que nunca —le dijo a Kate—, si es que tal cosa es posible. ¡Y tú —se volvió hacia Michael— no eres el mismo mocoso ingenuo que vi en Navidad! ¡Me apostaría la barba a que ha pasado algo! ¡Di la verdad!

—Sí, majestad —dijo Michael, sin ocultar su alegría por reunirse con su viejo amigo—, hemos vivido una gran aventura. Tuve una pelea con un dragón, aunque en realidad no fue nada del otro mundo, y hubo un asedio en el que tuve una pequeña participación...

—Te has enamorado, ¿a que sí? ¡No me mientas, chaval! —El rey Robbie agitó un dedo en su cara—. ¡No intentes ocultárselo a Robbie McLaur! ¿Cómo se llama la afortunada doncella enana?

Kate vio que Michael se ponía colorado y balbuceaba:

—Oh..., bueno..., yo...

El enano se echó a reír y le dio una palmada en el hombro.

—Te estoy tomando el pelo. No hay vergüenza en enamorarse de una muchacha humana. No es como si te enamorases de una duende, ¿verdad?

Kate, que conocía parte de la historia de la princesa Wilamena y sabía que Michael conservaba en su macuto un mechón de pelo del color del sol atado con un lacito de seda, vio que su hermano se ponía más colorado todavía.

—Una duende —dijo el chico—. ¡Chorradas!

Entonces el rey de los enanos apoyó una mano pequeña y fuerte en el hombro de cada uno, agarrándoles de una forma que casi resultaba dolorosa.

—Sé que sabéis lo que os voy a decir, pero lo diré de todos modos, porque decir algo en voz alta significa mucho. Encontraremos a vuestra hermana. Yo, Robbie McLaur, no descansaré hasta que esté libre, y tampoco lo hará ninguno de mis enanos. —Reflexionó un momento y luego añadió—: Salvo Hamish. Ese zoquete inútil no hace nada más que descansar. Y beber y comer. Cualquier cosa que no sea trabajar y ducharse. Sea como sea —y les agarró de los hombros con más fuerza todavía—, la traeremos a casa. Os doy mi palabra.

Kate notó que las lágrimas acudían a sus ojos y abrazó con mucha fuerza al rey de los enanos.

—Vamos, vamos, pequeña —murmuró este, dándole unas palmaditas en la espalda.

El doctor Pym, que había guardado silencio, habló entonces:

—Majestad, llevamos algún tiempo viajando sin descanso y estoy seguro de que los niños están agotados. Deberíamos llevarles a sus habitaciones.

—Desde luego —dijo el enano—. Por aquí.

Los cuatro amigos recorrieron el muelle, cruzaron la playa, dejaron atrás a la multitud que salía encauzada por las puertas de las murallas y entraron en la ciudad propiamente dicha. Las calles estrechas subían la colina haciendo eses, pasando de un nivel a otro mediante tramos de peldaños bajos y alargados. De cerca, vieron que la piedra blanca que constituía todos los elementos de la ciudad —las casas, las calles, los muros de los huertos, una pila con agua para los pájaros— no era de un blanco puro, sino que tenía motas y vetas grises y negras. Pasaron junto a humanos, enanos y duendes que compraban, barrían la puerta de casa y comían en cafés, y Kate notó que eran el centro de todas las miradas.

Se preguntó si todo el mundo sabía que estaban allí o si Michael y ella simplemente destacaban entre los lugareños.

—Llegué anoche —decía el rey Robbie—. Todo está como me lo pidió.

—Gracias —contestó el doctor Pym—. Dígame: ¿ha habido informes de algún ataque?

Él y el rey Robbie caminaban un paso por delante de Kate y Michael.

—Por desgracia, sí. Hoy han llegado dos. Uno de Sudamérica. Otro del Cuerno de África. ¿Cómo lo sabe?

—Tuvimos nuestros propios problemas.

—Entonces la cosa está empezando. Son los primeros chubascos antes de la tormenta. Pero ¿cómo demonios es tan fuerte? Antes no era ni la mitad de audaz. ¡Declarar la guerra al mundo entero!

—Lo cierto es que parece haber hallado una nueva fuente de poder. Tiemblo al pensar qué puede ser. ¿Ha tenido noticias de Gabriel o de los demás?

—No.

El rey Robbie y el brujo siguieron hablando, pero Kate dejó de escuchar. Ya había oído todo lo que quería saber: Emma seguía sin aparecer.

Doblaron una esquina, y al final de la calle Kate vio el edificio de color rosa en el que se había fijado desde la barca. Lo más extraordinario, aparte de su enorme tamaño y el vibrante tono rosa de la piedra, era la tremenda confusión de su aspecto. La fachada subía y bajaba de manera irregular; el tejado estaba salpicado por una serie de cúpulas, pérgolas y torres, todas ellas de distintos tamaños y formas; había docenas de balcones, columnatas y arcos desperdigados; era un revoltijo gigantesco. Y, sin embargo, había en todo ello una belleza extraña, casi perfecta, como el complejo crecimiento natural de una flor.

Y había más: el edificio contaba con un poder indefinible. Kate había notado una vibración en el pecho al verlo desde la barca, y entonces, de cerca, lo supo con certeza. El edificio de color rosa estaba construido para proteger algo. Pero ¿qué?

Atravesaron un arco. Les saludaron dos guardias armados (un humano y un enano) y se encontraron en un pasadizo que discurría por debajo del edificio.

El brujo se detuvo.

—Esta es la Ciudadela Rosa. Cuando los del mundo mágico celebramos reuniones, es aquí donde nos encontramos. Este edificio alberga la mayor biblioteca mágica que existe, además de contar con innumerables tesoros y misterios. Es al mismo tiempo museo, universidad y sala del Consejo. Y en las plantas superiores hay varias habitaciones muy cómodas para invitados. Os he reservado un par.

—¿Qué hay ahí? —preguntó Kate, señalando un punto del pasadizo en el que se veía una franja de verde.

—El Jardín —contestó el brujo—. La Ciudadela está construida a su alrededor. Después os llevaré a verlo.

«Está aquí dentro —se dijo Kate—. Lo que siento está aquí dentro.»

Se despidieron del rey Robbie, que prometió verles en la cena. El doctor Pym les condujo a través de una puerta y luego por un zigzag interminable de escaleras y pasillos, hasta que por fin entraron en una amplia habitación, fresca y tenuemente iluminada. Kate pudo distinguir una cama, una silla, una mesa; el brujo abrió un par de pesados postigos de madera, la luz entró a raudales y apareció el mar azul, muy por debajo de ellos. El doctor Pym señaló una puerta.

—Esa puerta da a un segundo dormitorio. Tomaos algo de tiempo para descansar y recuperar fuerzas. Vendré a buscaros para cenar. Y sabed que estáis más seguros aquí que en ningún otro lugar del mundo.

Luego se volvió y salió.

Como si su agotamiento hubiese estado allí esperándola, Kate sintió que un gran peso se instalaba sobre sus hombros. Se sentó en la cama. Un momento más y habría podido caerse.

—Bueno —dijo Michael—, supongo que me quedaré la otra habitación.

—Michael...

Él se volvió en la puerta.

—Quería preguntarte...

—Sí, ya lo sé, no le he contado al rey Robbie lo de Wilamena.
Pero...

—No es eso. —Y, aunque pretendía preguntarle si él también
había percibido la presencia de un gran poder en la Ciudadela, al
mirar el rostro de su hermano y sentir más que nunca la nueva y
horrible distancia que había entre ellos, preguntó en cambio—: ¿Te
pasa algo?

—¿A qué te refieres?

—¿Estás enfadado conmigo?

—¿Qué? ¡No, claro que no!

Kate no dijo nada. El silencio se prolongaba. Michael clavó la vista
en el suelo y cuando volvió a hablar su voz era diferente. Esta vez era
su voz, la verdadera.

—Cuando utilizo la *Crónica* vivo toda la vida de otra persona. Todos sus recuerdos y sentimientos, durante unos pocos segundos, son
míos. Debería habértelo dicho antes. No quiero que pase; simplemente es así. Después no recuerdo la mayoría de las cosas. Es como
tratar de recordar un sueño.

—Pero sí que recuerdas algo.

—Sí.

—Y cuando me trajiste de regreso...

Michael alzó la vista, y en cuanto la miró a los ojos, Kate supo lo
que diría.

—El chico del campanario, el que se convirtió en Magnus el Siniestro...

Kate tenía la garganta seca como el papel.

—Rafe.

—Le quieres.

Kate no sabía si le desconcertaba más que Michael hubiese dicho
eso o que lo hubiese dicho tan simple y directamente. El antiguo Michael, ese al que había dejado en Baltimore una semana atrás, habría
pasado de largo y habría hecho todo lo posible para no mencionar el
tema de los sentimientos, ni suyos ni de nadie.

—Le quieres —siguió—. Es decir, sabes que es Magnus el Siniestro. Sabes que es el enemigo. Pero aun así le quieres.

—No, yo no... —replicó Kate, aferrándose al borde de la cama con ambas manos—. Yo no... quiero a Magnus el Siniestro.

—Quiero decir que le quieres a él, a Rafe. Y él es Magnus el Siniestro. Son la misma persona.

—¿Por qué dices eso? ¿Qué...?

—No puedes salvarle. Tienes que saberlo.

Entonces fue Kate quien clavó la vista en el suelo. Por mucho que le indignasen las palabras de Michael, ninguna parte de su ser negaba que quería a Rafe, el chico al que había conocido cien años atrás, que le había salvado la vida y al hacerlo se había convertido en Magnus el Siniestro. En efecto, mientras recorría el mundo a saltos perseguida por los chirridos y a pesar de la desaparición de Emma, en los últimos días había cerrado los ojos en numerosas ocasiones para imaginar el rostro de Rafe ante ella. Había recordado innumerables veces el día en que viajó con él sobre el techo del tren elevado mientras el viento le azotaba las mejillas, el día en que él le enseñó a comer fideos en aquel acogedor restaurante chino lleno de humo y la noche en que bailó con él sobre la nieve, notando los latidos de su corazón. Una y otra vez se había ordenado a sí misma dejar de pensar en Rafe y olvidarle para siempre, pero cuando menos lo esperaba la asaltaba el recuerdo de su mano en la de él.

—¿Se lo has dicho al doctor Pym? —preguntó Kate.

—No, y no pienso hacerlo. Pero tienes que escoger: o Emma o él. No puedes salvarlos a los dos. Es imposible.

Luego se volvió y salió de la habitación, dejándola sola.

3

La hoja pisoteada

—Entonces ¿te imaginas la vida aquí?

Gabriel se hallaba en una aldea del fiordo Rijkinka, una extensión alargada de agua que penetraba dibujando una curva en los densos bosques del oeste de Noruega. Era una aldea pequeña, con una treintena de casas situadas entre los árboles y la superficie cristalina del fiordo. A su lado se encontraba una anciana delgada de pelo blanco y grandes ojos azules. En una mano sostenía un bastón; la otra descansaba sobre el brazo de Gabriel. Esperaba una respuesta, y por eso Gabriel volvió a mirar la quietud del agua, a escuchar el silencio de los árboles.

—Esto es precioso. Muy tranquilo.

—Sí —dijo la anciana. Y añadió con un suspiro—: Lo era.

Alrededor de ellos, los lugareños se movían entre las ruinas de las casas ennegrecidas y humeantes, revisando sus propiedades en busca de algo que poder salvar. Una mancha de humo negro flotaba en el cielo. Gabriel y la mujer echaron a andar por la calle fangosa. El bastón tanteaba el terreno entre las cenizas y los escombros.

—Por supuesto, Miriam y yo establecimos defensas, las protecciones habituales contra vampiros, hombres lobo y demás. Pero eso fue hace décadas. Supongo que habíamos olvidado el peligro, aunque no es que nos hubiera servido de mucho recordarlo. Había centenares de ellos. *Morum cadi*. Imps. Incluso un troll.

—¿Estuvo él aquí?

—No. Los dirigía Rourke.

—¿Dijo algo?

La vieja bruja resopló brevemente.

—Oh, sí. Vino a buscarnos. Nos dijo: «Una vez os opusisteis a mi amo. Por esa razón ocurre esto. Si le desafiáis de nuevo no será tan clemente». Dijo que Pym no nos defendería esta vez.

Gabriel no dijo nada.

La vieja bruja se detuvo. Su mano huesuda se aferró al brazo de Gabriel.

—Es más poderoso que antes. Pude sentirlo muy bien.

—No creemos que tenga la *Cuenta* todavía.

—Pero tiene a la Protectora, ¿no? ¿Tiene a la Protectora de la *Cuenta*?

—Sí.

La mujer le apretó con menos fuerza, como si hubiese perdido parte de su energía.

—Que encuentre el libro solo es cuestión de tiempo. Cuando lo tenga será imparable.

—Eso no ocurrirá.

La anciana le dio unas palmaditas en el brazo.

—Dile a Pym que estamos con él. Tal vez no seamos lo que fuimos, pero estamos con él hasta el fin... Quiero decir que estoy con él.

—Siento lo de su hermana.

Ella asintió con la cabeza para agradecer sus palabras y señaló con el bastón la línea de los árboles.

—Vinieron por allí.

Luego se fue tambaleándose calle abajo. Su bastón hacía unos ruiditos en el barro. Pat-pat. Gabriel miró como se marchaba.

No tardó en encontrar el punto en el que se habían materializado Rourke y su ejército. Los árboles habían sido talados en un amplio círculo y la tierra estaba carbonizada. Pero ¿de dónde procedían? Gabriel sabía que cuando un portal se cerraba no había modo de remontarse a su origen. Al menos no había ningún medio mágico. Pero él tenía la ventaja de no ser un brujo. Solo era un hombre. Un hombre que entendía de árboles, plantas y tierra. Se agachó y levantó del suelo una pequeña hoja triturada. La hoja había sido pisoteada por muchas botas, y la alisó con suavidad sobre la palma de su mano. Gabriel no reconocía la hoja, pero sabía que, fuese lo que fuese, nunca crecería en ese bosque. Eso significaba que debía de haber llegado en la bota de uno de los atacantes. Pero ¿desde dónde? Gabriel intuía que si encontraba la planta hallaría a Magnus el Siniestro; y si hallaba a Magnus el Siniestro hallaría a Emma.

Pero para eso necesitaba ayuda.

Dos horas más tarde y ocho mil kilómetros hacia el sudoeste, Gabriel caminaba por un sendero empinado y rocoso mientras el sol caía detrás de las montañas y los árboles proyectaban sombras alargadas sobre su camino. No le preocupaba la oscuridad que se avecinaba, pues habría podido orientarse con los ojos vendados. Muy pronto alcanzó la cima de la cresta y se quedó contemplando la aldea que se hallaba en el pliegue de la montaña.

En los quince años transcurridos desde que Stanislaus Pym le reclutase para derrotar a Magnus el Siniestro y salvar a los niños, Gabriel solo había regresado ahí un puñado de veces. Y cada vez se había sentido menos en casa.

Sabía que cuando llegase a la aldea sería noche cerrada. Habría llegado allí antes, pero la llave de oro que le había dado el brujo, la que le permitía trasladarse con rapidez por el mundo, requería una cerradura o un candado para funcionar, y su aldea no los tenía. Había tenido que pasar por la mansión de Cascadas de Cambridge, y a punto estuvo de matar del susto al viejo conserje, Abraham. Tras recuperarse, el anciano le había pedido noticias de los niños, y Gabriel se las había dado, mientras la señorita Sallow, el ama de llaves de rostro avinagrado, escuchaba a hurtadillas desde la cocina. Cuando llegó a la parte del rapto de Emma, la señorita Sallow salió y cogió a Abraham de la mano.

—Debes salvarla —dijo la anciana con la voz quebrada por la emoción—. Tienes que hacerlo.

Se había marchado poco después.

La aldea estaba a oscuras y en silencio. No había nadie por la calle y Gabriel se sintió como un fantasma al moverse entre las sombras.

Llegó a una destartalada cabaña situada en la base de la aldea y alzó la mano para llamar. Antes de que pudiera hacerlo, dijo una voz desde el interior:

—Adelante, adelante.

Gabriel empujó la puerta y atisbó el interior de la cabaña, lleno de humo. Vio un solo fuego en el centro de la habitación y la silueta generosa y confusa de una mujer agachada ante una olla. Por un instante no se movió. Al ver a la anciana frente al fuego y oler la cabaña —el humo, los aromas de pino encendido, cebollas y zanahorias silvestres, patatas cocidas y tomillo—, se desató un nudo en el centro de su pecho. Volvía a ser un niño. Estaba en casa.

—Al saber que venías he empezado a preparar un estofado —dijo la abuela Peet—. Aunque no respondo de las patatas. Este año han salido malas.

Devuelto al presente, Gabriel entró y cerró la puerta.

—No te preguntaré cómo has sabido que venía.

—Mejor. De todas formas no lo entenderías. Siéntate.

Gabriel cogió uno de los taburetes bajos que se hallaban junto al fuego mientras la abuela Peet continuaba removiendo el contenido de la olla. Los amuletos y frasquitos colgados de sus collares tintineaban suavemente al chocar entre sí. Gabriel seguía sintiendo la llamada del hogar, pero la tensión estaba regresando ya a su pecho. Sabía que esa tensión permanecería allí hasta que Emma estuviese a salvo.

—Has estado fuera demasiado tiempo —murmuró la anciana; el fuego multiplicaba las arrugas de su rostro—. Este es tu hogar. Te alimenta.

—Han pasado muchas cosas.

—Lo sé. Oigo susurros. ¿Qué me has traído?

Gabriel metió la mano en su macuto y sacó una pieza de tela doblada. La abrió y dejó a la vista la mustia hoja negra. Parecía un objeto demasiado pequeño para depositar sus esperanzas en él, pero era todo lo que tenía.

—Atacaron un pueblo de Noruega. He encontrado esto.

La abuela Peet tenía los dedos sucios e hinchados y las uñas gruesas y amarillas, pero levantó la hoja con delicadeza y le dio unas vueltas a la luz del fuego. Por último, la acercó a una de sus anchas fosas nasales para olerla.

—¡Hummm!

Llevó la hoja a una mesa situada detrás de Gabriel, donde había una maceta con tierra entre un revoltijo de raíces y ramas. Hizo un agujero en la tierra, colocó dentro la hoja y la cubrió. Luego echó encima un cazo de lo que a Gabriel le pareció agua normal y corriente. Volvió a acercarse al fuego arrastrando los pies.

—Veremos si tiene algo que decir. Ahora come, y luego me cuentas lo que te preocupa.

Y le puso en las manos un cuenco lleno hasta el borde de humeante estofado.

Gabriel se disponía a decir que solo había ido por la hoja cuando comprendió que no era así. Había algo más. Un pensamiento que le corroía desde hacía varios días. Pero también sabía que la abuela Peet no le escucharía hasta que vaciara el cuenco, por lo que cogió una cuchara y se puso a comer. El estofado, demasiado caliente, le quemaba la boca, pero cada bocado le devolvía a las horas que había pasado sentado junto al fuego de la maga, escuchando sus historias sobre el mundo exterior. Se recordó a sí mismo asintiendo con la cabeza cuando ella le decía que sería llamado para servir a una gran causa.

—Se te pedirá mucho —solía decir—. Un terrible sacrificio.

Había sido un niño bajito, más que otros de su edad. Sus padres habían muerto en un corrimiento de tierras cuando era más pequeño que Emma (¿explicaba eso su vínculo con los niños?), y había sido criado por la aldea en general y por la abuela Peet en particular. La mujer lo había alimentado e instruido, y él había crecido deprisa, y cuando era un muchacho era mucho más alto que los hombres de la aldea. A menudo sospechaba que la abuela Peet le ponía algo en la comida. Sin embargo, cuando se lo preguntó, ella contestó con tono burlón:

—No cuestiones tu fuerza. Sé agradecido. La necesitarás toda cuando llegue el momento.

Gabriel se acabó el estofado. Hacía días que no se sentía tan descansado, y se quedó allí sentado, con el cuenco vacío entre las manos. La anciana se sentó en el taburete situado junto al suyo, fumando una pipa corta y nudosa. Sus ojos eran dos pozos oscuros entre los pliegues de su rostro. Él empezó a hablar:

—Llevo quince años ayudando a Pym a buscar los Libros desaparecidos. Me dijo que encontrarlos era el único modo de mantener a salvo a los niños. —Gabriel no mencionó con cuánta frecuencia había corrido peligro su vida, cuántas cicatrices llevaba, a cuántas cosas había renunciado; la anciana lo sabía—. Pero recientemente he luchado contra un hombre, un esbirro de Magnus el Siniestro. —Gabriel no se dio cuenta, pero sus manos apretaron el cuenco con más fuerza al recordar su batalla con Rourke en el volcán—. Me dijo que si los niños lograban encontrar los tres Libros de los Orígenes y reunirlos, morirían. Y dijo que Pym lo sabía.

En lugar de responder, la abuela Peet se quedó allí sentada, fumando su pipa y dejando que el humo saliera en volutas de su boca. Gabriel oía los árboles que crujían en el exterior, el susurro de las ramas rozándose entre sí.

La anciana habló por fin y dijo:

—Es posible.

A Gabriel le pareció notar el movimiento del mundo bajo sus pies, y apretó el cuenco de madera como si fuese un ancla capaz de impedir que él mismo se moviera.

—Entonces ¿es cierto? ¿Morirán si reúnen los Libros?

—Sí, probablemente.

—¿Y Pym lo sabe?

—No me cabe ninguna duda.

—¿Y cómo es que sabías eso y no me lo habías dicho? Durante todo este tiempo que llevo buscando los Libros he estado empujando a los niños a su perdición.

Gabriel percibió la rabia en su propia voz y no le importó. La anciana le miró, inmóvil. Sus ojos oscuros eran impenetrables. Parecía estar dejando que la rabia de Gabriel remitiera, como si esperara que una ola rompiese y regresara al mar.

—Los Libros deben ser encontrados —dijo por fin—. Deben ser encontrados, y los niños son los únicos que pueden hacerlo.

—Pero ¿por qué deben ser encontrados? ¿Porque Magnus el Siniestro también los busca? No puede ser ese el único medio para derrotarle. Si es necesario los mataré a él y a cada uno de sus seguidores. No pienso...

—No —respondió la anciana. Y de pronto no había en ella ningún signo de vejez, ninguna confusión o indefinición. Se mostraba dura y precisa—. Magnus el Siniestro ha incrementado su poder. Ni tu fuerza y valor, ni el conocimiento de Pym, ni la voluntad y el poder de todas las buenas personas de nuestro mundo son suficientes. Solo los Libros pueden derrotarlo ahora. Y los niños son los únicos que pueden encontrarlos.

Gabriel se quedó callado, mirando fijamente el fuego. Fue consciente de cómo estaba agarrando el cuenco, y relajó los dedos despacio y lo dejó sobre la mesa.

—Pero hay otra razón —dijo la anciana—. Algo se ha soltado en la estructura del mundo. La desintegración empezó hace tiempo, pero últimamente se ha acelerado. Si no se resuelve pronto, se producirá un cataclismo que nadie puede contener. Solo los Libros pueden impedir ese desastre. Todos los pensamientos de Pym se centran en ese punto.

Gabriel la miró, y la cicatriz que le recorría un lado de la cara palpitó.

—Y por eso hay que sacrificar a los niños.

—Tal vez sí y tal vez no —dijo la anciana—. Las profecías son complicadas.

—¿Quieres decir que puede haber un modo de salvarles?

—No lo sé. Pero quiero creer que sí. —Le apoyó una mano cálida en el brazo—. Te importan todos los niños, pero la más pequeña es la hija que nunca tuviste. Harías cualquier cosa por ella.

Al oír las palabras de la anciana, Gabriel se puso a pensar en Emma y en la mañana, años atrás, en que, después de salvar a los tres hermanos del ataque de los lobos de la condesa, la niña le había seguido hasta el bosque y le había visto matar a un ciervo. Su capacidad de dominar el miedo le había conmovido, y el amor y el deseo de protegerla habían invadido para siempre su corazón.

Asintió con la cabeza, pero no dijo nada.

—Debes hablar con Pym —dijo la anciana—. No le dejes por imposible. A él también le importan los niños. Ahora ocupémonos de tu hoja.

Se levantó y fue hasta la mesa arrastrando los pies. Cuando regresó llevaba la maceta, aunque una planta de treinta centímetros de alto brotaba de la tierra. Tenía el tallo estrecho y espinoso, y las hojas largas y dentadas. La abuela Peet la colocó junto al fuego. Luego se arrodilló, cogió sus ramas con las manos ahuecadas, acercó el rostro a las hojas e inhaló profundamente.

—Aire puro y alto. Montañas. Hierro y azufre. Marte en el cielo de primavera. Orina de carnero azul. Huesos de un tiranosaurio. Rabia. Odio. Muerte. —Partió una de las hojas y frotó la humedad entre sus dedos—. Ve hacia el este. Busca un lugar en el que se encuentren tres ríos y haya campos de menta. ¿Recuerdas cómo detectar un hechizo?

Gabriel asintió con la cabeza y empezó a levantarse, pero la anciana chasqueó la lengua.

—Mañana, muchacho. Hasta tú debes dormir.

—No mientras ella esté prisionera.

Había llegado a la puerta cuando la anciana pronunció su nombre. Al volverse, Gabriel vio que revisaba un revoltijo de objetos en un rincón de la cabaña. Extrajo algo y fue hacia él. El objeto medía un metro de longitud y estaba envuelto en un trapo oscuro y sucio. Se lo tendió con ambas manos.

—Al menos llévate esto. Sé que necesitas un arma. Y esta no la perderás.

Una vez más, Gabriel se abstuvo de preguntarle cómo lo sabía, pero era cierto: el afilado machete que había usado en innumerables batallas y parecía una extensión de su propio brazo estaba en un volcán de la Antártida. Cogió el objeto y desenvolvió uno de sus extremos, dejando al descubierto una empuñadura de cuero gastado y hueso. Sacó diez centímetros de acero y el metal pareció concentrar la escasa luz procedente del fuego y reflejarla multiplicada por diez. Devolvió la hoja a su vaina y asintió con la cabeza para agradecer el regalo.

La anciana colocó las manos sobre los hombros de Gabriel.

—Ella es la hija que nunca tuviste, y tú eres el niño de mi corazón. Que te vaya bien.

A continuación se dio la vuelta antes de que él pudiera responder. Gabriel la miró largo rato: estaba junto al fuego, en la misma postura en que se hallaba cuando había entrado. Después salió por la puerta y atravesó la aldea en silencio, igual que había llegado.

4

Tarta de chocolate

Emma oyó unas pisadas que ascendían por las escaleras de la torre, reconoció a quién pertenecían y se incorporó. El cielo se veía oscuro a través de las ventanas. El son de los tambores y los gritos del ejército del valle habían alcanzado su punto álgido, como cada noche.

Se hallaba de pie cuando Rourke abrió la puerta sosteniendo una antorcha.

—Ven conmigo.

—¿Por qué?

—Él quiere verte.

Rourke no se molestó en explicar quién era «él». Emma se planteó la posibilidad de negarse, pero sabía que en tal caso él se limitaría a levantarla del suelo y echársela al hombro.

Llevaba cuatro días prisionera. Nada muy malo le había ocurrido: los días y las noches eran iguales y tediosos. Cada mañana, un par de gnomos de cara arrugada le llevaban el desayuno, que comía con gusto, diciéndose que necesitaría disponer de todas sus fuerzas cuando la rescatasen (en varias ocasiones había intentado pasar corriendo junto a los gnomos y cada vez la habían echado al suelo y le habían retorcido los brazos y los dedos hasta hacerle daño; las pequeñas criaturas eran mucho más fuertes de lo que aparentaban, y profundamente crueles). En algún momento, una, dos o tres horas después, aparecía Rourke y se la llevaba a dar un paseo por las murallas, desbarrando sobre lo grande que era su amo y lo pronto que Emma les ayudaría a encontrar la *Cuenta*. Luego, al atardecer, otros dos gnomos le llevaban la cena (tenía la misma suerte al intentar pasar por su lado); y al caer la oscuridad el son de los tambores y los gritos procedentes del ejército subían de tono, y Emma permanecía allí sentada tapándose los oídos y diciéndose que Kate y Michael estaban a salvo, que el doctor Pym les protegería, que Gabriel la rescataría, que todo saldría bien. Y conseguía conciliar el sueño cuando el ruido se aplacaba y el cielo empezaba ya a aclararse.

Rourke la condujo en silencio por las escaleras retorcidas de la torre. Hacía frío y había más antorchas en los soportes de hierro de la pared. Cuando llegaron al corredor principal, en lugar de girar hacia la derecha bajaron otro tramo de escaleras, y Rourke no tardó en conducirla a través del patio y salir con ella por una puerta, dejando la fortaleza atrás.

—¿Ves las hogueras?

Rourke y ella caminaban por un sendero ancho y empinado que bajaba hasta el fondo del valle. A sus pies, centenares de hogueras iluminaban la oscuridad, pero estaba claro a cuáles se refería, pues algunas eran mucho más grandes que las demás.

—Son portales. Nuestro ejército los utiliza para recorrer el mundo a saltos. Aparecemos sin previo aviso, sembramos la muerte y el terror. Y luego nos desvanecemos.

—Como un montón de cobardes.

Rourke sonrió pero no dijo nada.

A medida que descendían por el camino, el son de los tambores se iba intensificando. Emma ya notaba la repercusión en el pecho. Todo su cuerpo vibraba de miedo, pero se obligó a seguir el ritmo de Rourke.

Luego llegaron al fondo del valle y se los tragó el ejército.

Curiosamente, lo primero que le llamó la atención fue la fetidez. No eran solo los *morum cadi*; en los últimos días Emma casi se había acostumbrado a su constante hedor de podredumbre. Pero la presión de miles de criaturas medio muertas junto al olor de metal caliente, sudor, sangre y carne quemada viciaba el aire de forma casi tangible, y cada vez que respiraba —cosa que hacía con la menor frecuencia posible— la putrefacción penetraba en su interior.

Y luego estaba el ruido extremo, pues al son de los tambores y a los gritos se añadían entonces gruñidos, bramidos y juramentos, así como un clamor constante de chillidos y peleas, y Emma contuvo el impulso de taparse los oídos.

Le pareció que no existía orden alguno. Pequeñas hogueras ardían por todas partes, y alrededor de cada hoguera había un grupo de *morum cadi*, imps o, de vez en cuando, trolls. Las criaturas comían, bebían, afilaban armas y se peleaban, a veces todo al mismo tiempo. Un troll de tres metros y medio asaba una vaca entera en un espetón y se relamía con su enorme lengua morada. Pasaron junto a herreros que aporreaban sus yunques, y el clic-clic-clic de sus martillos sonaba tan regular como el redoble de los tambores. Y, para indignación de Emma, también había humanos, hombres y mujeres vestidos de negro y con aspecto de matones, apiñados en torno a hogueras y hablando en idiomas ásperos que Emma nunca había oído.

Y luego, por último, estaban las figuras de túnica roja. En algunos aspectos eran las más aterradoras de todas. Rourke y ella pasaron junto a tres apiñadas alrededor de una olla humeante y burbujeante como brujas de un cuento. Unas capuchas cubrían sus rostros, pero parecían humanas, y Emma se percató de que hasta los chirridos y los imps las rehuían. Una de aquellas figuras se volvió a mirar a Emma; era un hombre muy anciano con la nariz larga y torcida y el pelo cano. Se apoyaba en un cayado y tenía un ojo completamente blanco.

—¿Quiénes son? —preguntó en voz baja.

—Los *necromati*, magos y brujos que sirven al amo. La mayoría acuden a él ávidos de poder, y él se lo da a cambio de su lealtad. Otros son antiguos enemigos a los que ha vencido y doblegado a su voluntad. Recuerdan a todos los que se oponen a él lo que puede ocurrirles.

Emma no podía apartar la vista del anciano y su espeluznante ojo blanco, y estaba mirando hacia atrás por encima del hombro cuando chocó con algo duro y cayó al suelo.

—¡Ohhh!

Emma se encontró mirando el rostro, si así podía llamarse, de un imp tan sorprendido como ella. La criatura llevaba en una mano una baqueta a medio comer.

—¿Qué...? —empezó el imp.

Y entonces Rourke le clavó un cuchillo en la garganta, y luego empujó el cadáver a un lado como si nada.

Levantó a Emma de un tirón.

—Mira por dónde vas.

Tiró de ella, y al cabo de un rato la obligó a detenerse bruscamente ante una amplia tienda de campaña. Emma entró y se encontró en un espacio silencioso que casi olía bien, como si el clamor y la fetidez del campamento no pudieran atravesar las paredes de lona. Unos faroles colgados iluminaban una mesa de madera llena de libros, mapas y pergaminos a medio enrollar. Había un pequeño catre contra la pared. Por lo demás, la tienda estaba vacía, y su único ocupante parecía ser una figura envuelta en una capa, arrodillada en el centro del suelo.

Y la figura ardía.

O tal vez no ardiese, pues no parecía estar quemándose. No obstante, Emma notaba el calor contra su propia piel; las llamas eran reales.

—Espera —dijo Rourke al tiempo que le colocaba una mano pesada sobre el hombro.

La figura de la capa permaneció inmóvil, con la cabeza cubierta e inclinada, mientras las llamas recorrían su cuerpo. A Emma le pareció distinguir unas formas que se movían en las llamas, pero por más que lo intentó no pudo hacer que las formas se convirtiesen en algo específico.

Y luego, de repente, las llamas se desvanecieron y la figura se puso en pie. Avanzó hacia el fondo de la tienda, gesticulando con la mano.

—Camina —le ordenó Rourke dándole un empujón.

Emma avanzó dentro de la tienda y, al pasar por el punto en el que el fuego había envuelto la figura, observó que el suelo, cubierto por varias alfombras, estaba intacto. Emma notó que el corazón le latía por todo el cuerpo, palpitando hasta en las puntas de sus dedos. La figura de la capa se hallaba ante un cuenco de plata poco hondo que estaba apoyado, a la altura de la cintura, sobre tres patas de hierro.

Se volvió cuando Emma se aproximaba.

—Hola.

Emma se había dicho a sí misma que estaba preparada, pero aun así se quedó desconcertada. Un chico la miraba a los ojos. Aunque «chico» no era la palabra correcta. Estaba en esa edad en la que no se es un chico pero tampoco un hombre. Emma supuso que tendría tal vez un año más que Kate, quizá dieciséis. Tenía el pelo oscuro y alborotado, los pómulos anchos y la nariz ligeramente torcida, y sonreía, como si todo aquello fuese divertido. Tenía un aire salvaje y su sonrisa era como la del lobo de un cuento.

Ardía en sus ojos el más brillante verde esmeralda que fuese posible imaginar.

—Soy Rafe —dijo, y le tendió la mano.

Emma se limitó a mirarla.

—Eres Magnus el Siniestro, ¿no es así?

El muchacho se encogió de hombros y retiró la mano. No parecía ofendido.

—Como quieras, aunque el nombrecito se las trae. El nombre de Rafe es más fácil. Tenía muchas ganas de conocerte.

Emma trataba de entender lo que estaba ocurriendo. Ese era Magnus el Siniestro, estaba segura. Era el mismo chico —no podía dejar de emplear la palabra pese a reconocer que no era del todo exacta— que había salido del portal ardiente de la Antártida. ¡Pero era poco mayor que ella! ¿Cómo iba a ser Magnus el Siniestro? ¿Y por qué se comportaba de forma tan... normal?

—Ven. Quiero enseñarte una cosa.

Emma sintió que sus piernas avanzaban y se detuvo al otro lado del soporte de hierro, por lo que el ancho cuenco de plata quedó entre ellos. Mantuvo los brazos a ambos costados del cuerpo, resistiendo el impulso de cruzarlos sobre el pecho, a sabiendas de que eso daría la impresión de que estaba a la defensiva, de que tenía miedo.

Vio que él seguía mirándola fijamente y que seguía sonriendo.

—¿Qué? —inquirió ella.

—Nada, simplemente tiene gracia.

Emma esperó a que siguiera hablando.

—Al principio pensé que no te parecías en nada a ella. Ni siquiera me daba la impresión de que fuerais hermanas. Pero ahora que te veo más de cerca noto el parecido. Es interesante.

Alargó el brazo para tocarle la cara, pero Emma retrocedió con el cuerpo rígido de inquietud.

—¿De qué hablas?

—¿A ti qué te parece? —dijo él con el mismo tono ligeramente sarcástico con que habría podido decirlo cualquier chico de su edad—. De cuánto te pareces a Kate. O no. Según se mire.

—¿De qué... conoces a mi hermana?

Emma se había preparado para las amenazas y los intentos de asustarla. Había tratado incluso de imaginar que la torturaba. Estaba preparada para cualquier cosa, salvo para ese chico aparentemente normal, casi simpático. Se sentía muy perdida.

Él se echó hacia atrás la capucha y le dedicó una sonrisa llena de complicidad que enfureció a Emma.

—Es una historia bastante larga. Mejor te la cuento en otra ocasión.

—Mientes.

—Si eso es lo que quieres creer...

—No soy estúpida.

—Yo no he dicho que lo fueras.

—Intentas engañarme para que te ayude a encontrar el libro.

El muchacho pareció considerar lo que decía Emma y asintió con la cabeza mientras se encogía de hombros.

—Puede ser. Evidentemente quiero tu ayuda, pero no te miento. Kate y yo... —Por un momento dio la impresión de que estaba en otra parte. Luego volvió a mirarla—. Como te he dicho, es una larga historia. Ella y yo tendremos que resolverla por nuestra cuenta. Pero te traje aquí por otra razón. Mira.

Pasó la mano por encima del cuenco. Emma se había dado cuenta ya de que era un cuenco de cristalomancia, como el que Michael

y ella habían utilizado en la Antártida; permitía ver cosas que estaban muy lejos. Mientras lo miraba apareció una imagen en el cen-
tímetro largo de agua que cubría el fondo. Emma se acercó, estiran-
do el cuello para ver la imagen del derecho. Lanzó un grito ahogado
agarrándose a las paredes del cuenco, y el temblor formó ondas en
el agua.

—¡La señorita Crumley! ¡Es la señorita Crumley!

Era, en efecto, la señorita Crumley, la mujer que dirigía la Casa de
Acogida para Huérfanos Incorregibles y Desahuciados Edgar Allan
Poe y que había hecho lo posible por amargarles la vida a Emma y a
sus hermanos. Era egoísta, codiciosa, irascible y ruin. Daba la impresión de detestar a los niños en general y a Emma y a sus hermanos en
particular. Al mirar a la mujer, Emma sintió crecer en su interior una
tormenta de rabia y resentimiento. Agarró el cuenco con tanta fuerza
que los nudillos se le pusieron blancos.

La mujer estaba sentada ante su escritorio, devorando ella sola una
tarta de chocolate entera. Al acercarse más, Emma vio que en la tarta
estaban escritas las palabras «Feliz cumpleaños, Neil». Ella no sabía
quién era Neil, pero no le extrañó nada que la señorita Crumley le
hubiese robado la tarta de cumpleaños. Esperaba que la mujer se atra-
gantase con ella.

—¿Es eso lo que quieres?

Emma alzó la vista bruscamente.

—¿Qué?

—Que se atragante. Lo siento, no estaba intentando adivinarte
los pensamientos, pero algunos son tan fuertes que tanto daría que los
proclamases a gritos. Entonces ¿lo hacemos?

—¿De qué hablas?

Por primera vez, el chico pareció molesto.

—Has dicho que no eres estúpida, así que no te comportes como
si lo fueras. Sabes a qué me refiero: ¿le hacemos pagar por todo lo
que os ha hecho a ti y a tus hermanos, y a todos los demás niños que
tuvieron la mala suerte de cruzarse en su camino? Se lo merece.

Emma comprendió que hablaba en serio y volvió a mirar a la señorita Crumley, quien, por el modo en que se estaba zampando la

tarta de chocolate, probablemente iba a atragantarse sin ayuda de nadie. Era cierto, Emma había soñado con la venganza. Cuando la señorita Crumley les obligaba a ducharse con agua fría en invierno mientras en su despacho hacía tanto calor que parecía una sauna. Cuando comían las mismas judías pasadas y la misma carne gris día tras día mientras ella tomaba platos muy elaborados en su comedor privado, servida por niños que eran castigados si robaban un simple trozo de pan. Si alguien se lo merecía, era ella.

Emma notó que el chico estaba esperando, que la observaba. Sus manos temblaron cuando las apartó del cuenco.

—No.

El chico no dijo nada. Emma se obligó a mirarle a los ojos.

—He dicho que no.

Él suspiró.

—Rourke dice que eres una luchadora, pero hay una lucha que jamás ganarás.

Emma se puso tensa, esperando que dijese que Gabriel, Kate, Michael, el doctor Pym y ella nunca le derrotarían. Pero una vez más se llevó una sorpresa.

—La lucha contra tu propia naturaleza. Créeme, he recorrido ese mismo camino y es un callejón sin salida. Tienes rabia en tu interior. Deja que salga. Si la niegas, te estás negando a ti misma. —Miró el interior del cuenco—. Y la cuestión es que hay gente que merece ser castigada.

Movió la mano. La señorita Crumley dejó el tenedor y se agarró la garganta.

—¿Qué haces? ¡He dicho que no!

La señorita Crumley intentó levantarse, oscilando de un lado a otro. El rostro se le estaba amoratando muy deprisa.

—¡Para! Has dicho que...

—No te he prometido nada. —Sus ojos ardían, verdes y brillantes—. Te he dado la oportunidad de hacer algo útil. Tú no la has aprovechado, pero yo sí.

Frenética, Emma miró la horrible escena silenciosa que se desarrollaba ante ella. Sabía que tenía que hacer algo, pero ¿qué? Al final se limitó a quedarse allí, observando cómo la señorita Crumley se caía hacia delante, sobre su escritorio, y yacía inmóvil boca abajo sobre los restos aplastados de la tarta.

—Yo no... —dijo Emma en voz baja—. Yo no quería eso.

—Sí que querías. Cuanto antes lo aceptes, mejor. —Le hizo un gesto a Rourke, y de nuevo se dirigió a Emma—: Y la próxima vez llámame Rafe. Quiero que seamos amigos.

Más tarde, después de conducir a Emma de vuelta a su celda, Rourke regresó a la tienda. Permaneció en silencio, dejando que el chico hablara primero.

—Crees que estoy perdiendo el tiempo con ella.

—Mi señor, no pongo en duda...

—No me mientas.

Rourke respiró profundamente, como si caminase por un lugar muy peligroso y supiese que debía tener cuidado.

—Es que pienso que cuanto antes llevemos a cabo la Unión antes tendremos la *Cuenta*. Y discúlpeme, pero yo he tenido más ocasión de observarla. Es muy leal a sus amigos y a su familia. No les traicionará.

—Con eso cuento precisamente.

El chico se movió, permitiendo a Rourke ver el cuenco. Allí estaba Emma, sentada en su celda, con la espalda contra el muro de piedra. Tenía la cabeza gacha y le temblaban los hombros como si estuviera llorando.

—La rabia es muy peligrosa —continuó—. Puede consumir a una persona, y la suya arde muy fuerte. Cuando sepa que Pym ha planeado su muerte y la de sus hermanos, cuando sienta esa profunda traición, arderá con más fuerza todavía.

Rourke pareció confuso.

—¿Y cree usted que nos ayudará?

—Sí. A sabiendas o no.

—Entonces no muestra compasión hacia ella debido a la otra muchacha, su hermana...

El chico se volvió. A pesar de la aparente diferencia de edad y de la diferencia de tamaño, la mirada del chico hizo que el gigante diese un paso atrás, tambaleándose como si hubiera recibido un duro golpe.

—Discúlpeme —rogó el hombre calvo, inclinando la cabeza.

—Vete —dijo el chico, y se volvió de nuevo hacia el cuenco.

5

El Consejo

Kate no sabía cuánto tiempo podría aguantar. ¿Por qué no preguntaba el doctor Pym si alguien tenía información sobre Emma y acababa de una vez?

—La guerra es inminente —decía el doctor Pym—. Desde anoche han estado llegando a nuestro puerto centenares de refugiados, y cada hora recibimos noticias de algún pueblo o ciudad que ha sido atacado y destruido. Hasta ahora Loris y las demás islas del Archipiélago se han salvado. Pero ¿durante cuánto tiempo más? El enemigo se está acercando. No obstante, seguimos sin tener la menor idea de dónde se halla acuartelado su ejército o de la verdadera magnitud de las fuerzas que lidera; debemos colaborar o pereceremos todos.

»Así que, por favor —dijo—, dejen de reñir y compórtense.

Estaban sentados ante una mesa redonda, en una terraza situada en las alturas de la Ciudadela Rosa. Eran doce en total: Kate; Michael; el doctor Pym; el rey Robbie; un enano de barba roja llamado Har-nosequé; Wilamena; su padre; una hermosa dama duende de cabello plateado; un hombre calvo de barba blanca llamado capitán Stefano, que, al parecer, estaba al mando de la guardia de la ciudad; la bruja severa de Viena, que resultó llamarse Magda von Klappen; un rechoncho brujo chino vestido con una túnica verde y, por último, un hombre robusto y de pelo alborotado que, según Michael había susurrado, se llamaba Hugo Algernon, era amigo de sus padres y estaba «un poco loco».

Desde donde estaba sentada, Kate veía las azoteas blancas de la ciudad que descendían en dirección al puerto, colapsado por los barcos que transportaban refugiados, tal como había dicho el doctor Pym. Más allá se extendía el ancho mar azul. El sol del mediodía calentaba la atmósfera salina y no corría ni un soplo de viento. Las cosas habían empezado mal cuando, treinta minutos antes de la hora prevista para la reunión, los duendes todavía no habían aparecido. Cuando Wilamena, su padre el rey Bernard y lady Gwendolyn, la duende de cabello plateado, habían salido por fin a la terraza, los nervios empezaban a crisparse.

—¡Qué amables al dedicarnos su tiempo! —había refunfuñado Robbie McLaur.

—Sí, ¿verdad? —había dicho el rey Bernard, nada compungido. Era alto y delgado, tenía el mismo pelo dorado que su hija, y sus ojos, que Kate había visto cuando el rey de los duendes había cogido su mano y se había inclinado, eran del azul oscuro que precede al alba—. Nuestro barco acaba de llegar.

—Y me juego lo que quieran a que han tenido que pasar por la peluquería —había comentado con una risita Haraald, el enano de barba roja. Juntos, él y el rey Robbie componían la delegación de los enanos.

—¡Pues sí! —había dicho Wilamena, y había dado una vuelta sobre sí misma de forma que su pelo fluyese como un reluciente arco dorado—. ¿Le gusta?

—Bueno, hummm, es, eh, muy bonito —había balbuceado el enano, poniéndose tan rojo como su barba, antes de recuperar la compostura y resoplar enfadado—. Tonterías de duendes.

Mientras el doctor Pym daba la bienvenida a todo el mundo, Kate le echó un vistazo a Michael y vio que todo el color había desaparecido de su rostro. Estaba claro que la presencia de Wilamena allí era una sorpresa. Tan pronto como ocupó su asiento, Wilamena empezó a tratar de llamar la atención de Michael con una serie de guiños, saludos con la mano, chasquidos de lengua como los que se usan para llamar a los caballos y besos lanzados ostentosamente.

Michael mantuvo su mirada fija en el brujo.

El doctor Pym había empezado comentando los más recientes informes procedentes de todo el mundo, y Kate se había encontrado otra vez pensando en Emma, preguntándose si estaría asustada, si tendría frío o hambre, sintiendo otra vez el dolor y el vacío en su pecho. ¿Cómo había podido fallarle tanto a su hermana? ¿Y cómo era posible que ella, que controlaba el poder del *Atlas*, que podía detener el tiempo, que podía saltar mil años hacia el pasado en un instante, fuese incapaz de encontrarla? Aquello no estaba bien.

Unas voces airadas la habían devuelto al presente. Varios de los asistentes mantenían una discusión.

—Lady Gwendolyn —decía el doctor Pym—, sea razonable...

—Pero ¿un enano? Oh, no, no, doctor, creo que no.

—Compréndalo, por favor —intervino el rey Bernard agitando una gran pluma de pavo real (¿de dónde la había sacado?)—. Pensamos que a los enanos se les dan muy bien ciertas cosas, como aporrear trozos de metal contra otros trozos de metal o emborracharse hasta perder el conocimiento. Pero el pensamiento estratégico a gran escala no es precisamente la especialidad de un enano. Ni tampoco el pensamiento estratégico a pequeña escala. Ni, bueno, el pensamiento sin más.

Kate se había inclinado hacia Michael.

—¿Qué pasa?

—El doctor Pym les ha dicho que pone al rey Robbie al mando de la defensa de Loris y el Archipiélago, y a los duendes no les gusta. Típico... ¿Te has fijado en que el pelo de Wilamena parece contar con su propia brisa?

Kate había ignorado la última frase. Los duendes no eran los únicos en oponerse a que el rey Robbie estuviera al mando. El capitán Stefano tenía la cara amoratada de rabia, y Magda von Klappen, la bruja vienesa, se inclinaba hacia delante y golpeaba la mesa con los nudillos.

—¡Pym, el capitán Stefano lleva cuarenta años dirigiendo la guardia de la ciudad! Debería ser él quien organizase la defensa. Y, sinceramente, ¡no esperará usted que una bruja o un brujo reciban órdenes de un enano!

—Exacto —había dicho el rey Bernard—. Ahora bien, si prestara asesoramiento sobre eructos...

—¡Oye, tú, rubio! —El rey de los enanos tenía los ojos ensombrecidos de cólera—. He sido paciente hasta ahora...

—¡BASTA!

Y fue entonces cuando el doctor Pym les reprendió por pelearse, advirtiéndoles de lo que sucedería si no se unían, y Kate empezó a preguntarse cuánto rato más se pasarían discutiendo y vacilando antes de abordar el verdadero objetivo que les había llevado allí: rescatar a Emma.

—El capitán Stefano ha prestado un magnífico servicio a lo largo de los años —siguió el brujo—, y necesitaremos su ayuda y experiencia, pero nunca ha librado una guerra. El rey Robbie, sí. Además, yo colaboraré estrechamente con el rey Robbie en todos los detalles de la defensa. ¿Satisface eso a todo el mundo?

Hubo un asentimiento general, aunque fuese a regañadientes.

—En cualquier caso —continuó diciendo el doctor Pym—, todo este debate sobre la guerra es un mero preámbulo. Sospecho que estos ataques, y hasta puede que toda la guerra de Magnus el Siniestro, representan poco más que un intento de entretenernos mientras persigue su verdadero objetivo, es decir, la recuperación de la *Cuenta*.

Un profundo silencio invadió la asamblea. Kate oyó voces lejanas que ascendían desde la ciudad.

«Por fin», pensó.

—Sin embargo —añadió el doctor Pym—, antes quisiera reconocer la deuda que tenemos con dos de los aquí presentes. Sin su valor, sacrificio y firmeza, la *Crónica* y el *Atlas* estarían ya en manos del enemigo y la nuestra sería una causa perdida. Les debemos nuestro más profundo agradecimiento.

Kate vio que el Consejo entero, enanos, duendes, brujas y brujos, les dedicaban a su hermano y a ella pequeñas reverencias mientras Michael correspondía inclinando la cabeza y haciendo gestos que significaban «no hay de qué».

—Pero nuestro mayor desafío se halla ante nosotros —dijo el doctor Pym—. Hace cinco días, la hermana menor de Katherine y Michael, Emma, que está destinada a ser la Protectora de la *Cuenta*, fue raptada por Magnus el Siniestro. La *Cuenta*, como todos ustedes saben, es el Libro de la Muerte. Si cae en manos del enemigo nos costará la vida a todos nosotros, mejor dicho, les costará la vida a todos y cada uno de los seres de los mundos mágico y no mágico. No puede, no debe ocurrir.

—¿Y hasta qué punto está cerca de encontrar la *Cuenta* Don Oscuro y Terrible? —preguntó Hugo Algernon—. Debe de estar cerca, o no me habrías arrastrado hasta aquí para escucharte parlotear y hacer de árbitro con estos majaderos. —Abarcó con un gesto a todos los presentes.

—Me temo que nuestro enemigo está muy cerca. De hecho...

—Pero tal vez se esté dejando llevar por el pánico, doctor —le interrumpió el rechoncho brujo chino, acariciando su larga barba blanca mientras hablaba—. Nadie ha visto la *Cuenta* en miles de años, ¿no es así? ¿Qué posibilidades hay de que aparezca?

—El maestro Chu tiene razón —dijo Magda von Klappen—. La *Cuenta* está en paradero desconocido desde la caída de Rhakotis. Me parece muy poco probable que Magnus el Siniestro vaya a encontrarla pronto. Aunque tenga en su poder a la niña.

El doctor Pym sacudió la cabeza.

—Magda, tú deberías saber mejor que nadie que las cosas han cambiado. Tanto el *Atlas* como la *Crónica* han sido recuperados. La *Cuenta* lo percibirá. Intentará llegar hasta su Protectora. Cuanto más tiempo pasa Emma controlada por Magnus el Siniestro, más aumentan las posibilidades de que este encuentre el libro. Y, como todos habréis observado, él no es el mismo ser que afrontamos antes. Su poder parece haberse multiplicado por diez. Puede tener medios para encontrar el libro que ni siquiera podemos imaginar.

—¡Ja! —gritó Hugo Algernon—: Eso te hará callar, Von Klappen. Felicidades, Pym, es lo menos estúpido que has dicho en este siglo.

Tanto la bruja morena como el doctor Pym ignoraron esas palabras, y el doctor Pym siguió hablando:

—Sé que todos tenéis reuniones con vuestros diversos clanes y comités, y espero que estéis aquí para decirnos que tenéis una pista sobre el lugar en el que está retenida la niña, algún indicio que pueda ayudarnos a impedir esta catástrofe.

Había llegado el momento de la verdad. Kate contuvo el aliento y paseó la mirada por la mesa.

Nadie habló.

Entonces explotó Haraald:

—¡Bueno, aunque lo supieran no nos lo dirían!

Fulminaba con la mirada a la delegación de los duendes, sentada frente a él.

—¿Y qué significa eso exactamente? —preguntó el rey Bernard.

—Vaya, no me digas que si los duendes supierais dónde está retenida esa niña no tratarías de quedaros con ella y con la *Cuenta*. ¡Podríais estar aquí sentados solo para despistarnos mientras vuestros comandos de duendes o lo que sea se están apoderando de ella! ¡Quizá hayáis llegado tarde por eso! ¡Estabais haciendo vuestros planes secretos!

—Vamos, hermano —dijo el rey Robbie—, no tienes pruebas.

Pero miró a los duendes con suspicacia.

—¡Qué absurdo! —soltó el rey Bernard con desdén—. Es bien sabido que esas cosas nos interesan muy poco. Tanto como les interesa a los enanos el aseo personal o la limpieza corporal.

—Si hay alguien a quien le gustaría tener la *Cuenta* —dijo Hugo Algernon—, está sentado ahí mismo. —Y apuntó a Magda von Klappen con un dedo regordete—. Pero se llevará una decepción, porque oí hace poco que en el Libro de la Muerte no salen recetas de strudel de manzana.

—¡Idiota peludo! —le espetó la bruja—. Cállate, por favor. Me das vergüenza ajena.

—Von Klappen, llevas décadas obsesionada con la *Cuenta*, y todo el mundo lo sabe.

—Claro que sí. Hay que encontrarla antes de que caiga en malas manos.

—Y supongo que tus manos serían las buenas, ¿verdad? ¡Ja!

—¿Has oído hablar de ese invento al que llaman champú? —preguntó el rey Bernard, al tiempo que se inclinaba hacia Robbie McLaur.

—¡Se acabó! —Robbie McLaur se levantó de un salto mientras se sacaba el hacha del cinturón—. ¡Ahora mismo te hago la raya en ese bonito pelo que tienes!

—¡PARAD! ¡¿QUÉ OS PASA A TODOS?!

En el silencio que siguió a este estallido, Kate solo tuvo tiempo de darse cuenta de que estaba de pie, de que todo el mundo la miraba y de que era ella quien había hablado. Pero para entonces ya salía un torrente de palabras de su boca:

—¡¿No habéis oído al doctor Pym?! ¡Si no colaboráis vais a morir! ¿Y sabéis qué? ¡Adelante! ¡Dejad que Magnus el Siniestro os mate, que a mí me da igual! ¡Estoy aquí por mi hermana! ¡Solo tiene doce años y está en su poder! Lo único que quiero saber es si alguno de vosotros puede decirme algo acerca del lugar en el que está. ¡¿Podéis?! ¿Podéis ayudarme alguno de vosotros?

Wilamena fue la primera en hablar. Su voz era dulce y sorprendentemente inteligente.

—Acabamos de tener noticias de nuestros últimos exploradores, los que se marcharon la noche que se llevaron a vuestra hermana. No han encontrado nada.

—Nuestras colonias en todo el mundo tampoco han detectado ningún rastro de ella —dijo el rey Bernard—. Lo siento.

—Pero alguien... —replicó Kate con voz quebrada mientras las lágrimas le quemaban los ojos—. ¡Alguien debe haber encontrado algo!

La muchacha miró a Robbie McLaur, pero el rey de los enanos negó con la cabeza.

—Haraald y yo venimos del Consejo de los enanos. Ni un solo rumor.

Kate se volvió hacia Magda von Klappen y el maestro Chu. La bruja negó con la cabeza y el maestro Chu murmuró:

—Lamentable. Muy lamentable.

Y por un momento dejó de acariciarse la barba.

—Katherine... —dijo el doctor Pym.

Pero Kate ya había oído suficiente. Se volvió y huyó de la terraza.

Fue a parar al Jardín. No tenía previsto ir allí. Había huido del Consejo a ciegas. Solo sabía que tenía que marcharse, y recorrió a toda velocidad pasillos y escaleras, como si de ese modo pudiera dejar atrás la desesperación que amenazaba con aplastarla.

Luego salió por una puerta y de repente se detuvo.

La víspera solo había visto un pequeño espacio verde a través del final del túnel. De cerca, le sorprendió el tamaño del Jardín; parecía ser más bosque que jardín, aunque estuviera rodeado por los muros de color rosa de la Ciudadela. Un camino se abría ante ella y Kate echó a andar sin un plan definido.

A diferencia de la vegetación del resto de la isla, seca y mediterránea, el Jardín era exuberante. Los árboles y plantas parecían vibrar de vida, y Kate comprobó que, curiosamente, cuanto más avanzaba y más se cerraba el Jardín a su alrededor, mejor y más tranquila se sentía.

Kate se llevó la mano al relicario de oro que colgaba de su cuello, el que le había regalado su madre la noche en que su familia se había visto separada, más de diez años atrás. Kate se había sentido reconfortada toda su vida al toquetear el relicario con el pulgar y el índice, recordando a sus padres y diciéndose que si aguantaba, si mantenía a salvo a Michael y a Emma un poquito más, su familia volvería a reunirse.

Sin embargo, mientras se adentraba en el Jardín, Kate dejó de pensar en sus padres para pensar en Rafe; en concreto, pensaba en un sueño que había tenido esa noche. En el sueño, bailaba con Rafe en la nieve, en Nueva York. La verdad era que no se trataba solo de un sueño. Rafe y ella habían bailado realmente en la nieve, en Nochevieja, más de cien años atrás. Incluso en ese momento recordaba el gélido aire nocturno, notaba los brazos de Rafe a su alrededor y el calor de su cuerpo, y oía el latido del corazón del chico al apoyarle la cabeza en el pecho. Todo aquello había aparecido en el sueño.

Pero eso no era todo: en el sueño, Rafe se había inclinado y le había susurrado al oído: «Nunca te abandonaré».

Eso no había sucedido en la vida real. ¿Por qué lo había añadido su mente?

Y seguía preguntándoselo cuando llegó a un claro.

Un árbol gigantesco se hallaba ante ella. El tronco era enorme y ancho, con profundas estrías y un contorno gris pardo de surcos y grietas, y a medida que ascendía el árbol se dividía una y otra vez, proyectando gruesas ramas nudosas en todas las direcciones. Kate había visto árboles más grandes en la Antártida, pocos días antes; pero ese era diferente. Aquellos árboles eran solo árboles; ese casi daba la impresión de ser una persona. Tenía presencia. El árbol parecía extender sus brazos no solo por encima del claro sino por encima del Jardín entero y más allá de él.

Y eso no era todo: delante del árbol había una charca de aguas serenas y muy oscuras. Kate trató de distinguir el fondo pero no vio nada, como si el agua en sí fuese negra.

Se percató de que algo había estado tirando de ella durante todo el tiempo que llevaba caminando por el jardín. Se trataba del poder que había percibido el día anterior, y ese lugar, el árbol y la charca, era la fuente. Pero ¿cómo era posible?

Kate colocó la mano contra la corteza estriada, cerró los ojos y sintió el poder que vibraba a través de ella. De pronto la asaltó la idea de que, si abría los ojos, vería a Rafe de pie junto a ella, y no supo si la asustaría más que él estuviese allí o que no estuviese.

—Katherine.

Kate abrió los ojos y se volvió. El doctor Pym entraba en el claro. No vio a Rafe por ninguna parte.

—Pensaba que podía encontrarte aquí.

El viejo brujo se sentó en una piedra grande y plana, cerca de la base del árbol. Sacó su pipa y empezó a llenarla de tabaco.

—Quiero disculparme. Debe de haber sido descorazonador. Recuerda que nos enfrentamos a siglos de suspicacias, desconfianza y prejuicios entre las razas mágicas. A veces temo que la Separación no haya hecho más que empeorar las cosas al aislarlas aún más.

—No pasa nada. Siento haber gritado.

—Al contrario, me alegro de que lo hayas hecho. Se han quedado tan conmocionados que han empezado a actuar como adultos. —Encendió la pipa y expulsó una nube de humo azulado—. Pero el motivo por el que te he seguido es que aún no hemos hablado de lo que pasó en Nueva York.

El doctor Pym le indicó con un gesto una piedra situada junto a la suya. Había una docena, espaciadas y formando un círculo bajo las ramas del árbol. Kate tomó asiento tras vacilar un instante.

—Por supuesto, conozco gran parte de la historia. He tenido cien años para investigarla. Sé de los niños cuyas vidas salvaste; muchos de ellos crecieron para convertirse en excelentes brujas y brujos. Sé que te encontraste con Henrietta Burke, una mujer feroz y orgullosa. Me alegro de que la conocieras. También sé que te encontraste con el chico que se convirtió en Magnus el Siniestro. Pero algunos detalles se me escapan. Me gustaría mucho escuchar tu versión; además, creo que hablar de ello te haría bien.

El anciano enmudeció. Kate oía los insectos que zumbaban y aleteaban entre los árboles. Sabía que tenía que sacar aquello. Guardarse para sí la historia y el sentimiento de culpa la estaba matando. Aun así, se resistió:

—Doctor Pym, yo no...

—Empieza por el principio, por favor.

Y eso fue lo que hizo. Empezó con el ataque contra el orfanato de Baltimore, cuando utilizó el *Atlas* para llevarse al chirrido al pasado, siguió explicando cómo se había visto atrapada en Nueva York en 1899, un día antes de la Separación, y cómo había ido a parar a una tribu de mágicos pilluelos callejeros encabezados por la bruja de un solo brazo, Henrietta Burke, y el chico, Rafe. Concentrada como estaba en contar la historia, Kate no se percató de cómo se tensaba su voz cuando habló de Rafe, ni de cómo enrojecían sus mejillas, pero el brujo lo oyó y lo vio. Habló de su captura por parte de Rourke, que la condujo ante el decrépito y moribundo Magnus el Siniestro. Le contó al brujo que unos humanos habían matado a la madre de Rafe, le habló de la rabia que había percibido en él, le contó que la muchedumbre había quemado la iglesia en la que vivían los niños, que Rafe y ella habían sacado a los niños y que Henrietta Burke había muerto en el incendio, no sin antes ordenarle a Kate: «Ámalo». Entonces llegó a la parte que hacía que se sintiera como una traidora hacia sus hermanos, pero siguió adelante a sabiendas de que tenía que expresarlo, y le dijo al brujo que había detenido el tiempo cuando la campana estaba a punto de aplastar a Rafe, que un miembro de la multitud le había disparado y que Rafe se había presentado ante Magnus el Siniestro y había cambiado su propia vida por la salvación de Kate, accediendo a convertirse en el nuevo Magnus el Siniestro.

—Michael no deja de pensar que todo esto es culpa suya, que Emma nunca habría sido raptada si él no le hubiese devuelto la vida a Magnus el Siniestro —dijo Kate—, pero en realidad la culpa es mía. ¡Rafe se convirtió en Magnus el Siniestro para salvarme!

—Querida, si me disculpas —el brujo golpeó la pipa contra la piedra y apagó las ascuas con el tacón del zapato—, no tiene sentido pensar así.

—Pero ¿no lo ve? ¡De todas las posibles épocas a las que habría podido enviarme el *Atlas*, me envió allí! ¡Quería que estuviese allí por algún motivo! Quería que le impidiese a Rafe convertirse en Magnus el Siniestro, y no lo hice. ¡En todo caso empeoré la situación!

—Y yo digo que no lo sabes.

—¡Sí que lo sé! Yo...

—No. Das por supuesto que el *Atlas* pretendía que le impidieses convertirse en Magnus el Siniestro, pero no puedes saberlo con certeza. Ninguno de nosotros puede. En realidad, es posible que hayas cumplido tu función exactamente como el *Atlas* pretendía.

—¡Pero no cambié nada!

El brujo se rió por lo bajo.

—¡Oh, Katherine, discúlpame, pero cambiaste muchas cosas! Considera esto: en un mundo en el que no fuiste al pasado, Rafe se convirtió en Magnus el Siniestro...

—Eso es lo que estoy diciendo...

—Déjame acabar. Se convirtió en Magnus el Siniestro. Pero ese fue un Magnus el Siniestro que no te conocía. Que no te había amado y no había sido amado por ti.

Kate notó el calor en sus mejillas.

—Usted no sabe si él... me amaba.

La voz del doctor Pym se suavizó.

—Se entregó por ti. Sus actos hablan por sí solos. Y sé que tú le amas porque tengo ojos y oídos, y llevo muchísimo tiempo estando vivo. Así que dices que no cambiaste nada, pero gracias a ti el Rafe que se convirtió en Magnus el Siniestro conoce el amor. Y al final eso puede marcar la diferencia.

—¿Cómo?

—¿Sinceramente? —Se encogió de hombros—. No lo sé.

Kate guardó silencio durante unos momentos. «Dilo», se ordenó a sí misma.

—A veces... creo que debería haber dejado que muriera.

No se atrevió a mirarle, limitándose a esperar con la vista clavada en el suelo.

Él suspiró.

—Entiendo por qué crees eso. Pero la compasión es una cualidad que nunca se debe lamentar. Y quién sabe si Magnus el Siniestro tiene alguna función que desempeñar en todo esto. Sé que es difícil de ver, pero lo que pasa ahora va incluso más allá de él.

»Ahora dime, querida, ¿hay algo más que te inquiete?

Kate volvió a pensar en el mensaje de su padre: no debían permitir que el doctor Pym reuniese los tres Libros. Una vez más, una parte de ella quiso decírselo. Pero no traicionaría la confianza de Michael. Negó con la cabeza.

—No.

—Muy bien. Entonces he de decirte esto: cuando encontremos a Emma, y lo haremos, no puedo dejar que vengas con nosotros a rescatarla.

—Pero...

—Para rescatar a Emma, esté donde esté, tendremos que ser rápidos y silenciosos. Si el enemigo sabe que vamos, la trasladará o la amenazará. Y la cuestión es que Magnus el Siniestro y tú estáis unidos de algún modo. Si estás con nosotros lo sabrá de inmediato. Lo siento. Debes quedarte aquí.

Kate quería discutir, pero también sabía que el brujo estaba en lo cierto.

—Solo quiero recuperarla.

El doctor Pym le apretó la mano.

—Katherine, llevo miles de años estando vivo, pero durante todo este tiempo he sentido en pocas ocasiones el orgullo que siento por ti. Te has convertido en la persona que yo esperaba que fueras. Pase lo que pase, el mundo está en buenas manos.

Kate le miró. Tuvo la extraña sensación de que el brujo se estaba despidiendo.

El anciano se levantó.

—Ven conmigo. Vamos a buscar a tu hermano. Sospecho que se está escondiendo de la princesa.

Salieron juntos del Jardín. Kate, que no paraba de darle vueltas a la cabeza, se olvidó de preguntar por el poder que percibía en aquel lugar. Encontraron a Michael en la habitación de ella y los tres almorzaron en el balcón, desde donde veían los barcos de refugiados que entraban en el puerto sin cesar.

Poco después les anunciaron que Gabriel había regresado. Aguardaba en los aposentos del brujo, agotado y con la tez pálida. Les dijo que Emma estaba prisionera en el macizo de Altái, en Mongolia, en una fortaleza rodeada por un ejército de diez mil imps y chirridos en el que se hallaba presente el mismísimo Magnus el Siniestro.

6

La Unión

—Lamento que no hayamos podido acercarnos más al valle —dijo el doctor Pym—, pero hay centinelas que me impiden abrir un portal allí.

Michael, Wilamena, el doctor Pym y Wallace, el enano de piernas robustas y barba negra, veterano de la aventura de los niños en Cascadas de Cambridge, estaban apiñados a la sombra de un peñasco en la ladera de una montaña. Esperaban el regreso de Gabriel y del capitán Anton, el guerrero duende, que se habían adelantado para asegurarse de que la entrada del valle fuese segura y no estuviera vigilada. Michael y los demás habían atravesado el portal a un kilómetro y medio más o menos de su ubicación actual y luego habían caminado hasta donde estaban en ese momento por un terreno abrupto y rocoso. Los pulmones de Michael tenían dificultades para respirar debido al mal de altura.

—Estoy bien —dijo, aunque su pecho seguía temblando—. En serio.

Era noche cerrada y no había luna, pero un espeso manto de estrellas daba luz suficiente para ver, y a medida que caminaban y Michael se adaptaba a la altitud, habían podido contemplar los elevados picos nevados que casi brillaban a la luz de las estrellas; el muchacho había pasado las manos por las plantas de hojas dentadas que crecían en la ladera y que debían de ser las mismas que Gabriel había descubierto y le había llevado a la abuela Peet; incluso había apreciado el aire limpio y gélido, por muy incómodo que fuese respirarlo. El paisaje era áspero y sobrio, y sin embargo a Michael le había parecido lleno de atractivos.

Salvo por los yaks. Nada más cruzar el portal, Michael había oído algo (no humano, desde luego) que bramaba en las proximidades, y al volverse vio un grupo de grandes criaturas por encima de ellos, en la ladera.

—¡Cuidado! —había gritado—. Son...

—Yaks —había dicho Gabriel—. Inofensivos.

—No tengas miedo, Conejo —había dicho Wilamena poniendo su mano entre las de él—. No dejaré que esos bichos horribles te devoren.

Y mientras la princesa de los duendes se apretaba contra él (una parte del cerebro de Michael se dio cuenta de que olía a miel, a gotas de rocío y, en cierto modo, a la esperanza de la juventud), el muchacho había visto que Wallace le miraba fijamente, con la boca abierta.

Oh, sí, habría podido prescindir de los yaks.

Por suerte, el grupo había echado a andar de inmediato, y el camino era lo bastante estrecho para que tuvieran que avanzar en fila india, lo que significaba que Wilamena no había podido marchar junto a él y coger su «patita de conejito». Finalmente habían llegado a lo que parecía una vía sin salida, un insuperable muro de roca que se alzaba entre dos picos, y el doctor Pym había conducido a Michael, Wilamena y Wallace al abrigo de un risco mientras el capitán de los duendes y Gabriel se adelantaban para asegurarse de que pudieran pasar.

—Doctor Pym —preguntó Michael—, ¿cuál es el plan?

—Mucho me temo que primero tenemos que llegar allí y reconocer la situación.

—Vale, pero una vez que rescatemos a Emma todavía tendremos que escapar de alguna forma, ¿no es así? ¿Vamos a tener que luchar?

—Si no hay más remedio... Pero los centinelas apostados en torno al valle parecen trabajar solo en una dirección, para impedir intrusiones desde el exterior. Sospecho que una vez que encontremos a tu hermana podremos abrir un portal y escapar. En realidad, cuento con ello.

Procuraban hablar en voz baja, pues cada sonido reverberaba contra la ladera rocosa. Además, Michael se movía poco a poco hacia la izquierda mientras Wilamena, agachada junto a él, trataba de introducir la mano por debajo del codo del chico. Por supuesto, cada vez que él se movía, ella hacía lo propio. Afortunadamente, Wallace se había apartado unos cuantos pasos y montaba guardia en la ladera.

Mientras esperaban, Michael se encontró pensando en su conversación con Kate antes de que se marcharan, cuando todos se encontraban reunidos en la terraza pocas horas después del regreso de Gabriel.

—Yo no voy —había dicho ella—. El doctor Pym cree que es mejor que me quede, y tiene razón. Cuídate, ¿vale? No hagas ninguna estupidez.

—¿Te refieres a algo así como meterme directamente en el baluarte del enemigo?

—Sí, algo así.

Luego su hermana le había cogido de la mano y le había mirado a los ojos.

—Michael, sabes que nunca escogería a otro antes que a vosotros. Lo sabes, ¿verdad?

Michael había asentido con la cabeza, y ahora, sentado a la sombra del risco, se sentía avergonzado por haber sugerido otra cosa.

Kate le había abrazado, y él le había devuelto el abrazo con la misma fuerza.

—La traeré de regreso —le prometió

Entonces el momento había dado un giro un tanto raro: Kate y Michael se percataron de que les estaba abrazando alguien más. La princesa de los duendes les estrechaba entre sus brazos, murmurando: «Nuestra dulce familia...».

—Conejo —Wilamena había logrado por fin pasar la mano por el hueco del brazo del muchacho y lo agarraba con la fuerza de una pitón—, ¿no me has visto hacerte gestos durante el Consejo esta mañana? Casi parecía que me estuvieras ignorando.

Michael echó un vistazo a la silueta baja y sólida que montaba guardia en la ladera y confió en que el enano estuviera demasiado lejos para oírles.

—Ah, ¿sí? Perdona. Estaba concentrado mirando al doctor Pym.

—Claro, estás preocupado por tu pobre hermana. Bueeeno... Estaba pensando que cuando regresemos a Loris deberíamos anunciar públicamente nuestro compromiso.

—¿Nuestro qué?

—Pues nuestro compromiso de boda, tonto. Por cierto, no tienes buena cara. ¿Te encuentras mal?

El sonido de un fuerte trueno le evitó a Michael tener que responder. El chico se dirigió a la ladera mientras el brujo alzaba la vista al cielo sin nubes.

—¿Qué pasa? —preguntó Michael—. ¿Se avecina una tormenta?

—Chist.

El doctor Pym tenía los ojos cerrados como si escuchara el viento. Y entonces a Michael le pareció percibir un temblor en el aire. Bajó la mano hasta su bolsa, buscando a tientas el bulto de la *Crónica*. Ocurría algo malo.

—No —susurró el brujo—, no puede estar...

—¿Qué? —inquirió Michael—. ¿Qué pasa?

—Magnus el Siniestro. Está intentando una Unión.

Emma oyó el trueno y miró por las ventanas de su celda, preguntándose cuánto tardaría la tormenta en estar encima de ella.

«Voy a quedar empapada», pensó.

Apenas había dormido en dos días. Cada vez que cerraba los ojos veía a la señorita Crumley boca abajo sobre el pastel de chocolate destrozado. Se dijo que no era culpa suya, pero no sirvió de nada. Se sentía como una asesina.

Rourke la había visitado otra vez la noche anterior, la había sacado de la fortaleza y la había llevado a la tienda situada en el centro del ejército, donde Magnus el Siniestro —ni siquiera pensaba en él como Rafe— aguardaba junto al cuenco de cristalomancia de plata.

—Muy bien —le había dicho él—. Tenemos mucho que hacer, diez años de directores de orfanato con los que acabar.

Pero Emma se había negado a mirar siquiera el cuenco.

—Podría obligarte a mirar —había comentado él con voz serena, casi simpática.

Emma se había mantenido en sus trece, y al final él se había limitado a hablarle, lo cual había sido casi igual de malo, diciéndole que si continuaba oponiéndose a su naturaleza y negando la rabia que vivía en su interior solo conseguiría destruirse a sí misma.

¡Era falso! Ella no era así; ¡no era una asesina!

¿De verdad? ¿No le mataría a él si tuviera oportunidad de hacerlo? ¿No mataría a Rourke? ¿Acaso no se había pasado las horas en su celda imaginando distintas formas de acabar con ellos? ¡Pero se lo merecían! ¡Matar a quien se lo merecía no te convertía en una asesina! Le estabas haciendo un favor al mundo.

Aun así, sabía que no era bueno para ella fantasear con matar a Magnus el Siniestro y a Rourke. Sin embargo, ocurría de forma natural; estaba pensando en Kate, Michael y Gabriel, preguntándose dónde estaban y por qué no iban a por ella; se agitaba y se asustaba cada vez más; su miedo se volvía rabia —que por supuesto dirigía hacia Magnus el Siniestro y Rourke—, y luego su rabia seguía creciendo, provocándole cada vez más pánico y desesperación, por lo que cuando estaba menos preparada para afrontarlo aparecía el rostro de la señorita Crumley, morada y pugnando por respirar, acusándola de ser una asesina.

Emma se incorporó. Se oían pisadas en las escaleras. Entonces se abrió la puerta y apareció Rourke en el umbral, sosteniendo en alto una antorcha y flanqueado por un par de *morum cadi*.

—No voy a bajar a esa estúpida tienda. Vas a tener que llevarme en brazos.

Rourke sonrió, y su sonrisa era de deleite y triunfo.

—¡Oh, esta noche no tendrás que mirar dentro de ningún cuenco, niña!

Entonces Emma oyó un sonido, o mejor dicho tomó conciencia de él, un toc-toc-toc regular que sonaba cada vez más alto en las escaleras. Rourke se apartó hacia un lado y una figura de túnica roja entró en la habitación arrastrando los pies. Era el anciano al que había visto la primera vez que caminó entre las tropas, dos noches atrás. Estaba allí, apoyado en su cayado y mirándola con un ojo gris oscuro y su espeluznante y ciego ojo blanco.

—¿Recuerdas que te dije que algunos de los *necromati* eran antiguos enemigos de Magnus el Siniestro? Este individuo fue uno de los que ayudaron a Pym a matar a mi amo hace cuarenta años. Pym y él eran amiguetes de toda la vida. Ahora es fiel sirviente de mi amo. ¿No es así?

El anciano siguió mirando a Emma sin decir nada.

—Aunque no se acuerda —siguió diciendo Rourke—. Ni siquiera sería capaz de decirte cómo se llama. Solo sabe que adora a nuestro amo y vive para servirle. Y esta noche eso significa algo muy especial para ti.

Entonces el anciano dio un paso adelante y su cayado golpeó el suelo de piedra. Levantó una mano y la alargó hacia Emma, que gritó sin poder contenerse.

—Una Unión —dijo el doctor Pym—. Siempre supe que existía esa posibilidad, pero no creí que fuera a arriesgarse. He sido un insensato al subestimarle.

—¿Y qué es? —preguntó Michael, sin intentar siquiera hablar en voz baja. Con los truenos y el viento, no parecía tener sentido.

Wilamena y Wallace se habían situado junto a él. Seguían esperando el regreso de Gabriel y el capitán de los duendes.

El brujo le miró.

—Tanto tú como Katherine estáis unidos a los Libros como Protectores. Esas uniones se desarrollaron de forma natural, como debía ser. Pero hay un ritual, en teoría, pues nunca se ha llevado a cabo realmente, que forzaría la unión entre Emma y la *Cuenta*.

—¿Y ese ritual es peligroso?

—Sí. Es peligroso. —El doctor Pym apoyó una mano sobre el hombro de Michael—. Todos tenemos una parte que no es mente ni cuerpo. Llámala espíritu, alma o ánima. Es ahí donde se halla la magia que hay en nosotros.

—¿Se refiere a la *Crónica*?

—No. Me refiero a la magia con la que nacimos.

—Pero...

—Déjame acabar. Magnus el Siniestro habla de la separación entre lo mágico y lo no mágico, pero sabe que eso es una falacia. Todos los seres vivos tienen magia, aunque permanezca latente durante toda su vida. De hecho, puede ser que la naturaleza misma del espíritu sea magia. Es un misterio que nunca he sondeado a fondo. Lo que debes entender es que cuando te convertiste en Protector la *Crónica* se unió a tu espíritu. Lo mismo hizo el *Atlas* con Katherine. Y ahora Magnus el Siniestro está intentando separar el espíritu de Emma de su cuerpo y enviarlo a buscar la *Cuenta*.

—Y entonces ¿podría conducirle al lugar donde está oculta? —preguntó Michael.

—Es una posibilidad.

«¿Y cuáles son las otras posibilidades?», se preguntó Michael inmediatamente.

El viejo brujo le apretó el hombro con fuerza.

—Debemos llegar allí antes de que finalice el ritual. Y debes utilizar la *Crónica* para traer su espíritu de vuelta.

Michael asintió con la cabeza, nervioso. Se dijo que eso le permitiría subsanar el error de haberle devuelto la vida a Magnus el Siniestro; era su oportunidad.

Justo entonces regresó Gabriel.

—La entrada del valle está abierta. El capitán Anton monta guardia. Vamos.

Echaron a andar y llegaron enseguida a la base del muro de roca. Se alzaba ante ellos, inmenso e ininterrumpido, pero Gabriel se detuvo solo para mirar atrás y asegurarse de que todos estuviesen allí; luego entró en la montaña y desapareció.

Michael soltó un bufido.

—Una ilusión —dijo el doctor Pym—. Apresurémonos. ¿Princesa?

Wilamena besó a Michael en la mejilla y cruzó la pared rocosa. El doctor Pym fue el siguiente, desvaneciéndose también, y luego solo quedaron Michael y Wallace.

Michael miró incómodo al enano. El punto de la mejilla donde Wilamena le había besado le ardía aún.

—Duendes —murmuró sin saber qué decir.

Wallace se metió los pulgares en el cinturón y sacudió la cabeza.

—No tengas miedo, chico. Wallace el enano sabe guardar un secreto. Siempre he dicho que la vida privada de un camarada es eso: privada. —Luego añadió—: Aunque sea rarísima.

Resultaba difícil no acobardarse al avanzar directamente hacia un muro de roca, pero Michael se limitó a cerrar los ojos, y cuando los abrió al cabo de un momento, caminaba por un estrecho hueco entre dos picos. Empezó a oír tambores y gritos en la distancia. Ante él brillaba una luz que no era la de las estrellas.

Al unirse a los demás, que aguardaban en una ladera que caía hasta un amplio valle, Michael vio una inmensa masa oscura que se extendía en ambas direcciones, salpicada por rojas columnas de fuego. Michael comprendió que estaba contemplando un ejército, y le temblaron las piernas al asimilar sus dimensiones. Oyó que Wallace se situaba junto a él y murmuraba:

—¡Caramba! ¡Eso sí que es un ejército!

—Allí —dijo Gabriel señalando.

Michael miró y vio la fortaleza que se levantaba sobre una aguja rocosa en el centro del valle. Estaba iluminada por antorchas, y Michael pudo distinguir la torre que se alzaba torcida hacia el cielo. ¿Estaba allí Emma o la habían trasladado para el ritual? Si la habían trasladado, ¿cómo la encontrarían?

Michael estaba pensando en ello cuando vio de reojo que un relámpago serpenteaba en el cielo. Al mismo tiempo oyó otro trueno y vio en el horizonte más rayos y una concentración de nubes oscuras. Era una tormenta como Michael nunca había visto, pues parecía proceder de todas las direcciones a la vez y converger en el valle a una velocidad increíble.

—Princesa —dijo el brujo—, ¿está preparada?

Wilamena asintió con la cabeza y se sacó algo de un bolsillo. Michael reconoció la pulsera de oro que una vez la había convertido en una dragona.

—¡Pero si quedó cortada después de que nos rescatara y nos llevara con los duendes!

—Cierto —dijo el doctor Pym—, pero tuve la impresión de que tener a un dragón de nuestro lado podía resultar práctico. Rehíce el hechizo y le encargué a un herrero enano que forjara un cierre para que la princesa pudiera ponérsela y quitársela cuando quisiera. Es mejor que te apartes.

Y Wilamena, que se había abrochado la pulsera en torno a la muñeca, se estaba transformando ya en la enorme dragona de escamas doradas que Michael había conocido en la Antártida. Su espalda se estiró a lo ancho y a lo largo; sus dedos se volvieron garras; de sus costados brotaron unas grandes alas parecidas a las de los murciélagos; cayó a cuatro patas mientras le nacía una cola; y cuando la cabeza de la dragona se giró hacia él, Michael vio que los cristalinos ojos azules de la princesa se habían vuelto del color de la sangre.

—Hola, Conejo —dijo la dragona con un rugido profundo y sensual.

Los rayos se extendían ya por los bordes del valle. El viento azotaba a Michael, a punto de tirarle al suelo.

—¡Amigos míos! —gritó el brujo—. ¡Magnus el Siniestro habrá dedicado gran parte de su poder a llevar a cabo la Unión! Es vulnerable. ¡Pero hay poco tiempo! ¡Tenemos que ser extremadamente rápidos!

Michael notó que Gabriel le aupaba, y al cabo de un instante todos estaban sentados sobre el lomo de la dragona Wilamena, que con un poderoso salto alzó el vuelo.

Murmurando entre dientes, el viejo brujo del ojo blanco tocó la frente de Emma con un dedo nudoso, y la muchacha notó que un temblor le recorría el cuerpo como si todo su ser quedase suelto. El anciano se volvió a continuación y le hizo a Rourke una señal con la cabeza. Uno de los chirridos se adelantó y se la echó al hombro. Emma trató de debatirse, pero el contacto de las manos de la criatura, frías y medio podridas, le provocó náuseas, minando sus fuerzas. Además, ¿qué iba a hacer? ¿Escapar? Rourke les condujo por las escaleras de la torre, luego por otras escaleras y después hasta el patio. El toc-toc del cayado del anciano sonaba firme y constante a sus espaldas.

En el centro del patio había una gran hoguera cuyas llamas ardían con violencia avivadas por el viento. Otras dos figuras de túnica roja daban vueltas en torno al fuego, cantando y arrojando en él lo que parecían puñados de arena o polvo, que hacían que las llamas se alzaran más todavía, y el brujo del ojo blanco avanzó para unirse a ellas. Había imps y chirridos junto a los muros del patio. Llevaron una silla de madera y colocaron a Emma frente al fuego, lo bastante cerca para que pudiera notar el calor contra su piel. Le ataron los brazos y las piernas a la silla con correas de cuero.

Desde cada rincón del cielo, los relámpagos dibujaron rayas que formaban un arco hacia la fortaleza.

No vio a Magnus el Siniestro por ninguna parte.

—No tengas miedo, niña —dijo Rourke, como si le adivinara los pensamientos—. El poder de nuestro amo nos rodea.

Emma no dijo nada. Hasta el momento en que la sentaron en la silla estaba convencida de que la rescatarían, de que Kate, Michael, Gabriel y el doctor Pym, todos o alguno de ellos, aparecerían y se la llevarían de allí. Lo creía a pies juntillas. Se habría jugado la vida. Sin embargo, cuando vio saltar las llamas por encima de su cabeza comprendió que no vendría nadie. Estaba sola.

Las figuras vestidas con túnicas rojas cantaban cada vez más alto, pero el viento se llevaba sus voces. Miró a Rourke y a punto estuvo de suplicarle que detuviera aquello, unas palabras que días atrás jamás habría pronunciado. Pero estaba demasiado aterrada para hablar. Solo pudo morderse los labios y gimotear.

Quería a su hermana. Ya ni siquiera se trataba de ser rescatada. Quería a Kate allí para que la abrazara; quería notar los brazos de su hermana a su alrededor, oír su voz diciendo que todo saldría bien. Pero Kate no había aparecido; no había aparecido nadie.

No lloraría; sería lo único que no les daría.

«No te asustes.»

Emma volvió la cabeza; era la voz de él. ¿Dónde estaba?

«Te estoy ayudando a cumplir tu destino. Y también el mío.»

«¿Qué me estás haciendo?» Y se dio cuenta sobresaltada de que estaba pensando su respuesta, no diciéndola en voz alta.

«Te envío a buscar la *Cuenta*. Mejor dicho, envío a una parte de ti.»

Antes de que pudiera preguntarle a qué se refería, comenzó a suceder algo extraordinario.

Fue como si el aire se espesara en torno a Emma. Le presionaba los ojos, los tímpanos, las palmas de las manos y hasta las plantas de los pies. Y de repente estaba en su interior, estrujándole los huesos y los órganos, entre ellos el corazón. Empezó a sentir que estaban extrayendo algo de ella, de cada fibra y célula de su cuerpo, como si fuese una pieza de fruta que alguien estuviera exprimiendo. Y ese algo que le estaban quitando era insustancial y vital al mismo tiempo. Intentó retenerlo, pero le fue imposible. Notó que ese algo abandonaba su cuerpo y, acto seguido, durante un solo momento horrible y extraño, lo vio flotar en el aire ante ella, despidiendo un brillo trémulo. Después fue arrojado al fuego mediante un desgarrador tirón. Emma se derrumbó contra el respaldo, vacía.

7

El brujo paga su deuda

El viento les golpeaba, lanzándoles de un punto a otro del cielo. Un rayo estremeció el aire, lo bastante cerca para que Michael notara la electricidad que desgarraba la atmósfera. Sentado justo detrás de la cabeza de la dragona, Michael no tenía ningún sitio al que agarrarse, y tuvo que utilizar los muslos para aferrarse al cuerpo escamoso con forma de barril. Desde luego, se habría caído si Gabriel, sentado detrás de él, no le hubiera pasado un brazo por la cintura.

Una vez que estuvieron sobre la fortaleza, Wilamena se inclinó formando con el cuerpo un estrecho círculo de forma que pudieran contemplar el patio, una sola mancha brillante en la oscuridad.

—La veo —dijo la dragona—. La tienen atada a una silla. Cuento cuarenta entre *morum cadi* e imps. Rourke también está ahí.

—De Rourke me ocupo yo —dijo Gabriel.

—También hay tres *necromati* —continuó la dragona—. Pero no veo al Oscuro.

—Está ahí —respondió la voz del doctor Pym desde detrás de Gabriel; gritaba para hacerse oír por encima del fuerte viento—. Tenemos que actuar con rapidez. Gabriel mantendrá a raya a Rourke. Wallace, el capitán Anton y la princesa Wilamena se ocuparán de los imps y del *morum cadi*. Dejadme a mí a los *necromati*. Michael, tú debes liberar a tu hermana.

—¡Vale! —exclamó Michael, llevándose la mano al costado; el cuchillo fabricado por los enanos seguía allí.

—Podría rescatarla —dijo la dragona—, y marcharnos en un instante.

—¡No! —gritó el brujo—. ¡El ritual ha empezado! Hay que devolverle su espíritu. ¡Ahora, desciende!

Y Michael notó que Gabriel le agarraba con más fuerza mientras la dragona se inclinaba todavía más y, batiendo las alas unas cuantas veces, descendía dibujando una espiral. El aire gélido le azotó el rostro, y Michael levantó una mano para impedir que sus gafas salieran volando. La *Crónica*, en el bolsillo interior de su bolsa, se agitaba detrás de él mientras las figuras del patio aparecían en su campo de visión.

Se le humedecieron los ojos, pero pudo seguir distinguiendo las siluetas de *morum cadi* e imps, pudo ver las figuras de túnica roja alrededor del fuego, pudo ver a Rourke, cuya cabeza calva reflejaba las llamas.

Y luego vio a Emma cabizbaja, pequeña y vulnerable.

«Estoy aquí —pensó—. Ya llego.»

Cuando aún estaban a treinta metros del patio, Rourke alzó la vista.

Michael no oyó el grito del gigante, ya que el fuerte viento era ensordecedor, pero el efecto en los imps y *morum cadi* reunidos fue instantáneo. El patio se llenó de espadas, y Michael vio que Rourke daba un paso hacia Emma y sacaba un par de largos cuchillos curvos de debajo de su abrigo.

De pronto, Wilamena se lanzó en picado hasta situarse a seis metros del patio. Michael notó que el brazo de Gabriel se apartaba, y al volver la vista atrás vio que Gabriel saltaba desde el lomo y volaba por el aire para estrellarse con los pies contra el pecho de Rourke, llevando consigo toda la fuerza del descenso y derribando al hombre. Michael miró de nuevo hacia delante mientras Wilamena soltaba un torrente de llamas que consumió la tercera parte del patio junto con una docena de chirridos e imps. La dragona batió las alas, aminorando la velocidad para aterrizar. Sin embargo, antes de que sus garras tocasen siquiera las piedras, Wallace y el capitán Anton, con el hacha y la espada en ristre, habían saltado ya desde su lomo.

—¡Adelante! —vociferó el doctor Pym, ayudando a Michael a bajarse de la dragona y empujándole hacia Emma, que en ese momento permanecía sin vigilancia junto al fuego—. ¡Adelante!

Mientras Michael corría hacia su hermana oyó que Wilamena soltaba otro chorro de llamas y vio que Rourke empezaba a levantarse. Gabriel luchaba contra los imps y *morum cadi* que le atacaban por todas partes, y el capitán Anton y Wallace corrían junto a Michael, flanqueándole. Justo antes de llegar junto a Emma, Michael volvió la cara y vio que el doctor Pym avanzaba hacia las tres figuras de túnica roja, dos de las cuales se habían adelantado. La tercera permanecía rezagada. Era un anciano de pelo cano que se apoyaba en un cayado y que tenía algún problema en un ojo. En las manos del doctor Pym ardía un fuego azul...

Y entonces Michael se arrodilló ante Emma y olvidó todo lo demás.

Le habían atado los brazos y las piernas a la silla con correas de cuero. Tenía la cabeza caída hacia delante, por lo que la barbilla le descansaba sobre el pecho. Michael no vio heridas, cortes ni cardenales, pero la muchacha tenía las manos y la cara muy sucias, y llevaba la misma ropa que cuando la raptaron días atrás.

—¡Emma!

Le cortó las ataduras; las manos le cayeron sobre el regazo, pero la cabeza siguió colgando hacia delante y sus ojos se mantuvieron cerrados.

—¡Apresúrate! —exclamó la voz del doctor Pym, dominando el fragor de la batalla—. ¡La *Crónica*!

Al volverse un poco, Michael vio que dos de las figuras de túnica roja se habían convertido en pilares de fuego, ardiendo donde estaban, y que el viejo brujo se enfrentaba al hombre canoso, que en ese momento golpeó el patio con su cayado. Una grieta se abrió en las piedras en dirección al doctor Pym, obligando al brujo a apartarse de un salto del abismo que se ensanchaba. Michael oyó, o creyó oír, que el doctor Pym decía: «Lo siento, viejo amigo» mientras agitaba la mano y el hombre quedaba envuelto en llamas. Michael volvió la espalda, metió la mano en su macuto y sacó la *Crónica*. El pesado libro encuadernado en piel roja pareció vibrar de expectación. Michael experimentó una emoción semejante al saber que pronto estaría en contacto con su poder. Entonces, justo cuando había empezado a abrirlo, notó algo a su espalda y giró en redondo...

Kate no tenía la menor idea de cuándo podían regresar los rescatadores, pero suponía que al menos tardarían varias horas, y tal vez mucho más. Se lo dijo a sí misma para no preocuparse a lo largo de la noche; pero sabía que se preocuparía de todos modos durante cada instante que transcurriera hasta que Michael y los demás regresaran con Emma.

Habían partido al anochecer desde la terraza abierta en la que se había celebrado el Consejo, desapareciendo en un portal creado por el doctor Pym. Después, Kate había permanecido allí sola, contemplando cómo se hundía el sol en el mar y abrazándose para protegerse del frío creciente.

Ya estaba completamente oscuro, y las luces de los barcos que se aproximaban se extendían como piedras preciosas arrojadas a través de la tabla negra del mar. La muchacha volvió la espalda a la escena con la intención de bajar hasta el puerto, donde el rey Robbie supervisaba las obras de fortificación. Pero diez minutos más tarde, sin haberlo decidido conscientemente, se encontró de nuevo en el Jardín, bajo los brazos del gran árbol, sentada junto a la negra charca.

En la oscuridad el árbol parecía aún más inmenso y primitivo; la charca, más oscura y serena. Kate cerró los ojos y percibió el poder que irradiaban las raíces bajo sus pies y las ramas sobre su cabeza. Como ya le había sucedido, se sintió más tranquila. Se sentó en una de las rocas blancas y planas que estaban dispuestas en el claro. El tiempo pareció transcurrir más despacio. Su inquietud por Emma y Michael disminuyó.

Se puso a pensar en las palabras que habían intercambiado Gabriel y el doctor Pym justo antes de que partiera el grupo. Solo había oído parte de lo que decían, pero el tono de la conversación la había impresionado mucho. En el pasado, Gabriel siempre se había mostrado respetuoso con el brujo. Sin embargo, mientras los dos hablaban en la terraza su actitud había sido cauta y desafiante. Luego estaba el fragmento que Kate había oído, el brujo diciendo: «Comprendo tu opinión y la respeto. Solo pido que confíes en mí un poco más. La profecía es la clave...».

¿De qué estaban hablando? ¿Por qué tendría el doctor Pym que pedirle a Gabriel que confiara en él? ¿Guardaba aquello relación con la advertencia que su padre le había hecho a Michael acerca de no permitir que el doctor Pym reuniese los tres Libros? ¿Qué quería decir con lo de la profecía? Kate decidió que cuando Michael regresara le convencería de que tenían que hablar con el doctor Pym. Estaba harta de secretos, de no saber.

No habría sido capaz de decir en qué momento fue consciente de una presencia detrás de ella. No oyó que nadie se aproximara. No se partió ninguna ramita. Nadie tosió ni pronunció su nombre. Simplemente supo de pronto que no estaba sola.

Se volvió, y el mundo se detuvo.

Él se hallaba a menos de dos metros. El claro entero estaba inmerso en las sombras, aunque aparecía salpicado aquí y allá por extensiones y manchas de claridad procedente de las estrellas. El chico llevaba la misma ropa con la que Kate le había visto por última vez, más de cien años atrás. Su cabello oscuro estaba alborotado y sus ojos parecían casi negros en la oscuridad.

No era real; no podía serlo. La muchacha se dijo que si cerraba los ojos y contaba hasta diez desaparecería.

Había llegado a tres cuando él pronunció su nombre.

Kate abrió los ojos. Rafe no se había movido.

El chico le dijo:

—Es una trampa; él les está esperando.

Michael vio que el muchacho emergía ileso de entre las llamas. Él no se sorprendió tanto como Emma ante su aparente juventud. Al fin y al cabo, Michael ya se había encontrado con él una vez, en la fantasmagórica iglesia del Pliegue, el punto en el que coincidían el mundo de los vivos y el mundo de los muertos. Por ese motivo, no fue su edad lo que dejó momentáneamente paralizado a Michael, sino más bien su absoluta calma y serenidad en mitad de aquel caos. El anciano del ojo blanco, la última de las figuras vestidas con túnicas rojas, estaba envuelto en llamas e iba convirtiéndose en ceniza. Sin embargo, el muchacho ni siquiera volvió la vista hacia allí. De hecho, estaba sonriendo.

—Pym —manifestó con desprecio—, hace mucho que esperaba este momento. —Michael sintió que el muchacho dejaba de mirar al doctor Pym para mirarle a él—. Y hasta me has traído a Michael.

Pym reaccionó mascullando unas palabras que Michael no pudo oír del todo y extendiendo la mano derecha. Detrás del chico, el muro del patio estaba cubierto de espesas vides que se separaron de la pared y se enroscaron alrededor de él, rodeándole los brazos, las piernas y el cuerpo y derribándolo al suelo.

—¡Princesa! —gritó el brujo.

Michael vio que la dragona dorada cruzaba de un salto el patio para cernerse sobre el cuerpo que se debatía y le soltaba un chorro de llamas blanco azulado. Michael volvió la cabeza hacia el otro lado, pero el calor le provocó un picor entre el pelo de la parte posterior de la cabeza. Cuando se detuvo el rugido de llamas oyó un rechinamiento y un crujido, y vio que el doctor Pym impulsaba los brazos hacia delante. La torre de la fortaleza se tambaleó contra el cielo, sobre sus cabezas. Michael se arrojó sobre Emma justo antes de que la sacudida provocada por el desplome les arrojara a un lado. Fragmentos de roca le acribillaron la espalda y los brazos, y cuando por fin llegó el silencio —un silencio espeluznante, solo roto por el ruido de la tormenta que seguía formándose arriba— se volvió con los ojos irritados por el polvo y vio la montaña de piedras negras y rotas donde el chico, Magnus el Siniestro, se hallaba antes.

Entonces el doctor Pym se volvió hacia él, gritando:

—¡Por lo que más quieras! ¡No pasará mucho tiempo atrapado! ¡Tráela! ¡Ya!

Y Michael se volvió hacia su hermana, abrió la *Crónica* y se detuvo.
Emma le miraba, y había un vacío y una desolación tan grande
en sus ojos que Michael sintió una puñalada en el corazón.

—Llegas demasiado tarde —dijo la muchacha.

Gabriel oyó que el brujo gritaba, pero no miró hacia allí. Rourke se
le echaba encima, moviendo tan deprisa sus cuchillos —en las manos de un hombre normal habrían sido espadas— que Gabriel solo
podía reaccionar a base de instinto y conjeturas.

Habida cuenta de la fuerza con que Gabriel le había golpeado al
saltar del lomo de la dragona, resultaba asombroso que Rourke estuviera en pie y luchando. Pero Rourke no tenía nada de normal.
Gabriel sufría ya cortes en ambos brazos y una herida en las costillas,
mientras que Rourke sangraba por un profundo corte en el hombro
y un golpe en la frente que Gabriel le había asestado con el pomo
de su espada.

Gabriel había asistido al desplome de la torre y sabía que Rourke
lo había visto también, pero si el gigante se sentía desalentado al ver
sometido a su amo, no daba signos de ello.

—Me sorprende, chaval —la punta de uno de los cuchillos de
Rourke desgarró el aire a dos centímetros y medio del ojo de Gabriel—, que sigas ayudando al viejo brujo. ¿No me escuchaste cuando
te dije que llevaba a los niños a su perdición?

Gabriel le arreó una patada en el estómago y fue como patear una
piedra.

—Pero tu pequeña Emma es un portento —siguió hablando el
gigante, impertérrito—. Mi amo ve en ella una rabia que podría destrozar el mundo.

Gabriel paró uno de los cuchillos de Rourke, pero notó que el
otro dibujaba en su antebrazo una línea sangrante.

—¿No sería un final magnífico? La niña que tanto te esfuerzas por
salvar nos destruye a todos y se destruye a sí misma de paso. ¿Puede ser
que tu brujo tenga la misma idea? Tal vez deberíamos ser aliados al fin
y al cabo.

Gabriel bajó la espada con todas sus fuerzas, lanzando un grito. Rourke interceptó la hoja alzando sus cuchillos con forma de V.

—Creo, chaval, que debes ser tu propia clase de necio particular.

Arrancó la espada de las manos de Gabriel y la arrojó al otro lado del patio. Se abalanzó hacia él, y Gabriel habló por primera vez.

—Hay muchas clases de necios —dijo y se agachó.

Rourke se volvió justo a tiempo de ver que la gran cola acorazada de la dragona oscilaba y le daba un golpe que le hizo atravesar el muro de la fortaleza. Gabriel había visto la dragona por encima del hombro de Rourke y adivinó sus intenciones. A continuación vio como Rourke caía por el precipicio y se perdía de vista. Se volvió hacia la dragona dorada.

—Gracias.

La dragona rugió en respuesta y acto seguido giró en redondo para asar a un grupo de chirridos que se hallaba a sus espaldas. Gabriel buscó su espada y, con cierta sorpresa, la encontró a sus pies. La cogió y se hizo cargo rápidamente de la situación en el patio. Solo quedaba un puñado de enemigos, pero no tardarían en llegar refuerzos desde el valle. Además, Magnus el Siniestro se liberaría pronto de su improvisada prisión. Era el momento de marcharse.

Sin poder evitarlo, Gabriel miró a la pequeña Emma, derrumbada en la silla, y su mente volvió a lo que Rourke había dicho: «Una rabia que podría destrozar el mundo».

¿Qué le estaban haciendo?

Lo que le habían quitado, fuese lo que fuese, había desaparecido. Había sido lanzado al fuego. Y luego ¿adónde? Solo sabía que estaba en otro lugar, un lugar tremendamente lejano. Y tal vez «desaparecido» no fuese la palabra correcta, porque aún podía sentirlo, como si hiciese volar una cometa con un hilo muy, muy, muy largo.

Pero cuanto más se alejaba más débil se volvía la conexión y más se afinaba el cordón que la unía a aquello, y en ese momento el más leve movimiento o sacudida amenazaba con romper el vínculo por completo.

¿Qué era lo que le habían quitado? Aún no lo sabía. Se sentía tan fría y vacía como si fuese un armazón de vidrio que pudiera hacerse añicos al más leve contacto.

Michael se había arrodillado a su lado, con ese libro rojo suyo abierto sobre los muslos. Aparecieron unas llamas sobre la superficie del libro y sonó un chasquido en el cordón que la conectaba con esa parte de sí misma perdida y distante. Sentía que Michael trataba de llevarla de vuelta. Pero no quería acudir.

Oyó que su hermano le gritaba al doctor Pym que aquello no funcionaba, que necesitaba ayuda.

De pronto, Gabriel estaba a su lado con una expresión alarmada en el rostro ensangrentado. Al verle le dio un vuelco el corazón, y Emma supo que al fin y al cabo no estaba hueca. Si no se hubiera sentido tan débil, habría saltado a sus brazos.

—¡Debemos marcharnos ahora que podemos! —le dijo Gabriel al brujo.

Pero Michael protestaba, diciendo que aún no había atraído de vuelta su espíritu. ¿Su espíritu? ¿Era eso lo que le habían quitado?

En ese momento el doctor Pym abrió la boca para hablar, pero la explosión le obligó a interrumpirse.

Emma apenas se dio cuenta. Había comprendido que la parte que le faltaba no se había alejado sin más; algo allí fuera tiraba de ella.

Y supo qué era ese algo.

Sintió que el mundo se desmoronaba a su alrededor y, siguiendo algún instinto o tal vez un mensaje que le enviaba su espíritu a través de ese cordón que aún los conectaba, cerró los ojos.

Durante unos momentos Michael solo oyó un zumbido en su cabeza.

Cuando el humo y el polvo se aclararon, alzó la vista.

Vio la dragona dorada volando hacia la figura de Magnus el Siniestro, el cual emergía, aparentemente ileso, del humo y el fuego...

Vio que el chico brujo agitaba la mano y que la dragona se volvía hacia Wallace...

Vio el chorro de llamas blancas que envolvía al enano...

Vio que el capitán Anton se apartaba de un salto del torrente de llamas dirigido contra él.

Michael cerró los ojos, atragantándose con el polvo, y cuando volvió a mirar el duende estaba a horcajadas sobre la dragona, rodeándole el cuello con una cuerda. La dragona corcoveaba y se retorcía en el aire, tratando de desmontar a su jinete...

Vio el hacha de Wallace en el suelo, negra y humeante...

Vio que el doctor Pym le hacía a Gabriel un gesto con la cabeza e iba al encuentro de Magnus el Siniestro...

Entonces Michael comenzó a recuperar el oído, y lo primero que oyó fue su propia voz gritando el nombre del brujo, pero el brujo no se volvió.

Un viento que nada tenía que ver con la tormenta que se formaba arriba se había desatado en el patio. Formaba remolinos que disipaban el humo de color mostaza y dejaban a la vista los cadáveres de los *morum cadi*, y azotaban la mejilla de Michael con palitos y trozos de piedra, creando un ciclón en torno al doctor Pym y el chico moreno.

—¡¿Qué está haciendo?! —gritó Michael.

Gabriel, quieto como una estatua, no dijo nada. Michael observó que el viejo brujo y el chico moreno se situaban frente a frente mientras el tornado se estrechaba a su alrededor. Michael les perdió de vista en el torbellino de polvo y escombros, aunque le pareció que se alzaban en el aire. Vio que el ciclón atrapaba a la dragona dorada y a su jinete, les hacía girar y les ponía a dar vueltas de campana por el cielo nocturno. De reojo, vio que las puertas del patio se abrían de golpe, que Rourke entraba a paso de carga al frente de una legión de chirridos y que se detenía ante la imposibilidad de avanzar a causa del tornado. De pronto, todo lo que no era piedra salió volando y Michael cerró los ojos. Gabriel se arrojó sobre Emma y él, sujetándolos contra el suelo.

Una voz gritaba su nombre, y Michael supo que algo le pasaba a su oído, pues no podía estar oyendo realmente la voz.

—¡Michael!

Abrió los ojos entre los remolinos de viento y vio a Kate allí, agarrando su mano. Gabriel abrazó a Emma mientras Kate extendía el brazo hacia él.

—¡Hay que marcharse ahora mismo!

—¡No!

—¡Sí! Hay que...

—¡No! ¡Espera!

Tenía que intentar una vez más reclamar el espíritu de Emma, y abrió el libro, colocó la mano sobre la página...

Pero entonces se detuvo el viento y todo quedó inmóvil. Michael se volvió sin poder evitarlo y vio a Magnus el Siniestro de pie en el centro del patio, con la mano apoyada en el hombro del doctor Pym, que estaba de rodillas, con los hombros caídos y la cabeza gacha.

—Si os marcháis, el brujo muere.

Era como estar en un sueño.

Emma sabía que su cuerpo estaba en el patio, con Michael y Gabriel a su lado. Pero su espíritu estaba ahí, estuviese donde estuviese ese «ahí», y ella estaba viendo lo que su espíritu veía. Sobrevolaba una tierra invadida por el humo y el fuego, y tiraba de ella la misma fuerza inexorable que antes.

Sintió un escalofrío de terror. ¿Era eso lo que sucedía cuando morías? ¿Había muerto? ¿Y si no podía volver?

Entonces empezó a elevarse a lo largo de un risco enorme, cada vez más deprisa, y olvidó la pregunta.

Vio una criatura posada en el risco que se volvía para mirarla; tenía el cuerpo de un hombre, pero la cara y la cabeza de un gran pájaro negro. De pronto la dejó atrás y siguió cruzando la oscuridad, más rápido aún. Lo que la llamaba, lo que tiraba de ella, estaba ahí. El libro.

Alargó unos dedos fantasmales. Estaba tan cerca...

Y entonces el cordón que la unía a su cuerpo, ya a mundos de distancia, se tensó de golpe...

El patio estaba tranquilo.

Rafe tenía la mano apoyada en el hombro del brujo y sonreía.

—Kate, eres tú de verdad...

—¡No! —Kate notaba que las lágrimas le quemaban los ojos—. ¡No hagas eso!

Quiso decir: «No te comportes como si fueras tú». Pero no pudo, porque él era Rafe, el mismísimo Rafe, tal como le recordaba, tal como le había visto solo unos momentos antes. Y al verle, al oírle, el corazón se le retorció dolorosamente en el pecho. Se dijo que si hubiese tenido más tiempo para prepararse habría podido estar lista para aquello. Sin embargo, en un segundo había pasado de hallarse en el Jardín, invocando la magia del *Atlas*, a estar ahí, en mitad del caos, con Emma desplomada a su lado, Michael frenético, Wallace, Wilamena y el capitán Anton en ninguna parte, el doctor Pym de rodillas, Rafe de pie allí, mirándola...

Y la verdad era que por mucho tiempo que hubiera tenido, no habría podido estar preparada.

—¡Kate! —exclamó Michael con voz temblorosa. Su rostro estaba cubierto de sudor; le temblaban la voz y el cuerpo. Cerró el libro rojo de golpe, y el fuego se apagó—. ¡Lo he hecho! ¡He recuperado su espíritu!

¿De qué estaba hablando? ¿Qué quería decir con eso de que había recuperado su espíritu?

—Podemos irnos —siseó Michael—. ¡Ya!

—Kate. —La voz de Rafe tiró de ella—. El brujo es vuestro enemigo, no yo. ¿Prometió que si encontrabais los Libros me derrotaríais y os reuniríais con vuestros padres? No es cierto. La profecía dice que los Protectores hallarán los Libros y los reunirán, pero también que los Protectores morirán. Pym lo sabe; siempre lo ha sabido. Para destruirme, está dispuesto a sacrificaros a ti y a tus hermanos.

Kate volvió a mirar a Michael. ¿Se refería a eso su padre al advertirle a Michael de que no dejase que el doctor Pym reuniese los tres Libros? Se le revolvió el estómago. ¡Pero no podía ser verdad! ¡El doctor Pym no les habría mentido! ¡No!

—Puedo prometerte lo que el brujo nunca pudo. La vida. Kate, ayúdame...

—Mentiras...

El doctor Pym había levantado la cabeza. El dolor había hecho estragos en su cara. Tenía los ojos inyectados en sangre; su voz sonaba débil y apurada.

—Sí, la profecía anuncia la muerte de los Protectores, pero existe un medio para que tú y tus hermanos sobreviváis. Debéis...

Soltó un gemido y cayó hacia delante.

Rafe sacudió la cabeza.

—¿Lo ves? Hasta reconoce haber mentido. ¡Confía en mí, Kate! ¡Por favor!

Kate respiraba de forma rápida y superficial. Le parecía que la tierra se había movido bajo sus pies. Sabía que debía coger a sus hermanos y a Gabriel, y escapar.

—Kate...

Emma había recuperado la conciencia con dificultad.

—Puedo encontrarlo, Kate. Puedo encontrar el libro. Lo percibo.

Kate cogió la mano de su hermana e intentó pensar con calma. Si se iba, el doctor Pym podía darse por muerto. Por más que el chico se pareciese a Rafe, era Magnus el Siniestro y mataría al brujo.

Sin embargo, si se quedaba los estaría condenando a todos. ¡Y no había ninguna razón para quedarse! El doctor Pym les había mentido; ¡él mismo lo había dicho! ¡Ella no le debía nada!

Entonces miró al brujo con sus delgados hombros, su pelo blanco y el desgarrado traje de tweed; vio sus gafas sobre las piedras delante de él, con un cristal hecho añicos; y si bien no sabía qué hacer, sí sabía al menos lo único que no podía hacer. Porque, aunque el doctor Pym les hubiera mentido o les hubiera ocultado cosas, Kate sabía qué sensación producía el amor, y sabía que el brujo les quería a ella y a sus hermanos. No podía dejarle morir allí.

Apretó la mano de Emma e inspiró hondo.

—Deja marchar al doctor Pym.

El chico moreno negó con la cabeza.

—Tienes que decidir a quién crees. —El silencio y la quietud del patio aumentaron, y pareció que todo lo demás se desvaneciese y solo quedaran Rafe y ella—. Llevo mucho tiempo esperándote.

Y era Rafe, lo veía. No era Magnus el Siniestro, su enemigo. Era el muchacho con el que bailó en una calle de Nueva York, el que la cogió de la mano, el que le salvó la vida...

Dio un paso adelante.

—No.

La voz del brujo rompió el hechizo. Kate vio que las manos, los brazos y el cuerpo entero del doctor Pym empezaban a despedir un brillo trémulo.

—Marchaos —dijo alzando la vista para mirarla a los ojos—. Encontrad el último libro. Es la única esperanza para derrotarle. Te juro que existe un medio para sobrevivir. La profecía está incompleta. No lo sabéis todo. Ni siquiera yo lo sé.

Aferró el brazo de Rafe mientras la luz que emanaba de él se hacía más intensa. Era como si cada átomo del cuerpo del brujo se volviera un átomo de luz, saliendo a raudales de su espalda, y Rafe quedase atrapado en su estela.

—Lamento no poder guiaros. Pero debéis saber que siempre estaré con vosotros.

Kate sintió que el pavor crecía en su pecho; estaba a punto de suceder algo terrible, pero no sabía qué era ni cómo podía detenerlo.

—¡No le abandonaré!

—Lo sé —contestó el brujo—. Con eso cuenta él.

Kate vio que una nube negra vibraba alrededor de Rafe. La oscuridad parecía ejercer presión contra la luz que fluía del brujo, luchando contra ella.

—Viejo insensato —dijo Rafe, con la voz tensa por el esfuerzo—. De nada servirá que te destruyas a ti mismo.

El doctor Pym no le hizo caso. Mantuvo los ojos clavados en Kate.

—Y hace muchos años que le debo una muerte al universo. Ya es hora de que pague mi deuda. Ahora marchaos.

El grito de Kate quedó interrumpido cuando el tiempo dio un salto hacia delante. La luz que fluía del brujo se concentró y estalló hacia atrás, proyectando al chico hacia la noche, y la mitad del patio y la fortaleza cedieron, precipitándose en el valle con un enorme estruendo.

Kate no daba crédito a sus ojos. Justo antes de la explosión el cuerpo entero del brujo se había transformado en luz y energía. Había desaparecido.

Entonces Rourke se apresuró a avanzar, seguido de cerca por la legión. Kate cogió de la mano a sus hermanos, cerró los ojos y notó que el suelo desaparecía bajo sus pies. Al cabo de un instante cayó de rodillas sobre la tierra blanda y húmeda. Alrededor de los tres la noche era silenciosa y tranquila, y un sollozo de dolor brotó de su garganta.

8

Un nuevo mundo

Kate abrió los ojos. Tenía la impresión de no haber dormido nada, aunque sabía que no era así porque ya era de día, apenas de día, solo los grises comienzos de la mañana. El suelo estaba húmedo, igual que su ropa, pues la niebla matutina se había acumulado y espesado mientras dormía.

Vio que estaba sola y salió del hueco de la colina en el que había dormido con sus hermanos. Vio un accidentado paisaje sin árboles que descendía hasta unos lagos alargados de color plata. No vio pueblos, ciudades ni casas. No había carreteras, vías de tren ni columnas de humo que revelaran chimeneas escondidas. La zona estaba desierta.

Kate se permitió pensar de nuevo en lo ocurrido la noche anterior. No en lo que había sucedido en la fortaleza, sino después, cuando llegaron ahí, estuviese donde estuviese ese «ahí». Había habido lágrimas y abrazos, Emma aferrada a Kate, Kate aferrada a Emma, esta agarrando a Michael por el cuello y estrujándole en un abrazo a tres bandas, Emma diciendo que había oído a Kate llamándola justo antes de ser raptada y que supo que no estaba muerta, que supo que tarde o temprano su hermana la rescataría, le diría que no estaba herida, que estaba bien en realidad...

Kate se detuvo. Percibía que la nube negra de la noche anterior ansiaba envolverla. Tenía que concentrarse en el aquí y el ahora.

Michael estaba sentado a pocos metros de distancia. Tenía el diario apoyado en las rodillas y escribía deprisa, con el rostro cerca de la hoja. Al ver que su hermana se acercaba, Michael tapó su pluma y la deslizó en el macuto con el cuaderno. No pareció sorprendido cuando Kate le dio un abrazo.

—Hola —dijo el muchacho.

—Hola.

Hablaban en voz baja, como si no quisieran perturbar la quietud de la mañana. Michael indicó con un gesto una roca plana situada junto a él.

—Me temo que eso es todo lo que llevaba.

Sobre la roca había cuatro montoncitos de nueces y frutos secos apilados con esmero. Kate reconoció las «raciones de emergencia» que él guardaba en su macuto y sonrió. A pesar de lo mucho que había cambiado, Michael seguía siendo el de siempre: preparado, organizado, meticuloso y orgulloso de serlo, seguro de que esas cualidades acabarían teniendo su recompensa, como siempre.

La muchacha cogió unas cuantas almendras y se las comió. Estaban duras y crujientes, y se las tragó con dificultad, deseando tener agua.

—¿Dónde están Emma y Gabriel?

—Han ido a tratar de averiguar dónde estamos y a buscar algo de comer.

—Podríais haberme despertado.

—Gabriel ha dicho que no. Ha dicho que necesitabas descansar.

La noche anterior, tras los primeros momentos de reencuentro, habían hablado de regresar enseguida a Loris y la Ciudadela Rosa. De hecho, al escapar de la fortaleza de Magnus el Siniestro Kate, le había dicho al *Atlas* que les llevara a Loris, pero por algún motivo habían ido a parar a ese lugar raro y solitario. Sin embargo, los días del rapto de Emma y el enfrentamiento en la fortaleza les habían sometido a una dura prueba, y Kate sentía tambalearse su confianza en su capacidad de controlar el *Atlas*, así que al final habían decidido pasar la noche allí, en esa colina vacía.

—En cualquier caso —dijo Michael—, este lugar no está tan desierto como pensábamos. He visto unas ovejas por allí. Y hace un rato he notado un extraño temblor, un rumor sordo. Al principio he pensado que era un tren, aunque lo cierto es que no parecía un tren. Gabriel y Emma descubrirán qué es.

—¿Cómo la has visto?

Michael se encogió de hombros.

—Bien. Como siempre, más o menos.

—Pero...

—Es que... Magnus el Siniestro le sacó el espíritu del cuerpo a la fuerza. Pude sentirlo allí fuera. Y cuando traté de tirar de él algo tiró en dirección opuesta. Creo que era el libro. Su libro. Todo eso ha tenido que afectarla.

—Pues habrá que preguntárselo cuando vuelva.

—¿Y si insiste en que está bien?

Kate se encogió de hombros.

—Si estuviera aquí el doctor Pym podríamos preguntárselo a él —dijo Michael.

La noche anterior habían hablado un poco del brujo. Dado que Emma había estado oscilando entre la consciencia y la inconsciencia durante sus últimos momentos en la fortaleza, Kate y Michael habían tenido que contarle que el doctor Pym se había sacrificado para que ellos pudieran escapar. No le habían contado la terrible verdad que les había ocultado el brujo: que la profecía anunciaba que encontrarían los Libros, los reunirían y luego morirían. Michael y ella estaban de acuerdo en que esa revelación podía esperar hasta que todos estuviesen descansados.

De todas formas, la noticia de la desaparición del doctor Pym, sin posibilidad alguna de que Michael y la *Crónica* pudieran traerle de regreso, había impresionado profundamente a Emma. «No —había dicho—. ¡No! ¡Lo habréis visto mal! ¡Tenéis que estar equivocados! ¡No puede estar muerto! ¡No puede ser!» De hecho, la pureza y vehemencia de la aflicción de Emma habían permitido a Michael y a Kate olvidar por un momento sus propios sentimientos encontrados acerca del doctor Pym y llorar la pérdida de alguien a quien habían considerado un amigo querido y generoso.

Michael dijo:

—Sigo sin poder creer que nos mintiera.

—Lo sé.

En definitiva, eso era lo más difícil de asimilar. Durante toda su vida, mientras crecían en un orfanato tras otro, Kate y sus hermanos habían aprendido de memoria una lección: no confiar en nadie salvo en ellos mismos. Todos los demás, y en especial los adultos, les mentirían. Sin embargo, el doctor Pym los había conquistado; se había ganado su confianza. Y resultaba que él también les había engañado.

Kate seguía creyendo que le importaban ella misma y sus hermanos; la certeza que había sentido la noche anterior al mirarle en el patio no había disminuido. Pero eso no significaba que confiara en él. Sintió que levantaba una vez más un muro de protección alrededor de su corazón.

—No querías dejarle —dijo Michael—. Incluso después de que Magnus el Siniestro te dijera que el doctor Pym había mentido, no querías dejarle allí.

—Es que no podía.

Michael asintió con la cabeza y luego dijo en voz baja:

—Ojalá Wilamena esté bien.

—Dijiste que el tornado se la llevó junto con el capitán Anton. Dudo que a esas alturas siguiera poseída o controlada. Debió de escapar.

—No me refiero a eso.

Kate lo entendió. Su hermano se refería a que Wilamena, bajo el control de Magnus el Siniestro, se había visto obligada a matar a Wallace. ¿Cómo sobrellevaría esa culpa?

—¿Crees que él decía la verdad sobre la profecía? —preguntó Michael cambiando de tema—. ¿Crees que no se sabe todo?

—¿Te refieres a si hay algún medio para evitar que muramos todos? No lo sé.

—¿Y qué hacemos con la *Cuenta*? ¿Deberíamos tratar de encontrarla o...?

Aunque Michael se había interrumpido, Kate sabía a qué se refería; era la misma pregunta que daba vueltas por su propia cabeza.

¿Deberían creer al doctor Pym, que había reconocido haberles mentido cuando decía que la *Cuenta* era el único medio para matar a Magnus el Siniestro y que había algún aspecto secreto en la profecía que les permitiría sobrevivir? ¿Significaba su sacrificio que tenían que creerle? ¿O bien tenían que creer a Magnus el Siniestro, contra el que llevaban tanto tiempo luchando, cuando decía que reunir los Libros solo les conduciría a ella misma, a Michael y a Emma a la muerte?

Todo era muy confuso, y sin el doctor Pym no había nadie que les dijese lo que debían hacer.

—No lo sé.

Antes de que Michael pudiera preguntar nada más, Kate se levantó y se puso a contemplar las lenguas de bruma que se aferraban al fondo del valle, ocultando a medias los lagos.

—Tengo sed; ahí abajo debe de haber agua. En cuanto vuelvan Emma y Gabriel nos iremos a Loris. El rey Robbie sabrá qué hacer a continuación. Y con un poco de suerte tendremos noticias de Wilamena y del capitán Anton.

—Kate —preguntó Michael mirándola a los ojos—, ¿por qué fuiste a la fortaleza? ¿Cómo supiste que estábamos en apuros y adónde debías ir?

Ella no respondió enseguida. Conocía a su hermano. Sabía que ya tendría sus propias teorías e hipótesis. Se preguntó si habría adivinado la verdad. Quizá. Pero solo sería una conjetura. No podía saberlo con certeza.

Se encogió de hombros.

—Simplemente tuve una intuición. Y entonces le dije al *Atlas* que me llevase allí.

Él asintió con la cabeza.

—Kate...

—¿Sí?

—¿Cómo fue... verle?

Sabía lo que quería decir: ¿cómo fue ver a Rafe, el chico al que amaba, el enemigo?

Ella dijo:

—No era él.

Michael asintió de nuevo y luego se puso a reorganizar sus montoncitos de raciones.

—Bueno, pues ten cuidado. No te alejes demasiado.

Kate echó a andar hacia el fondo del valle. La tierra era blanda, y mientras descendía los tacones de sus botas se hundían en la capa de brezos. La niebla no tardó en envolverla, y cuando miró hacia atrás ya no pudo ver a su hermano en la ladera. Se detuvo cerca del pie de la colina, donde corría un riachuelo. Sin embargo, en lugar de beber se sentó en una gran piedra y empezó a sollozar, mordiéndose la mano para ahogar el sonido.

¿Por qué le había mentido a Michael? ¿Por qué no se había limitado a contarle la verdad? ¿Cómo iban a superar aquello si no confiaban por completo el uno en el otro? Una vocecita en su cabeza preguntó si el doctor Pym se habría enfrentado a un dilema similar al plantearse cuánto les diría a ella y a sus hermanos. No era justo querer solo lo mejor para quienes te rodeaban y al mismo tiempo saber que había cosas que no entenderían. ¿Qué podía decirle a Michael? ¿Que Rafe, o su fantasma, se había aparecido ante ella y le había avisado de que Michael y los demás se dirigían a una trampa? Incluso en ese momento, si cerraba los ojos, podía verle entre las sombras del árbol.

—Sé que hay mucho que asimilar —había dicho—. ¿Cómo puedo siquiera estar aquí? ¿No soy tu enemigo? Solo puedo decirte que tienes que confiar en mí.

Estaba tan cerca que a pesar de la oscuridad había podido ver el profundo verde esmeralda de sus ojos y había sabido que era Rafe, su Rafe. Incluso había imaginado que olía como la noche que se quemó la iglesia, a humo y sudor. Quiso preguntarle cómo podía estar allí con ella, pero se había quedado sin habla. Su presencia la llenaba de una alegría terrible y llena de culpabilidad.

—No soy un fantasma y no soy tu enemigo.

Había alargado el brazo. Las puntas de sus dedos parecieron tocar la frente de Kate, aunque ella no sintió presión alguna, solo una especie de cosquilleo, y lanzó un grito ahogado porque había visto una imagen en su mente: una fortaleza en un amplio valle rodeado de montañas.

—Solo tú puedes salvarles. —Él se había inclinado hacia ella. Kate creyó que iba a besarla, pero en lugar de eso acercó los labios a su oído y susurró—: Confía en mí.

Luego se quedó sola.

Y había hecho bien en confiar en él. Había salvado a Michael y Emma.

Pero ¿qué iban a hacer a continuación? Kate sentía las presiones del liderazgo descendiendo sobre ella, y por enésima vez deseó que sus padres estuvieran allí, que pudieran tomar las decisiones para que no tuviera que hacerlo ella.

Kate se arrodilló sujetándose el pelo con una mano. Con la otra se puso a recoger agua. Estaba limpia y muy fría, y bebió hasta que le dolieron los dientes. Luego se sentó sobre los talones y se secó la boca.

Esa vez, cuando sintió la presencia supo qué era.

—Estás ahí, ¿verdad?

Y se volvió y vio a Rafe sobre la gran piedra, junto al riachuelo.

—Nada —dijo Emma—. Solo ovejas. Ovejas, ovejas y más ovejas.

Gabriel y ella miraban a lo lejos, a través de la niebla de la mañana, el grupo de manchas blanquecinas.

—Pero este lugar no puede estar totalmente desierto. Tiene que haber, no sé... —Emma buscó en vano la palabra adecuada y al final añadió—: algún tipo que cuide de las ovejas.

Gabriel se limitó a asentir con la cabeza y le indicó con un gesto que debían seguir adelante. Describían un amplio círculo alrededor del campamento y aún no habían visto nada que les mostrase adónde les había llevado el *Atlas*.

Emma se había despertado temblando en la oscuridad. Le faltaba el aire. Había tenido que ver a Kate en el suelo junto a ella para recordar dónde estaba y todo lo sucedido. Durante unos momentos se quedó allí sentada, dejando que su respiración se volviese más lenta, dejando que el sueño y las voces se desvanecieran.

En la ladera de la colina había encontrado a Gabriel, que montaba guardia, y le había abrazado.

—¿Qué ha ocurrido?

Pero ella había sacudido la cabeza, enjugándose las lágrimas que aún tenía en los ojos.

Gabriel lo comprendió y no insistió.

—¿Has averiguado dónde estamos? —había preguntado ella.

—Estoy esperando a que se despierte alguno de tus hermanos. Entonces registraré la zona más a fondo.

Al oír eso, Emma había ido a sacudir a Michael.

—¿Emma? —Michael se frotó los ojos, medio dormido—. ¿Qué pasa?

—Nada. ¿Vigilarás a Kate mientras Gabriel y yo vamos a echar un vistazo?

—¿Qué?

—Estupendo. ¡Ah! Gracias otra vez por rescatarme.

Y le había dado un beso en la mejilla antes de alejarse con Gabriel, caminando con suavidad bajo la luz gris de antes del alba.

A Emma nunca se le había dado bien sentarse a analizar un problema. Ese era el estilo de Michael, un estilo muy aburrido en su opinión. Siempre había pensado que, si algo le inquietaba, lo mejor era no pensar en ello, moverse sin parar y hacer otras cosas, y que la respuesta se presentaría por sí sola tarde o temprano.

O simplemente se olvidaría de ello, lo cual era casi igual de bueno.

En este caso, no pensar resultaba difícil, porque cada vez que se distraía volvía a sentir que una parte de ella se alejaba, que una fuerza tiraba de ella. Veía la tierra invadida por el fuego, el risco y la criatura con cabeza de pájaro; recordaba haber tocado el libro...

—¿Vas lo bastante abrigada?

Emma alzó la mirada y vio que Gabriel la observaba.

—¿Qué? ¡Ah! Estoy bien. ¿Por qué nos hemos parado?

—No nos hemos parado. Te has parado tú. Y estás tiritando.

—¡Ah! Me ha parecido ver algo. Por allí —contestó señalando una colina al azar, y Gabriel se volvió a mirar con cortesía.

—No veo nada.

—Esto... debe de haberse movido. ¡Pastor! ¡Esa es la palabra! Tiene que haber un pastor por aquí, ¿verdad?

—Seguramente.

—Pues ¿dónde está? ¿No tiene por qué dejar que sus ovejas corran por ahí! ¡Deberíamos robarle unas cuantas! ¡Así aprendería!

Gabriel se arrodilló para situarse a la altura de ella y cogió sus manos pequeñas y frías con las suyas, grandes y callosas. Emma vio los vendajes que cubrían las heridas de sus brazos y de su costado, oscuros y rígidos debido a la sangre seca.

—Hay algo que debes saber.

Entonces le contó lo que el brujo les había ocultado.

Durante unos momentos, Emma fue incapaz de hablar.

—¡¿Nos... nos mintió?! —barbotó finalmente, furiosa—. ¡¿El doctor Pym nos mintió?! ¡¿Y... y vamos a morir?! ¡¿Después de todo esto vamos a morir?!

—Puede ser que la profecía anuncie vuestra muerte —dijo Gabriel despacio—. Sin embargo, creo que el brujo era sincero y que creía realmente que había un medio para que pudierais sobrevivir. Él y yo hablamos ayer mismo, y me dijo que ninguno de nosotros lo sabía todo sobre la profecía y que cuando se revelase por completo explicaría cómo podían los Protectores unir los Libros y seguir viviendo. Volvió a hablar de eso justo antes de morir.

—¡Entonces nos lo debería haber contado! ¡No debería habernos mentido!

—Estoy de acuerdo, pero tenemos que afrontar lo que es, no lo que nos gustaría que fuese.

—¡Me alegro de que esté muerto!

Gabriel no dijo nada.

—¡Lo digo en serio! ¡Se lo merecía! Él...

Lloraba y gritaba, y se percató de que en su furia había estado golpeando el brazo herido de Gabriel y haciéndolo sangrar mientras este dejaba simplemente que desahogara su rabia. Emma le echó los brazos al cuello, sollozando.

—No debería haber hecho lo que hizo —respondió Gabriel en voz baja—. Pero no dudes de que os quería. Eso no era mentira.

Emma se apartó. Las lágrimas corrían por sus mejillas, pero no hizo ademán de enjugárselas; mantuvo los puños cerrados.

—¡Es Magnus el Siniestro! ¡Tenemos que matarle! ¡Tenemos que encontrar el libro y matarle! ¡Yo lo haré! Yo...

—¿Qué pasó anoche? —preguntó Gabriel.

—Nada. Trató de obligarme a buscarle el libro. ¡Y estuvo a punto de salirle bien! Entonces Michael trajo de vuelta mi espíritu, o lo que fuera. ¡Me encuentro bien!

Sin embargo, en el mismo momento en que lo decía, Emma supo que no era verdad.

Ya había amanecido por completo. Se oía el balar de las ovejas a lo lejos.

Gabriel seguía observándola, esperando. La muchacha clavó la punta del pie en el suelo.

—Creo que percibí el libro en alguna parte. O que mi espíritu lo percibió.

—¿Y has tenido un sueño esta mañana?

—¿Cómo lo sabes?

—Te has despertado alterada.

Emma asintió con la cabeza.

—Pero... no sé si era un sueño o si solo estaba recordando lo que ocurrió anoche. Yo sobrevolaba el lugar al que él había enviado mi espíritu, y toda la tierra estaba invadida por el fuego. Luego vi un risco y una especie de monstruo; parecía un hombre pero tenía cabeza de pájaro. Era realmente escalofriante. Después todo se volvió oscuro, como si estuviese en una cueva o algo así, y supe... supe que el libro estaba cerca, pero no pude llegar hasta él porque me acosaban unas sombras que rogaban y gritaban. No podía oír mis propios pensamientos. —Le miró con aire suplicante—. ¿Qué significa todo?

Gabriel sacudió la cabeza.

—No estoy seguro. Debemos regresar a Loris. Tal vez nos lo pueda explicar alguien allí.

Emma asintió y ahondó aún más con el pie en la tierra.

—¿Qué pasa? —preguntó él.

—Es que... sé que tenemos que encontrar la *Cuenta*, vencer a Magnus el Siniestro y todo eso. Es que... no creo que sea como los libros de Michael y Kate. Creo que podría ser... malo, que podría contener alguna clase de maldad. No es que esté asustada.

Gabriel cogió sus manos.

—Pase lo que pase, estaré contigo. Ven. Tu hermana se habrá despertado.

Sin embargo, cuando echaron a andar tembló la tierra. Emma perdió el equilibrio, se tambaleó y resbaló por la ladera hasta caer en una depresión poco profunda. Gabriel llegó al instante y alargó el brazo hacia ella.

—¿Qué ha sido eso? —preguntó la muchacha al tiempo que tomaba su mano.

—No lo sé...

Se detuvo; Emma vio que miraba el hoyo en el que había caído.

—Debemos encontrar a tus hermanos —siseó—. ¡Ahora mismo!

—¿Confías en mí ahora?

Kate estaba sentada al lado de Rafe en la gran piedra situada junto al arroyo. Por algún motivo, a la luz del amanecer parecía más real y sólido que la noche anterior en el Jardín.

—Si ayudarte a salvar a tus hermanos no te hace confiar en mí, tenemos un problema.

Aunque hablaba con tono ligero, la miraba fijamente, como si tratase de interpretar todos los pensamientos y emociones que asomaban a su rostro. Kate le sostuvo la mirada tanto como pudo y luego bajó la vista. Sentía el corazón como un trozo de papel que pudiera salir volando.

—Creo que tratabas de ayudarnos —dijo.

Rafe asintió con la cabeza.

—Supongo. —Luego dijo—: Así que le viste.

Era una afirmación, pero también una pregunta.

—Sí.

—¿Y?

¿Cómo contestar esa pregunta? Le había dicho a Michael que Magnus el Siniestro no era Rafe, pero eso era mentira. Tenía el mismo aspecto que Rafe y hablaba como él. Aunque se había preparado, aunque se había dicho a sí misma que debía todo su afecto y su lealtad eterna a Michael y a Emma, se sentía atraída hacia él.

—Él es tú.

—¿Pero?

Esa era la cuestión. Tenía que haber un pero, algún aspecto en el que Magnus el Siniestro no fuese Rafe. Pero ¿cuál era?

—No lo sé. Tengo la impresión de que es la versión oscura de ti.

—Rafe el Oscuro. Me gusta.

—No tiene gracia.

Porque si esa era la única diferencia, no había diferencia alguna, pues toda la oscuridad y la rabia que había percibido en Magnus el Siniestro la noche anterior estaban en el chico cien años atrás.

Pero ¿cómo podía ser? El doctor Pym había dicho que, gracias a que Rafe había conocido el amor, Magnus el Siniestro sería diferente. ¿Dónde estaba entonces el Rafe al que ella había amado y que la había amado a ella? ¿Había algo de él en Magnus el Siniestro, o era solo esa aparición que se hallaba junto a ella?

—Nada de esto tiene sentido. Ni siquiera que estés aquí... ¿Cómo es que puedes aparecer donde estoy?

—No estoy seguro de poder explicarlo. Es que... estamos conectados. Lo estamos desde aquel momento en Nueva York, cuando te envié de vuelta... Cuando él te envió de vuelta.

—¿Cómo puedes hablar de Magnus el Siniestro llamándole «él»? —dijo Kate en voz baja. No quería que Michael la oyera discutir. Pero ¿oiría a Rafe? Si bajaba hasta allí, ¿le vería?—. ¡El Rafe al que yo conocí se convirtió en Magnus el Siniestro! ¡Lo hizo, lo hiciste, para salvarme! ¿Quién eres, pues? ¿O solo eres producto de mi imaginación?

Había pasado a estar enojada, y más aún al ver que Rafe parecía tan tranquilo.

—Lamento no haberme explicado mejor. Tienes razón: soy él. Debes comprender que, cuando te conviertes en Magnus el Siniestro, no solo adquieres los poderes, sino que adquieres también los recuerdos y experiencias de cada Magnus el Siniestro que te precedió, hasta remontarte a miles de años atrás. Todas esas vidas se colocaron y fueron construidas encima del Rafe que conocías. ¡Yo estoy en él, pero él no es yo! ¡Yo no tengo todos esos otros recuerdos! ¡Soy solo yo!

Kate sacudió la cabeza.

—Puedes decir todo eso, pero sigo sin entender quién eres y por qué me estás ayudando. ¡No entiendo nada!

Él la miró. Resultaba enervante para Kate ver los mismos ojos verdes que había contemplado en el patio la noche anterior.

—Soy la parte que amabas. La parte que cambiaste. La noche que me convertí en Magnus el Siniestro construí un muro alrededor de ella y después me escondí.

—¿Dónde te escondiste?

Él se encogió de hombros.

—¿Dónde iba a ser? Dentro de él. Y llevo todo este tiempo esperándote.

Ninguno de los dos habló durante un rato. El único sonido era el del agua del riachuelo. Kate sintió que se derrumbaba la última de sus resistencias. Ansiaba creer que lo que él decía era cierto.

—Y si he podido permanecer oculto es porque nunca he contactado contigo. Ahora que lo he hecho, él lo sabe.

—¿Qué sabe? ¿A qué te refieres?

Rafe sonrió a medias, sarcástico.

—Sabe que estoy vivo. Que retuve algo.

—¿Y qué es lo que va a pasar?

—Empezará a buscarme. Ya ha empezado.

—¿Te encontrará?

—Sí.

—Y entonces ¿qué?

—Moriré. Él matará la última parte de mí que sigue siendo yo, la parte que tú contribuiste a mantener viva. Se convertirá en parte de él. —Rafe clavó la vista en el suelo—. Pero la cuestión es que al principio ni siquiera te darás cuenta. Si aún no tiene los Libros, seguirá apareciendo ante ti como si fuese yo, obligándote a hacer lo que él quiera. —El chico soltó una breve carcajada vacía—. Quizá lo haya hecho ya. Quizá lo esté haciendo ahora mismo.

—No —dijo Kate con ferocidad, olvidando sus dudas de un momento antes—. Me daría cuenta.

—¿En serio? Él es yo, ¿recuerdas? ¿Serías realmente capaz de distinguirnos?

—Sí. Siempre te reconocería.

Y alargó la mano, pero esta pasó a través de la de él como si Rafe estuviera hecho de humo. Ya había querido intentarlo la noche anterior.

—Lo siento —dijo Rafe.

Ella apartó la mirada, sintiéndose estúpida.

—No importa.

—Kate...

La muchacha se enjugó los ojos con el dorso de la mano.

—¿Qué?

—Mírame.

Se volvió hacia él con los ojos brillantes.

—Me has preguntado por qué te estoy ayudando, pero lo sabes, ¿no es así? Tienes que saberlo.

Parecía apurado, desesperado por hacérselo entender. Kate asintió con la cabeza; y esta vez no se enjugó las lágrimas.

—Sí. Sí, lo sé.

Vio el alivio en su cara y se dispuso a hablar, a decirle que estaba equivocado, que no amaba solo una parte de él. Sin embargo, él apartó la vista bruscamente y se quedó mirando la colina.

—Tienes que irte. Tus hermanos están en peligro.

Kate no se despidió. Se limitó a volverse y echar a correr. Mientras ascendía a toda velocidad, oyó que Michael y Emma gritaban. Luego, repentinamente, se callaron. Unos momentos después salió de la niebla y llegó al lugar en el que habían pasado la noche. Estaba desierto. Las raciones de emergencia de Michael seguían en montoncitos apilados con esmero sobre la roca.

—¡Michael! ¡Emma!

—¡Kate! —exclamó la voz de esta.

Estaba cerca. Kate echó a correr. La colina dibujaba un recodo y se acababa al cabo de cincuenta metros, convirtiéndose en un precipicio de nueve metros. Kate se encontró contemplando el áspero paisaje montañoso. No vio a sus hermanos por ninguna parte.

—¡Michael! ¡Emma...!

—¡YA TE TENGO!

La voz era un profundo rugido abrupto y Kate quedó atrapada antes de poder reaccionar. Tardó un instante en percatarse de que lo que la había agarrado era una mano tan grande como su cuerpo entero. Se vio alzada en el aire y se encontró mirando... ¿una cara? Había dos ojos, una nariz gigantesca, una frente baja y cubierta de bultos, y una boca llena de afilados dientes. La cabeza de la criatura, de forma redonda, estaba unida a un cuello enorme, que estaba unido a unos hombros enormes y un cuerpo enorme.

—¡Kate!

Kate vio a sus hermanos en el otro puño del gigante. Entonces el gigante habló, lanzándole una vaharada de aliento cálido, húmedo y agrio.

—¡MÁS GENTES PEQUEÑAS!

9

Willy

Al correr colina arriba, Emma iba unos metros por detrás de Gabriel y pudo ver con toda claridad al gigante que salió de un salto desde detrás del peñasco y agarró a Gabriel con una carcajada de regocijo. Incluso en ese momento, mientras una parte de su cerebro gritaba «¡Gigante! ¡Es un gigante! ¡Necesito una cámara!», otra parte se asombraba de que algo tan grande pudiese esconderse tan bien; pero el gigante se parecía tanto a la tierra misma, áspero, escabroso, sucio y mugriento, que no resultaba sorprendente que se mimetizara a la perfección con el paisaje. Gabriel había logrado sacar su espada, y mientras el gigante lo alzaba del suelo se la clavó en la mano, por lo que el monstruo soltó un alarido extrañamente agudo. El gigante se arrancó la espada y la lanzó a lo lejos; luego, con el pulgar y el índice, había golpeado a Gabriel en un lado de la cabeza y había dejado caer su cuerpo fláccido en un macuto de cuero que llevaba a un lado.

Todo aquello no había durado más de unos segundos, y para cuando Emma superó su conmoción ella misma había sido apresada. Michael había aparecido un minuto después, tras oír el grito de Emma, y también se vio atrapado. Con un niño en cada mano, el gigante se los había acercado a la cara, de forma que estaban a pocos metros de su gran sonrisa musgosa y de afilados dientes. A continuación había empezado a saltar de alegría, haciendo temblar toda la ladera.

—¡GENTES PEQUEÑAS! ¡GENTES PEQUEÑAS!

—¡Suéltanos! —chilló Emma—. ¡Déjanos en el suelo!

Sin embargo, el gigante husmeó el aire y se apretó de nuevo contra la superficie del peñasco mientras trasladaba a Michael a la mano en la que estaba Emma y estrujaba a los dos en su puño húmedo, inmundo y maloliente. Emma se preguntaba qué estaría haciendo cuando oyó que Kate pronunciaba su nombre. La niña intentó abrirse paso con las uñas para salir del puño del gigante y avisar a su hermana. Demasiado tarde.

Todos habían sido capturados.

Con la clara sensación de haber hecho un buen trabajo, el gigante echó a andar canturreando alegremente, con Emma y Michael en una mano y Kate en la otra. Emma había logrado sacar la cabeza del puño del gigante, pero Michael estaba atrapado en las profundidades del foso formado por la inmensa palma, y la muchacha vio que se ponía verde poco a poco a medida que inhalaba el aire pestilente.

Mientras el gigante avanzaba pesadamente, balanceándolos hacia delante y hacia atrás en arcos amplios y alargados, Emma y Kate intentaban comunicarse en los escasos momentos en que se veían por encima del enorme volumen de la barriga.

—¡¿Os encontráis bien?! —vociferó Kate.

—¡Nos encontramos bien! ¿Te encuentras bien, Michael?

Michael asintió con la cabeza, aunque daba cada vez más la sensación de ir a vomitar.

—¡Nos encontramos bien! —chilló Emma, y a continuación lo gritó de nuevo.

La primera vez había calculado mal el tiempo y gritó cuando Kate desaparecía detrás de la espalda del gigante. Kate preguntó por Gabriel y, tras varios intentos de hacer llegar el mensaje, Emma le contó que estaba inconsciente y metido en el macuto del gigante.

Tanto Kate como Emma le gritaron al gigante que les dejara en el suelo, lanzando ineficaces puñetazos contra sus manos. Emma llegó incluso a morder la piel del pulgar del gigante para tratar de llamar su atención, lo cual era de lejos lo más asqueroso que había hecho en su vida, y resultó ser inútil en cualquier caso, porque el gigante no pareció darse cuenta y siguió andando, cantando una canción que parecía inventada. Emma solo distinguió en ella las palabras «empanada» y «ñam-ñam».

Emma sabía que el *Atlas* era su mayor oportunidad de escapar, pero para que funcionase tendrían que estar tocándose entre sí y no tocando al gigante. De momento, solo podían esperar.

Y confiar en que Michael no se asfixiara.

Se movían deprisa, tal como uno se mueve cuando las piernas de la persona que le lleva miden cuatro metros y medio de largo. Las pisadas retumbantes del gigante dejaban profundos cráteres en la tierra, y Emma comprendió que había caído en una de sus huellas y que eso era lo que había llamado la atención de Gabriel.

El gigante no salía de los valles y caminó sin escrúpulos por el centro de un lago, por lo que Emma y Michael (y Kate en la otra mano) se mojaron reiteradamente mientras sus manos entraban y salían del agua helada. A Emma le extrañó que el agua fría no despertara a Gabriel, pero no había movimiento en el macuto de cuero y empezó a pensar que su amigo sufría heridas más graves de lo que ella creía.

Para entonces, Emma había tenido ocasión de observar al gigante. Lo más impresionante, por supuesto, era que medía doce metros de estatura. Aunque no solo era alto, sino también ancho. Y grueso. Tanto que sus proporciones daban la impresión de estar equivocadas. Tenía el rostro demasiado ancho, los ojos demasiado grandes, las manos y dedos demasiado voluminosos e inmensos. «En cualquier caso —reflexionó Emma—, debería ser más alto y espigado.»

Tenía un pelo castaño y lanudo que parecía haber sido cortado con alguna clase de herramienta para podar árboles. Sus cejas, o, mejor dicho, su ceja, pues formaba una sola línea continua, era un denso arbusto castaño que se curvaba en torno a las comisuras de los ojos. Sus rasgos eran toscos hasta alcanzar lo grotesco, pero el gigante también mostraba cierta actitud despreocupada, que habría sido más pronunciada si no hubiese tenido previsto comérselos. Emma no dudaba en absoluto de que fuese a comérselos. Había cometido el error, solo una vez, de alzar la mirada cuando estaba directamente debajo del gigante, por lo que había visto el interior de sus fosas nasales, donde se movía algo (no sabía con certeza qué, solo podía estar segura de que era marrón y peludo).

Se veía claramente que toda su ropa estaba confeccionada en casa, lo cual era lógico, pues ¿dónde iba a comprar ropa un gigante? Sus pantalones, su camisa y su chaqueta formaban un revoltijo confeccionado a partir de diversas fuentes (todas ellas en la gama de colores que iba del tostado al marrón oscuro), dándole la imagen típica del tonto del pueblo.

Siguieron así durante unos veinte minutos, a lo largo de los cuales el gigante no dejó de canturrear. Kate llamaba a sus hermanos periódicamente para asegurarse de que estaban bien, y Emma decía que lo estaban, o que Michael había vuelto a vomitar, pero sí, por lo demás estaban bien. Cuando podía, Emma echaba un vistazo hacia el macuto de cuero en busca de algún indicio de movimiento por parte de Gabriel (seguía sin haber ninguno), y varias veces distinguió otras figuras a lo lejos, cabezas y hombros inmensos moviéndose con brusquedad por las cimas de las colinas. En una ocasión el gigante se agachó detrás de un enorme risco, convirtiéndose sin esfuerzo una vez más en parte del paisaje, para dejar que otro gigante, una gran montaña gorda hecha de brazos, piernas y estómago, pasara junto a ellos arrastrando los pies y haciendo temblar la tierra.

—Era otro gigante —le dijo Emma a Michael, que no veía nada desde el interior del puño. Su cara tenía ya un auténtico color verdoso—. Nuestro gigante se esconde.

—Me imagino que no querrá compartir su cena —dijo Michael, desinflado.

Tras reflexionar unos instantes, Emma llegó a la conclusión de que debía ser cierto.

—¿Tú sabías que los gigantes eran reales? —preguntó.

Pese a las náuseas que sentía, esa era la clase de pregunta que le encantaba a Michael, así que reunió fuerzas para contestar:

—Nunca... consideré la existencia de gigantes como tales, pero no hay duda de que si los enanos, los dragones y...

—Da igual —dijo Emma, arrepentida ya de haber preguntado.

Una vez que se alejó el gigante gordo (o, mejor dicho, el gigante más gordo), el captor de los niños se levantó y prosiguió su camino. Parecía avanzar en dirección a una línea de colinas más elevadas que se divisaba a lo lejos, y, de nuevo gracias a la longitud de sus zancadas, no tardaron mucho en descender por un valle de laderas empinadas, con las colinas alzándose directamente ante ellos.

—¡Mirad!

Era Kate, gritándoles desde el otro puño del gigante y señalando. Más adelante, en el valle, había una enorme casa de madera destartalada. Parecía justo la clase de casa en la que podía querer vivir alguien de doce metros de altura y no demasiado preocupado por la limpieza y la apariencia. Debía de ser el doble de grande que la mansión de Cascadas de Cambridge, pero la mansión resultaba imponente y magnífica, mientras que esa casa, a pesar de sus dimensiones, era más chapucera y semejante a una chabola. Algunas partes del tejado aparecían hundidas, las paredes estaban reforzadas con troncos de árbol, unas piezas de lona muy sucias cubrían las ventanas sin cristales, y la construcción entera se inclinaba peligrosamente hacia un lado. Una chimenea torcida de piedra gris se alzaba del tejado, y un humo negro se elevaba hacia el cielo.

El gigante se detuvo, se volvió y se agachó. Su espalda encorvada les impedía ver la casa. Colocó los puños encima de una gran piedra y acercó la cara a los niños. Cuando habló, era evidente que intentaba hacerlo en voz baja, aunque el efecto seguía siendo ensordecedor.

—Escuchad, gentes pequeñitas, ¡cuando entremos no se os ocurra decir ni pío!

—¡Mi hermano no puede oírte! —gritó Emma—. ¡Y se está ahogando dentro de tu estúpida y apestosa mano!

El gigante frunció el ceño como si no la hubiese oído y luego volvió la cabeza hasta situar una oreja frente a Emma, que exclamó:

—¡Oh! ¡Pero qué asqueroso!

Porque la oreja del gigante estaba obstruida por densos montones de suciedad ennegrecida y cera, algunos de los cuales colgaban del techo de su canal auditivo como podridas estalactitas amarillas, y había un muro de cera al fondo de su oreja de aspecto tan espeso que Emma se preguntó cómo podía oír nada. Aun así, se disponía a gritar otra vez cuando Michael y ella se vieron levantados en el aire. Ambos chillaron al quedar cabeza abajo cuando el gigante sacó un inmenso dedo meñique, dejando a Michael con las piernas pateando furiosamente en el aire, y se puso a meterse y sacarse el meñique de la oreja, haciendo fuertes ruidos y sin duda apretando la cera aún más, como si cargase un enorme trabuco de carne.

Luego colocó otra vez el puño sobre la roca, volvió la oreja hacia Michael y Emma, que estaban muy mareados, y dijo:

—¿Qué has dicho? ¡No te he oído!

Emma se puso las manos ahuecadas alrededor de la boca y gritó:

—¡Mi hermano no puede respirar!

—¡Oh!

El gigante abrió el puño, y tanto Michael como Emma cayeron en la piedra. Michael se arrodilló boqueando. Emma le echó un vistazo a Kate, que seguía bien apretada en el otro puño del gigante.

—Como os estaba diciendo, nada de hablar cuando entremos o vais directos a la empanada.

—¡Suelta también a mi hermana! —le exigió Emma—. ¡Y a Gabriel!

—¿Eh?

—¡Qué pesado eres! He dicho que...

Se puso las manos ahuecadas alrededor de la boca, e iba a chillar cuando se oyó un ruido procedente de la casa, un estrépito como el que haría una cazuela al caer al suelo, seguido del sonido de alguien maldiciendo.

—¡Oh, no! —dijo el gigante.

Agarró a Michael, que seguía pareciendo sumamente aturdido, le dejó caer en uno de los bolsillos de su chaqueta, y luego, antes de que Emma pudiese protestar, la agarró también y la colocó en otro bolsillo. La muchacha aterrizó boca abajo en una pila de suciedad, ramitas y guijarros, trozos de queso duro y unos objetos que parecían huesos.

Se estaba poniendo de rodillas cuando algo aterrizó con fuerza sobre su espalda.

—¡Ay!

—¡Perdón!

Era Kate. Las hermanas se abrazaron en la oscuridad fría y húmeda del bolsillo del gigante, y Kate le preguntó a Emma si estaba herida.

—Estoy bien.

—¿Y Michael?

—Mareado, nada más.

—¿Has dicho que Gabriel estaba en el macuto del gigante?

—Sí. Este tipo asqueroso y maloliente le ha dejado sin sentido y le ha metido allí. Estoy preocupada. Creo que no se ha movido.

Kate alargó el brazo y le apretó la mano para reconfortarla.

—En cuanto estemos todos juntos utilizaré el *Atlas*. ¿De verdad estás bien?

Entraba un poco de luz por la abertura del bolsillo y otro poco más a través de un pequeño desgarrón situado cerca de sus cabezas, pero seguía sin verse gran cosa. Ambas trataban de mantener el equilibrio, pues el gigante se había levantado y avanzaba con pasos pesados, supuestamente hacia la casa.

Pero Emma vio que Kate la observaba con atención.

—Estoy bien. De verdad. —Y para cambiar de tema añadió—: Aquí dentro hay huesos.

—Creo que son de oveja. Al menos, eso espero.

—Sí.

A través del desgarrón del bolsillo vieron que se aproximaban a la casa. Cuando se acercaban a la puerta principal el gigante susurró: «¡Silencio!, ¡que no se os olvide!» con un tono ensordecedor. Empujó la puerta y entraron en una amplia habitación llena de humo y poco iluminada. Se percibía en ella un tufo denso y un tanto agrio, compuesto de grasa hervida, cerveza fermentada y olor corporal. Aunque no había cristales en las ventanas, la habitación olía como si no hubiese sido ventilada desde hacía años. Emma y Kate entrevieron una mesa y unas sillas de madera enormes, botes y tazas, una gran variedad de raíces, hojas y carnes secas colgadas del techo, una cantidad considerable de basura, y, contra una pared, una gran chimenea de piedra gris que proyectaba un resplandor anaranjado en toda la habitación, ante la cual una mujer (una giganta, evidentemente) de largo pelo rubio, muy sucio, y con un vestido gris descolorido estaba inclinada sobre una olla de hierro, removiendo un mejunje con una cuchara de palo que parecía tallada del tronco de un árbol entero. Las mangas arremangadas de su vestido revelaban unos antebrazos inmensos y musculosos.

—¡Por fin! —exclamó la giganta, y lanzó un gran escupitajo pardo en la olla—. ¡Llevas toda la mañana por ahí! ¿Qué has traído?

—Nada, Sall. Lo siento.

—¡¿Nada?! —La giganta rubia se volvió hacia ellos, y Kate y Emma retrocedieron hacia el fondo del bolsillo del gigante en un gesto instintivo. Pero la atención de la mujer se centraba en el rostro del gigante. Mientras hablaba movía la cuchara, proyectando gotitas de estofado con sus vaivenes—. Te has pasado toda la mañana dando vueltas por ahí como un simplón, seguramente mirando nubes y rocas, ¡¿y vuelves y me dices que no traes nada para el estofado?! ¡Ah! Pero aun así esperarás que te dé de comer, ¿no? La buena de Sall sabe hacer un estofado sin nada, ¿verdad? ¡Pues mira, vas a cenar un plato vacío, pedazo de bobo!

—He dicho que lo siento, Sall.

—¡¿Que lo sientes?! —La giganta soltó una agria carcajada—. ¡No me vengas a mí con disculpas! ¡Con quien tendrás que disculparte es con el Pulgar del Gran Rog! ¡Puedes decirle que lo sientes mientras te saca un ojo!

—Vamos, Sall. No se lo digas al Pulgar, ¿de acuerdo?

—«¿No se lo digas al Pulgar?» ¡Se lo diré al Pulgar! —La giganta se había acercado hasta situarse justo delante del otro gigante, y le daba golpes con el dedo mientras hablaba; ese dedo, que parecía un ariete, se acercaba terriblemente a Kate y a Emma—. ¡Se lo diré al Pulgar en cuanto entre por la puerta, y entonces cenaremos sopa de ojo de bobo! ¡Vaya que sí! ¡Ñam, ñam, ñam!

Y daba fuertes sorbetones mientras se pasaba una mano inmensa por su inmensa barriga.

—Me voy a mi cuarto—murmuró el gigante.

Empezó a volverse, pero la giganta le agarró del brazo.

—No me estarás escondiendo nada, ¿verdad, Willy? ¿No le esconderás nada a tu propia hermana? Porque quizá, quizá, podríamos perdonar que no hayas encontrado nada con lo anormal, bobo y tonto del bote que eres, y con esa sesera tuya llena de sebo. Pero ¿escondernos algo? Bueno, eso es malvado e imperdonable, ¿no? ¡Si es así el Pulgar se te va a echar encima! ¡Puedes estar seguro!

—¡No escondo nada! —exclamó él, y apartó el brazo de un tirón.

Emma miró a Kate y dijo moviendo solo los labios: «No quiere compartirnos. Quiere comérsenos él solo». Y abrió mucho los ojos, como para poner tres signos de exclamación después.

Justo entonces se oyó un chillido procedente del otro bolsillo del gigante. El gigante se quedó paralizado. La giganta rubia se quedó paralizada. Emma y Kate se quedaron paralizadas. Reconocían la voz de su hermano.

La giganta rubia lanzó un grito y se arrojó sobre el gigante, que trató de echar a correr. Sin embargo, fue demasiado lento. Kate y Emma gritaron, pero sus gritos quedaron sofocados por los sonidos de los gigantes forcejeando, chocando contra las paredes y la mesa, derribando cántaros y cazuelas. Era evidente que la giganta rubia intentaba meter la mano en el bolsillo del gigante y que el gigante trataba de protegerlo, y Emma estaba segura de que iban a aplastarles...

—¡Haz algo! —le gritó a Kate.

—¡Vale! Pararé el tiempo...

—¡¿Qué dices que harás?!

Era la primera vez que Emma oía hablar de ese poder.

—¡Pararé el tiempo! Un momento...

Pero antes de que pudiera hacerlo se oyó un grito de triunfo y la giganta rubia dio un salto hacia atrás. El gigante que les había capturado se puso de pie con dificultad. Tan pronto como Kate y Emma recuperaron el equilibrio acercaron el ojo al agujero del bolsillo, esperando ver a Michael en la mano de la giganta. Sin embargo, sostenía en el aire una oveja regordeta y esponjosa que balaba frenéticamente. La blandió ante la cara del otro gigante.

—Conque no has encontrado nada, ¿eh? Ibas a mantener esto en secreto, ¿verdad? ¡Ja!

—¡Ay, Sall, se me ha olvidado que estaba ahí! No se lo digas al Gran Rog.

—«Se me ha olvidado que estaba ahí.» ¡Y un rábano! Quieres decir que se te ha olvidado que estaba ahí hasta que te entrase hambre en tu habitación y te dieras un pequeño atracón privado con tu oveja. ¡Se lo pienso contar al Gran Rog, y tendrás que hablar con el Pulgar muy pronto, créeme! ¡Ahora sal de mi cocina antes de que te eche en la olla!

Emma y Kate, ambas completamente confundidas, vieron que la habitación daba vueltas mientras el gigante se volvía, echaba a andar por un pasillo largo (aunque sin duda corto para el gigante) y cruzaba una puerta que cerró con una barra de madera.

Oyeron un gran suspiro, y luego un crujir de madera cuando el gigante se acomodó en una silla. Dos dedos colosales rebuscaron en el bolsillo, recogieron y sacaron a Emma y a Kate, y las dejaron sobre una mesa. Las muchachas tardaron unos momentos en orientarse, y Emma paseó la mirada por la habitación mientras el gigante se metía la mano en el otro bolsillo y extraía a Michael.

Era una habitación mucho más pequeña de lo que esperaba Emma, pues, aunque el gigante estaba sentado, su cabeza casi rozaba el techo. En cuanto al mobiliario, había una mesa, el taburete o silla en el que estaba sentado el gigante, y eso era todo. Una ventana estrecha cubierta por una pieza de lona suelta dejaba pasar la luz, y contra una pared un montón de viejas pieles hechas jirones hacía las veces de cama. El lugar se parecía más a un armario pequeño y cochambroso que a un dormitorio.

No obstante, estaba lleno a reventar de cachivaches: tazas de té, teteras, platos, dedales, tijeras, palmatorias, cristales de color rojo, verde, azul y amarillo, alfileres decorativos, trozos de esmalte agrietado, una especie de muñeca con la cara gastada, un juego de cuchillos de distintos tamaños, un reloj sin la parte de atrás, una plancha de zapatero... Y todo, por supuesto, gigantesco.

Había algo muy raro en la colección, aunque Emma no acababa de advertir exactamente qué era.

Mientras tanto, Kate había estrechado a Michael en un abrazo en cuanto lo vio sobre la mesa. Michael seguía teniendo el rostro verdoso, parecía mareado y, para colmo, estaba cubierto de pelo de oveja.

—Ha faltado poco —dijo el gigante—. ¿Por qué te has puesto a chillar? Suerte que llevaba una oveja ahí dentro.

—Me ha mordido —contestó Michael, y mostró una marca roja en el brazo.

—Emma —dijo Kate, cogiendo la mano de Michael y alargando el otro brazo hacia su hermana—, dame la mano.

—Ahora Sall le dirá al Gran Rog que escondía esa oveja y vendrá aquí con el Pulgar. Nunca me sale nada bien.

—¡Emma! —siseó Kate.

—Un momento.

Y Emma se alejó de su hermana un paso más.

Sabía que Kate quería trasladarles lejos de allí. Pero Emma no pensaba ir a ninguna parte sin Gabriel. Y también había algo más. A lo largo de los años, mientras Emma y sus hermanos pasaban de un orfanato a otro, mientras se veían arrojados en mitad de una larga serie de grupos de extraños, había desarrollado la capacidad de distinguir en un instante qué niños o adultos constituían una amenaza y cuáles no. Ese instinto nunca le había fallado, y en ese momento le estaba diciendo que la criatura de doce metros de estatura que se hallaba ante ellos, cada uno de cuyos dientes poseía el tamaño de su propia cabeza, no pretendía hacerles daño.

—¿Y os podéis creer que esa era mi propia hermana? Si mi padre siguiera vivo, ¿creéis que permitiría que me trataran así? Me insultan a diario. ¡Esta iba a ser mi casa cuando mi padre muriese! ¡Mirad dónde me hacen vivir! ¡En un cuartucho! ¡Eso no está bien! ¡No, no, no está nada bien! —El gigante pareció ponerse nostálgico—. ¡Ay! Mi padre era un hombre maravilloso, sí que lo era. Llevo su nombre, ¿sabéis? Willy. «El viejo Willy», le llamaban. Un alma amable. Y silbaba maravillosamente. Vaya...

—Oye, tú, no vas a comernos, ¿verdad?

El gigante miró a Emma y luego se metió un dedo en la oreja, de donde sacó varios kilos de mugre grisácea.

—¿Eh?

—¡Emma!

Kate volvió a alargar el brazo hacia ella, pero Emma se apartó todavía más.

—He dicho: NO NOS VAS A COMER, ¿VERDAD?

—¡Chisss! —El gigante les roció con saliva caliente—. ¡No tan alto! ¡Si os oye Sall os meterá en una empanada para la cena del Gran Rog! ¡Claro que no voy a comeros! ¿De dónde has sacado semejante idea?

—¡De ti! Has dicho que no hiciéramos ruido o íbamos directos a la empanada.

—Estaba hablando de Sall. ¡Yo nunca os comería!

Y se las arregló incluso para parecer ofendido.

Emma echó un vistazo a Kate y a Michael. Ambos miraban fijamente al gigante. Kate parecía haberse relajado un poco y ya no quería coger a Emma de la mano.

—¿Cómo has dicho que te llamas? —preguntó Emma.

—Willy.

—Ajá. Pues yo soy Dorothy. Esta es mi hermana Evelina. Y este es mi hermano Bocadesapo.

—Encantado de conoceros.

—Lo mismo digo. ¿Nos disculpas? Tengo que hablar un momento con ellos.

Emma se acercó a Kate y Michael, volviéndole la espalda al gigante.

—¿Por qué has dicho que me llamo Bocadesapo? —le siseó Michael.

—Porque no nos conviene utilizar nuestros verdaderos nombres —siseó Emma a su vez—. ¿Y si Magnus el Siniestro nos está buscando? ¡Bah!

—Sí, pero vosotras tenéis nombres normales. ¿Bocadesapo?

—Déjalo, Michael —dijo Kate, y miró a Emma—. ¿Qué estás haciendo? ¿De verdad crees que no va a comernos?

—Sí. Si quisiera lo habría hecho ya. Además, lo sé y basta, ¿vale? Tenéis que confiar en mí. De todas formas, he estado pensando: ¿y si el *Atlas* nos trajo aquí por algún motivo? No tiene sentido que nos marchemos sin averiguar qué es. Y él vive aquí. Puede ayudarnos.

—Siempre que no nos coma —dijo Michael.

—Bueno, podría comerte a ti —le espetó Emma—. Lo cual sería una enorme tragedia, evidentemente.

—Eh, oye...

—Por favor, Kate —dijo Emma, volviéndose de nuevo hacia su hermana—. No puedo explicarlo mejor. Simplemente sé que tenemos que estar aquí, eso es todo. ¡Por favor!

Kate no respondió enseguida, y Emma, que sabía que el primer y último pensamiento de su hermana era siempre protegerles, consideró la posibilidad de decirle que algunas veces había que hacer cosas peligrosas a fin de ganar seguridad más adelante; algunas veces había que arriesgarse. Sin embargo, guardó silencio. Y mientras esperaba notó más que nunca su posición de hermana menor, la necesidad de tener que pedir, convencer y suplicar. Elegir el camino nunca le correspondía a ella. Era tarea de Kate, y también, un poco, de Michael. Supuso que siempre había sido así. ¿Por qué le dolía entonces? ¿Era solo porque era su libro el que estaban buscando, o había algo más?

—Está bien —dijo Kate—, pero no os alejéis. Si intenta algo puedo utilizar el *Atlas*.

Emma se volvió de nuevo hacia el gigante, que se estaba sonando la nariz en un pañuelo del tamaño de una sábana, desplazando a media docena de murciélagos pardos que rebotaron sobre la mesa, asustados, y luego alzaron el vuelo con torpeza. La primera preocupación de la niña era conseguir la liberación de Gabriel.

—Escucha, Willy.

—Oh, oh. —El gigante parecía haber tenido la misma idea, pues tenía el cuerpo retorcido y miraba el interior de la bolsa de cuero—. Ha desaparecido.

—Espera. ¿Te refieres a Gabriel?

—¿Es así como se llama ese amigo vuestro que ha tratado de destrozarme la mano con ese mondadientes suyo? Ha estropeado mi mejor bolsa. Mira.

Willy alzó el macuto y los niños vieron un corte alargado en el fondo. Evidentemente, Gabriel se había despertado en algún punto del trayecto y había salido. Al ver el agujero Emma se sintió aliviada.

—Se ha escapado, eso es todo. Seguramente viene hacia aquí para matarte por raptarnos. No te preocupes. No dejaremos que lo haga.

—¡Oh! Gracias, supongo.

—De nada. Entonces, Willy...

—¡Chisss! —El gigante volvió la cabeza hacia la puerta y prestó atención. Tras unos instantes asintió—. Perdona. Me ha parecido oír al Pulgar.

Emma pensaba preguntarle dónde estaban exactamente, cómo se llamaban aquellas tierras y si sabía algo de la *Cuenta* (planteando la pregunta con sutileza, como «Bueeeno, y... ¿sabes dónde está la *Cuenta*?»), pero su curiosidad pudo más.

—¿Qué es todo eso del Pulgar?

—¿Te refieres al Gran Rog?

—Supongo.

—Pues el Gran Rog es el marido de Sall. Y su pulgar, bueno, es el terror de estas tierras. ¿Ves este pulgar? —Levantó el pulgar derecho, tan alto como la propia Emma—. Este es un pulgar respetable. Ningún hombre debería avergonzarse de un pulgar como este. Pero ¿el pulgar del Gran Rog? Bueno, si quisiera podría alzarlo y borrar el sol. Cuando llueve lo levanta sobre su cabeza y no se moja. Lo ha utilizado para embalsar ríos y lograr así que corran hacia atrás. Un pulgar como ese es una cosa del Destino, con D mayúscula. —Reflexionó y añadió—: Y la P de Pulgar también es mayúscula.

—De modo que tiene un pulgar grande... —concluyó Michael—. ¿Y qué?

—¡Córcholis, Bocadesapo...!

—Me llamo...

—Bocadesapo —acabó Emma—. Sigue, Willy.

—Es bien sabido que toda la fuerza de un tipo está en su pulgar, ¿no? Es lo que nos distingue de los animales. ¡Los pulgares oponibles!

—Eso y medir doce metros de estatura —dijo Emma.

—Cierto. Eso también. En fin, él tiene la culpa de que yo no tenga amigos. Todo el mundo tiene miedo de ese pulgar suyo. ¡Pero se acabó! —Y en su cara se dibujó aquella enorme sonrisa de afilados dientes—. ¡Ahora la gente sabrá que soy yo quien os ha encontrado! ¡Ay, ojalá mi padre estuviera aquí! Estaría orgulloso, sí. Fue él quien me habló de vosotros.

El gigante se inclinó y agitó un dedo inmenso ante ellos mientras ponía una voz profunda y retumbante que al parecer era una imitación de la de su padre:

—¡Escucha, Willy, tienes que estar alerta! ¡Si alguna vez ves a tres niños chiquitines, cógelos enseguida y no dejes que nadie los meta en una empanada! ¡Recuerda la profecía! ¡Recuerda la profecía!

Emma miró a sus hermanos y vio que tenían la misma expresión de sorpresa que ella. Pensaba que el gigante les resultaría útil, pero nunca habría imaginado que estaría enterado de la profecía, sobre todo porque no parecía precisamente una lumbrera.

Michael lo expresó en voz alta:

—¿Estás enterado de la profecía?

Willy el gigante puso cara de desdén.

—¡¿Que si estoy enterado de la profecía?! Debéis saber que mi padre, que era el más amable de los gigantes, tan amable que dejaba que las gaviotas anidaran en su cabello... Y, la verdad, no todos los gigantes harían eso. Las cacas de las gaviotas pueden ser un poco agobiantes, ¿sabéis?... En fin, a lo que iba: mi padre me habló de la profecía cuando yo era así de pequeño.

Situó la mano a unos tres metros del suelo.

—¿Lo veis? —Emma se volvió hacia sus hermanos—. ¡Os he dicho que podía ayudarnos!

Sabía que no se debía decir «os lo he dicho», pero a veces no tenía más remedio.

—Bueno —dijo Kate—, ¿sabes dónde está el último libro?

—¿Hummm?

—Que si sabes dónde está el último libro.

—¿Qué libro?

—El último Libro de los Orígenes.

—¿El qué de qué?

—Ya sabes —dijo Emma—. ¡El último Libro de los Orígenes! ¡La *Cuenta*!

—¡Oh! —El gigante reflexionó unos instantes y a continuación sacudió la cabeza, sonriendo con gesto inocente—. Pues no. Nunca he oído hablar de él.

—Espera —dijo Emma, cada vez más molesta y evitando mirar a sus hermanos—. ¿De qué profecía hablas?

El gigante pareció confuso.

—De la profecía del extranjero moreno, de las últimas palabras que pronunció antes de tomar la ciudad. «Vendrán tres niños y se llevarán la muerte de estas tierras.» Sois los primeros que venís en miles de años, y sois tres. ¡Tenéis que ser vosotros! ¿De qué profecía hablas tú?

—¡Pues de esa misma! —dijo Emma—. He tenido un momento de confusión. Discúlpanos otra vez.

Los tres niños se pusieron a hablar en voz baja (en realidad, en su voz normal) para que el gigante no pudiera oírles.

—¿Estáis pensando lo mismo que yo? —preguntó Emma.

—«Se llevarán la muerte de estas tierras» —dijo Michael—. Tiene que ser el Libro de la Muerte, ¿no os parece? De todos modos, es raro que haya otra profecía sobre nosotros.

—Da igual —dijo Emma—. El libro está aquí. ¡El *Atlas* nos ha traído al lugar adecuado! —Y luego, como no pudo resistirse, añadió—: ¡Os lo he dicho!

Kate le sonrió.

—Tenías razón.

La sonrisa de Kate suscitó en Emma tanta alegría y tanto orgullo que se sintió mal por haber dicho «os lo he dicho». Sin embargo, razonó que si Kate y Michael la tratasen menos como a una niña pequeña y escuchasen sus ideas no tendría que decir «os lo he dicho». Eso hizo que se sintiera mejor.

Kate dijo:

—Pero ¿estamos seguros de que tenemos que encontrar el libro? Emma, hay una cosa que no sabes...

—¡Sí, sí, todos moriremos si reunimos los libros! ¡Gabriel me lo ha contado! ¡Pero no lo sabemos con certeza! El doctor Pym era un gran mentiroso, pero quizá dijese la verdad y haya realmente una parte de la profecía que nadie conoce, como por ejemplo blablablá, Michael, Kate y Emma van a morir a no ser que ellos blablablá.

—Seguro que es eso lo que dice la profecía —murmuró Michael, pensativo.

—¡Solo digo que no sabemos si los Libros van a matarnos, pero sí sabemos que Magnus el Siniestro lo hará! ¡Así que tenemos que matarle antes! ¡Y la única forma de que podamos hacer eso es conseguir el último libro!

—Estoy de acuerdo —dijo Michael—. Tanto si el doctor Pym decía la verdad como si no la decía, si no tratamos de encontrar la *Cuenta* nos estaremos rindiendo.

—¿Lo ves, Kate? —insistió Emma, agarrándola del brazo—. ¡Te lo pido por favor!

Kate miró a Michael y después a Emma, la cual experimentó una profunda sensación de alivio al ver que su hermana tomaba aire, suspiraba y asentía con la cabeza. Hasta entonces no se había dado cuenta de lo mucho que quería encontrar el libro, de lo mucho que necesitaba hacerlo. Emma iba a decirles que todo saldría bien y que quizá los dos debían aprender a confiar un poco más en ella cuando soltó un grito y cayó hacia delante, sin sentido, sobre la mesa.

En el mismo momento se oyó un crujido devastador mientras la puerta del cuarto de Willy se abría por la fuerza y un enorme gigante de barba negra irrumpía en el interior. Vio a los niños sobre la mesa, a Kate abrazando a Emma, inconsciente, y con un rugido estrelló un puño inmenso en un lado de la cabeza de Willy, tirándole al suelo.

Con la otra mano, cuyo pulgar tenía el tamaño de una locomotora pequeña, cogió a los niños.

—¡Sabía que aquí dentro olía raro!

El gigante se los acercó a su gran boca sonriente como si fuese a comérselos crudos en ese mismo instante y farfulló:

—¡Vaya, vaya! ¡El Gran Rog se va a dar un festín esta noche!

10

El festín del Gran Rog

El Gran Rog colocó a los niños en tres jaulas de madera separadas que parecían jaulas gigantescas para pájaros y las colgó de las ramas de un árbol en la zona despejada que se hallaba delante de la casa. A continuación obligó a Willy, que tenía la nariz ensangrentada y cuyos ojos estaban empezando a hincharse debido a la paliza que le había dado, a encender una gran hoguera y sacar al exterior varias de las ollas y cazuelas de Sall, además de platos, sillas, taburetes y jarras.

—Ve a decirlo por ahí, imbécil —le dijo el Gran Rog a Willy cuando el fuego ya rugía y sobre él hervía un enorme caldero lleno de agua—. ¡Esta noche en casa del Pulgar se cena empanada de gentes pequeñas, un manjar que nadie ha visto ni probado en mil años! Pero asegúrate de que cada cual traiga su propia cerveza. ¡El Gran Rog no lleva una organización benéfica! ¡Vamos, lárgate ya!

Y le asestó a Willy una patada que le mandó rodando valle abajo.

Mientras su jaula daba vueltas entre el humo caliente que se elevaba del fuego, Kate se esforzaba por conservar la sangre fría. Emma seguía inconsciente; no se había movido en absoluto desde su desmayo en el cuarto de Willy. Los tres estaban separados, por lo que no era posible utilizar el *Atlas*. Estaban en el menú de la cena. Sí, todo eso era malo. Sin embargo, por el lado positivo, seguían vivos,

Michael seguía teniendo la *Crónica*, Gabriel seguía libre y aún podía aparecer y rescatarles, y, si fallaba todo lo demás, tarde o temprano tendrían que sacarles de las jaulas para guisarles. Por muy horrible que fuese esa perspectiva, lo normal sería que Emma, Michael y ella estuvieran entonces lo bastante cerca para tocarse, lo cual le permitiría utilizar el *Atlas* para que les sacara de allí.

Solo tenía que mantener la calma.

Y mantener tranquilo a Michael.

—Es la *Cuenta* —decía, agarrando los barrotes de su propia jaula y mirando fijamente la forma inconsciente de Emma—. ¡Sabía que el ritual de Magnus el Siniestro había hecho algo!

—Se recuperará.

—¿Y cómo lo sabes?

—Porque lo sé.

—No te ofendas, Kate, pero eso no es una respuesta.

—Solo tenemos que esperar. En cuanto nos saque de las jaulas utilizaré el *Atlas*.

—¡Pero aún tenemos que conseguir la *Cuenta*!

—Lo sé.

—¡Y no hemos oído el resto de esa profecía!

—Lo sé.

—¿Y de qué «extranjero moreno» hablaba Willy? Eso es lo que ha dicho, un «extranjero moreno» predijo nuestra llegada. ¿Quién era ese...?

Y así sucesivamente. Kate sabía que la incapacidad de Michael para dejar de dar vueltas a los mismos hechos y preguntas y examinarlos una y otra vez era un rasgo de su personalidad, pero a veces resultaba agotador. Ella no sabía lo que le había sucedido a Emma, no sabía si se pondría bien, no conocía el resto de la otra profecía, ignoraba dónde estaba oculta la *Cuenta* y cómo la encontrarían (cosa con la que aún no estaba por completo de acuerdo, pese a haber cedido ante Michael y Emma), pero nada de eso importaba en realidad, pues había apelado a toda su fuerza de voluntad para creer que se las arreglarían de algún modo para salir bien parados de aquello.

Era entonces cuando necesitaban al doctor Pym, y Kate se sorprendió deseando que apareciera Rafe, aunque Michael tuviera que verle. Necesitaba hablar con alguien.

—Todo saldrá bien —repitió, frotando el relicario de su madre entre el pulgar y el índice—. Todo saldrá bien.

—Ya vienen —dijo Michael.

Kate también lo oyó, un lejano pum, pum, pum, pum que iba haciéndose más fuerte. El suelo empezó a estremecerse, el árbol tembló y la rama de la que colgaban sus jaulas vibró, por lo que Kate y Michael tuvieron que agarrarse a los barrotes para mantener el equilibrio. Ya fuese casual o intencionado, los gigantes se aproximaban en grupo, y el efecto era como ver que a una cordillera le brotaban piernas y caminaba con paso decidido hacia ti. A medida que se acercaban, Kate pudo distinguir a cada uno de los gigantes. Los había más gordos, más altos, con barba y calvos, y también había unas cuantas mujeres. Debían de ser una quincena y se movían al trote, impulsados por la emoción, la curiosidad y (según se temía Kate) el hambre.

—¡Estupendo! —rugió el Gran Rog—. ¡Venid a echarles un vistazo! ¡Venid a ver lo que ha encontrado el Pulgar!

Los gigantes se apiñaron en torno a las jaulas de los niños, empujándose y dándose codazos y puñetazos para ver mejor. Las jaulas estaban casi a la altura de la cara de los gigantes, y por un momento Kate pensó que Michael, Emma y ella misma iban a ser aplastados mientras unos grandísimos ojos, narices y bocas se colaban hasta ellos, exclamando «oooh» y «aaah». Varios gigantes se relamían. Kate se sintió como un animal en un zoo, aunque en este caso era un zoo en el que se comían a los animales.

De cerca, los gigantes eran tan asquerosos que su simple visión podía revolverte el estómago. No se trataba solo de que en general estuvieran tan sucios y mugrientos, de que familias de roedores vivieran en su pelo, de que tuvieran una cantidad tan excesiva de verrugas, de que el aliento de uno solo fuese capaz de derribar a una vaca; eran sus dimensiones lo que inclinaba la balanza de la repulsión. Kate veía las profundidades de los poros de su rostro, grasientos pozos oscuros en los que habría podido meter un dedo entero;

veía las costras de sarro amarillo que cubrían sus dientes, las manchas verdinegras de musgo en sus lenguas, las legañas amarillas como setas que les obstruían las comisuras de los ojos. Se preguntó si sería ese el aspecto de todo el mundo visto de cerca. ¿Era todo el mundo tan repugnante?

Todos los gigantes hablaban a la vez.

—¡Miradlos! ¡Miradlos!

—Son unas personas diminutas, desde luego...

—Seguro que están muy buenos fritos.

—Todo está bueno frito.

—Yo los serviría con patatas.

—No dan ni para un bocado...

—¡Este es todo piel y huesos! No tiene nada de carne...

—Mi tío Nathan comió una vez gentes pequeñas. Dijo que sabían a pollo...

—¡Vamos, echaos todos atrás! —exclamó el Gran Rog, dando empellones a los gigantes y apartándolos de las jaulas.

Kate echó un vistazo a Michael. Vio que tenía una mano sobre la bolsa que contenía la *Crónica* y que estaba muy pálido.

—¿Michael?

—Todo saldrá bien, ¿verdad? ¿Has dicho que todo saldrá bien?

Ella asintió con firmeza.

—Todo saldrá bien.

El Gran Rog se dirigía a los gigantes reunidos. El sol había empezado a ponerse detrás de la colina y las sombras se alargaban sobre el valle. Curiosamente, Kate notó que se moría de hambre. ¿No era raro tener hambre cuando tú misma podías ser pronto la cena de alguien?

—¡Escuchadme! —decía el Gran Rog—. Sall va a preparar una buena empanada con patatas, cebollas, puerros, zanahorias y... —el gigante hizo una pausa teatral— ¡PERSONAS DIMINUTAS!

Los gigantes lanzaron vítores.

—Todos habéis visto que no hay mucha carne sobre sus huesos. Son más un manjar que un plato principal. Pero todos recibiréis un trozo de empanada de gentes pequeñas y podréis contárselo a vuestros nietecitos, tenéis la palabra del Pulgar. Además, Sall está guisando su estofado de oveja, habrá pinchos de oveja, unos cuantos paquetitos de oveja, ¡y hasta una crema de oveja para postre! ¡Vamos, abrid ese tonel! ¡El Pulgar tiene sed!

Se oyeron más rugidos y vítores, y un par de gigantes retiraron la tapa de un enorme tonel. Se sumergieron jarras en la cerveza oscura y espumosa, que los gigantes procedieron a engullir sin preocuparse en absoluto de cuánta les caía por la pechera.

—Quizá se emborrachen demasiado y se olviden de cocinarnos —dijo Michael.

—Sí —dijo Kate—. Quizá.

Se pasaron la siguiente hora bebiendo, cantando (canciones de bebedores sobre todo) y practicando una especie de baile que consistía en dar fuertes pisadas. La rama que sostenía a Kate y a Michael se estremecía tanto que los niños se vieron obligados a tenderse en el suelo de sus jaulas. Se disputó un concurso de flatulencias que ganó un gigante llamado, como era de esperar, Bill el Apestoso, aunque Kate pensó que en realidad había empate entre él y media docena de gigantes más. También hubo muchas peleas, en cuyo centro siempre parecía hallarse el Gran Rog. Este ejecutaba su movimiento favorito, consistente en saltar sobre la espalda de un oponente y meterle el pulgar en la oreja o utilizarlo para enganchar la mejilla de otro gigante hasta que pedía misericordia.

Mientras tanto, Kate observaba a Sall, que cocinaba sus diversos platos de oveja y al mismo tiempo preparaba cuidadosamente un enorme molde redondo con gigantescos puerros, zanahorias, cebollas y patatas.

«Eso es para nosotros», pensó Kate.

Una parte de ella se alegró de que Emma estuviera inconsciente y no viera todo aquello.

No oyó a Willy hasta que estuvo justo detrás de ellos.

—Lo siento muchísimo.

El gigante estaba encogido entre las sombras, bajo el árbol, lejos de la luz del fuego, donde los demás gigantes bebían, cantaban y hacían trastadas.

—¿No puedes hacer nada para sacarnos de aquí? —exigió Michael.

—Pues bien —dijo Willy con tono cauto—, técnicamente sí podría, pero creo que el Pulgar se enfadaría muchísimo.

—¿Y la profecía? —dijo Kate—. ¿No se supone que vamos a llevarnos la muerte? ¿No lo saben todos?

—Pues bien, la verdad es que lo dudo. Vivimos tiempos de degradación. Las viejas historias no reciben el mismo respeto que antes. La gente se olvida.

—¡Pero tú te acuerdas! —insistió Michael.

—Pues sí, es verdad. Pero no me servirá de mucho que os llevéis la muerte si el Pulgar me ha matado ya. Menudo dilema.

A Kate le entraron ganas de llamarle cobarde, tal como habría hecho Emma de haber estado despierta, pero la muchacha sabía también que eso no les conduciría a ninguna parte. Decidió emplear otra táctica.

—¿Qué diría tu padre si se enterara de que dejas que nos conviertan en empanada?

—¡Eso! —dijo Michael—. Seguro que se avergonzaría.

—¡Oh, vamos! —dijo el gigante bajando su enorme cabeza—. No metáis a mi viejo padre.

—Tienes una oportunidad —dijo Kate—. Podrías hacer que se sintiera orgulloso de ti.

—En lugar de alegrarse de estar muerto —añadió Michael—, para no tener que ver lo gallina que eres.

Kate pensó que aquello era un poco excesivo, y se disponía a hacerle una señal a Michael para pedirle que no cargase tanto las tintas cuando la voz del Gran Rog retumbó a través del claro:

—¿Cómo que no puedo comérmelas? ¡Esas gentes pequeñas son mías! ¡Suerte tienes de que las comparta, cerdo desagradecido!

Tanto Kate como Michael se volvieron y vieron al Gran Rog, en cuya barba negra relucían perlas de cerveza, hablando con un gigante mofletudo y rechoncho. El Gran Rog le daba golpecitos en la panza al otro gigante con el pulgar mientras farfullaba en su cara:

—¡Tratas de arruinarme el festín!

El otro gigante levantó las manos en un gesto de rendición.

—¡No es más que una vieja historia! ¡Eso es todo! ¡Ni siquiera la conozco demasiado bien! Solamente he pensado que debía mencionarla.

—Solo has pensado que debías mencionarla —repitió el Gran Rog con desprecio—. ¡Pues yo nunca la he oído!

—¡ES VERDAD! —gritó Kate—. ¡NO PODÉIS COMERNOS! ¡PREGUNTADLE A WILLY! ¡ÉL LO SABE! ¡DECIDLE QUE OS HABLE DE LA PROFECÍA!

Con la atención de los demás gigantes centrada en él, Willy trató de ocultarse entre las sombras, pero el Gran Rog le agarró por el cuello de la camisa y le arrastró a la luz del fuego.

—¿De qué está hablando? ¿Qué profecía?

Willy agitaba las manos delante de la cara.

—¡No lo sé! ¡No sé de qué está hablando!

—¡Miente! —gritaron tanto Kate como Michael—. ¡Díselo! ¡Tu padre te contó la historia!

El Gran Rog se echó a reír.

—¡Ah! Conque es eso, ¿no? ¡Otro de los cuentos de aquel viejo loco! Siempre lamenté que se cayera de aquella cresta y se abriera su estúpida cabeza. ¡Así nos quedamos sin oír sus tonterías! ¡Ja!

En ese momento Kate vio que Willy experimentaba un cambio. Entornó sus enormes ojos (muy levemente), echó los hombros hacia atrás e incluso se enderezó un poco hasta alcanzar un metro más de estatura.

—No eran solo historias. Mi padre sabía cosas del viejo mundo, cosas que todos los demás han olvidado. Mientes al decir que son cuentos.

El Gran Rog resopló.

—¿De verdad? ¿Como por ejemplo que no me tengo que comer a estas gentes pequeñas?

—Sí. Por ejemplo.

El Gran Rog se lo quedó mirando, y Kate pensó por un momento que iba a degollar a Willy allí mismo. Pero el Gran Rog se volvió hacia los demás gigantes.

—¡Está bien! ¡Escuchadme todos! Vamos a darnos un lujo. Mientras Sall termina su estofado de oveja y prepara la guarnición de la empanada, Willy va a contarnos una de las historias de su querido padre. ¡Pero que nadie se ría ni se burle, porque esta es cien por cien verdad! ¡Cada palabra! ¡Y no un puñado de memeces inventadas! ¡Ja!

Willy miró a los niños. Kate asintió con la cabeza e intentó transmitirle fuerza con la mirada. Luego el gigante se volvió de nuevo hacia el grupo de borrachos, que se reía con desprecio, y esperó a que se callaran.

Michael se dirigió a Kate.

—Al menos hemos ganado algo de tiempo, y además oiremos toda la historia.

Kate no dijo nada. Observaba a Sall, que cortaba cebollas y las metía en la empanada. Pronto estaría lista para ellos.

—Las cosas no siempre fueron así.

Ya casi había anochecido, y Willy, iluminado por el fuerte resplandor de la hoguera, se hallaba de pie frente al semicírculo formado por los gigantes. Para sorpresa de Kate, todos los demás gigantes habían tomado asiento, unos en rocas y otros en el suelo, y parecían prestarle a Willy toda su atención. El único ruido era el que hacían al tragar cerveza y algún eructo ocasional capaz de romperle los tímpanos a cualquiera.

Emma no se había movido todavía.

—No siempre hemos vivido como ahora. Semejantes a animales. Borrachos. Sucios. Buscando comida con desesperación. Los gigantes eran una raza respetada. Vivíamos en la Ciudad Alta...

Kate se dio cuenta de que había dicho las dos últimas palabras con mayúsculas. Los demás gigantes asintieron con la cabeza, como si todos hubieran oído hablar de la Ciudad Alta. También se dio cuenta de que Willy hablaba de forma diferente, y se le ocurrió que debía de estar contando la historia tal como su padre se la había contado a él, con las palabras y el tono de su padre.

—Todos sabemos dónde está la Ciudad Alta. Al norte. Al otro lado del bosque. Más allá del ancho río que en mil años ningún gigante que lo haya cruzado ha regresado jamás. Pero era allí donde vivíamos antaño. Y fue una época dorada. Nosotros los gigantes teníamos cultura, música y literatura. Había sastres que confeccionaban la ropa más exquisita, muy distinta de estos harapos mal cosidos que llevamos ahora. Había herreros que hacían las mejores herramientas y armas. Las tiendas estaban llenas de productos. ¡Y tenían los más deliciosos pasteles de hígado de oveja de todo el mundo!

Los gigantes resoplaron estremecidos.

—En aquellos tiempos teníamos un rey. El rey Davey el Sumamente Alto. Se decía que cuando salía a pasear volvía con el pelo envuelto en nubes, como si llevara una corona celestial.

»Una época dorada...

Willy hizo una pausa, un tanto dramática en opinión de Kate. Todos los gigantes le escuchaban embelesados. La muchacha trató de imaginar una época en la que todos esos gigantes eran tal como los describía Willy, cultos, con ropa y herramientas de calidad, viviendo en una gran ciudad. ¿Era cierto? ¿O era simplemente una historia creada para hacer que se sintieran mejor?

—Pero un día el rey recibió una noticia inquietante. Una comunidad entera de gigantes que habitaba en los confines del reino había perdido la vida de repente. Se decía que eran tantos los buitres que volaban en círculo que el mediodía era como la noche más profunda. El rey Davey envió a dos exploradores para que averiguasen lo sucedido, pero los exploradores nunca regresaron.

»A continuación envió una patrulla de soldados. Doce gigantes armados para la batalla. Transcurrió una semana. Regresó un soldado. Le dijo al rey que la muerte había entrado en las tierras. Que la había llevado un extranjero. Que el extranjero le había perdonado la vida para que pudiera llevarle un mensaje al rey.

»"¿Qué mensaje?", preguntó el rey Davey.

»"Que el extraño viene a tomar posesión de vuestro trono y vuestra ciudad. Y todo aquel que siga en el interior de las murallas dentro de dos días morirá."

»Bueno, lo primero que hizo el rey Davey fue cortarle la cabeza al soldado, puesto que era una antigua tradición matar al portador de malas noticias.

Kate se escandalizó al oír eso, pero vio que todos los gigantes asentían con la cabeza. Uno levantó la mano y preguntó: «¿Se la comió?». Sin embargo, los demás le hicieron callar enseguida.

Willy siguió hablando:

—Debéis saber que había un extenso campo delante de la ciudad, y exactamente dos días después los centinelas vieron venir a lo lejos al extranjero. Una motita oscura. El rey Davey salió con cincuenta guerreros, todos armados hasta los dientes. Dicen que a miles de kilómetros de distancia temblaba el suelo, que olas grandes como montañas inundaron las ciudades al otro lado del mundo.

»El rey hizo avanzar a sus soldados para aplastar al extranjero y machacar sus huesos hasta que se confundiesen con la tierra.

Willy hizo otra pausa. Kate vio que no temía abusar de la pausa dramática. Sin embargo, funcionó una vez más. Los gigantes, incluso el Gran Rog, estaban pendientes de sus palabras.

—El extranjero les mató. En menos que canta un gallo, el rey Davey y todos sus guerreros estaban muertos en el campo. Y esa es la verdad, transmitida por quienes vieron cómo sucedía desde las murallas de la ciudad. Esperaban ver al extranjero destrozado a pisotones, pero lo cierto era que el rey y todos sus soldados yacían muertos y el extranjero caminaba hacia la ciudad.

»Así que huyeron. Abandonaron sus hogares, dejaron las ollas hirviendo, las ovejas a medio guisar, la colada a medio lavar, y cuando el extranjero entró en la ciudad se cerraron las puertas, y ningún gigante ha puesto el pie en la Ciudad Alta desde entonces. Y en los años que siguieron caímos en el triste estado en el que nos hallamos ahora. Parecemos animales.

Michael había susurrado: «¿Y la profecía...?» cuando Willy volvió a hablar.

—Pero los gigantes que escaparon oyeron las últimas palabras del extranjero, que dijo justo antes de entrar en la ciudad: «Permaneceré aquí hasta que vengan tres niños y se lleven la muerte de estas tierras».

—Willy indicó las jaulas con un gesto—. Ya han venido. Los primeros humanos que se han visto aquí desde la época del extranjero, hace más de dos mil años, y además son tres niños. No podemos comérnoslos. Esta es nuestra última oportunidad para volver a ser lo que fuimos.

Dejó de hablar, y Kate esperó, conteniendo el aliento. ¿Bastaría eso para salvarles?

—Debía de tener el Libro de la Muerte —susurró Michael—. Me refiero al extranjero. Solo de esa forma pudo matar a todos esos gigantes. Emma tenía razón: el libro está aquí.

Kate no pudo discutírselo. Pero también se preguntó, tal como había hecho Michael, quién era el extranjero. No pudo ser Magnus el Siniestro, porque Magnus el Siniestro estaba buscando el libro. Y entonces ¿quién era?

—Vaya, es una vieja historia muy bonita, Willy —dijo el Gran Rog, levantándose—. Pero si crees que no voy a comerme a estos niños diminutos estás aún más chalado que el chalado de tu padre. Y recuérdame que después te dé un buen sopapo por intentar arruinar mi festín. Bueno, Sall, ¿cómo va esa masa de empanada?

—Vas a morir pronto.

La voz que habló era una voz nueva, y no era muy alta, pero sí lo bastante para que la oyeran y se volvieran el Gran Rog, Willy y los otros gigantes, y sobre todo Kate y Michael, que estaban más cerca y la conocían bien.

Emma estaba de pie y se agarraba a los barrotes de su jaula.

—Vas a morir pronto —repitió Emma.

Emma oyó que Kate pronunciaba su nombre, pero no la miró. Tenía la vista clavada en el Gran Rog, que había pasado junto a Willy y se había acercado a su jaula.

—Ah, así que te encuentras mejor. Eso está muy bien. No quisiera comerte estando enferma. Podría darme dolor de barriga.

—No morirás esta noche —siguió diciendo Emma, como si el gigante no hubiera hablado—. Pero pronto. —Luego señaló al gigante mofletudo, que rellenaba su jarra en el tonel—. Ese, el gordo, va a morir esta noche.

—¿Y cómo lo sabes? —preguntó el Gran Rog con desprecio.

—Lo sé y ya está. Igual que sé que tú mataste al padre de Willy.

Un silencio denso y mortal descendió sobre el claro. El Gran Rog se aproximó hasta casi tocar con la punta bulbosa de su nariz los barrotes de la jaula de Emma.

—No vayas contando historias que te van a meter en problemas aún peores, niña. Voy a comerte, claro. Pero de forma humana. En una empanada. Si me haces enfadar puede que te coma cruda, miembro a miembro.

Pero Emma no habría podido dejar de hablar aunque lo hubiese intentado. Tenía la sensación de estar en un camino claro y definido, y solo podía avanzar.

—Te acercaste por detrás y le diste un castañazo en la cabeza con una roca. Luego empujaste su cuerpo colina abajo y le dijiste a todo el mundo que se había caído. —Emma miró a Sall, que se había quedado paralizada junto al molde de empanada—. Fue idea tuya. Le convenciste para poder quedarte esa casa tan cutre. Sabías que tu padre iba a dársela a Willy.

Notó que Kate y Michael la miraban, pero mantuvo los ojos clavados en el Gran Rog.

Entonces el Gran Rog hizo exactamente lo que Emma esperaba. Se volvió y se dirigió a los demás gigantes vociferando:

—¿Y qué? Era viejo e inútil, y comía demasiado. ¿Quién iba a detenerme?, ¿eh? ¡Ja! Eso es justo...

No pudo seguir hablando, porque Willy se abalanzó sobre él. Los demás gigantes se levantaron en un instante y formaron un círculo. Desde la altura del árbol en que estaban, los niños tenían una vista despejada de lo que ocurría.

Willy había embestido al Gran Rog, clavándole la cabeza en el estómago y dejándole momentáneamente sin respiración. Luego tiró a su cuñado al suelo y se puso a aporrearle a izquierda y derecha, a izquierda y derecha. Pero quedó claro desde el principio que, además de ser más bajo que el Gran Rog, Willy era con diferencia el luchador menos avezado, y sus puñetazos no le hacían ningún daño real. Por su parte, en cuanto recuperó el aliento el Gran Rog le asestó a Willy un golpe en la oreja que le arrojó al suelo.

El Gran Rog se levantó tambaleándose y le dio a Willy una fuerte patada en el estómago.

—¿Esto es lo que quieres, chico? ¡Pues muy bien! ¡Te daré lo que le di a tu padre!

Le pateó una y otra vez. Tenía el rostro enrojecido y sonreía. Su boca proyectaba gotas de saliva. Parecía un gran animal salvaje. Luego, mientras Willy yacía boqueando, el Gran Rog se acercó airadamente a un árbol situado al borde del claro, lo rodeó con los brazos y tiró de él a un lado y a otro hasta arrancarlo del suelo con una sacudida. Willy se estaba poniendo de pie cuando el Gran Rog balanceó el árbol y le sacudió en la cabeza con él. El Gran Rog siguió golpeando con el árbol a Willy mientras Sall acudía corriendo y riéndose para patear de vez en cuando a su hermano, que gemía.

Emma se sintió invadida por el pánico. ¡Las cosas se estaban descontrolando! ¡Willy no tenía que morir! Ella no lo había visto; ¡lo habría visto si hubiese ido a morir! ¿No era así?

La jaula de Emma tembló. La niña alzó la vista y por un instante no pudo asimilar lo que veía. ¿Cómo podía estar Gabriel encima de su jaula? Entonces todo cuadró. Gabriel estaba allí para rescatarles. Debía de haber seguido su rastro hasta allí, debía de haber trepado al árbol y acto seguido a la rama. Y eso no era todo: Michael y Kate estaban en la rama, encima de él. Gabriel ya les había rescatado. Tan concentrada estaba Emma en la pelea de los gigantes que no se había percatado.

Con su cuchillo, Gabriel abrió de un par de tajos la puerta situada en la parte superior de la jaula. A continuación alargó el brazo hacia Emma, susurrándole:

—¡Ven! ¡Agárrate a mi mano!

Emma sabía que Kate emplearía el *Atlas* para llevarles a todos a un lugar seguro. Ya no había nada que les detuviera. Conocían el resto de la profecía, sabían lo del rey Davey y el extranjero. Podían encontrar la Ciudad Alta por sí mismos; no necesitaban a Willy.

Echó un vistazo hacia la hoguera. El Gran Rog continuaba dándole patadas y golpes a Willy.

Luego miró a Michael y a Kate, que agitaban los brazos para indicarle que se apresurara desde la rama situada encima de Gabriel. Dijo:

—¡No puedo dejar a Willy!

—Nosotros no podemos ayudarle —le respondió Gabriel.

Emma lo sabía, pero era ella quien había provocado esa pelea al hablar de la historia sobre el padre de Willy; ella era la responsable.

—¡Lo sé! Pero no puedo dejarle.

Gabriel, cuya cicatriz palpitaba por la sangre que le afluía al rostro, la miró fijamente unos momentos mientras los ruidos sordos provocados por los porrazos del Gran Rog y la risa de Sall se mezclaban con los gemidos de dolor de Willy.

—Muy bien. Pero ven conmigo, por si acaso...

No dijo a qué se refería, pero Emma lo sabía: por si acaso el Gran Rog mataba a Willy y tenían que escapar a toda prisa. Justo entonces un rugido la llevó a volverse, y vio que el Gran Rog había arrojado a un lado el árbol y de un salto se sentaba a horcajadas sobre la forma gimiente de Willy.

—¡Está bien, chico! ¡Veamos lo que pasa cuando te atraviese el ojo con el pulgar y le haga cosquillas a tu cerebro!

Y alzó la mano en el aire con el gran pulgar extendido...

Emma gritó...

El Gran Rog bajó su pulgar... y Willy lo atrapó. Emma no pudo ver lo que ocurría a continuación porque el cuerpo del Gran Rog se lo impedía, pero oyó que el Gran Rog chillaba y trataba de apartarse. Sin embargo, Willy parecía tenerle bien sujeto. Finalmente el Gran Rog cayó hacia atrás. La sangre le manaba de un costado de la mano, y Emma vio que donde antes se hallaba su pulgar había un muñón.

—¡Mi pulgar! ¡Mi precioso pulgar!

Willy se levantó y escupió algo al suelo. Después se inclinó a coger el árbol que el Gran Rog había tirado.

—¡Me has arrancado el pulgar de un mordisco!

—Sí —dijo Willy.

Hizo oscilar el árbol, se oyó un «catacrac» y el Gran Rog cayó con fuerza al suelo. Willy miró a Sall. La giganta entró corriendo en la casa y cerró de un portazo.

Se produjo un silencio lleno de asombro entre los gigantes. Luego uno dijo:

—Está muerto.

Willy le dio un golpecito al Gran Rog con la punta del pie.

—No está muerto. Por desgracia.

—Es Jasper quien ha muerto —replicó otro gigante, señalando al gigante mofletudo y rechoncho que yacía despatarrado en el suelo—. El Gran Rog le ha golpeado accidentalmente con el árbol, y Jasper se ha caído y se ha dado en la cabeza con una roca. Esa niña sabía que pasaría. Nos lo ha dicho.

Entonces los gigantes se volvieron en masa hacia las jaulas. A Emma le pareció poder ver lo que ellos veían, dos de las jaulas vacías, un nuevo y extraño humano encima de su propia jaula. Su cena se escapaba. Por un instante, Emma se arrepintió de haberse quedado.

Entonces Willy cruzó el claro caminando tranquilamente y les tendió la mano.

—Bueno, personas diminutas, ¿os venís conmigo a la Ciudad Alta?

Tenía la boca cubierta de sangre tras arrancar el pulgar del Gran Rog, pero Emma pensó que tenía aspecto noble.

—Sí —contestó en nombre de todos, y dejó por fin que Gabriel la sacara de su jaula.

Willy instaló a Michael y a Kate sobre su hombro izquierdo y luego alargó la mano hacia Gabriel y Emma.

—Me alegro de que no hayas muerto —le dijo a Gabriel—. Siento haberte dado en la mollera.

Gabriel no dijo nada, pero envainó su cuchillo.

Luego, tras colocarse a Gabriel y a Emma sobre el hombro derecho, Willy se volvió hacia los gigantes.

—Me llevo a las personas diminutas a la Ciudad Alta, vamos a averiguar si ese extranjero continúa allí y a cumplir la profecía. ¿Hay alguien que no esté de acuerdo?

Ninguno de los gigantes habló.

—De acuerdo, entonces.

Y Willy salió a la oscuridad a grandes zancadas.

Emma notó el brazo de Gabriel sobre sus hombros y exhaló temblorosa.

—Siento haber tardado tanto en alcanzaros —dijo Gabriel.

—No pasa nada. Ya estás aquí.

—¿Cómo has sabido que ese gigante iba a morir?

—He visto que la muerte se cernía sobre él. Como una sombra. Igual que sobre el Gran Rog. ¿Gabriel?

—¿Sí?

—¿Podríamos no hablar ahora de eso?

Él asintió con la cabeza. Avanzaron en silencio. Emma mantenía la vista hacia delante, sin atreverse a mirar a Gabriel, ni tampoco a sus hermanos, que viajaban en el otro hombro del gigante, temiendo ver, como le había ocurrido junto a la hoguera, las sombras que se cernían sobre cada uno de ellos.

11

La Ciudad Alta

Willy condujo a los niños y a Gabriel a través de la oscuridad. Finalmente, cuando llevaban varias horas montados en el bulto ondulante de los hombros del gigante, Kate y Michael sobre un hombro, y Gabriel y Emma sobre el otro, se detuvieron a orillas del río. Al otro lado de la oscura extensión de agua vieron más colinas y lo que parecía un bosque. El río debía de medir cuatrocientos metros de ancho.

—Ningún gigante ha cruzado este río en mil años —les explicó Willy—. Más vale que acampemos aquí y lo atravesemos cuando sea de día. Imagino que a vosotros, personas diminutas, os vendría bien un descanso. Y también a mí; vencer al gigante más grande de estas tierras agota al más pintado, desde luego.

Les dejó en el suelo y fue a recoger leña. Pronto tuvo lo que llamó «un fueguecito en marcha», que a los niños les pareció un incendio pavoroso, y repartió unos pedazos de pincho de oveja que se había metido en los bolsillos durante el festín del Gran Rog. Tras quitarle la suciedad y el pelo de oveja, los niños encontraron la carne deliciosa.

—¡Oh, sí! —exclamó el gigante—. Puede que Sall sea una arpía malvada y parricida, pero sabe cómo cocinar una oveja, eso desde luego.

Los niños estaban exhaustos pero hambrientos. Mientras comían, Willy practicaba con su espada. Había ido a buscarla a su habitación poco después de dejar al Gran Rog y a los demás, diciendo que podría serles útil en el lugar al que se dirigían. La espada era un instrumento terrible. La hoja sola ya medía unos seis metros, pero llamaba la atención sobre todo por la evidente destreza con que había sido confeccionada.

—Es una reliquia del viejo mundo. Me la regaló mi padre —dijo Willy. Y luego añadió, de forma un tanto innecesaria—: Antes de que le asesinaran.

Pero estaba claro que el padre de Willy nunca le había enseñado a utilizarla. Mientras los niños y Gabriel comían junto al fuego, el gigante daba saltos de un lado a otro, pinchando la oscuridad y gritando: «¡AHHHYAAA!» y «¡TE HE DADO!» como si su intención no fuese tanto herir a sus oponentes como matarles de un susto.

Fue entonces cuando Gabriel les contó a los niños que había utilizado su cuchillo para salir del macuto de Willy poco después de ser capturado y había caído al suelo.

—¿Has ido a buscar tu espada? —dijo Emma. El arma yacía en el suelo, junto a él—. Porque Willy la ha arrojado a kilómetros y kilómetros de distancia. Lo recuerdo.

—No. Cuando he escapado, no he hecho más que pensar en la espada y me la he encontrado en la mano. Sucedió algo semejante en la fortaleza de Magnus el Siniestro. Rourke me desarmó, pero cuando necesité mi espada volví a tenerla de pronto.

—¿Quieres decir que está encantada? —dijo Michael un poco impresionado, alargando el brazo para pasar la mano por la lisa empuñadura de hueso.

Gabriel les contó que la abuela Peet le había dado la espada en sustitución del machete que había perdido en el volcán y le había dicho que esa arma no la perdería.

—Entonces no pensé en ello, pero esta espada es mucho más de lo que parece.

—La abuela Peet es muy buena contigo —dijo Emma con tono de aprobación.

Gabriel dijo que se había pasado el resto del día siguiendo las huellas grandes como cráteres hasta la casa del gigante y había llegado cuando el festín ya estaba en marcha.

—Pues me alegro de que nos hayas alcanzado —dijo Michael—, aunque en realidad no he llegado a preocuparme en ningún momento. Aún tenía varios ases en la manga.

—Eso es muy tranquilizador —dijo Gabriel.

—¿Seguro que estás bien? —le preguntó Kate a Emma por novena vez desde que habían escapado del Gran Rog.

—Sí, estoy perfectamente.

Emma no miró a su hermana al decirlo, pues sabía que si les echaba un vistazo a ella, a Michael o a Gabriel vería de nuevo las sombras que se cernían sobre ellos. No eran tan terribles y oscuras ni estaban tan cerca como la sombra que se cernía sobre el gigante obeso Jasper, que había muerto tras golpearse la cabeza con una roca, ni tampoco como la sombra que flotaba sobre el Gran Rog, pero las sombras estaban allí de todos modos, lo cual significaba que se acercaba la muerte para cada uno de ellos. Lo que no sabía era cuánto tiempo tenía para salvarles. ¿Un día? ¿Dos? Desde luego, no sería mucho. Y sintió en lo más profundo de sus huesos que su única esperanza de salvarles consistía en encontrar la *Cuenta* y matar a Magnus el Siniestro.

—¿Cómo has sabido que el gigante iba a morir? —dijo Michael mientras roía un trozo de carne del tamaño de un cavernícola.

—Lo he sabido y ya está —dijo Emma, confiando en poner fin a la conversación.

—¿Y el padre de Willy? ¿Cómo sabías lo que hizo el Gran Rog?

—Eso ha sido distinto. Lo he visto en mi cabeza. Supongo que ahora también soy vidente.

—¡Qué raro! —dijo Michael—. Pero parece evidente que esa capacidad tuya guarda relación con la *Cuenta*. Prevés la muerte de la gente y eres la Protectora del Libro de la Muerte. Debes tener alguna conexión con el libro. Lo lógico sería que se debiera al ritual de Unión que llevó a cabo Magnus el Siniestro.

—¡Pero me encuentro bien! —insistió Emma—. ¡Total y absolutamente bien! ¡Mejor que normal!

Eso no era exactamente cierto, pero lo dejaba muy claro.

—Y entonces ¿por qué te has desmayado en el cuarto de Willy? —preguntó Michael.

—En Cascadas de Cambridge —dijo Kate—, incluso después de que perdiéramos el *Atlas*, no dejaba de enviarme visiones y sueños. Era porque una parte de la magia había entrado en mi interior. Michael tiene razón: una parte del poder de la *Cuenta* debe de estar también en ti.

Emma consideró la idea de que una porción de la magia de la *Cuenta* formase ahora parte de ella. Pensarlo le produjo inquietud.

—Es bastante curioso que lleguemos a estos extremos para conseguir el libro cuando, en realidad, no sabemos nada de él —dijo Michael.

—Claro que sí —dijo Emma—. Mata a la gente.

—Pero ¿por qué se llama la *Cuenta*? El nombre tiene que significar algo, ¿no?

Emma gimió, intuyendo que Michael tenía ganas de analizarlo todo para poder demostrar lo listo que era, como le ocurría a menudo, y que sería imposible detenerle.

—Pensad en ello. Una «cuenta» es una deuda o un cálculo. Ese detalle puede ser importante. Aunque también, y esto es interesante, puede ser un juicio. Quizá tengas que juzgar quién debería vivir y quién debería morir.

—Mientras mate a Magnus el Siniestro —dijo Emma—, ¿a quién le importa?

Vio que Michael le lanzaba una mirada a Kate, una mirada que Emma conocía bien. Decía que Emma era solo una niña y no se podía esperar que se tomara en serio los asuntos de adultos. Estuvo a punto de recordarle que era ella, y no él o Kate, quien les había salvado de ser el relleno de la empanada de Sall al incitar a Willy a pelearse con el Gran Rog. Sin embargo, estaba cansada, y de todos modos Michael empezaba ya a hacer planes.

Dijo que necesitaban saber tanto como pudiesen antes de entrar en la ciudad de los gigantes al día siguiente, y sacó el tema de la historia del padre de Willy.

—Ese extranjero moreno, fuese quien fuese, tenía que tener la *Cuenta*. ¿Cómo, si no, pudo matar a todos esos gigantes?

(Tuvieron que hacer una pausa para poner al día a Emma, que solo había oído el final de la historia.)

Michael siguió hablando:

—Así que me pregunto lo siguiente: ¿quién es ese extraño? No puede ser Magnus el Siniestro, pues sigue buscando el libro. Podría ser uno de los guardianes. Bert pensaba que solo unos cuantos escaparon de Rhakotis, pero quizá se equivocase.

»Si recapitulamos un momento —Michael sacó su cuaderno y se puso a dar golpecitos con la pluma sobre la página abierta—, había tres Libros. Se guardaban en la torre del brujo, en Rhakotis. Desaparecieron todos cuando Alejandro Magno saqueó la ciudad con la ayuda del Magnus el Siniestro de la época. Sabemos que el doctor Pym les llevó el *Atlas* a los enanos de Cascadas de Cambridge. Bert se llevó la *Crónica* a la Antártida. La *Cuenta* desapareció sin más. Willy dice que el extranjero llegó hace más de dos mil años, lo cual sugiere que fue también él quien se llevó el libro de Rhakotis durante el asedio. Por lo tanto, pudo ser uno de los guardianes. También pudo ser uno de los brujos del Consejo del doctor Pym.

—O pudo no ser ninguna de esas personas —contestó Gabriel—. Pudo ser alguien de quien nada sepamos.

—Exacto. Un desconocido. Un factor X —dijo Michael.

Emma observó que a su hermano le encantaba decir «factor X». Tanto le encantaba que incluso lo repitió:

—Sí. Un auténtico factor X.

—Sea quien sea el extranjero —dijo Kate—, ¿creemos que continúa vivo? Recordad que el doctor Pym vivió miles de años. Y ese Bert al que conocisteis estaba vivo.

—Fue gracias a la *Crónica* —dijo Michael—. La *Cuenta* es el Libro de la Muerte.

—Sin embargo, si es uno de los brujos puede que haya estado expuesto al Libro de la Vida igual que el doctor Pym —comentó Gabriel—. Es posible que haya estado en esta ciudad todo el tiempo, esperando.

—Es una buena observación, Gabriel —reconoció Michael con un tono un tanto condescendiente—. Pero ¿cómo supo de nosotros tres? La verdadera profecía sobre el hallazgo de los Libros por nuestra parte no se hizo hasta mil años después de la caída de Rhakotis.

—¿Cómo recuerdas todo eso? —preguntó Emma.

Michael levantó su cuaderno.

—Hice una cronología.

Emma lanzó un gemido. Y por un momento se olvidó de las sombras que acechaban a sus hermanos y a su amigo, de lo que significaba que el libro se llamara la *Cuenta* o de cómo funcionaba, y se permitió pensar en lo tremendamente repelente que podía resultar Michael. Gracias a eso se sintió mucho mejor.

—Willy —dijo Kate levantando la voz—, ¿sabes si el extranjero sigue en la ciudad? Me refiero a si sigue vivo.

Willy se sentó con las piernas cruzadas junto al fuego. Tras practicar con la espada sudaba y respiraba con dificultad. Emma se dijo que, pese a su gran tamaño, el gigante no estaba muy en forma.

—Bueno, Evelina...

Emma vio que Gabriel le lanzaba una mirada y susurró:

—Le hemos dado nombres falsos. Ha sido idea mía.

—Es una pregunta difícil —siguió diciendo el gigante—, puesto que nadie ha entrado en la ciudad desde hace miles de años. Pocos gigantes han llegado siquiera hasta aquí...

—Pero... —sugirió Emma, que siempre sabía cuándo alguien se disponía a decir «pero».

—Pero lo cierto es que ha habido historias.

—¿Qué clase de historias? —preguntó Michael.

—Historias que afirman que hay algo vivo en la ciudad. Podría ser el extranjero. Podría ser algo que el extranjero trajo. O podría ser otra cosa. La magia oscura atrae a otras criaturas oscuras, ¿sabéis?

—Así que corren historias sobre algo vivo que sigue allí —comentó Kate.

—Corrían. En los últimos años no he oído gran cosa. La respuesta corta es: quizá.

Lo dijo con cierta satisfacción, como si realmente hubiera contestado a su pregunta en lugar de limitarse a plantear más preguntas.

—Deberíamos dormir un poco —dijo Gabriel—. Mañana será un día muy duro.

—Yo montaré guardia. Y si no os importa la montaré sentado. Tengo las piernas fatigadas. Lo de quitar la muerte de estas tierras cansa mucho.

Los niños se tumbaron junto al fuego. Michael apoyó la cabeza sobre su bolsa, y Kate estrechó a Emma entre sus brazos sin que esta se lo pidiera. Gabriel se instaló a pocos metros de distancia, sacó su espada y la colocó a su lado para estar preparado en caso necesario. Emma se sintió aliviada: habían dejado de hablar. Estaba agotada. Fuese lo que fuese lo que les esperaba, lo afrontarían al día siguiente.

Kate se despertó y vio que el fuego había menguado, pasando de tener el tamaño de una inmensa hoguera a adquirir una escala más humana. El cielo mostraba los primeros matices grises del amanecer. Tanto Emma como Michael seguían durmiendo, aunque Emma, que tenía los puños cerrados, experimentaba de vez en cuando una sacudida y lanzaba un gemido. Gabriel dormía con la mano derecha sobre la empuñadura de su espada, y Kate cayó en la cuenta de que siempre le había visto despierto y alerta. Sabía que Gabriel había estado buscando sin cesar a Emma desde su rapto y se alegraba de que por fin se permitiera descansar. No se alegraba tanto de ver dormido a Willy. El gigante estaba tendido de lado y roncaba con fuerza. La baba que salía de la comisura de su boca convertía el suelo en fango.

«Menudo centinela», pensó.

Kate retiró cuidadosamente el brazo que tenía sobre Emma y se levantó. Salió del círculo de luz y se detuvo a una docena de metros, en la penumbra de los árboles que les rodeaban. Aún podía ver a sus hermanos y a Gabriel, dormidos junto al fuego.

Se volvió y miró hacia la oscuridad.

—Sal.

Hubo un momento de silencio. Luego una voz dijo:

—¿Cómo lo has sabido?

Rafe, o el fantasma de Rafe, pues seguía sin estar segura de cómo pensar en él, salió de detrás de un árbol. Las sombras ocultaban sus rasgos.

—Lo he intuido.

Eso no era del todo cierto. Solo esperaba que él estuviese allí, pero lo esperaba tan fervientemente que había intuido que así sería.

—¿No tienes que decirme que eres realmente tú? —le preguntó Kate.

Él se encogió de hombros.

—¿Qué sentido tendría? Si Magnus el Siniestro fingiera ser yo, ¿no diría lo mismo?

—Supongo.

Rafe se acercó un poco más. La luz gris que se filtraba a través de los árboles cayó sobre su rostro.

—¿Y bien?

Kate le observó durante unos momentos.

—Eres tú.

—¿Estás segura?

Kate se disponía a contestar cuando se dio cuenta de que no podía. Lo único que sabía era que ansiaba creerlo, y en ese preciso momento supo que estaba perdida.

Sin embargo, la muchacha apartó el pensamiento de su mente y dijo lo que había estado rondando por su cabeza toda la noche:

—Nos dirigimos a la vieja ciudad de los gigantes. Creemos que la persona que sacó la *Cuenta* de Rhakotis la llevó allí. Esa persona podría incluso continuar en la ciudad. No sabemos lo que nos espera. Y ahora que el doctor Pym ya no está, no contamos con nadie capaz de orientarnos. ¿Puedes ayudarnos tú?

Rafe negó con la cabeza.

—Magnus el Siniestro no sabe quién se llevó la *Cuenta*. Si lo supiera, habría resultado más fácil encontrarla.

Kate asintió con la cabeza. Ya se esperaba esa respuesta. Dijo:

—Emma es capaz de ver la muerte de la gente.

—¿Qué?

—Es capaz de ver la muerte de la gente. Dijo que un gigante iba a morir y murió. ¿Quiere eso decir que...?

—Significa que la Unión salió bien. Al menos en parte. Tu hermana está conectada con la *Cuenta*. Cuando esté más cerca podrá sentir el libro. Él la llamará.

Ambos guardaron silencio durante unos momentos. Kate oía el fragor de fondo que provocaban los ronquidos del gigante, y en las pausas que había entre ellos la crepitación del fuego y el suave fluir del río, muy cerca. Atrás había quedado la primera conmoción al ver a Rafe, la salvaje extrañeza palpitante al poder hablar con él otra vez, y Kate apreciaba por completo la verdadera esencia de esa interacción. El Rafe al que conocía, el chico con el que había bailado, que la había protegido, que la había estrechado entre sus brazos, se había ido para siempre. Estaba hablando con un fantasma. Y en algún momento, muy pronto, perdería incluso eso.

Además, intuía que Rafe sabía lo que estaba pensando y no le dolía, que entendía sus reticencias y por ese motivo no le exigía más de lo que ella podía dar. Se le ocurrió que por eso sabía que era realmente él.

—Hay otra cosa. No puedo explicarlo, pero desde que rescatamos a Emma siento que...

Para su frustración, Kate comprobó que realmente no podía explicarlo. Porque ¿cómo podía describir la vaga sensación de inquietud que tenía, la perturbadora corriente subyacente que la avisaba de la inminencia de un problema invisible y sin nombre, de algún peligro con el que aún no se había encontrado?

Rafe dijo:

—Son los Libros.

—¿Qué?

—Lo que sientes. Son los Libros.

—¿De qué estás hablando?

Rafe tardó un instante en responder. Sin embargo, cuando habló, Kate sintió que había hecho la pregunta que él esperaba que hiciera.

—Tienes que entender que los brujos que crearon los Libros, y tu amigo Pym entre ellos, extrajeron la magia del corazón mismo del mundo. Pero los Libros siguen conectados con todo lo que nos rodea. Imagínalos en el centro de una enorme red. Cada vez que tú utilizas el *Atlas* o tu hermano utiliza la *Crónica*, tiembla la red entera.

—Pero ¿qué significa eso en realidad?

—Tu hermano y tú creéis que lo que hacéis no tiene mayores consecuencias, pero las tiene. Tú detienes un momento en el tiempo; él le devuelve la vida a una persona; el poder irradia hacia fuera, estremeciéndolo todo. Eso es lo que sientes. Y va a empeorar.

—Entonces ¿deberíamos dejar de utilizar los Libros? ¡Hemos de hacerlo!

—Solo digo que las uniones que mantienen a flote el universo tienen un límite. Pronto empezarán a romperse.

Kate le volvió la espalda. No quería oír nada más. Necesitaba el *Atlas* para regresar a Loris. ¡Debía utilizarlo!

—En cuanto a lo que has preguntado antes —dijo Rafe—, lo que os espera en la ciudad, hay una cosa que puedo decirte. Quien trajo aquí la *Cuenta* no lo hizo por accidente. Hay mil sitios más donde podría haberse escondido, guaridas de dragones, cuevas en el fondo del océano... Hay algo especial en ese sitio.

—Willy no ha dicho nada...

—Él no lo sabe. Tengo la sensación de que es un secreto. Ten cuidado.

El cielo se estaba aclarando. En otro momento, en otro lugar, no habrían sido más que dos adolescentes a solas entre las sombras.

Kate dijo en voz baja:

—Anoche tuve un sueño. Estábamos en la iglesia. En Nueva York. Nevaba. —Se volvió y le miró—. Rafe, la próxima vez, si sé que no eres tú...

Respiraba con dificultad. Su corazón palpitaba con fuerza contra su pecho, y las palabras se le atascaron en la garganta.

—Lo sé. Yo también —contestó Rafe al tiempo que asentía con la cabeza.

Tras un desayuno rápido a base de carnero (que resultó ser otra palabra para decir «oveja»), el pequeño grupo cruzó el río. Willy vadeó las densas aguas marrones con los niños y Gabriel sobre los hombros. Cuando alcanzaron la otra orilla se encontraron penetrando en un bosque. Pero el bosque era extraña y espeluznantemente silencioso. No había pájaros llamándose y anunciando el amanecer, ni ardillas moviéndose a toda velocidad por las ramas; todo estaba en silencio y quieto, y los niños, al notarlo, se callaron también.

Emma se había despertado antes que Gabriel y Michael, y había visto que Kate no estaba. Se había quedado allí tumbada sin moverse hasta que oyó las pisadas de su hermana.

—¿Adónde has ido?

Kate pareció sobresaltarse, y Emma se dio cuenta de que inventaba una mentira.

—¡Ah! Me ha parecido oír un ruido. No era nada.

Emma no insistió. A la luz de la mañana, la sombra que se cernía sobre su hermana era más oscura que nunca.

Gabriel se había despertado al oír las voces de las muchachas; luego habían despertado a Michael, y entre los cuatro habían despertado al gigante. Gritos, pellizcos, patadas en el estómago... Nada surtió efecto. Finalmente Emma cogió una rama encendida del fuego y se la metió en la nariz.

El gigante soltó un bramido que les arrojó al suelo. Se levantó de un salto y empezó a agitarse de un lado a otro, dándose sopapos y gritando:

—¡Oh! ¡Oh! ¡Oh!

Kate regañó a Emma, y Emma se disculpó ante el gigante, aunque se dijo a sí misma que en realidad se había dormido durante su guardia; en algunos ejércitos le habrían pegado un tiro.

El bosque era denso, pero Willy tenía la altura suficiente para que los niños y Gabriel pudieran viajar sobre sus hombros sin hacerse daño con las ramas. Willy no parecía prestar ninguna atención a los árboles, y Emma, al mirar hacia atrás, pudo seguir el rastro del paso del gigante por las ramas rotas y los pimpollos pisoteados que dejaban tras de sí. Si a alguien se le ocurría seguirles, el trayecto no habría podido quedar más claro.

A media mañana llegaron a lo alto de una cuesta. Willy levantó el brazo y señaló a lo lejos:

—¡Allí! ¡Esa es!

—¿Detrás de esas colinas? —preguntó Michael.

—No son colinas, Bocadesapo. Es la ciudad.

—Me llamo...

—Bocadesapo —dijo Emma automáticamente.

Oyó que Michael murmuraba algo ininteligible.

Desde allá arriba veían el punto en el que se acababan los árboles y se abría una amplia llanura. Más allá de la llanura estaba lo que Michael había tomado por un círculo de colinas grises. Sin embargo, ya quedaba claro que no miraban unas colinas, sino una inmensa muralla de color gris y negro y, sobre ella, los tejados tachonados de chimeneas de unos edificios apiñados. Emma vio que un edificio se alzaba por encima de los demás. Su tejado relucía bajo el sol de la mañana.

—Ojalá mi padre pudiera ver lo que estoy viendo yo —murmuró Willy—. La Ciudad Alta del rey Davey. Es increíble lo que encuentras cuando sales de casa. Increíble.

—Emma —dijo Kate, que estaba sentada junto a su hermana—, ¿sientes algo?

—¿A qué te refieres?

—Se refiere a si sientes la *Cuenta* —dijo Michael, alzando la voz desde el otro hombro de Willy, donde estaban sentados Gabriel y él—. Nosotros dos, cuando nos acercamos a nuestros Libros, los sentimos. Es como si algo te tirara del pecho.

Emma miró fijamente la ciudad, a lo lejos, y esperó sin apenas respirar. Pero no notó ningún tirón, ninguna fuerza. Solo unas vagas náuseas por haber comido demasiada oveja y luego viajar durante horas sobre el hombro de un gigante.

—No siento nada.

—¡Eso no significa que no esté allí! —gritó Michael—. ¡Puede que tengamos que acercarnos más!

Emma no dijo nada. Willy descendió la pendiente, deseoso de llegar a la ciudad. Sus pisadas hacían un ruido sordo. No tardaron en dejar atrás el bosque y salir a la llanura abierta. Willy se movía cada vez más deprisa, y los niños y Gabriel tenían que agarrarse bien. Pero de pronto, en mitad de la llanura, se encontraron con un grupo de árboles de aspecto insólito y el gigante aflojó el paso. Los árboles parecían ser todo tronco, sin rama alguna, estaban revestidos de musgo y brotaban de la tierra en ángulos extraños. Además, los árboles estaban rodeados de rocas de forma rara, cubiertas de musgo y hierba.

—Son huesos —dijo Michael cuando estuvieron cerca—. Los huesos de los gigantes que murieron.

Era, en efecto, un enorme osario: los supuestos árboles eran las costillas de los gigantes; las piedras cubiertas de musgo, sus cráneos, manos, rodillas y piernas. Willy, Gabriel y los niños pasaron junto a los esqueletos en silencio.

Por último, Kate dijo:

—Entonces, la historia de que el rey Davey y sus gigantes salieron a luchar contra el extranjero es cierta, sucedió de verdad.

Pasaron junto a un grupo de huesos que estaba separado de los demás, y cuando alcanzaron el cráneo, pues el gigante parecía haber caído hacia atrás al morir, vieron la corona cubierta de musgo que seguía rodeando su frente.

—Es él —les indicó Willy, en lo más cercano a un murmullo que pudo conseguir—. Es el rey Davey. ¡Mirad sus huesos! ¡Debía de medir quince metros de estatura! ¡Era aún más alto que el Gran Rog!

Emma guardó silencio un instante. No quería decirlo, pero ver los huesos de los gigantes muertos le había causado una emoción salvaje, casi vertiginosa. Si la *Cuenta* había hecho eso, sin duda podía matar a Magnus el Siniestro.

—¡Vamos! —dijo—. ¿A qué estamos esperando? ¡Adelante!

—Entonces ¿queréis... ir a la ciudad?

La voz de Willy había perdido todo el entusiasmo que había mostrado a lo largo de la mañana, y Emma vio que hasta Kate parecía aturdida y temerosa.

—¡Sí! ¡A la ciudad! ¿¡Adónde si no?! —Y a Kate le dijo—: ¡La *Cuenta* es el único medio con que contamos para matar a Magnus el Siniestro! ¡Tú lo sabes!

Kate asintió con la cabeza y le dijo a Willy que debían seguir adelante.

Claramente reticente, Willy echó a andar de nuevo hacia la ciudad, volviéndose a mirar de vez en cuando los restos del rey Davey y sus soldados, y murmurando cosas como «me pregunto si dejé la tetera sobre el fuego en casa». Aun así, continuaba avanzando. Y cuanto más se acercaban a la ciudad, más grande se hacía esta: las murallas se extendían tanto hacia fuera como hacia arriba, un kilómetro aproximado hacia el otro lado y decenas de metros de altura. Cuando Willy se detuvo ante las puertas de la ciudad, él mismo parecía pequeño en comparación.

—Vaya —dijo alzando la vista—, es... muy grande.

Las murallas estaban hechas de pesados bloques de piedra gris y negra que habían sido encajados con gran destreza y precisión. Aunque estaban cubiertas por una densa red de malas hierbas y enredaderas y había grandes agujeros en la piedra, el hecho mismo de que siguieran en pie tantos siglos después del abandono de la ciudad atestiguaba la habilidad de sus canteros.

Las puertas, tan altas como las murallas, estaban hechas de madera. Gracias sin duda a las sustancias con que las habían tratado sus constructores, parecían íntegras y sólidas. Con mucho tiento, Willy apoyó una mano contra la madera y empujó. La puerta se abrió más de un metro y luego se detuvo. El gigante empujó con más fuerza, y la puerta cedió un poco más. Finalmente dejó a los niños y a Gabriel en el suelo, retrocedió dos pasos, se lanzó hacia delante y embistió la puerta con el hombro. Los niños oyeron un chasquido de madera partida, Emma vio unas extrañas franjas de color gris plata que se rompían en la cara interior y la puerta se abrió de golpe.

Tras levantarse del suelo, Willy izó a los niños y a Gabriel hasta sus hombros y cruzó la puerta y un pórtico que daba a una amplia plaza. Un ancho bulevar de piedra plana salía de ella y cruzaba el centro de la ciudad, y dos calles más partían a cada lado. Los edificios que se hallaban ante ellos eran al mismo tiempo increíblemente inmensos e increíblemente altos. A los niños les resultaba difícil asimilar siquiera lo que veían; les daba la impresión de que la ciudad tenía un tamaño normal y ellos se habían encogido hasta alcanzar el tamaño de unos insectos.

Pero lo más notable, lo que hizo que el corazón de los niños les aporreara en la garganta, no fue la enormidad de la ciudad. Fue que todo, las calles, los edificios, las murallas e incluso las gigantescas farolas, estaba cubierto por las mismas franjas de color gris plata que atrancaban la puerta. Era una especie de malla o incluso...

—¡Son telarañas! —dijo Emma.

—Pero eso..., ¡eso no es posible! —exclamó Michael, que tenía un largo historial de aracnofobia (chillaba hasta con las arañitas inofensivas que Emma acostumbraba meter en su cama como «terapia»)—. Tendrían que ser...

—Gigantes —dijo Willy—. Arañas gigantes. Sí.

—¿Estabas enterado de esto? —preguntó Kate.

—Bueno, no sabía que hubiesen invadido la ciudad, pero en tiempos del rey Davey todo era gigante: ovejas gigantes, vacas gigantes y pollos gigantes. Los magos reales lo hicieron todo a escala, por así decirlo. Era la única forma de alimentar a una ciudad llena de gente grande. El problema fue que al lanzar el conjuro no solo se hicieron grandes los pollos y las ovejas. Otras cosas se hicieron grandes también.

—Como las arañas —dijo Emma.

—La mayoría de las criaturas gigantes murieron o fueron devoradas hace mucho tiempo, y ya no tenemos magos que realicen el conjuro; por eso nos pasamos el tiempo buscando comida. Pero parece que las arañas pueden haber sobrevivido.

Por un momento se quedaron mirando la ciudad momificada. Aquí y allá flotaban sueltos hilos de telaraña, impulsados por la brisa.

—¿Y dónde están? —dijo Emma.

Aparte de las telarañas flotantes, no se movía nada. Tampoco había cadáveres de arañas en el suelo.

—Tal vez estén muertas —dijo Gabriel—, o hayan abandonado la ciudad. Esas telarañas parecen viejas.

Los niños se mostraron de acuerdo. Las telarañas estaban secas y deshilachadas, como encaje antiguo.

—¿Y qué hacemos ahora? —dijo Michael, y dio la impresión de que se habría puesto muy contento si alguien hubiera dicho: «Damos media vuelta y nos olvidamos de todo esto».

—Seguimos adelante —contestó Emma, y no pudo resistirse al impulso de añadir—: ¡Aunque haya arañas peludas gigantes esperando para comernos!

Kate la fulminó con la mirada.

Tras una breve discusión decidieron recorrer el bulevar que conducía al centro de la ciudad. Willy había sacado su espada y la utilizaba para despejar el camino, aunque tenía que detenerse con frecuencia para retirar las telarañas que se pegaban a la hoja. Sus pasos eran más silenciosos de lo normal, y cuando Emma bajó la mirada vio que el gigante tenía telarañas en los pies, por lo que parecía que llevara un par de zapatos blancos de peluche.

Mientras avanzaban, los niños contemplaban los edificios que se levantaban a cada lado. Empezaban a asimilar la inmensidad de la ciudad. Al mirar las calles laterales, entrecruzadas por telarañas grises semejantes a serpentinas para un desfile, los niños observaron que, en la distancia, las casas y los edificios parecían cordilleras lejanas.

Seguían sin ver arañas, ni vivas ni muertas.

—La verdad es que es una ciudad bonita —dijo Michael cuando llevaban un rato andando. Pasaban junto a un parque rodeado de tiendas y cafés.

Hasta Willy parecía haber superado sus nervios.

—Es como mi padre decía siempre. Preciosa.

Entraron a continuación en una plaza enorme y se detuvieron. Ante ellos se hallaba un inmenso edificio del que se alzaba una torre de ciento cincuenta metros de altura, por encima de todo el resto de la ciudad. Estaba rematada por una cúpula de plata, y Emma comprendió que eran la torre y la cúpula que había visto desde el bosque.

—Es el palacio del rey Davey —dijo Willy con un respeto anonadado—. Lo construyó porque no paraba de golpearse la cabeza contra las puertas del viejo palacio.

—Tenemos que entrar —dijo Emma.

—¿Está dentro? —preguntó Kate—. ¿Notas algo?

—Simplemente lo sé —dijo Emma negando con la cabeza.

Willy no precisó más impulso y, con los niños y Gabriel agarrados como podían, cruzó a toda prisa la plaza, subió corriendo media docena de peldaños de piedra hasta llegar a una columnata abierta y luego utilizó su espada para cortar las espesas telarañas que envolvían un par de gigantescas puertas ceremoniales.

Dentro del palacio no había telarañas, y el grupo avanzó deprisa por una serie de vestíbulos y salas de espera. El ambiente olía a húmedo y rancio, y aunque era pleno día solo una leve luz grisácea penetraba las telarañas que cubrían las ventanas por fuera, dándole al palacio un aire tenebroso como el de una tumba. Una gruesa capa de polvo alfombraba el suelo, y Willy dejaba un rastro turbio a su paso. Después de atravesar la sexta o séptima antecámara, Willy abrió un par de puertas de hierro forjado muy ornamentadas y entraron en una gran sala circular. Willy se detuvo en seco.

—El salón del trono del rey Davey. Tiene que serlo.

La habitación estaba construida directamente debajo de la torre, lo que permitió a Willy, a Gabriel y a los niños alzar la mirada hasta una altura de casi ciento cincuenta metros. La luz que se filtraba desde ella mostraba una sala extrañamente sencilla, como si la hubieran despojado de todo para centrar toda la atención en la tarima redonda del centro.

—Ahí se sentaba, repartiendo sabiduría entre su pueblo. Pero ¿qué pasó con su trono?

Una inmensa butaca de piedra, claramente pensada para descansar encima de la tarima, yacía volcada, dando la impresión de haber sido apartada a un lado con gran brusquedad.

—Willy —dijo Kate—, déjanos en el suelo.

El gigante se arrodilló al borde de la tarima. Gabriel y los niños se bajaron de un salto y observaron la habitación en penumbra.

—Ahí hay algo —dijo Gabriel—. Voy a...

Pero Emma ya se precipitaba hacia delante. Los demás la siguieron de cerca, y todos se reunieron en torno al objeto que ocupaba el centro de la tarima. Yacía bajo un velo de lino negro y se hallaba rodeado por un círculo de pétalos de rosa y velas a medio arder.

—Es como un sepulcro o algo así —dijo Michael.

—Alguien ha estado aquí hace poco —añadió Gabriel con la mirada clavada en las sombras que ocultaban los rincones de la sala—. Ayer o anteayer.

Emma alargó el brazo y empezó a retirar el velo.

—¡Espera, Emma! —exclamó Kate.

Todos ahogaron un grito, y Emma apartó la mano de un tirón. Bajo el velo yacía una figura con los brazos cruzados sobre el pecho. No había duda alguna de que la figura estaba muerta. Pero no era un esqueleto ni era un cadáver reciente. Parecía ser algo intermedio. Era como si todo el líquido hubiese sido absorbido del cuerpo, porque la piel se adhería, dura y oscura, a los huesos. La boca, muy abierta, mostraba unos dientes pequeños, negros y amarillos. El cuerpo estaba envuelto en vendas podridas.

—Parece una momia —dijo Michael.

—Entonces ¿es el extranjero? —preguntó Willy—. Es tan pequeño...

—Tiene algo en la mano —dijo Emma, y extrajo cuidadosamente el objeto de los dedos del cadáver. Era un trozo de pergamino antiguo, seco y oscurecido por el tiempo—. Es un mensaje.

—No podrás leerlo —dijo Michael—. Me imagino que estará escrito en alguna vieja lengua olvidada. Más vale que me lo des.

—No. Puedo leerlo.

—Eso no tiene sentido —objetó Michael—. El inglés ni siquiera se había inventado hace dos mil años, o los que sean.

—¿Qué dice? —preguntó Kate.

—Dice —la voz de Emma resonó en el salón del trono—: «Si queréis la *Cuenta*, tendréis que traerme de regreso».

Por un instante el único sonido fue la respiración fuerte de Willy.

—Es una trampa —dijo Gabriel.

—Desde luego —convino Kate.

—¿Y qué? —dijo Emma, irritada por tener que explicarse una vez más, por la desconfianza de los otros, y en especial de Kate—.

¡Conseguir el libro es nuestra única esperanza! ¡Y ya llevamos aquí dos días! ¡Quién sabe qué estará haciendo Magnus el Siniestro! ¡Dudo que esté de vacaciones! ¡Y puedes sacarnos de aquí si pasa algo! No tenemos...

—Emma tiene razón —la interrumpió Michael—. No podemos elegir.

Y sin esperar a que Kate se mostrara de acuerdo, Michael sacó de su bolsa la *Crónica* encuadernada en piel roja y se arrodilló en la tarima de piedra junto a la figura envuelta en lino. Abrió el libro por el centro, al azar, alargó la mano derecha y agarró la mano de la figura, encogida y ennegrecida. Colocó la otra mano sobre el libro.

Emma miró a Kate, pero su hermana parecía dispuesta a aceptarlo, al menos de momento. Entonces Michael cerró los ojos, y unas llamas brotaron de la superficie del libro. Emma no pudo evitar observar que era la segunda vez en dos días que Michael la apoyaba en una discusión con Kate. El día anterior lo había hecho en el cuarto de Willy, y luego ahí. Sabía que Michael continuaba considerándola una niña pequeña, pues había visto la mirada que le había dedicado a Kate la noche anterior, junto al fuego. ¿Por qué, entonces, se ponía de su parte? Se sentía confusa, molesta y complacida, todo a la vez.

De pronto Michael ahogó un grito y abrió los ojos de golpe. Se le cayó el libro al suelo. Las llamas se apagaron y la habitación quedó a oscuras. Emma se arrodilló junto a él.

—¡¿Michael?! ¿Qué pasa? ¿Qué ha ocurrido?

El muchacho estaba cubierto de sudor, tembloroso y jadeante.

—Es..., es...

—¡Oh, no!

Emma vio que Kate contemplaba la figura. En su rostro había una expresión de reconocimiento y horror al mismo tiempo. Emma se volvió: la piel seca y ennegrecida de la figura estaba rellenándose y aclarándose. Oyó un crujido y vio que la mano esquelética flexionaba los dedos mientras las vendas que la sujetaban empezaban a desintegrarse.

—¡Michael! —exclamó Kate con voz frenética—. ¡Tienes que pararlo! ¡Tienes...!

—¡No puedo! ¡Es demasiado tarde!

Las andrajosas vendas se deshacían y caían al suelo a medida que la figura empezaba a moverse. Cuando movió la mandíbula se oyó un chasquido.

—¿Qué está pasando? —exigió saber Emma—. ¿Quién...?

Entonces pudieron identificar la figura: era una mujer muy anciana. Tosió. Fue una tos seca y perruna, como si despejase su garganta de siglos de polvo y flema solidificada.

—Tenemos que irnos —dijo Kate—. ¡Dadme la mano!

—¡No! —replicó Emma apartándose—. ¡Dime quién es!

La figura se incorporó despacio y empleó su mano encogida como una garra para quitarse el resto de las vendas. Emma pensó que, aunque pudiera estar viva, no tenía mucho mejor aspecto que cuando estaba muerta. Tenía la piel fláccida y cubierta de manchas. El pelo era canoso y lacio; los dientes, amarillentos y agrietados.

Entonces habló, y la voz, a pesar de ser áspera y temblorosa, resultaba familiar.

—Sí, dile quién soy, querida. Me ofende que no reconozca a su vieja amiga.

La figura parpadeó. Emma vio unos ojos de color violeta y supo por fin a quién le habían devuelto la vida.

—¿Te lo digo yo? —La condesa se sentó—. Soy la única persona en el mundo que sabe dónde está escondida la *Cuenta*. Llevo más de dos mil años esperándoos. ¡Quiero lo que se me arrebató! ¡Mi juventud! ¡Mi belleza! La *Crónica* tiene ese poder. ¡Volved a convertirme en lo que era, y os daré no solo la *Cuenta*, sino también algo que deseáis aún más! ¡Todavía no ha terminado nuestro viaje juntos! ¡Creísteis que vuestra condesa había muerto! ¡Os equivocabais! ¡Estoy viva! ¡Estoy viva, y me vengaré! Me...

Y eso fue todo lo que dijo antes de que Willy la aplastara de un pisotón.

12

El nido

Willy movía el pie a derecha e izquierda, a derecha e izquierda, como si pretendiera convertir en polvo lo que pudiera quedar de la condesa. Además, levantaba el pie periódicamente para darle otro pisotón, que salpicaba a los niños con más fragmentos.

—¡Y esto por matar al rey Davey! —¡Pisotón!—. ¡Y esto por destruir toda mi civilización! —¡Pisotón!—. ¡Y esto por los porrazos que me daba el Gran Rog! —¡Pisotón!—. ¡Y esto...!

Los gritos de los niños acabaron por detenerle.

—¿Qué? —preguntó inocentemente—. ¿Qué pasa?

—¿Que qué pasa? —chilló Emma—. ¡La has aplastado!

—¡Claro que la he aplastado! ¡Ya has visto lo que le hizo al rey Davey!

—¡La necesitábamos! Y tú..., ¡tú la has machacado!

—No la necesitamos —dijo Michael en voz baja.

—¿De qué hablas? —inquirió Emma, volviéndose rápidamente—. ¡Ella sabía dónde estaba la *Cuenta*! ¡Ahora es solo papilla! Nunca podremos...

—Yo sé dónde se halla la *Cuenta*. Cuando utilizo la *Crónica* vivo la vida entera de la otra persona, ¿recuerdas? Sé dónde la escondió.

Emma miró fijamente a su hermano. Michael había recogido la *Crónica*, que se le había caído al volver a la condesa a la vida, y en ese momento la apretaba contra su pecho. Gotas de sudor cubrían su rostro y su frente.

—¿Sabes de verdad dónde está? —preguntó Kate.

Michael asintió con la cabeza.

—Y sé cómo la consiguió, por qué la trajo aquí y qué tenemos que hacer para conseguirla.

—¡Ah! —exclamó Emma—. Pues entonces no pasa nada.

Los niños se sentaron en el borde de la tarima mientras Gabriel permanecía de pie. Emma aguardaba con impaciencia a que Michael les dijera dónde estaba la *Cuenta*, pero era evidente que el chico estaba muy afectado y necesitaba recuperarse.

—Tómate tu tiempo —dijo Kate.

—Sí —dijo Emma—, pero no demasiado.

Detrás de ellos, Willy estaba utilizando un pañuelo sucio del tamaño de una sábana para quitarse los residuos de condesa de la suela del zapato. Emma intentó no mirar. Aunque sabía de sobra que la condesa se lo merecía, debía reconocer que ser pisoteada no era la mejor manera de abandonar el mundo.

—Después de todo lo que pasó en Cascadas de Cambridge y de que salváramos a los niños, la condesa esperó unos quince años para intentar sorprender a Kate. ¿Acaso lo has olvidado? Cuando estábamos en la fiesta de Navidad, la acorraló con un cuchillo.

—Sí —convino Emma—, y Kate la llevó al pasado y la soltó allí.

Kate no dijo nada; miraba a Michael con expresión tensa y preocupada, como si le diera miedo lo que fuera a decir. «Pero ¿por qué?», se preguntó Emma. No había hecho nada malo.

—Kate dejó a la condesa encima de una casa, en Rhakotis —siguió diciendo Michael. Hablaba suavemente, pero su voz sonaba con fuerza en la sala vacía—. Eso ocurrió hace dos mil quinientos años. La ciudad estaba siendo atacada por Alejandro Magno y Magnus el Siniestro. Los dragones surcaban el cielo. Los edificios se derrumbaban porque unos trolls de arena abrían túneles en sus cimientos. Había gritos. Fuego. La ciudad estaba perdida. Ella estaba perdida.

Emma oyó que Willy cruzaba la sala y empezaba a subir las escaleras que conducían a la torre. Michael había deslizado la *Crónica* en su bolsa y apretaba las manos para detener, o al menos ocultar, cómo le temblaban.

—Pero fue entonces, estando en el tejado, cuando se dio cuenta de que, lejos de matarla, Kate le había dado la oportunidad de vengarse de manera definitiva.

—¡Oh, no...! —susurró Kate.

—¿«Oh, no» qué? —inquirió Emma—. ¿«Oh, no» qué?

—Deja hablar a tu hermano —dijo Gabriel en voz baja.

—¡Lo estoy haciendo! —protestó Emma, y luego murmuró—: Lo siento. Sigue.

—Tras el asedio de Rhakotis —dijo Michael—, los Libros se perdieron durante más de dos mil años. Lo que hizo Kate fue llevar a la condesa al último momento en que los tres estuvieron reunidos en el mismo lugar. Era justo lo que ella quería.

Kate sacudió la cabeza, murmurando:

—¿Cómo pude ser tan estúpida?

El polvo se posaba sobre las cabezas de los niños mientras Willy subía las escaleras de la torre con estrépito, pero ninguno de ellos se percató. Estaban concentrados en las palabras de Michael, que describía el recorrido de la condesa a través de la ciudad y su llegada a la torre de los magos, en cuya cúspide vio un grupo de pequeñas figuras. Supo que eran los brujos y que estaban utilizando todas sus artes y todo su poder para defender la ciudad. Cayó hacia atrás debido a una explosión, y cuando se despejó el polvo, la cima de la torre y los brujos habían desaparecido.

—Era la oportunidad que esperaba. La torre carecía de defensas. Se hizo invisible y se coló en el interior.

Había resultado sencillo. La condesa se había encontrado con dos miembros de la orden de los guardianes, les había seguido mientras se dirigían a una escalera oculta y había bajado tras ellos hasta las profundidades de la tierra. Sin saberlo, la habían guiado entre docenas de trampas y defensas. Finalmente llegaron a la puerta de una cripta.

—Esperaba hallar la *Crónica* —les dijo Michael—. Quería ser joven otra vez. Hermosa. Sin embargo, cuando se abrió la puerta y vio la *Cuenta*, supo que aquello era mejor. La *Cuenta* era el libro que más ansiaba Magnus el Siniestro, el más necesario para sus planes, y también el único que podía matarle. —Michael miró a Kate—. Por mucho que te odiase a ti, que nos odiase a todos, le odiaba más a él. Le había robado su juventud, la había hecho vieja y fea. Nunca se lo perdonaría.

»Degolló a los dos guardianes y se quedó el libro.

Ninguno de ellos habló. Cayó más polvo.

—¿Y por qué no mató a Magnus el Siniestro? —dijo Gabriel—. Tenía el libro.

—No podía. Seguía queriendo volver a la vida. Y si hubiera matado a Magnus el Siniestro, él nunca habría estado allí para encontrarla cuando fuese una adolescente en Rusia. No podía alterar el futuro. Tenía que esconder el libro y esperar que viniéramos nosotros y la encontráramos. Y eso hizo. Vino aquí, lo escondió, se tumbó y murió.

—¿Y dónde está? —preguntó Kate.

Michael se levantó y caminó hasta el centro de la tarima, donde persistía la fea y oscura mancha que había dejado la condesa. Sacó su cuchillo y se hizo un fino corte en la piel de la palma de la mano. Dejó caer tres gotas de sangre sobre la piedra. Por un momento no sucedió nada. Luego la piedra pareció absorber la sangre, se oyó un rumor sordo, un chirrido, y la tarima empezó a dividirse por el centro. Gabriel tiró de Emma hacia atrás mientras aparecían dos escaleras, una de tamaño gigante y otra de tamaño humano, una al lado de la otra, que descendían en espiral hasta desaparecer en la oscuridad.

—La condesa sabía que el libro tenía que permanecer oculto durante miles de años —continuó Michael—. Pero ¿dónde podía esconderlo para que nadie lo encontrara, ni siquiera Magnus el Siniestro? Entonces recordó que el rey de los gigantes guardaba un gran secreto.

Emma atisbó por encima del borde. Allí abajo la oscuridad era absoluta. Un olor pestilente atacó sus fosas nasales. Seguía sin sentir nada. Ningún tirón en el pecho. Nada en absoluto.

—¿Os conté alguna vez qué llevó a los duendes a ese valle de la Antártida? —Michael también miraba la oscuridad—. Allí había un portal, entre el mundo de los vivos y el mundo de los muertos. Resulta que no es el único.

—Espera —dijo Kate—. Quieres decir que...

—La condesa escondió el libro en el mundo de los muertos.

Gabriel preparó un par de antorchas mientras Michael sacaba dos linternas pequeñas de su bolsa y le daba una a Emma. Kate cogió una antorcha. Justo entonces, unas pisadas atronadoras resonaron arriba. Alzaron la mirada y vieron a través del aire cargado de polvo que Willy bajaba las escaleras de la torre corriendo y gritando:

—El Gran Rog..., el Gran Rog..., el Gran Rog... —Descendía los peldaños de dos en dos y de tres en tres, y en pocos momentos estuvo junto a ellos, agachado y diciendo jadeante—: El Gran Rog... Sall... ¡Otros dos! ¡Están ahí fuera! ¡Vienen hacia aquí!

—Es mejor que vengas con nosotros —le dijo Kate al gigante.

Sin embargo, Willy se enderezó con cierta dificultad, pues seguía jadeando, y se llevó la mano a la empuñadura de la espada.

—No. Ha llegado el momento de que me enfrente a él como es debido. ¿Y dónde mejor que en el salón del trono del rey Davey?

—¡Pero son cuatro! —dijo Emma.

—Desafiaré al Gran Rog a un combate singular —declaró Willy con tono firme—. Tendrá que hacer honor a nuestras tradiciones. Además, necesitáis a alguien que vuelva a poner la tarima en su sitio para que él no pueda seguiros.

Emma dudaba mucho de que el Gran Rog hiciese honor a las tradiciones del combate singular si ni siquiera hacía honor a las tradiciones de la higiene más básica, pero Willy parecía decidido y no les quedaba tiempo. Los niños y Gabriel se pusieron a bajar la escalera, y Willy empezó a cerrar la tarima a sus espaldas. Habían avanzado muy poco cuando al alzar la vista vieron que desaparecía el último resto de luz.

Todo quedó oscuro y en silencio.

—Por aquí —indicó Michael.

Como cabía esperar, el pasadizo por el que bajaban era enorme y parecía no acabarse nunca, hundiéndose cada vez más en el suelo. Y cuanto más se hundían más frío se volvía el aire y más fuerte resultaba el olor a podrido.

—Lo que no entiendo es que la condesa solo consiguió la *Cuenta* porque Kate la llevó de regreso a tiempo. Y eso acaba de suceder. ¿Quién tenía la *Cuenta* antes?

—Seguramente esos dos guardianes —dijo Michael—. Iban a buscarlo cuando ella les mató.

—Todo cambió por mi culpa —dijo Kate—. Y también soy responsable de su muerte.

—No podías saberlo —repuso Gabriel.

—Sí —dijo Emma—. No es que el estúpido *Atlas* llevara instrucciones de uso.

Siguieron andando. Al cabo de unos minutos oyeron un apagado grito procedente de arriba, seguido de sonidos de golpes. Nadie habló. Sabían que seguramente el Gran Rog, Sall y los demás estaban atacando a Willy, pero nada podían hacer. Siguieron descendiendo y los sonidos se desvanecieron.

Finalmente se acabaron los peldaños tallados en la roca. El pasadizo daba a una caverna más profunda y vasta. Michael iba el primero, pero antes de que pudiera dar otro paso Gabriel alargó el brazo y le agarró por el hombro, obligándole a detenerse.

—¿Qué pasa? —dijo Michael—. Nos estamos acercando...

—Mira —replicó Gabriel levantando su antorcha e indicando la oscuridad con un gesto.

Tanto Michael como Emma enfocaron sus linternas hacia arriba.

—¡Arrrggghhh!

Michael cayó hacia atrás y chocó contra Emma. A punto estuvieron los dos de caer al suelo. Justo delante de ellos, a poca distancia de sus cabezas y posada sobre un trozo de telaraña que se extendía a través del pasadizo, se hallaba una araña del tamaño de un hipopótamo. Tenía las patas juntas y dobladas debajo del cuerpo. Los ojos de la criatura reflejaron la luz de las linternas en docenas de direcciones. Sus colmillos tenían la longitud de los antebrazos de Emma.

—¿Está... muerta? —dijo Kate.

Aunque parecía mirarles fijamente, la araña no se había movido todavía.

—Tal vez —contestó Gabriel—. No soy ningún experto en arañas. Pero ninguna de ellas parece moverse.

—¡¿Ellas?! —gritó Michael—. ¿Qué quieres decir con «ellas»?

Gabriel señaló de nuevo, y Michael y Emma volvieron sus linternas hacia abajo y hacia los lados, iluminando la densa telaraña que cruzaba en todos los sentidos la caverna entera, del tamaño de un estadio. Emma tardó un instante en comprender qué veía, qué eran realmente las grandes formas pesadas que colgaban aquí y allá, por todas partes.

Habían encontrado las arañas desaparecidas.

Las más pequeñas tenían el tamaño de un cerdo, mientras que las más grandes, con sus inmensos cuerpos redondeados, parecían elefantes. Y allá donde Michael y Emma enfocaban sus linternas veían más pares de ojos relucientes. Debía de haber cincuenta o sesenta arañas repartidas por la caverna, con las fauces erizadas de enormes colmillos.

Emma oyó que Michael empezaba a respirar aceleradamente.

—No se mueven —dijo Kate—. ¿Están muertas?

—O están muertas o dormidas —respondió Gabriel—. Tras devorar todo lo que había en la ciudad, puede que estén hibernando.

—¿Quieres decir que podrían... despertar? —susurró Michael.

—Debemos evitar las telarañas —dijo Gabriel—. Es así como perciben la presencia de una amenaza.

—O del alimento —murmuró Emma.

Los ojos de Michael parecían haber duplicado su tamaño, y le temblaba la voz.

—En los recuerdos de la condesa no había nada de esto.

—No —dijo Gabriel—. Habrán llegado después. ¿Adónde vamos?

Michael no respondió, por lo que Emma le cogió de la mano y se puso delante de él, obligándole a mirarla.

—No podemos quedarnos aquí, Michael. ¿Adónde vamos?

Michael inspiró hondo y luego enfocó con su linterna la base de la caverna. El haz tembloroso iluminó la boca de un ancho túnel que penetraba aún más profundamente en la roca negra.

—Allí.

—Bien —dijo Emma—. Vamos, avanzaremos de la mano.

Y los dos condujeron a Gabriel y a Kate por un áspero camino que serpenteaba a lo largo de la pared hasta llegar al fondo de la caverna. Iban despacio para evitar las telarañas. En una ocasión, a Michael se le enganchó el pie en un hilo, que produjo un sonido gangoso como el que haría la cuerda de un piano. La estructura entera emanó un zumbido, y los cuerpos de las arañas vibraron y temblaron. Los niños y Gabriel, que tenía la espada desenvainada y a punto, se quedaron paralizados, sin apenas respirar, observando...

La vibración cesó finalmente y las arañas no se movieron.

Poco después llegaron a la base de la caverna. En ese punto todas las arañas se hallaban sobre sus cabezas, y sus sombras oscilaban a la luz de las linternas.

—No las mires —le susurró Emma a su hermano.

Michael le agarró la mano con más fuerza todavía e indicó con un gesto de la cabeza la boca del túnel.

—El portal está al final. No queda lejos.

Había más telarañas en el túnel, pero no más arañas. Los niños y Gabriel se movían despacio, evitando con cuidado los hilos. Unas veces tenían que ponerse a gatas para pasar por debajo de una telaraña y otras debían pasar por encima de algún cable. El suelo del túnel estaba cubierto de viejos huesos, sobre todo de oveja, o al menos eso esperaban los niños. Vieron aquí y allá las bocas de otros túneles, todos ellos forrados de telarañas, pero Michael siguió caminando en línea recta.

Emma esperaba notar ese tirón en el pecho del que habían hablado Michael y Kate, pero seguía sin notar nada.

El túnel dibujó una curva muy cerrada hacia la izquierda, y cuando volvían la esquina Michael dijo:

—Ya casi hemos llegado. Tengo que deciros algo...

Pero entonces, por segunda vez, Gabriel hizo que se detuvieran.

—No os mováis.

El final del túnel estaba a unos veinte metros. Cuando Emma alzó la vista notó por fin algo en el pecho. No obstante, no era el tirón del libro desaparecido. Era pánico, pánico total y absoluto. El final del túnel estaba cubierto por una telaraña, y en el centro de la telaraña se hallaba la araña más grande con que se habían encontrado hasta el momento. Su cuerpo se componía de dos enormes segmentos. Sus patas se extendían como los contrafuertes de una catedral. No tenía un par de colmillos, sino tres, y cada uno medía al menos un metro de largo.

—¡Pero es ahí donde se encuentra el portal! —exclamó Michael con voz histérica.

Gabriel gruñó como para decir «por supuesto».

—¿Quieres decir que tenemos que pasar a través de esa... cosa para llegar al portal? —dijo Kate.

—Nosotros no... —replicó Michael, volviéndose hacia sus hermanas—. Eso es lo que iba a deciros. Emma, tienes que ir sola.

—¡¿Qué?! —resonó la voz de Kate contra las paredes del túnel.

Michael habló apresuradamente.

—Wilamena ya me lo advirtió: los vivos no pueden entrar en el mundo de los muertos. Pero el Protector del Libro de la Muerte sí puede hacerlo. La condesa lo sabía. ¡Por eso supo que escondía el libro en un lugar al que solo Emma podía llegar y donde estaría seguro! —Miró a Emma y sus ojos se llenaron de pesar—. Lo siento mucho. ¡Ojalá hubiera otra forma! ¡Ojalá pudiéramos ir todos, o pudiera ir yo! ¡Lo haría! ¡Tienes que creerme!

Emma no dijo nada. Desde el momento en que Michael había dicho que tendría que entrar en el mundo de los muertos sola, tenía una fuerte sensación de *déjà vu*, como si hubiese estado allí antes, como si supiera que iba a ocurrir aquello. Ni siquiera estaba impresionada.

Como era de esperar, fue Kate quien puso objeciones.

—¡No! ¡Eso no tiene ningún sentido!

—Kate —dijo Michael mirando nervioso a la araña—, ¿podrías bajar la voz...?

—¿Cómo se las arregló la condesa para esconder el libro en el mundo de los muertos si no podía llevarlo allí ella misma? Explícanoslo.

—Llegó tan lejos como pudo —dijo Michael—, hasta el borde del portal, e invocó a un espíritu de ese mundo. Le entregó el libro, volvió al salón del trono, se tumbó y murió.

—¿Cómo es que no recuperó el libro después de morir? —quiso saber Emma.

—No lo sé —respondió Michael—. Solo tengo sus recuerdos de cuando estaba viva.

—Da igual —replicó Kate, y Emma vio que cada vez estaba más decidida, más empeñada—. Es evidente que la condesa trata de separarnos. Emma no irá a ningún sitio sola. ¿Cómo puedes sugerirlo siquiera?

—¿En serio? —dijo Michael, inquieto a su vez—. ¿Cómo puedes estar en contra? He estado en los recuerdos de la condesa. ¡Yo he visto lo que puede hacer la *Cuenta*, y tú también! Magnus el Siniestro te lo enseñó en el barco, en Cascadas de Cambridge. ¡Te enseñó el mundo en llamas! ¡Eso es lo que hará si consigue el libro! ¡Hay que detenerle!

—Eso no...

—¡Yo tampoco quiero que vaya Emma! ¡Ojalá pudiera ir yo en su lugar! ¡Pero es la única forma!

—No. Le prometí a mamá que os protegería a los dos. No puedo dejar que vaya.

Entonces Michael dijo:

—Lo cierto, Kate, es que no depende de ti, ¿verdad?

Kate abrió la boca para responder, pero no salió de ella ningún sonido. Fue un momento extraño, aunque Emma llevaba unos días observando lo mayor que parecía Michael, lo mucho que se había igualado el equilibrio de poder entre Kate y él. Había sido un cambio sutil y gradual. Su hermano estaba diciendo con toda claridad que Kate ya no tenía que tomar todas las decisiones. Al mismo tiempo, Emma comprendió que ella aún no formaba parte de su club de adultos, que Michael simplemente la estaba apoyando en ese caso concreto. El muchacho se estaba poniendo a la altura de Kate, mientras que Emma permanecía donde estaba.

Aun así, era importante que él creyese que podía hacerlo.

Michael se sacó del cinturón el cuchillo fabricado por los enanos y se lo entregó.

—Puede que necesites esto.

—Gracias.

Mientras lo cogía, Emma le miró directamente, sin preocuparse por las lágrimas que asomaban a sus ojos, haciéndole saber lo que habían significado sus palabras.

Él asintió con la cabeza y Emma se volvió hacia su hermana.

—Lo siento, Kate, pero Michael tiene razón: tengo que ir.

Kate la cogió de la mano.

—Emma, tiene que haber otra forma. Danos tiempo para pensar. Por favor.

La niña negó con la cabeza.

—Es demasiado tarde. Una parte de la *Cuenta* está ya en mí. Tengo que llegar hasta el final.

Antes de que Kate pudiera repllicar, resonó en el túnel algo a medio camino entre un grito y un rugido. Los cuatro se volvieron.

—¿Qué... ha sido eso? —dijo Michael.

—Silencio —ordenó Gabriel.

Entonces lo oyeron, débil pero creciendo sin parar, un chasquido, un crujido y un silbido. Alzaron la vista y vieron que la telaraña de color gris plateado que se extendía por encima de ellos vibraba furiosamente. Los niños y Gabriel se dieron la vuelta y siguieron el temblor hasta el final del túnel. Se volvieron despacio, como si supieran lo que verían pero quisieran aplazar en lo posible el momento de verlo. La cabeza de la gran araña estaba levantada y empezaba a bajar hacia ellos con sus enormes ojos relucientes. Tres pares de colmillos se abrieron de par en par.

Gabriel gritó:

—¡Corred!

Salieron disparados hacia la caverna principal, sin hacer ya ningún esfuerzo por evitar las telarañas, arrancando a su paso de las paredes los viejos hilos, que se les aferraban a los brazos y las piernas. Corrieron en dirección a los gritos y alaridos, al chasquido y al silbido, mientras detrás de ellos la araña gigantesca se lanzaba al ataque, anunciado por el martilleo de sus patas sobre la roca y el crujido de sus mandíbulas.

Kate gritó que podía utilizar el *Atlas*, que podía sacarles de allí. Y al comprender lo que eso significaría, Emma supo qué tenía que hacer.

Gabriel se había lanzado hacia delante, abriendo un camino entre las telarañas con su espada, tal vez sin oír el grito de Kate acerca del *Atlas*.

—¡Por aquí! —vociferó—. ¡Rápido!

Les condujo por túneles laterales, más pequeños y tortuosos, con la clara esperanza de que la gran araña fuese incapaz de seguirles. De pronto salieron de un túnel y se encontraron al borde de la caverna principal. Se hallaban cubiertos de hilos y hebras de viejas telarañas, por lo que parecían espíritus malignos que se hubieran escapado de sus tumbas. Sin embargo, no les importó. Se limitaron a detenerse y quedarse mirando.

En el centro de la caverna había tres gigantes atrapados en telarañas que gritaban y se sacudían desesperadamente. Los niños reconocieron a Sall, la hermana de Willy, que agitaba una antorcha. En realidad no era una antorcha, sino un árbol entero arrancado del suelo a cuyas ramas había prendido fuego. La giganta intentaba en vano matar a pisotones la docena de arañas que trepaba por su cuerpo. Kate reconoció a los otros dos gigantes por haberles visto en el festín del Gran Rog: un gigante de rostro colorado y ojos saltones, y otro calvo y achaparrado. También portaban árboles encendidos, pero además llevaban garrotes, y con ambas cosas trataban de alcanzar las arañas que les atacaban en tropel sin dejar de gritar a voz en cuello.

Justo entonces una araña enorme aterrizó encima de la cabeza del gigante calvo, y el gigante chilló:

—¡Quítamela! ¡Quítamela!

El otro gigante, que parecía un tanto bobalicón, levantó su garrote y golpeó a la araña, y de paso la cabeza de su camarada calvo, que cayó inconsciente al suelo. Las arañas le cubrieron de inmediato y empezaron a envolverle en sus telas mientras el otro gigante seguía aporreándolas y machacando el cuerpo de su amigo.

Entonces Michael dijo:

—No nos sigue.

—¿Qué? —dijo Kate.

—La araña grande. Ya no nos sigue.

Proyectaba su luz hacia el túnel. Kate miró en la dirección por la que habían venido y vio que el túnel estaba vacío.

—Espera... —dijo Kate, frenética de repente—. ¿Dónde está Emma?

Resultaba muy claro que Emma no estaba con ellos.

—Debe de haberse rezagado —dijo Gabriel—. No me he dado cuenta.

Sin embargo, antes de que Kate pudiera hacer o decir nada más, Michael se vio alzado del suelo. Gabriel dio un salto hacia él, pero Michael ya estaba demasiado alto, levantado en vilo por las patas delanteras de una araña gigantesca. Michael gritó, y Kate estaba buscando en su interior la magia para detener el tiempo cuando algo se estampó sobre la araña desde arriba, convirtiéndola en un bultito húmedo. Liberado, Michael cayó al suelo. Kate echó a correr hacia el muchacho, que temblaba de miedo y conmoción.

—¡Michael!

—Estoy... estoy... —fue todo lo que pudo decir.

Una voz atronadora preguntó:

—¿Estáis bien los dos?

Willy se hallaba encima de ellos, sosteniendo un árbol encendido con una mano y algo que parecía una maza con la otra. Tenía sangre en un lado de la cabeza, pero por lo demás parecía ileso.

—¿Dónde está la chiquitina?

—En... el túnel —dijo Kate—. Se ha...

Detrás de Willy, entraba en la caverna con gran estrépito una docena de gigantes cargados con antorchas y garrotes, que dieron un salto y aplastaron a las arañas. Luego rescataron a Sall y al gigante de rostro colorado, casi cubiertos por un revoltijo de patas y colmillos. Las demás arañas parecieron intuir el peligro e intentaron huir, pero los gigantes las persiguieron y les asestaron enormes golpes con sus garrotes, atizándose mutuamente en muchos casos.

—El Gran Rog no sigue las tradiciones del combate singular —dijo Willy—. Me han atacado los cuatro y me han dado un porrazo en la cabeza. Y han debido ver cómo devolvía la tarima a su sitio, porque al recuperar el conocimiento he visto que habían bajado aquí. Lo siento.

—Pero... ¿quiénes son esos otros gigantes? —dijo Michael.

—¡Ah, sí! Resulta que se han enterado de que el Gran Rog venía a darme una paliza y han tenido una revelación. Han decidido que había llegado el momento de que los gigantes volviéramos a ser lo que éramos, de que reclamáramos nuestra dignidad perdida. Me han encontrado en el suelo del salón del trono. Ahora vamos a desalojar a estas arañas de nuestra ciudad, ¿verdad?

Mientras pronunciaba estas palabras hizo oscilar su maza y destruyó a una araña que escapaba a lo largo de la pared de la caverna.

Kate no esperó a oír nada más. Sin decirle nada a Michael, se volvió y echó a correr por el túnel, siguiendo el camino que Gabriel había despejado mientras Willy decía a sus espaldas:

—¿Dónde está el Gran Rog? Le debo un chichón.

El cuchillo de Michael cortaba con facilidad la telaraña del fondo de la cueva, pero estaba adherida al borde y Kate tenía que pararse a cada momento para quitar los hilos pegajosos e irritantes.

En realidad, estaba asombrada de seguir viva.

Después de que sus hermanos, Gabriel y ella misma doblaran la esquina, Emma se había tirado al suelo, había apagado su linterna y se había tapado la cabeza. Mientras las pisadas de los demás se alejaban a toda prisa, todas y cada una de las partes de su cuerpo le gritaban que se levantase, pero de pronto fue demasiado tarde. Oyó que la araña se acercaba y se apretó contra la roca, metió la cara en un charco de agua estancada y maloliente, y cerró los ojos. Pasó unos momentos aterradores allí tumbada mientras la gran araña pasaba por encima de ella, golpeando el suelo de roca con sus patas metálicas a pocos centímetros de su cabeza. Al cabo de unos momentos alzó la mirada, vio desaparecer su silueta a la vuelta de la esquina, se levantó y echó a correr en dirección opuesta.

Luego, poco a poco, había ido cortando la telaraña y revelando un túnel más pequeño de tamaño humano que volvía a entrar en la pared de roca. Enfocó la linterna hacia él, pero el haz no podía penetrar la oscuridad. Tenía la extraña sensación de que el túnel estaba esperándola, de que solo había sido creado para que ella pudiera atravesarlo. Dio un paso adelante y lanzó un grito ahogado.

Fue así de repentino: un paso y allí estaba, tal como Michael había dicho, un gancho en su pecho, tirando de ella hacia delante. Desaparecieron todas sus dudas y tuvo la certeza de que aquel era el camino adecuado, el único camino. Sin embargo, vaciló. Intuía que estaba al borde de algo irrevocable, que si daba un solo paso adelante no solo dejaría atrás a sus hermanos y el mundo de los vivos, sino que dejaría atrás su propio ser; que si lograba conseguir el libro y regresar al otro lado, jamás volvería a ser la misma.

Eso era lo que más la asustaba.

—¡Vaya, vaya, vaya! ¡Mira a quién tenemos aquí!

Emma se volvió y vio al Gran Rog detrás de ella. Sostenía un árbol en llamas con una mano sin pulgar envuelta en un vendaje sucio y ensangrentado, y en la otra llevaba un garrote con clavos de hierro. Su mirada era salvaje y cruel.

—Sabía que te atraparía. ¡Nadie huye del Gran Rog! Y menos su cena. ¿Qué hay de especial aquí abajo? ¿Qué es lo que buscáis todos? ¿Oro? ¿Un tesoro? ¿Qué?

—Nada de eso —contestó Emma con voz serena, fría incluso—. Aquí hay un portal. Te lleva al mundo de los muertos.

—¡Qué poco interesante! ¡Pero el único sitio al que vas a ir es a mi boca! ¡Y entonces veremos si puedes ponerte a predecir la muerte de la gente!

—No tengo que predecir tu muerte.

—¿Y eso por qué?

—Porque vas a morir ahora mismo.

—¡Ah! ¿Y quién va a matarme? ¿Tú?

—Yo no lo haré —respondió Emma señalando por encima del hombro del gigante—. Lo hará ella.

El Gran Rog se volvió. La inmensa araña, que estaba agarrada al techo justo detrás de él, aterrizó de lleno en la cara del gigante. El Gran Rog cayó hacia atrás gritando, dejó caer la antorcha y el garrote e intentó con desesperación quitarse de encima a la araña, que le hundía los colmillos en la garganta una y otra vez. Emma pensó que los colmillos de la criatura debían de estar cubiertos de veneno, pues el gigante, con las patas de la araña apretadas alrededor de la cara, se debilitaba cada vez más.

Cuando el Gran Rog se quedó inmóvil, la araña le levantó limpiamente del suelo y se puso a hilar su seda, dándole vueltas y más vueltas y revistiéndole de hilo gris plateado. En un momento el Gran Rog quedó bien envuelto en un capullo y la araña se lo llevó a rastras por un túnel lateral.

Emma lo observó todo sin moverse. Luego, cuando empezaba a volverse, oyó:

—¡Emma!

Kate apareció en la esquina y Michael llegó justo detrás de ella. La antorcha y la linterna oscilaban en la oscuridad.

—¡Para!

Pero Emma tenía que marcharse, tenía que encontrar el libro. Seguía percibiendo cómo tiraba de ella, obligándola a avanzar. Quiso decirles a Kate y a Michael que les quería, que volverían a verse, pero no había tiempo. Dio tres pasos dentro del túnel y se detuvo. Miró hacia atrás. La caverna, Kate y su hermano habían desaparecido. Solo vio una pared de roca. El portal había cumplido su cometido. La Protectora lo había atravesado.

—Vale —dijo Emma en voz baja.

Se volvió hacia el túnel, que seguía internándose en la oscuridad, y empezó a adentrarse en el mundo de los muertos.

13

Refugiados

—Venid —les ordenó Gabriel, y les condujo hasta un punto cercano a la pared del salón del trono.

La gruesa capa de polvo que cubría el suelo había sido removida por las pisadas de los gigantes, pero Gabriel señaló una serie de huellas de tamaño humano que avanzaban por una parte intacta.

—Esas huellas pertenecen al secretario. Reconocería sus pasos en cualquier parte.

Kate miró las huellas y pensó en el quejica, despeinado, despiadado y antihigiénico sirviente de la condesa. Kate había hecho lo posible por no pensar en aquel hombre durante el último año, pues hasta su recuerdo era desagradable. Sin embargo, se obligó a hacerlo entonces, aunque lo que realmente quería era volver a la caverna, dejar atrás a los gigantes que perseguían a las últimas arañas y regresar al túnel a través del cual Emma había entrado en el mundo de los muertos. Pero sabía que solo encontraría una sólida pared de roca.

Emma se había marchado.

—Sin duda fue él quien colocó los pétalos de rosa y las velas alrededor del cuerpo de la condesa —siguió diciendo Gabriel—. Creo que ha estado aquí en las últimas cuarenta y ocho horas.

Willy había enviado a varios gigantes a retirar las telarañas de las ventanas del palacio, y la luz del sol entraba a raudales en el salón del trono, transformando la penumbra y revelando la belleza austera y sobrecogedora de la sala.

Kate no veía nada de aquello.

—¿Y adónde iba? —preguntó Michael.

—Aquí.

Gabriel se acercó a la pared, en la que había una puerta de tamaño humano. Hizo girar el ornamentado pomo metálico y reveló así un corredor que se extendía por el palacio.

—Es de tamaño normal —dijo Michael.

—En tiempos pasados —explicó Gabriel—, el rey de los gigantes recibía a emisarios y dignatarios del mundo humano, y contaba con alojamientos adecuados para ellos. Sin embargo, lo extraordinario es que las huellas empiezan en este lado de la puerta, pero no se prolongan más allá. El secretario la utilizó como un portal. Siempre he imaginado que poseía ciertas habilidades mágicas. Fue así como logró evitarme durante tantos años...

—¡Alto! —exclamó Kate sin poder contenerse—. ¿Soy la única que se da cuenta de lo que acaba de pasar? Rescatamos a Emma, ¡y ahora hemos vuelto a perderla! ¡Tenemos que hacer algo!

—Pero el portal se ha cerrado detrás de ella —dijo Michael con una calma que enfureció a Kate—, y aunque estuviera abierto no podríamos cruzarlo.

—¿Y qué? Hay otros portales, ¿no? ¡Como el de la Antártida! ¡Emma tiene que salir en alguna parte! ¡Debe de haber algo que podamos hacer!

—Estoy de acuerdo —dijo Gabriel.

—¿En serio?

—Vuestra hermana ha entrado en el mundo de los muertos. No podemos seguirla. Como tú dices, nuestra única esperanza es averiguar dónde puede emerger y estar allí cuando lo haga. Sin embargo, ninguno de nosotros es experto en esos asuntos. Tienes que utilizar el *Atlas* para regresar a Loris y deliberar con los miembros del Consejo, que podrán responder vuestras preguntas y orientaros. —Cerró la puerta—. Pero yo no iré con vosotros.

—¿Qué? ¿Por qué no?

—Antes de que el gigante la aplastara, la bruja dijo que había algo que deseabais más que la *Cuenta*. Tal vez se trate de la respuesta de la que habló Pym, el medio para salvar vuestras vidas. Debo averiguarlo. El secretario lo sabrá.

Michael asintió.

—Si eso es cierto, la condesa debió de enterarse en el mundo de los muertos; de lo contrario yo habría recibido el recuerdo. ¿Cómo le encontrarás?

Gabriel se arrodilló, cogió una pizca de polvo amarillo de una de las huellas y la frotó entre sus dedos.

—He visto este color antes y sé de dónde viene.

Se levantó y se sacó del bolsillo una llave dorada.

Michael murmuró:

—Es del doctor Pym.

—Id a Loris —dijo Gabriel—. Contadle al rey Robbie todo lo que ha pasado. Averiguad dónde emergerá vuestra hermana.

Gabriel introdujo la llave en la cerradura. El polvo mostaza desapareció de sus dedos mientras giraba de un lado a otro la llave. Se oyó un chasquido y Gabriel se quedó con un pedazo de llave en la mano.

—¡Se ha roto! —exclamó Michael—. ¿La hacías girar con demasiada fuerza? No hay que forzar las cosas.

—He pensado que podía ocurrir —dijo Gabriel—. Ahora que Pym ha desaparecido, su magia se desvanece.

Logró abrir la puerta. Al otro lado, el pasillo había sido sustituido por una visión de pinos y un cielo que se oscurecía. Kate y Michael olieron un aire fresco y limpio que procedía de algún otro lugar del mundo y oyeron el fuerte zumbido de un motor.

—Aun así, nos ha servido por última vez. Regresaré en cuanto pueda.

Luego cruzó, cerró la puerta y desapareció.

—¿Qué sitio era ese? —dijo Michael—. ¿Adónde ha ido?

—No lo sé. —No había tiempo para reflexionar, y de todos modos Kate se sentía tranquilizada por las palabras de Gabriel. Tenían un plan, una dirección—. Despidámonos de Willy.

El gigante pareció sinceramente entristecido por su marcha. Hizo que le prometieran que regresarían y les dijo que encontrarían la ciudad devuelta a su antigua gloria.

—¡Y nadie intentará meteros en una empanada! ¡Si alguien lo intenta, tendrá que responder ante mí!

Le dieron las gracias de nuevo. Luego Kate cogió a Michael de la mano y, tras mirar a su alrededor por última vez, invocó el poder del *Atlas* y notó que el suelo se desvanecía bajo sus pies.

Supo al instante que algo iba mal.

Un segundo más tarde estaba de rodillas en su habitación de la Ciudadela Rosa. El suelo de piedra era fresco y sólido. Michael le tiraba del brazo y gritaba su nombre. Sonaba un rugido en sus oídos y batallaba por respirar.

—Estoy..., estoy bien.

Se esforzó por entender lo que había sucedido. Al invocar la magia del *Atlas* había notado un desgarro, como si el aire mismo se hiciera pedazos. Había seguido adelante; no habría podido detenerse aunque hubiera querido. Pero entonces no era solo el aire lo que se hacía pedazos, era algo en su interior. Rafe se lo había advertido.

—Kate...

—Estoy bien.

Se obligó a levantarse y mirar a su alrededor. En la ciudad de los gigantes era media tarde, pero ahí era de noche. Al menos el *Atlas* les había llevado al lugar al que querían ir. Vio a Michael en la oscuridad, perfilado contra un resplandor anaranjado procedente de las ventanas con postigos.

Entonces comprendió que el rugido no estaba en sus oídos.

—¿Crees que...?

—Sí, eso es lo que trato de decirte.

Juntos, Michael y ella abrieron los postigos y salieron al balcón. Ardían hogueras por toda la ciudad. Una vasta flota ocupaba el puerto y se extendía hasta llegar a alta mar. Una nube de figuras ascendía por las calles a toda velocidad. Formas oscuras volaban a través del cielo. Los gritos de los *morum cadi* hacían pedazos la noche.

La isla estaba siendo atacada.

Debían encontrar al rey Robbie. Ese era el pensamiento que les empujaba hacia delante. Sin embargo, mientras recorrían a toda velocidad pasillos a oscuras, escaleras y tortuosos corredores, oyendo el clamor y los gritos que ascendían desde la ciudad, no vieron ni un alma. La Ciudadela Rosa parecía desierta.

Y a pesar de ello, seguían los combates, pues podían oírlos.

Kate y Michael abrieron de golpe una puerta de la planta baja y a punto estuvieron de caer el uno encima del otro. Se encontraron en el túnel que conducía desde el Jardín hasta el patio delantero, donde un pequeño grupo de enanos luchaba contra una nube de chirridos e imps, que entraban en masa por el portón de la Ciudadela.

Kate cogió a Michael de la mano. Tenían que utilizar el *Atlas*; no había ninguna otra opción. Pero ¿adónde podían ir? ¿Adónde les llevaría? De pronto, la idea de utilizar la magia le produjo más miedo que todo lo demás.

Una de las figuras del patio se retiró del combate y echó a correr hacia ellos. Estaba demasiado oscuro para ver si era un amigo o un enemigo. Antes de que Kate pudiera decidir qué hacer, la figura llegó junto a ellos.

—¡Maldita sea mi...! ¡Pero si son los niños!

Y Kate y Michael se encontraron mirando la cara sucia de humo, sudor y sangre de Haraald, el enano de barba roja del Consejo de Pym, que llevaba armadura y sostenía un hacha en una mano enguantada de malla.

—¿Qué está pasando? —Kate estaba casi frenética—. ¿Dónde...?

—¡No hay tiempo! ¡La ciudad está perdida! ¡Somos los últimos en abandonarla! ¡Eso si lo conseguimos! ¡Vamos! ¡Corred!

Haraald agarró la mano de Kate, que tuvo el tiempo justo para coger la de Michael antes de verse arrastrada. El enano tiraba de ella en dirección al combate que se desarrollaba en el patio, en dirección a los chirridos y los imps, y Kate gritaba en silencio, con todo su ser, «no, no, no, no». Sin embargo, en cuanto llegaron al patio Haraald les condujo hacia la derecha al tiempo que vociferaba una orden, y media docena de enanos abandonaron la lucha y les siguieron. Kate, Michael y los enanos corrieron por un lado del patio, alejándose de la estridencia de las espadas y las hachas y de los gritos de los chirridos. De pronto estaban ante el muro lateral, donde había una pequeña puerta atrancada. Haraald descorrió los cerrojos y abrió la puerta de un tirón.

—¡¿Adónde vamos?! —gritó Kate—. ¿Adónde nos llevas?

—¡A los barcos! ¡He dicho que la ciudad está perdida! ¡El propio Magnus el Siniestro está en el puerto! ¡Tenemos que irnos ya!

Y, tras ordenar a gritos que atrancaran la puerta a sus espaldas, la cruzó arrastrando a Kate, con Michael un paso atrás.

Llegaron a un camino estrecho, oscuro y empinado que descendía y se alejaba de la Ciudadela Rosa y de la ciudad. Haraald tiraba de Kate, obligándola a correr, y la muchacha no veía dónde pisaba. Se sentía aterrada ante la posibilidad de perder pie y caerse, pues podía sentir el vacío a su lado. La mano de su hermano se desprendió de la suya.

—¡Michael!

—¡Estoy bien! ¡Estoy aquí! —exclamó la voz del muchacho, justo detrás de ella.

Kate vio el agua bajo sus pies, ya muy cerca, y vio también una playa de arenas claras y las siluetas oscuras de los barcos amarrados en la orilla. Sus pies se hundieron entre las piedrecitas lisas de la playa, haciendo un sonido parecido a cus-cus-cus mientras corría hacia el agua. Haraald se volvió, y Kate notó que la alzaban en vilo. Otras manos la agarraron y la llevaron a uno de los barcos. Al cabo de un momento Michael cayó dentro, junto a ella. El barco se alejaba ya de la orilla, y Kate oyó la voz de Haraald, que gritaba:

—¡Marchaos! ¡Llevadles con el rey! ¡Marchaos!

Kate se levantó para mirar la orilla, que retrocedía con rapidez, y vio que Haraald corría por la playa, hacia el punto en el que los enanos que les habían seguido luchaban contra una oleada de chirridos e imps que bajaba por el camino. El barco salió de la ensenada y rodeó el acantilado. La escena se desvaneció mientras se alejaban velozmente a través del agua oscura.

Kate perdió la cuenta del tiempo que llevaban en el agua, pero eran al menos varias horas. Justo después de abandonar la ensenada, los tres enanos que viajaban a bordo, y que en ningún momento se presentaron, habían alzado varias velas negras que atraparon de inmediato la brisa e impulsaron el barco hacia delante a través del agua.

La isla de Loris había desaparecido enseguida, pero durante mucho tiempo Kate pudo ver en la oscuridad el resplandor anaranjado que le indicaba dónde se hallaba la isla y que el fuego seguía ardiendo.

Mientras Kate se hallaba sentada en la proa, escuchando el sonido que hacía la quilla al cortar las aguas, Michael fue a hablar con los enanos. Volvió un rato después, agachado y agarrándose al borde para mantener el equilibrio.

—Nos llevan junto al rey Robbie y los demás.

—¿Los demás? —preguntó Kate.

—Los demás refugiados. Los que escaparon de Loris.

Lo dijo como si otros no hubieran escapado, y el pensamiento la dejó helada. ¿Cómo había sucedido aquello? ¿Cómo había caído tan deprisa la ciudad?

—No me han contado gran cosa —siguió diciendo Michael—, aunque creo que el ataque empezó anoche. Dicen que quedó claro desde el principio que la ciudad no podía salvarse y el rey Robbie ordenó evacuar a la gente, pero siguió luchando hasta que casi todo el mundo estuvo a salvo.

—¿Y el otro enano, el que nos ha ayudado?

—¿Haraald? —Michael volvió la mirada hacia la isla—. Solo nos queda la esperanza de que haya escapado.

Guardaron silencio durante unos momentos. Kate notaba que Michael la observaba.

Él preguntó:

—¿Cómo te encuentras?

—Bien.

—Algo va mal, ¿no es así?

—No. Me encuentro bien, de verdad...

—Kate.

El tono de Michael hizo callar a la muchacha, que se rindió.

—Es como si ya no pudiera controlar el *Atlas*. Y...

Se dio cuenta de que no podía explicar realmente cómo se sentía, aunque su frustración y confusión eran muy visibles.

Michael asintió con la cabeza.

—No lo he dicho antes, pero cuando utilicé la *Crónica* para traer de regreso a la condesa me pareció que forzaba algo. Hubo un... chasquido. También lo noté con Emma, en la fortaleza, aunque no tanto. Está empeorando.

—Son los Libros.

—¿Qué quieres decir?

Kate pensó en cómo explicarlo, y luego en explicar cómo sabía lo que sabía sin revelar que se había enterado por Rafe.

Por un momento pensó en contarle la verdad.

Sin embargo, dijo:

—No lo sé. El doctor Pym me advirtió de que podía ocurrir.

—¿Vamos a morir?

—¡No! Claro que no...

—Kate.

De nuevo oyó aquel tono serio, y fue como el momento en que el muchacho había desafiado su autoridad debajo de la ciudad de los gigantes. Kate comprendió: «Ya no necesita que le proteja, puede protegerse él solo», y esa comprensión le produjo alegría y tristeza a la vez, pues su hermanito había crecido, y había crecido bien, era fuerte y capaz; y pensó que quizá había cumplido su tarea, había hecho lo que le había prometido a su madre tantos años atrás; y no obstante también estaba triste, porque él no la necesitaba tanto, y en ese momento una parte de Kate se vino abajo.

—No lo sé —dijo.

Michael asintió, se sentó junto a ella y cogió su mano, y Kate intuyó que algo nuevo comenzaba en sustitución de lo que acababa de terminar: ella ya no le protegería: se protegerían mutuamente.

Siguieron navegando en silencio. Los tres enanos manejaban el barco con una eficiencia adusta y silenciosa. Dejaron atrás varias islas. Algunas eran simples masas oscuras contra el horizonte que impedían ver las estrellas. Otras estaban tan cerca que los niños vieron los detalles de sus costas. Pasaron junto a una isla que emanaba una espeluznante luz verde, mientras que otra les siguió durante un rato, como un perro que condujera a un extraño fuera de su tierra, hasta retirarse por fin.

El tiempo se les escurrió entre los dedos. Kate se estaba durmiendo cuando oyó que los enanos daban órdenes con sus voces graves y ásperas. El barco empezó a dar bordadas. La muchacha echó un vistazo por encima de la proa para ver adónde iban, pero el mar se extendía llano y vacío. Uno de los enanos se adelantó y ató una ramita de olivo a la anilla de proa. Kate miró a Michael, pero este se limitó a encogerse de hombros.

El aire brillaba trémulo, la noche se abrió como una cortina y donde hasta entonces había habido aguas abiertas había una isla, justo delante. Resultaba difícil ver gran cosa en la oscuridad, pero Kate tuvo la impresión de que no era una isla pintoresca como Loris, con sus olivos, su montaña y sus románticos acantilados, sino un brutal peñasco rocoso que sobresalía del agua.

Los enanos habían puesto proa a un amplio puerto natural. A medida que se acercaban, Kate y Michael vieron docenas de embarcaciones ancladas en las aguas del muelle, desde pequeñas barcas de pesca hasta buques de guerra con capacidad para un centenar de soldados. Distintos sonidos llegaban a oídos de los niños en ese momento: voces que gritaban, el martilleo del metal, los cascos de las embarcaciones balanceándose contra el agua. Los niños vieron pequeñas hogueras por toda la isla, y figuras, cientos de ellas, yendo de un lado a otro.

Arriaron las velas; dos de los enanos agarraron los remos y empezaron a remar hacia la orilla mientras el tercero se adelantaba y cogía un cabo enrollado que estaba atado a la proa.

—Ya estamos aquí —se limitó a decir.

El barco se deslizó entre los buques fondeados. Cuando estaban cerca de la playa, una figura preguntó en voz alta:

—¿Quién va?

—Somos de Loris —respondió el enano que estaba en la proa. Le lanzó el cabo a la figura, que lo atrapó y empezó a tirar del barco—. Estábamos con Haraald.

—¿A quién traéis?

Kate vio que Michael se enderezaba, como si hubiera reconocido la voz del que había hablado.

—A dos de los niños. Tenemos que llevarles con el rey.

La figura sacó el bote del agua, arrastrándolo hasta la orilla rocosa, y Kate y Michael notaron que se detenía con un crujido; entonces vieron por primera vez al que había hablado.

—¡Capitán Anton! —dijo Michael—. ¡Está vivo!

Era, en efecto, el moreno capitán de los duendes, y no solo estaba vivo, sino que, a pesar de todo lo que debía de haber sucedido, parecía tan perfectamente peinado como siempre.

—Así es. Me alegra ver que estáis bien. La princesa se sentirá especialmente complacida.

Ayudó a Kate a bajar a la playa. Michael saltó por la borda y cayó de cualquier manera sobre las rocas, pero se levantó enseguida, diciendo:

—Estoy bien, estoy bien.

El capitán de los duendes miró de nuevo al enano del barco.

—¿Y Haraald? El rey esperaba ansioso su llegada.

—Le hemos dejado luchando en la playa. Nos ha enviado aquí con los niños. ¿Les llevarás ante el rey?

El capitán Anton asintió con la cabeza. Al observar cómo hablaban, Kate tuvo la sensación de que estaba ocurriendo algo significativo, aunque no supo muy bien qué era.

El duende le devolvió el cabo al enano, agarró la proa y empujó el bote hasta el agua.

—¡Gracias! —exclamó Kate.

—¡Eso, gracias! —dijo Michael, pero no hubo respuesta desde el barco; los enanos salían ya del puerto.

—¿Adónde van? —preguntó Kate.

—A ver si encuentran a Haraald —dijo el capitán Anton—. No le encontrarán. Venid.

Les condujo por la playa y atravesó con ellos un vasto campamento. A lo largo de la orilla, en una extensión de cien metros, grupos de hombres y enanos se apiñaban en torno a las hogueras. Muchos de ellos se dedicaban a sacar provisiones de los barcos y llevarlas isla adentro. Había heridos por todas partes, y los que no estaban heridos, cuidando de los heridos, cocinando o comiendo, estaban afilando y limpiando armas y armaduras.

—¿Dónde está vuestra hermana? —preguntó el capitán Anton.

—Es... una larga historia —dijo Kate.

—Pero ¿está viva? ¿Está a salvo?

Kate le echó un vistazo a Michael sin saber cómo contestar esa pregunta.

—Sí —acabó respondiendo, porque ella misma tenía que creerlo—. Así es.

—Capitán —dijo Michael, cuya voz delataba su nerviosismo—, ha mencionado a la princesa Wilamena. ¿Está bien?

—Se encuentra bien. Después de ser arrastrada por el ciclón, quedó libre del Oscuro. Vimos que habíais escapado y por lo tanto huimos también. Una vez que abandonamos el valle, cruzamos el portal que Pym había creado para nuestra retirada. Su muerte fue un duro golpe. ¿Sabéis que Wallace cayó?

—Sí —respondió Michael—. Lo recuerdo.

—Era nuestro amigo —dijo Kate—. Le echaremos de menos.

—Nos encontramos en un momento de mucha oscuridad —dijo el capitán Anton—. Debemos apoyarnos mutuamente. Es la única esperanza que nos queda.

Kate le echó un vistazo a su hermano para ver si él también había detectado un significado más profundo en las palabras del capitán de los duendes, pero Michael miraba hacia delante con rostro impenetrable.

Desde que habían abandonado la playa caminaban cuesta arriba, y Kate vio que habían llegado a una especie de división. Aunque las hogueras y los acantonamientos continuaban, la composición del campamento había cambiado, como si en el campamento inferior, el que estaba junto al agua, estuviera el ejército, y en el superior se hallaran los refugiados civiles, los tenderos, los pescadores y las familias que vivían en Loris y habían sido expulsados de la ciudad.

El punto de unión entre los dos campamentos era una gran tienda verde. Unas antorchas ardían a cada lado de la entrada, y varios centinelas enanos la guardaban. Al aproximarse, los niños oyeron voces altas procedentes del interior. A continuación empezaron a abandonar la tienda varias figuras. Kate y Michael vieron que el padre de Wilamena y lady Gwendolyn, la duende de cabello plateado, aparecían y se marchaban airadamente... aunque con elegancia, por supuesto. Vieron a Magda von Klappen y a Hugo Algernon, al capitán Stefano y al maestro Chu, el brujo chino. Los cuatro personajes dejaron la tienda entre susurros. Vieron salir también a tres o cuatro enanos, humanos y duendes a los que no reconocieron. Todos se dirigieron a distintas partes del campamento.

—Yo diría que el Consejo no ha ido bien —dijo el capitán Anton.

Una figura solitaria salió después de las otras y se quedó allí, con la cara iluminada por el resplandor de las antorchas. Era el rey Robbie, y el primer pensamiento de Kate fue lo viejo, cansado y macilento que parecía. Entonces el rey se volvió y vio a los niños. Tras un instante de conmoción, su expresión recuperó por un momento parte de su antigua vida.

—¡Vaya, pero si son los niños!

Y les abrazó a los dos al mismo tiempo, apretándoles contra los tachones metálicos de su túnica.

—¡No sabíamos nada de vosotros! —Les apartó para observarles bien, aunque solo un momento. Luego miró detrás de ellos, hacia la oscuridad—. Pero ¿dónde está la pequeña Emma?

—Tenemos que hablar de eso con usted —dijo Kate—. Nuestra hermana está bien. O eso creemos. Pero...

—Podéis contármelo mientras coméis algo. Y yo también tengo mucho que contaros. —Miró al duende—. Gracias, capitán.

—Solo les he acompañado desde la playa. Fueron Haraald y sus enanos quienes les sacaron de Loris.

—¿Y Haraald está a salvo?

El capitán de los duendes negó con la cabeza.

—Entiendo. Gracias de todos modos.

Luego rodeó a los niños con los brazos y les hizo entrar en la tienda.

El rey de los enanos les indicó que se sentaran en el extremo de una mesa situada en el centro de su tienda. Había muchas sillas a su alrededor, y la mayoría parecían haber sido retiradas bruscamente. Kate supuso que era allí donde acababa de celebrarse la reunión.

La tienda en sí estaba amueblada con sencillez. Media docena de velas y faroles iluminaban el interior. Había dos mesas: la del Consejo, cubierta de mapas, papeles y vasos sucios, y una mesa cuadrada más pequeña con bandejas de comida, jarras y botellas. El rey Robbie puso en sendos platos la cena de los niños: pescado, patatas, aceitunas y arroz. Frente a una pared de lona había un escritorio sencillo y una silla. Al fondo de la tienda se hallaban una armadura y una gran hacha que parecían aguardar pacientemente a su dueño. No había donde dormir, y Kate se preguntó si el rey de los enanos pensaba dormir siquiera o si había aplazado el sueño para un momento más tranquilo.

—Comed. Tenéis cara de hambre. Eso es un peligro en tiempos de guerra. Sigues y sigues, sin darte cuenta de lo flojo que estás, y luego, cuando más fuerzas necesitas, ya no te quedan.

Les hizo un gesto a dos criados enanos que se llevaban los últimos vasos y bandejas.

—Gracias, muchachos. Ahora marchaos a dormir. —Se volvió de nuevo hacia los niños—. Acabamos de celebrar una reunión del Consejo. Estoy preocupado, no me importa decíroslo. Creo que ninguno de nosotros nunca apreció realmente lo mucho que hacía Pym. No me refiero a su magia. Me refiero a él, como persona. Duendes, enanos, humanos... Siempre ha habido entre nosotros mucha desconfianza y mala sangre. Y no estoy diciendo que los enanos seamos inocentes; somos tan culpables como todos los demás. Pero Pym nos ayudaba a olvidar todo eso y colaborar. Ahora que él se ha ido, bueno, lo intento, pero... —Se encogió de hombros y abrió las manos—. Sí, ha sido un duro golpe perder a Stanislaus Pym, un duro golpe.

Y Kate volvió a pensar que parecía muy viejo y cansado.

—Pero, majestad —dijo Michael—, ¿qué pasó? Salimos de Loris hace solo un par de días. ¿Cómo pudieron tomar la ciudad?

Robbie McLaur soltó una breve carcajada malhumorada.

—Ah, muchacho, creo que no tuvimos ninguna oportunidad. Quienes podrían ser nuestros aliados naturales, y hablo de humanos, enanos, duendes, criaturas de los mares, hadas, gnomos y gigantes, están diseminados a través de un territorio marítimo de ciento cincuenta kilómetros, y aún más allá, al otro lado del mundo. ¿Supones que abandonarían sus hogares y enviarían sus tropas a Loris para que pudiéramos concentrar nuestra fuerza y tener alguna esperanza de derrotar a Magnus el Siniestro? No creo que lo hicieran, ¿verdad?

»Así que el Oscuro tomó la ciudad con tanta facilidad como si la hubiéramos envuelto y se la hubiéramos regalado. No me alegra decir que predije lo que ocurriría, pero así fue. Por eso, una de las primeras cosas que hice cuando Pym me puso al mando fue preparar un punto alternativo si teníamos que abandonar Loris. Un lugar oculto donde pudiéramos mantener viva la resistencia. Y hasta ahora lo hemos hecho.

»Pero ¿qué hacemos a partir de ahora? Esa es la cuestión.

Volvió a suspirar y se frotó la cara. Kate le lanzó una ojeada a Michael y vio en su expresión la misma inquietud y preocupación que sentía ella.

El rey de los enanos agitó la mano.

—Dejemos eso. Las últimas noticias que tuve de vosotros dos me las dieron la princesa Wilamena y el capitán Anton. Dijeron que tú, Kate, apareciste en la fortaleza de Magnus el Siniestro, cogiste a tus hermanos y a Gabriel y desapareciste. Así que ¿dónde demonios, y perdonad mi lenguaje, habéis estado estos días? ¿Dónde está vuestra hermana? Espero que, esté donde esté, esté con Gabriel. Decidme eso al menos.

Y así, Kate y Michael le contaron que el *Atlas* les había llevado a la tierra de los gigantes, que habían estado a punto de meterles en una empanada, que habían ido a la ciudad antigua que había sido ocupada por arañas monstruosas, que habían encontrado los restos de la persona que había robado la *Cuenta* de Rhakotis tiempo atrás y que había resultado ser la condesa...

—¡No será la misma bruja de Cascadas de Cambridge! —exclamó el rey Robbie, dando un puñetazo contra la mesa—. No habrá vuelto, ¿verdad?

—No —dijo Kate—. Bueno, volvió durante un instante. Michael la trajo de regreso con la *Crónica*, pero luego la pisó un gigante.

Robbie McLaur soltó una risita.

—¿De verdad? Habría merecido la pena verlo. Pero ¿averiguasteis dónde está escondida la *Cuenta*?

Kate dijo que sí, y le contó que habían entrado en la caverna situada bajo la ciudad de los gigantes y habían encontrado las arañas dormidas, que había un portal que conducía al mundo de los muertos y que la condesa había tenido escondida la *Cuenta* allí durante todos aquellos años...

—No me digas —murmuró el rey de los enanos—. Endemoniadamente astuto, lo reconozco, endemoniadamente astuto.

Pero luego, dijeron, las arañas habían despertado...

—¡No!

El rey de los enanos era un público excelente.

Los dos niños hablaban a la vez, apresurándose para llegar al final, y le contaron que solo Emma, la Protectora de la *Cuenta*, pudo entrar en el mundo de los muertos, y que después de que ella cruzara el portal, este se cerró, y no sabían dónde saldría, ni cuándo, ni siquiera si llegaría a hacerlo.

—¡No pretenderéis decirme que ha ido allí sola! —exclamó Robbie McLaur—. ¿Y Gabriel?

—Se fue al buscar al secretario.

—Hummm. ¿Y decís que el portal se cerró?

—Sí, y por eso debemos encontrar los demás portales que conducen al mundo de los muertos. Sabemos que uno está en la Antártida, en el bosque de los duendes, pero tiene que haber otros. Y debemos averiguar por cuál de ellos pasará Emma.

El simple hecho de poner en palabras todo aquello alimentó de nuevo el pánico de Kate. En mitad de los acontecimientos que se habían producido en rápida sucesión desde que abandonaran la ciudad de los gigantes, entre ellos el dolor experimentado al utilizar el *Atlas* y el reconocimiento por parte de Michael de haber sentido la misma molestia al utilizar la *Crónica*, se había permitido olvidar lo lejos que estaba Emma y lo grandes que eran los obstáculos que les separaban. Pero en ese momento todo asaltaba otra vez a la muchacha, que se sentía pequeña, débil y desesperada.

El rey de los enanos se levantó, volvió a llenar de vino su vaso, lo vació, lo llenó una vez más y luego regresó a la mesa.

—Sí, hay un portal en la tierra de tu princesa Wilamena, Michael...

—No es mi princesa Wilamena —se apresuró a decir este—. No sé por qué se le ocurre eso...

—Michael... —le advirtió Kate.

—Y al menos otro más, en una isla situada frente a las costas de Escocia.

—¿Ya está? —dijo Michael—. ¿Solo esos dos?

—Bueno, lo cierto es que no —dijo el rey, mirando su vaso—. Hay otro más, que yo sepa.

—¡Siguen siendo solo tres! —exclamó Michael—. ¡Solo tendremos que enviar un equipo a cada uno de ellos, y tarde o temprano Emma pasará, traerá consigo la *Cuenta* y la emplearemos para matar a Magnus el Siniestro, y ahí se acabará todo!

—No me cabe la menor duda de que traerá consigo la *Cuenta* —dijo Robbie McLaur—. Sois una familia formidable, y esa pequeña es una luchadora nata.

Kate vio que había algo que el rey de los enanos no quería decirles.

Se obligó a preguntar:

—Y entonces ¿cuál es el problema?

—El problema es que el último portal que conduce al mundo de los muertos está en el Jardín de la Ciudadela Rosa —contestó Robbie McLaur, alzando la vista. Parecía pedir perdón por lo que estaba diciendo—. Eso significa que si vuestra hermana pasa por él estará entregando la *Cuenta* y se estará entregando a sí misma a Magnus el Siniestro.

A Kate le pareció que las palabras del rey de los enanos la habían convertido en piedra; no podía moverse.

A Michael debió de sucederle lo mismo, pues justo entonces oyeron un chillido, vieron un destello dorado, y la princesa de los duendes entró y se arrojó sobre él, gritando:

—¡Estás vivo, estás vivo! ¡Mi querido Conejo!

Y Michael ni siquiera protestó.

14

El barquero

Mientras Kate y Michael escuchaban cómo Robbie McLaur les hablaba del portal en el Jardín de la Ciudadela Rosa, Emma intentaba convencerse a sí misma de que debía bajar y unirse a la fila de estúpidos fantasmas.

«No pueden hacerte daño», se dijo.

¿O sí podían? No era una experta en fantasmas. No sabía lo que los fantasmas podían y no podían hacer. Además, ¿lo eran de verdad? En realidad no parecían fantasmas. Parecían personas. No le costó imaginar que si Michael estuviera allí se colocaría bien las gafas y soltaría un largo y aburrido discurso sobre los fantasmas y sus hábitos fantasmales hasta que alguien (probablemente ella) le diera un capón. Pero él no estaba allí; no había nadie; estaba sola.

Al principio, cuando se alejaba de Kate, Michael y Gabriel a través del oscuro túnel que salía del nido de arañas, con la birria de linterna de Michael mostrándole apenas el camino, se sentía llena de energía y determinación. Iba a encontrar la *Cuenta*, salvar a todo el mundo y ser toda una heroína. Pero después de caminar durante lo que le parecieron horas, aunque en realidad habían sido veinte minutos, empezó a pensar en lo poco que sabía realmente del lugar al que iba. ¿Qué tamaño tenía el mundo de los muertos? ¿Y si el libro estaba a miles de kilómetros de distancia? ¿Y si tardaba años en hallarlo? ¿Haría frío en el mundo de los muertos? ¿Debería haber llevado un jersey? ¿Y si llovía? ¿De dónde sacaría comida? ¿Cómo encontraría el camino de regreso?

Mientras reflexionaba observó una sombra gris que se extendía ante ella. Pasó de la negrura del túnel a una niebla densa y húmeda, percatándose al mismo tiempo de que caminaba sobre tierra y no sobre roca.

Entonces supo que estaba al otro lado.

La niebla empezó a disiparse muy pronto, y la muchacha se encontró en una ladera cubierta de árboles esqueléticos. Dejó que sus pies la llevaran pendiente abajo, con la niebla aún perlando su ropa y su cabello, hasta que llegó por fin a un ancho camino de tierra apisonada; y fue allí donde encontró la procesión de los muertos.

Por un instante creyó que los caminantes, grises y borrosos, eran transparentes, pero tras esconderse detrás de un árbol para mirar cómo pasaban, vio que lo único que resultaba gris y borroso era la niebla, y que los muertos, porque tenían que ser muertos, no eran en absoluto translúcidos. ¿Significaba eso que eran sólidos? Oía el suave arrastrar de sus pies en la tierra, así que quizá lo fuesen. Aunque ¿cómo era posible? ¿Acaso no habían dejado el cuerpo en el mundo de los vivos?

Un recuerdo asaltó a Emma. El curso anterior había leído en la escuela muchos mitos vikingos, que como lectura escolar estaban muy bien, ya que trataban sobre todo de cortar cabezas de gigantes y trolls. Recordó que el paraíso vikingo era un lugar en el que los vikingos muertos se pasaban el día sentados, comiendo y bebiendo. Era evidente que no habrían podido hacerlo sin cuerpo. Quizá eso significase que tenías dos cuerpos, uno en el mundo de los vivos y otro allí abajo. Emma no tenía la menor idea de cómo ocurría aquello exactamente, pero se sintió mejor al saber que existía al menos una especie de precedente.

Todas las figuras se movían en la misma dirección y al mismo ritmo regular e hipnótico, como si obedecieran una llamada silenciosa. No hablaban. Eran hombres y mujeres, jóvenes y viejos. Había niños, y bebés en brazos. No observó uniformidad alguna en la indumentaria. Era como si cada persona llevara puesta la ropa con que la había sorprendido la muerte. ¿Significaba eso que si sufrías un ataque al corazón mientras llevabas puesto un viejo albornoz raído tenías que cargar con él hasta el fin de los tiempos? Aunque hasta eso sería mejor que estar desnudo. Emma se dijo que tenía que asegurarse de ir vestida cuando muriese.

Emma se habría limitado a rodear a los caminantes, pero estos iban en la misma dirección que ella. No podía elegir. A partir del momento en que había contemplado el portal por primera vez desde debajo de la telaraña, la *Cuenta* había estado tirando de ella.

Así que finalmente, sin saber qué otra cosa podía hacer, salió de detrás del árbol y, con la barbilla levantada y los puños a ambos lados del cuerpo, echó a andar con paso firme hasta unirse al desfile de los muertos.

Algunos caminantes le dedicaron una ojeada. Por lo demás, su llegada no ocasionó reacción alguna.

Emma decidió mantenerse al borde del camino, pero al cabo de unos momentos empezó a relajarse y miró a su alrededor. Andaba junto a una mujer vestida con un traje chaqueta gris. Parecía muy mayor, pensó Emma, de unos cuarenta años.

—Hola.

La mujer volvió la cabeza despacio. Su mirada era borrosa, como la de una persona que acaba de despertar de un profundo sueño.

—¿Por qué van todos en esta dirección?

La mujer se quedó mirando el camino.

—Pues... no lo sé. Simplemente... tengo que hacerlo.

—¿De dónde es usted?

—Soy de... —La mujer volvió a parecer perdida—. Lo cierto es que no lo sé. No me acuerdo.

—Bueno, ¿cómo murió?

Emma esperaba que su pregunta no fuese descortés, aunque la verdad era que la mujer estaba muerta; eso era innegable.

—Tampoco..., tampoco recuerdo eso.

Mientras caminaban, Emma preguntó a otros de dónde eran y cómo habían muerto. Nadie lo recordaba. Ni siquiera se acordaban de su propio nombre; sus recuerdos se habían borrado por completo. Tampoco pudieron decirle qué les impulsaba a avanzar por el camino. Sin embargo, como los caminantes no parecían peligrosos continuó con ellos. Le entristecía mucho que ninguno de los muertos pudiera recordar su vida. Olvidar dónde habían vivido o de qué trabajaban era una cosa, pero olvidar todo lo que habían sido... era olvidar a sus familiares y amigos, todo lo que habían amado. Y eso era horrible. Emma nunca había tenido miedo de morir. Pero ¿qué sentido tenía la vida si cuando muriese iba a olvidar a Kate, Michael y Gabriel, si iba a perder todos esos recuerdos que hacían de ella la persona que era?

Al poco tiempo el camino dibujó una curva y fue a parar a una amplia playa rocosa bañada por una masa de agua de color gris plomizo en la que reinaba una calma espeluznante. Era imposible saber si se trataba de un río, un mar o un océano, porque la misma niebla que se aferraba a la tierra se aferraba también al agua. Una flota de pequeñas embarcaciones que parecían poco más que barcas de remos, pilotadas por figuras ocultas bajo oscuras capas con capucha, navegaba hacia la orilla, recogía a los muertos y zarpaba de nuevo hasta desaparecer entre la niebla.

Un espigón de hormigón se adentraba en el agua, pero los barqueros de ropajes oscuros lo evitaban, llevando sus barcas hasta la rocosa orilla.

Emma dirigió su mirada más allá de la playa y las barcas, deseando que se despejara la niebla para poder ver a través del agua. El libro estaba allí, en alguna parte, llamándola.

«Adelante —pensó—. Sabes que tienes que seguir.»

La playa estaba compuesta por ásperas rocas negras, y tras el silencio de la marcha le pareció que había mucho ruido: el roce y crujido de sus propias pisadas, el golpeteo de los remos de los barqueros, el sonido de las quillas contra las rocas. Los muertos no se empujaban unos a otros. Subían a las barcas despacio y con calma. A continuación, los barqueros se apartaban de la orilla, daban la vuelta con sus pequeñas embarcaciones y volvían a desvanecerse entre la niebla.

Como si tuviera una cita, Emma se dirigió hacia una barca varada con la proa muy alta. Si se hubiese tomado más tiempo, podría haber observado que los muertos evitaban esa barca en particular. Emma sintió un miedo extraño e inexplicable. Su corazón empezó a acelerarse y todas sus células ansiaron volver atrás. Pero ¿adónde? Tenía que avanzar. Notó que el agua fría le lamía los tobillos y le empapaba los zapatos. El barquero tenía el rostro cubierto por la capucha.

—¿Adónde van estas barcas? —preguntó la muchacha.

—Al mundo de los muertos.

—Creía que este era el mundo de los muertos.

—Solo es el camino que conduce hasta él.

Emma se detuvo; la voz le resultaba extraña y profundamente familiar. Dio un paso adelante, agarró la capucha y la echó hacia atrás de un tirón.

—¡Lo sabía! ¡Sabía que era usted!

Ante ella se hallaba el rostro del viejo brujo, Stanislaus Pym. Aunque había cambiado: el raído traje de tweed y la corbata desgarrada habían desaparecido, al igual que las gafas rotas y llenas de parches. Llevaba una túnica con capucha de color gris oscuro. Su pelo blanco, perpetuamente alborotado, había sido dominado y era más largo. Desde su muerte, el doctor había encontrado tiempo incluso para conseguir una barba bastante considerable. En muchos aspectos parecía más que nunca un brujo, aunque su rostro se mostraba sereno e inexpresivo.

—¡¿Qué está haciendo aquí?!

—Soy barquero.

—¡Vamos, hombre! Intenta engañarme otra vez.

El brujo pareció sinceramente confuso.

—¿Engañarte? Traslado a los muertos...

—¡Sabe a qué me refiero! —exclamó Emma—. ¡Nos mintió! ¡Nos traicionó! ¡Planeaba la muerte de los tres!

Él sacudió la cabeza.

—Lo siento. ¿Nos conocimos cuando estaba vivo?

Emma sintió que su furia iba en aumento. Por supuesto, era lógico que él no tuviera más recuerdo de su vida que cualquiera de los otros muertos, pero ese hecho la enfureció aún más, como si hubiese olvidado lo que había hecho solo para fastidiarla.

—¡Fingió ser nuestro amigo! —continuó gritando la muchacha mientras las lágrimas asomaban a sus ojos—. Mío y de mis hermanos. Y había sabido todo el tiempo que seguramente íbamos a morir, y no le importó. ¡Es un mentiroso! ¡Y me alegro de que esté muerto!

Emma tuvo que volverle la espalda porque estaba llorando. Sus hombros se agitaban convulsos, y no quería que él lo viese. Por fortuna el brujo no dijo nada. La niña respiró hondo varias veces, tratando de controlarse. Se enjugó los ojos y se volvió de nuevo hacia él.

—Muy bien, me da igual. No recuerda quién es. A mí no me importa. ¿Cómo es que me estaba esperando aquí? ¡Sé que me esperaba! ¿Cómo ha sabido que vendría?

Él se encogió de hombros.

—He venido, sin más.

—¡Pero me estaba esperando!

—Sí.

—¡¿Y cómo podía estar esperándome y no acordarse de mí?!

—No lo sé.

Suficiente. Emma decidió que iba a alejarse de allí sin una sola palabra más. Cualquiera que fuese la causa de que el brujo estuviera allí, y por muy inocente que este pudiera parecer, no se iría con él; buscaría otra barca. Sin embargo, justo cuando empezaba a volverse sonó una sirena en toda la playa. Emma se dio la vuelta a toda prisa y vio un buque enorme, construido para llevar carga, que emergía de la niebla. Estaba hecho de metal y cubierto de franjas oxidadas. Emma oyó el zumbido de su motor, la hélice que agitaba el agua; percibió un olor de aceite quemado. Sonó otra vez la sirena; el buque se afanaba por aminorar la velocidad, y Emma vio que chocaba con fuerza, entre crujidos, contra el muelle de hormigón. Había figuras a bordo, hombres y mujeres vestidos de negro, que enrollaban cabos alrededor de unos postes para inmovilizar el buque. Con un chirrido metálico, una ancha tabla se desplegó mediante una bisagra en un costado del buque y cayó sobre el espigón, creando una pasarela improvisada por la que salieron hombres y mujeres. Tenían aspecto de salvajes y llevaban látigos que restallaban pesadamente en el aire brumoso mientras corrían por el muelle vociferando.

—¡¿Qué pasa?! —exclamó Emma—. ¿Qué hacen?

El viejo brujo no contestó. De todos modos Emma ya conocía la respuesta, pues estaban reuniendo a los muertos y obligándoles a recorrer el embarcadero y a subir al barco.

Una figura salió de la bodega del buque. Entre el gris de la playa, del agua y del cielo destacaba el tono rojo sangre de la túnica del hombre. Emma notó que se le encogía el corazón, pues el hombre iba vestido igual que los hechiceros de túnica roja a los que había visto pocos días atrás en el campamento de Magnus el Siniestro. Esos brujos que servían a Magnus el Siniestro tenían un nombre especial. Rourke se lo había dicho, pero no se acordaba.

La figura gritó y su voz potente llegó a la playa:

—¡Dejad a los demás y buscad a la muchacha! ¡Está aquí!

Emma supo que hablaba de ella.

—Sube.

Emma se volvió rápidamente. El doctor Pym había hablado. Abrió la boca para decirle que no iría a ninguna parte con él, que le odiaba, pero se oyó alboroto detrás de ella, el denso chasquido de los látigos, un sonido de botas sobre las rocas y un áspero rugido que le indicó que la habían descubierto.

El brujo repitió:

—Sube a la barca.

Los hombres del buque metálico estaban muy cerca. Emma se agarró a la barca de remos y se aupó. Si el brujo intentaba tocarla le daría una patada. Y de pronto estaba en la barca, sentada en uno de los bancos.

La turba de los látigos se detuvo al borde del agua, jadeando como perros que se encontrasen ante un obstáculo en una cacería. Estaban solo a un paso de distancia; habrían podido arrancarla fácilmente de la barca, pero se quedaron donde estaban, y no se apartaron hasta que la figura de la túnica roja se situó entre ellos. Aunque iba vestido como los hechiceros del ejército de Magnus el Siniestro, Emma no había visto nunca a ese hombre en concreto. Tenía el pelo negro y lacio, y una cara estrecha, de rata. Apretaba los huesudos puños.

—No puedes protegerla siempre —siseó el hombre—. Pertenece al amo.

El doctor Pym se limitó a decir:

—Está en la barca.

El hombre con cara de rata pareció a punto de escupir de rabia; luego una voz dijo:

—Basta. Cogedla.

Se abrió paso entre la multitud una figura vestida con una túnica roja y apoyada en un cayado de madera negra y nudosa. Emma lanzó un grito ahogado. Era el anciano mago al que había visto en la fortaleza de Magnus el Siniestro. Tenía el mismo pelo cano, la misma nariz larga y torcida, el mismo ojo nublado. Estaba presente cuando Magnus el Siniestro trató de unirla a la *Cuenta*, y el propio doctor Pym le había matado; Emma lo recordaba vagamente. Rourke le había dicho que fue amigo del doctor Pym, que luchó contra Magnus el Siniestro y que Magnus el Siniestro le venció y doblegó a su voluntad. Incluso ahí, el hombre estaba obligado a servir a su enemigo.

El anciano dijo:

—La encontraremos en la otra orilla.

Detrás de Emma, el doctor Pym levantó los remos, apoyó los pies contra uno de los asientos de madera y empezó a alejarse de la playa.

Emma seguía esperando que la malvada muchedumbre se metiera en el agua y agarrase la barca, pero aquellos hombres no se movieron. Los fuertes latidos del corazón de la muchacha empezaron a hacerse más lentos a medida que el brujo alejaba la barca de la orilla. Oyó que el anciano del ojo blanco decía:

—Recoged a los otros, tantos como podáis.

Y los hombres y mujeres de los látigos se volvieron para llevar a los muertos a bordo del buque metálico. Acto seguido la bruma le impidió seguir viendo la playa.

Emma miró al brujo. No pensaba darle las gracias.

—¿Adónde me lleva?

—Ya te lo he dicho: al mundo de los muertos.

«Realmente no se acuerda de mí», pensó.

La niña se quedó mirando la niebla gris. Sentía la presencia del libro allí fuera, llamándola. Y con cada movimiento de los remos se aproximaba más a él.

—Deberías dormir —dijo el brujo.

—¡Oh, cállese! —murmuró ella.

Sin embargo, ya fuese por arte de magia o porque estaba tan cansada que no pudo evitarlo, Emma se tendió en el hueco que había entre los bancos, se acurrucó tanto como pudo y, pensando que quizá, solo quizá, volvería a ver a Michael, Kate y Gabriel, se durmió profundamente.

15

La bruja y su secreto

—Escuche, por favor...

—¡Está muerta! ¡Muerta! ¡Muerta! ¡Muerta! ¡Muerta!

—No tiene por qué hacer esto...

El hombre adelantó su silla un par de centímetros, ejerciendo presión contra las cuerdas, intentando en lo posible situar su cuerpo entre la figura sudorosa y de ojos desorbitados que blandía el cuchillo y su esposa, que estaba atada a una silla junto a él. El hombre se llamaba Richard Wibberly. Su esposa se llamaba Clare. Aquella noche, hacía más de diez años que ninguno de los dos había visto a sus hijos.

—Matarnos no sirve de nada...

—¡¿De nada?! ¡¿No sirve de nada?! —La figura avanzó tambaleándose hasta apoyar el cuchillo contra el rostro de su prisionero—. ¡Os deja muertos, de eso sirve! ¡Y les hace daño a ellos! ¡Ya es bastante!

La hoja lanzó un destello, y una larga línea ensangrentada apareció en la mejilla de Richard.

Clare gritó y soltó una retahíla de maldiciones y amenazas.

El captor de la pareja tiró a Richard al suelo de un empujón y dio un paso hacia la mujer.

Pero no llegó hasta ella, porque justo entonces se abrió la puerta de golpe y un hombre enorme, uno de los hombres más grandes que jamás habían visto Richard y su esposa, entró en la habitación. Vestía una vieja capa, y la empuñadura de una espada sobresalía de una vaina que llevaba a la espalda. Tenía el pelo largo y negro, y una cicatriz muy fea le recorría un lado de la cara. Todo en él denotaba determinación, fuerza y una violencia temible. La furia que emanaba impregnó el aire a su alrededor.

El captor de la pareja chilló e hizo oscilar el cuchillo, pero el intruso se lo arrebató de un golpe, levantó al hombre en el aire y le arrojó por la ventana. Se oyó un gran estrépito, un breve instante de silencio y luego el choque sordo de un cuerpo contra el suelo, seis metros más abajo, seguido de un tintineo apagado de cristales rotos.

El hombre enorme se quedó allí un momento; luego dejó caer los hombros, relajó el cuerpo y dio la impresión de ser alguien que había dejado una carga que había estado llevando durante muchísimo tiempo.

Enderezó la silla de Richard, cogió el cuchillo caído y le cortó las ligaduras.

—¿Quién es usted? —preguntó Richard, frotándose los surcos que la cuerda había abierto en sus muñecas y observando como cortaba el hombre las ligaduras de su esposa.

—Me llamo Gabriel. Soy amigo de sus hijos.

Después de dejar a Kate y a Michael en la ciudad de los gigantes, Gabriel había tardado menos de tres horas en encontrar al secretario, pero en ciertos aspectos fue la culminación de una búsqueda de quince años.

Una década y media antes, tras los acontecimientos de Cascadas de Cambridge, el secretario de la condesa había desaparecido, y el doctor Pym le había encargado a Gabriel encontrar al hombre.

—Sabe mucho. Está al corriente de los planes más secretos de Magnus el Siniestro. El enemigo irá tras su pista para castigarle por la traición de la bruja. Debemos encontrarle antes de que lo hagan ellos.

Y así, durante años, Gabriel había recorrido todo el globo siguiendo cualquier pista, rumor o insinuación desesperada que pudiese descubrir, rebuscando en los rincones del mundo mágico y del mundo no mágico, llegando siempre un día, una hora, un minuto tarde. Había encontrado rastros del hombre entre los sacerdotes de vudú y los matones de Nueva Orleans; cuando llegó a un pueblo remoto de los Andes, el secretario acababa de marcharse. Una vez, y solo una, estuvo cara a cara con su presa: se tropezó con el secretario en una calle de París cuando el hombre intentaba atrapar a una paloma con las manos, seguramente para comérsela. Un grupo de turistas se situó entre ellos, y cuando Gabriel llegó al otro lado de la calle el secretario había desaparecido. Después de eso, el doctor Pym le había dicho que renunciara a la búsqueda porque había asuntos más acuciantes: el enemigo estaba en marcha; la guerra era inminente.

Sin embargo, el esfuerzo había acabado teniendo su recompensa, pues en el transcurso de su búsqueda Gabriel había visitado una ciudad enclavada en un rincón minúsculo del mundo mágico, en la costa del Adriático, donde el secretario había vivido varios meses en una fábrica de tintes abandonada. Y fue el tinte amarillo terroso, todavía fresco en el pavimento del salón del trono del rey de los gigantes, lo que le había indicado a Gabriel dónde se escondía su presa.

Gabriel no se había arriesgado a aparecer en la propia fábrica. Gracias a sus fracasos anteriores, sabía que, si el secretario estaba allí, habría ideado protecciones contra toda clase de intrusión mágica, o como mínimo una alarma que le proporcionara tiempo para huir. Así que Gabriel había utilizado la llave de oro del doctor Pym (en su último servicio antes de partirse) para aparecer en el aeródromo situado en las afueras de la ciudad, donde el arrugado propietario (y único piloto de la ciudad) le recordaba de la visita que había efectuado una década y media atrás.

—La fábrica sigue ahí, y que yo sepa sigue vacía —había dicho el piloto—. Pero tenga cuidado. Últimamente ha habido imps y *morum cadi* por allí. Se avecina una tormenta.

Caía la noche cuando Gabriel cruzó una pequeña pasarela y entró en la ciudad. Solo había visto a unas cuantas personas por las calles, y todas se apresuraban en dirección a sus hogares para llegar antes de que oscureciese. Como gran parte del mundo mágico, la ciudad daba la impresión de estar atrapada en el pasado y había cambiado muy poco desde la última visita de Gabriel.

Sin embargo, el miedo y la cautela que mostraban los rostros de los viandantes eran nuevos. Con el rostro oculto bajo la capucha, Gabriel había optado por avanzar a través de callejones y calles secundarias hasta que llegó a la fábrica. Una vez allí, vio una luz que parpadeaba en una ventana de la segunda planta y se deslizó en el interior, completando su búsqueda de quince años justo a tiempo.

La mujer se parecía tanto a su hija mayor que Gabriel tuvo la sensación de no estar mirando a la madre de los niños, sino a la propia Kate a través del prisma del tiempo. Allí estaban el mismo pelo rubio oscuro y los mismos ojos castaños con motas doradas. Los contornos y ángulos del rostro eran idénticos a los de su hija. Sin embargo, al mirar con más atención vio la diferencia: lo que las distinguía no eran las arrugas que rodeaban los ojos de la mujer, causadas por la fatiga y la edad, ni tampoco las mejillas levemente hundidas; había en su mirada una franqueza inquebrantable que Gabriel no asoció con Kate, sino con Emma.

El padre, obviamente, se parecía sobre todo a Michael. Llevaban el mismo tipo de gafas con montura de alambre, ambos tenían el mismo pelo castaño y los mismos ojos oscuros (rasgos que también Emma compartía), pero el parecido era más profundo. El hombre, como Michael, poseía un aire reflexivo y profesional, el cual sugería que la primera reacción ante cualquier problema sería analizarlo y, de ser posible, hacer una lista.

Tanto el hombre como la mujer estaban delgados y agotados, pero aparte de la herida en el rostro del hombre, que la mujer limpió con alcohol y cubrió con los vendajes que Gabriel llevaba en su capa, estaban prácticamente ilesos.

Entró una ligera brisa que aportó un aire limpio y fresco al ambiente irrespirable de la fábrica. La habitación era una sencilla estructura de hormigón con una puerta y una ventana, ambas rotas.

Los Wibberly le habían dado las gracias a Gabriel numerosas veces.

—Por rescatarnos, evidentemente —dijo Richard—, pero también por lo que ha hecho por nuestros hijos. Sabemos quién es usted. Pym nos lo dijo hace años, después de todo lo que pasó en Cascadas de Cambridge. Antes de que los niños nacieran siquiera.

—¿Cuánto tiempo llevan aquí?

—Varias semanas. Antes estuvimos en otro sitio. No sé dónde. Un lugar mucho más frío. Entonces él se asustó y nos trasladó. Nos rescató, ¿sabe? Al menos eso creímos. Llevábamos en esa mansión de Nueva York...

—Diez años —dijo su esposa.

—Así es. Diez años. Desde que Rourke nos capturó. ¿Conoce a Rourke?

—Sí.

—Entonces, hace cinco o seis semanas, va y aparece Cavendish. Así se llamaba. Entró en nuestra habitación atravesando una pared. En aquel momento no sabíamos quién era, pero, la verdad, después de pasarnos diez años prisioneros habríamos seguido a un ratón cantarín si nos hubiera prometido una salida.

El hombre hablaba deprisa, como si se hubiese acumulado en su interior una década de charla, igual que el agua tras un dique, y estuviese saliendo toda de golpe.

—Dijo que podía ayudarnos a encontrar la *Cuenta*, que quería demostrarle a Pym que había cambiado su forma de pensar. Hizo que les enviáramos un mensaje a los niños. No sé si lo recibieron...

—Sí.

—Bueno, pues justo después de eso nos trajo aquí, y quedó claro que había mentido, que solo habíamos cambiado una prisión por otra. —Miró a su esposa—. Fue culpa mía. Nunca debí creerle.

Su mujer le cogió de la mano.

—Fue culpa de los dos. ¿Y qué otra posibilidad teníamos?

—Tenía previsto mantenerles como rehenes por encargo de la condesa, la cual pretendía que Michael empleara la *Crónica* con la finalidad de devolverle la juventud perdida.

—¿Michael tiene la *Crónica*? —inquirió Richard con tono cortante al tiempo que daba un paso adelante—. ¿Y la *Cuenta*? Aún no la tienen, ¿verdad?

—No.

—¿Dónde están los niños? —preguntó Clare—. ¿Nos llevará con ellos?

Gabriel dijo:

—¿Pueden andar?

La ciudad estaba en silencio; las calles, oscuras y vacías. Gabriel y la pareja se movían por ellas tan deprisa como podían y sin hacer ruido. Pero al hombre y a la mujer les temblaban las piernas por el agotamiento, y Gabriel no podía forzarles demasiado.

Mientras avanzaban les contó en susurros que Michael se había convertido en el dueño de la *Crónica* y que había recibido el mensaje de su padre, el rapto de Emma, que él, Gabriel, y los demás habían asaltado la fortaleza de Magnus el Siniestro para intentar liberarla, que finalmente Kate les había hecho desaparecer y que se habían encontrado en la tierra de los gigantes, que los niños y él habían descubierto dónde estaba la *Cuenta*...

—Espere. —Richard le obligó a detenerse en un estrecho callejón, junto a una hilera de escaparates con las persianas bajadas—. ¿Saben dónde está la *Cuenta*? Ha dicho que no la tenían.

—Y no la tenemos, aún no.

—¿Dónde está? —preguntó Clare.

Gabriel ansiaba salir de aquella ciudad y volver a Loris. No había dejado de sentirse incómodo en ningún momento desde que se había separado de los niños, y una vez que había descubierto el «secreto» de la condesa no había más motivos para demorarse.

Pero algunas cosas no podían esperar.

—Está en el mundo de los muertos.

Tanto el hombre como la mujer le miraron fijamente.

Entonces el rostro de Clare adoptó una expresión glacial.

—¿Dónde están nuestros hijos?

—Envié a Michael y a Kate a Loris. Robbie McLaur, el rey de los enanos de Cascadas de Cambridge, se encuentra allí y cuidará de ellos. Ahora nos dirigimos a la ciudad.

Echó a andar, pero Clare le cogió el brazo con sorprendente fuerza.

—¿Y dónde está Emma?

Gabriel miró a la mujer; medía como mínimo treinta centímetros menos que él, y una vez más, a pesar de lo mucho que se parecía a Kate en los ojos, el pelo y los huesos de la cara, la ferocidad que había en ella era idéntica a la de Emma.

—Está en el mundo de los muertos.

Fue como si le hubiera cortado las piernas. Gabriel y su marido alargaron los brazos hacia ella, pero la mujer se controló y levantó una mano para que no la tocasen.

—¿Sola? ¿Fue allí ella sola? —preguntó con voz quebrada.

—Solo la Protectora de la *Cuenta* podía entrar en ese mundo. No pude acompañarla.

El hombre sacudía la cabeza.

—¿Cómo pudo permitirlo Pym?

—Pym ha muerto.

Los dos se quedaron paralizados.

—¿Qué? —dijo Richard—. ¿Cuándo?

—Cuando rescatamos a Emma del poder del enemigo. Se sacrificó para que los niños y yo pudiéramos escapar.

Gabriel sabía que el hombre y la mujer habían sido amigos del viejo brujo. Le habían confiado la vida de sus hijos. Sin embargo, recientemente habían enviado a los niños un mensaje advirtiéndoles de que no debían permitir que Pym reuniera los tres Libros. ¿Cuál era el motivo? ¿Acaso conocían la profecía que afirmaba que la reunión de los Libros, o sea, el plan de Pym para derrotar a Magnus el Siniestro, tendría como consecuencia la muerte de Kate, Michael y Emma? ¿Considerarían a Pym un enemigo? Pero Gabriel observó las miradas que intercambiaron y no vio en ellas alegría ni satisfacción, sino todo lo contrario.

—Lo lamento —respondió Richard finalmente—. Era amigo nuestro. Le seré sincero: si nos hubiera contado esto hace unos meses puede que nuestra reacción hubiera sido distinta. Verá, averiguamos que...

—Que si los niños reúnen los Libros morirán. Yo mismo acabo de enterarme.

—¡Entonces entenderá que nos lo cuestionásemos todo! Quién era Pym realmente. ¿Pretendía sacrificar a nuestros hijos por un bien mayor? No lo sabíamos.

—El doctor se preocupaba por ellos —declaró Clare con firmeza—. Por más vueltas que le diéramos, siempre llegábamos a esa conclusión. Nos decíamos que debía saber algo que nosotros ignorábamos, alguna forma de salvar su vida.

—Sin embargo, no podíamos arriesgarnos. Por eso les enviamos a los niños ese mensaje. Pero si Pym ha muerto...

Aunque hablaban en voz baja, sus voces eran los únicos sonidos que se oían en las calles, y Gabriel se daba cuenta de que se estaban exponiendo mucho; tenían que moverse.

—Tienen razón —susurró—. Pym se preocupaba por sus hijos y creía que existía una forma de que utilizaran los Libros sin destruirse a sí mismos.

—Pero ¿cómo? —exigió saber Richard—. ¿Qué le dijo a usted exactamente?

—Muy poco, en realidad: que creía que la respuesta estaba en la misma profecía y que ni siquiera él lo sabía todo. Cuando me enteré de que la condesa guardaba un secreto pensé que podía tratarse de la información que pretendíamos obtener. Por eso seguí la pista del secretario. Encontrarles a ustedes ha sido una cuestión de suerte.

—¿Pym no le dijo cómo averiguar el resto de la profecía? —preguntó Clare.

—No.

Al llegar a la esquina, Gabriel se volvió a echar una ojeada para asegurarse de que el camino seguía estando despejado, por lo que se le escapó la mirada que intercambiaron el hombre y la mujer.

—Vamos —dijo.

Recorrieron las calles a toda velocidad. Al cabo de un rato llegaron a una plaza dominada por la estatua de un hombre a caballo y se detuvieron unos instantes. Tanto la cabeza del jinete como la del animal eran gigantescas, y el hombre llevaba un sombrero descomunal adornado con una pluma. Gabriel escrutó las tiendas y cafés, cerrados y a oscuras. Todo estaba en calma.

—No se oye nada —dijo Clare.

—En efecto —contestó Gabriel—, y eso es lo que me preocupa.

Señaló una calle pequeña que salía del otro lado de la plaza.

—Si pasa algo echen a correr por allí. Llegarán a un puente; crúcenlo y suban la colina. Sigan adelante y encontrarán un aeródromo. —Les dio el nombre del piloto—. Díganle que son amigos míos y que les lleve a San Marco. Una vez allí, les indicará cómo llegar a un barco que les llevará a Loris.

—Pero usted también viene —dijo la mujer.

—Eso pretendo —dijo Gabriel—, pero no me esperen.

Desenvainó la espada de la abuela Peet y extrajo un largo cuchillo de una vaina que llevaba en la cintura.

—Ya.

Habían llegado hasta el hombre a caballo cuando el primer imp salió de un salto de detrás del pedestal de la estatua. Gabriel no se detuvo, pero atacó con tanta fuerza con la espada que el arma de hoja dentada que alzó el imp para parar el golpe se vio empujada hacia atrás y golpeó a su propietario en la cara. Luego, con un revés, Gabriel separó la cabeza de la criatura de su cuerpo. Vio que otros tres imps salían corriendo de las calles laterales.

—¡Corran! —gritó—. ¡No se detengan!

La pareja echó a correr. Sus pisadas se desvanecieron por el callejón, detrás de Gabriel, mientras los dos primeros imps se aproximaban. Había luchado contra muchos imps y conocía su forma de actuar. Eran el resultado de un cruce mágico entre jabalíes y hombres, y habían conservado gran parte de su herencia bestial, por lo que acostumbraban a pelear en manada. Supo así que los dos imps que le atacaban de frente pretendían distraerle para que no se percatara de la presencia del otro a su espalda. Gabriel paró el primer golpe con la espada, se agachó y oyó que la hoja de la criatura cortaba el aire por encima de su cabeza. Se volvió en el mismo movimiento y notó que su espada cortaba las piernas del monstruo. Gabriel no se detuvo, pues sabía que los otros dos imps estarían ya muy cerca. Agachado como estaba, se levantó de un salto y desvió con su espada el golpe descendente del tercer imp, le atravesó el pecho con su largo cuchillo, lo hizo girar y apartó de sí a la criatura con un empujón. Antes de que pudiera volverse, la maza del primer imp le golpeó de lado. Por fortuna fue solo un golpe de refilón, pues de haber sido directo le habría destrozado el hombro. Gabriel se tambaleó y se agarró al pilar que aguantaba al jinete de piedra. El siguiente golpe del imp iba dirigido a su cabeza, pero Gabriel se agachó y giró sobre sí mismo. La maza del monstruo arrancó un trozo de piedra del pedestal. Gabriel continuó su movimiento rotativo, visualizando ya el modo en que su espada oscilaría hacia arriba, penetraría por la cadera izquierda del imp y saldría justo por debajo del brazo derecho. Sin embargo, mientras daba la vuelta pisó una zona resbaladiza del adoquinado y cayó de espaldas. El imp se le echó encima, alzando su maza para aplastarle...

Todo se detuvo. La punta de una espada sobresalía del pecho del imp, que se deslizó hacia delante y se derrumbó sobre las piedras, revelando al padre de los niños. Detrás de él, el imp al que Gabriel había apuñalado intentaba levantarse, una acción bruscamente interrumpida cuando la madre de los niños descargó un mazazo sobre la cabeza de la criatura.

El padre de los niños le tendió la mano y Gabriel la cogió.

—Les diré una cosa. —Gabriel envainó su espada con una mueca de dolor por el golpe recibido en el hombro—. Siguen ustedes las instrucciones tan bien como sus hijos.

—Escuche —dijo Richard—, tenemos que decirle algo.

—Ahora no...

—Quizá sepamos cómo averiguar el resto de la profecía, dónde buscarlo.

Durante un instante Gabriel no dijo nada, limitándose a mirarles fijamente.

—Por eso no podemos acompañarle a Loris aunque queramos —dijo Clare—. No sabe cuántas ganas tenemos de ver a los niños.

Pero si lo que dice es cierto, si descubrir el resto de la profecía es la clave para salvar a los niños, tenemos que... ¡Espere! ¿Qué está haciendo?

Gabriel les había agarrado del brazo y echó a andar deprisa hacia el callejón.

—No hay tiempo que perder.

Richard dijo:

—¿Quiere decir que...?

—Sí, voy con ustedes.

16

El carriadín

Emma despertó una vez durante el viaje. Había oscurecido y el brujo había colgado un farol de un gancho de hierro situado en la proa. Seguían avanzando a un ritmo constante. La muchacha se incorporó y vio más luces en el agua, difusas entre las oscuras tinieblas, y supuso que procedían de otras barcas de remos.

Prestó atención por si oía el sonido del motor del buque metálico, pero no oyó nada.

Emma tenía los pensamientos desordenados y las extremidades pesadas, como si aún estuviera durmiendo o al menos soñando. Volvió a tumbarse y se durmió profundamente.

Despertó una vez más, horas después, y vio unos acantilados y una costa que se perfilaban en la oscuridad. Un espacio se abría entre los acantilados. Parecía la boca de un río, y vio que se dirigían hacia allí. Se sentía nerviosa y tensa, y sudaba pese a que la noche era fresca.

—¿Qué te inquieta? —preguntó el brujo.

—Nada.

—No creo que estés siendo sincera del todo conmigo.

—Muy bien. ¿Qué sabe del libro?

—¿El qué?

—Genial. Me es usted de gran ayuda. No deje de remar.

En realidad no esperaba mucho. ¿Y en realidad qué necesitaba saber, aparte de que se estaban aproximando? Y así era; el tirón que sentía en el pecho se volvía más fuerte e insistente con cada palada de los remos del brujo. Entonces ¿por qué se sentía tan intranquila? Dejó que su mente vagara, y pronto se encontró pensando en algo que Michael había dicho la noche anterior, cuando todos estaban reunidos en torno al fuego. Lo había dicho casi de pasada, mientras hablaba de la *Cuenta*, lo que hacía, por qué se llamaba la *Cuenta*. Había dicho que la palabra tenía dos sentidos. Uno era algo que debías. El otro significado era el de ser enjuiciado, como en la frase «rendir cuentas».

A Emma no le molestaba la idea de que el libro pudiera matar a alguien, dado que ese alguien era Magnus el Siniestro. Pero la idea de tener que juzgar una persona (y sin saber en absoluto el motivo por el que debía juzgarla) le causaba una profunda incomodidad. Matar a alguien parecía un acto rápido y lleno de furia; se acababa en un momento. Para juzgar a alguien tenías que reflexionar; habría cosas poco claras. No quería esa responsabilidad. Esa clase de cosas era más propia de Kate. O incluso de Michael.

Pero ¿no quería ser igual que ellos?

Sí, pero no de ese modo. Tenía que haber una forma más..., bueno, más fácil.

¿Era eso cierto siquiera? Porque allí sentada, balanceándose con el movimiento de la barca, Emma se puso a recordar el sueño que había tenido la primera noche que pasó en la tierra de los gigantes. En ese sueño, tras encontrar el libro, había sido atacada por millares de figuras misteriosas. Acto seguido, como en ese momento, se había despertado temblando y sudando. ¿Por qué la asustaba tanto el libro?

—Deberías tratar de dormir —dijo el brujo.

—¡Oh, cállese! —murmuró ella, volvió a tumbarse y se durmió al instante.

Cuando despertó de nuevo había una mano sobre su hombro, la barca no se movía y era de día. El brujo se inclinaba sobre ella. Emma apartó su mano de un empujón y se incorporó.

La barca estaba atracada en un muelle de madera, junto a un río cuyas aguas tenían un color marrón verdoso. Había varias barcas atadas en las proximidades, pero parecían abandonadas. Vio un sendero que ascendía por la orilla y, a lo lejos, los tejados y muros de piedra gris de unas casas. Todo estaba en calma y la luz resultaba extrañamente apagada. Emma no vio a nadie alrededor. El brujo trepó al muelle y ella le siguió, ajustándose el cinturón para que el cuchillo de los enanos que le había dado Michael quedara bien sujeto.

—¿Qué sitio es este?

Él se encogió de hombros.

—Es muy curioso. No estoy seguro de dónde está esto o de por qué estamos aquí. Solo sé que te estoy llevando al lugar al que tienes que ir. Y aún no hemos llegado. Ven, querida.

Seguía siendo el doctor Pym en muchos aspectos, como la forma de ladear ligeramente la cabeza cuando pensaba, el hábito de llamarla «querida» y la costumbre de no explicarle nada y dar por supuesto que le seguiría, cosa que, por supuesto, hizo. Y, sin embargo, sin sus recuerdos no lo era. Emma se sentía confusa. No sabía muy bien cómo tratar con él.

Emma se permitió sentir el tirón del libro; desde luego, el brujo la había acercado a él. Luego tosió y se percató de que le escocían los ojos y la garganta, y de que lo que creía un cielo cubierto era en realidad una baja y densa nube de humo.

—¿Qué está ardiendo?

El brujo dijo que no lo sabía y echó a andar por el muelle.

—¿Adónde va? —preguntó Emma.

—Debes de tener hambre. Te buscaremos algo de comida. Luego seguiremos adelante. Esa es mi tarea.

Emma le siguió a regañadientes por el muelle y se dirigieron al pueblo. Al parecer, tendrían que viajar juntos durante algún tiempo y, aunque jamás lo habría reconocido, una parte de ella se alegró.

—¿Dónde está todo el mundo? —dijo Emma—. ¿Qué le ha pasado a este sitio?

Caminaban por el centro de lo que podría haber sido un pueblecito encantador. Había casas de piedra con jardín, árboles que embellecían las calles. Pero las casas estaban vacías, los jardines secos, los árboles sin hojas, quemados o con el tronco roto, y había pequeñas hogueras ardiendo por todas partes. Era como si se hubiera producido una guerra o devastación.

—No lo sé —dijo el brujo—. Algo terrible.

—Sí —contestó Emma—. Uf.

No dijo nada más, pero se sintió incómoda, tuvo la sensación de seguir un sendero que había sido dispuesto para ella tiempo atrás, de estar metiéndose en una trampa.

Llegaron a una plaza en la que se alineaban numerosos comercios de oscuros escaparates.

—Vamos —dijo Emma asumiendo el mando, y condujo al doctor a una pequeña tienda de comestibles.

Sonó una campana cuando cruzaron la puerta. Emma aguardó, pero nadie salió de la trastienda. Había panes (duros, pues trató de partir uno sobre el mostrador y no pudo), varias clases de frutos secos, un chocolate que sabía a serrín y fruta (manzanas y algo parecido a ciruelas, todo arrugado y estropeado). Aunque nada estaba fresco ni bueno, ayudó a mitigar el hambre que sentía.

—No lo entiendo —dijo con la boca llena de manzana harinosa—. Hay manzanas, pan y frutos secos. ¿Cómo pueden cultivar todo esto aquí? ¿Tienen granjas?

—¿Y cómo te imaginabas el mundo de los muertos? —preguntó el brujo—. ¿Como un desierto uniforme en el que flotan los espíritus, gimiendo por toda la eternidad? Este mundo es tan sólido y completo como el de arriba. Ya has visto que hay agua. El aire te nutre con cada respiración. La tierra es fértil. Si tú puedes vivir aquí, ¿por qué no va a hacerlo un árbol? O... —Desvió la mirada bruscamente—. Deberíamos irnos ahora mismo.

Se dirigía ya hacia la puerta. Emma le siguió, metiéndose algunas manzanas más en los bolsillos. Al cabo de unos minutos estaban fuera del pueblo, avanzando por un camino de tierra. El brujo la cogió del brazo.

—Debemos abandonar el camino. ¿Hacia dónde vamos?

Emma comprendió que se lo preguntaba a ella. Se permitió guardar silencio, sentir el tirón del libro, y luego señaló hacia el cercano bosque quemado. Pronto resultaron invisibles desde el camino, y poco después oyeron voces y pisadas. Se quedaron quietos, escuchando, hasta que los sonidos se desvanecieron.

—Me están buscando, ¿verdad?

—Sí.

—Es Magnus el Siniestro.

—No sé quién es. Lo que sí sé es que en este lugar hay una gran maldad.

—Sí —respondió Emma; el miedo daba un matiz de irritación a su voz—. ¡Es el mundo de los muertos! ¡Claro que hay maldad! ¡Mire a su alrededor!

El brujo negó con la cabeza.

—El mundo de los muertos no es malvado. En realidad, podría ser un paraíso. Imagina el pueblo que hemos cruzado lleno de ruido y gente. Imagina este bosque verde.

—Tiene que estar de broma.

—No me crees, pero lo cierto es que quienes siguen tu pista han traído su maldad consigo. Este mundo es inocente. Solo es el lugar en el que esperan los muertos.

—¿De qué está hablando? ¿Qué esperan?

—Renacer. —Habló de forma automática, igual que había hecho en la tienda, como alguien a quien le han enseñado algo de memoria—. El universo ha sido creado y destruido una y otra vez. Ha pasado antes y pasará de nuevo. Los espíritus de los muertos aguardan aquí el momento oportuno para renacer. Pueden ser mil años o puede ser un día. Para los muertos es lo mismo. Existen en un eterno presente.

Emma creyó entender lo que decía el brujo: que los muertos se limitaban a permanecer allí hasta que el universo volviese a empezar. Pero no podía asimilar la idea de que al morir olvidaras todo lo que habías construido en tu vida, incluyendo a las personas con las que tenías una relación más estrecha. No era de extrañar que todas aquellas personas del camino pareciesen zombis. Todo lo que les importaba les había sido arrebatado.

—Pero ¿por qué tienen que olvidar quiénes eran? ¡No es justo!

El brujo volvió a encogerse de hombros.

—Así es la muerte, niña.

Con los ojos llorosos por el humo, Emma contempló el bosque quemado y ennegrecido. El brujo podía decir tanto como quisiera que aquel lugar era el paraíso, pero en su opinión era el infierno.

—Busquemos el libro para que pueda salir de aquí.

Cuanto más caminaban, más difícil se hacía respirar. Cuando llegaron a un torrente el brujo humedeció un paño que Emma se ató alrededor de la boca y la nariz. El humo se hizo tan denso que la niña dejó incluso que el doctor Pym le cogiese la mano para poder caminar con los ojos cerrados, confiando en él para que la advirtiera de la presencia de raíces y rocas.

Finalmente, Emma notó que el brujo se detenía.

—Abre los ojos.

Habían salido del bosque, y Emma miró, sabiendo a medias lo que vería.

—He estado aquí antes.

El brujo pareció sorprendido.

—¿Cómo es posible?

—Magnus el Siniestro sacó mi espíritu de mi cuerpo y lo envió a buscar el libro. Vi cosas. Este lugar, las hogueras. Y vi esto.

Se hallaban ante una roca casi vertical que se elevaba cientos de metros en el aire. Una retorcida escalera de caracol estaba tallada en la roca. En las alturas, Emma vio unos cúmulos oscuros y supuso que eran pájaros.

—Envió mi espíritu al mundo de los muertos. Supongo que debí darme cuenta. En realidad nunca lo pensé; no quería.

Justo entonces se oyó sobre sus cabezas un estallido acompañado de un feroz griterío, y una nube negra descendió hacia ellos dibujando un remolino. El instinto de Emma fue agacharse, pero el doctor Pym la agarró del brazo, ordenándole en silencio que se quedara quieta, y la nube de pájaros pasó por encima un par de veces antes de remontar el vuelo risco arriba.

Uno de los pájaros se quedó allí. Emma vio que parecía un cuervo y que se había posado al pie de la escalera. Pero no era un cuervo. La criatura tenía el cuerpo de un humano, con piernas y brazos humanos. Sin embargo, su cabeza era de cuervo, con un pico de gran tamaño, negro y brillante. Llevaba una capa oscura con capucha. Era el que había aparecido en su visión.

—Un *carriadin* —dijo el brujo—. Un guardián de este mundo. Te guiará el resto del camino.

—¡¿Qué?! ¡¿Va a dejarme a solas con eso?!

—Mi tarea ha terminado. No puedo seguir adelante. Además, no te hará daño.

Emma miró a la criatura con cabeza de pájaro y luego alzó la vista hasta el risco. Sentía el libro muy cerca. El viejo brujo se arrodilló y le apoyó una mano en el brazo.

—No me acuerdo de ti. Ni de tus hermanos. Ni de mi vida anterior. Sin embargo, si te hice daño o te traicioné cuando estaba vivo, solo puedo pedirte que me perdones.

Emma le miró fijamente. No quería perdonarle. Todavía se sentía dolida y enfadada. Pero sin querer pensó en todas las cosas que el brujo había hecho por ellos, en todas las veces que se había mostrado amable, paciente o comprensivo, en momentos que habían parecido reales, sin planes ni actitudes manipuladoras.

—Quizá... creyó que estaba haciendo lo correcto o... tenía alguna idea para salvarnos. No lo sé. Pero no siempre se portó mal.

—Gracias.

Y antes de que Emma pudiera impedirlo el brujo le dio un abrazo, y antes de que ella misma pudiera detenerse le devolvió el abrazo.

—Adiós —dijo el doctor Pym.

A continuación se levantó y se alejó entre los árboles.

Enjugándose las lágrimas, Emma miró a aquella criatura. Aunque su pico no se abrió, la muchacha oyó las palabras en su cabeza.

«Ven, Emma Wibberly.»

Empezó a subir las escaleras y Emma no tuvo otra opción que ir detrás.

Los bajos de la capa de la criatura estaban muy raídos. Parecían las plumas de un pájaro muy viejo. Emma vio que sus pies descalzos estaban ennegrecidos y cubiertos de callos.

Ascendían serpenteando por la cara del risco. Los peldaños eran tan empinados que a veces Emma tenía que ir a gatas. Mientras tanto, los demás cuervos volaban alrededor como si la desafiaran a salir al aire.

Finalmente se detuvo.

—Tengo que descansar.

Se sentó en uno de los peldaños y miró hacia abajo por si podía distinguir al doctor Pym, pero no fue así. O estaba demasiado arriba o el humo era demasiado denso o los pájaros que daban vueltas en el aire le tapaban la vista. Entonces miró a lo lejos. A un kilómetro de distancia aproximadamente, más allá de una cumbre rocosa, se alzaba una columna de humo negro más densa y ancha que las demás. Emma notó el pecho cargado de tensión y nerviosismo. ¿Qué estaba ocurriendo allí?

Sin darse cuenta, se adelantó un par de centímetros para ver mejor. Su pie resbaló, y la muchacha se deslizó, cayó. No había nada debajo de ella, nada que la detuviese...

Una mano la agarró del hombro y tiró de ella con brusquedad. Emma temblaba, muy afectada. Miró a la criatura, situada en el peldaño de encima.

—Gra... gracias.

De nuevo oyó la voz en su cabeza.

«Ven.»

Siguieron ascendiendo hasta llegar a la parte más densa del humo. Las lágrimas enturbiaban la visión de Emma, que tosía con fuerza. Se detuvieron por fin en un pequeño saliente. Ante ellos se abría una cueva que penetraba en la pared de roca. Emma se quedó mirando la oscuridad. El tirón del libro era como un segundo corazón que le comprimía el pecho.

La criatura empezó a volverle la espalda.

—¡Espera!

Sus ojos negros la miraron fijamente, inhumanos e impenetrables.

—Fuiste tú, ¿verdad? O alguien como tú. La condesa te dio el libro, ¿verdad? Michael dijo que se lo había dado a un espíritu o algo. Fuiste tú.

El *carriadin* no dijo nada.

—Y enviaste al doctor Pym a buscarme, ¿no es así? Hiciste que me trajera aquí. Dice que eres un guardián de este mundo. Crees que si me llevo el libro se arreglarán las cosas.

Emma ignoraba cómo sabía aquello, pero de pronto estaba muy claro. Notaba la inteligencia vibrando en su interior, avivada por la proximidad del libro.

Entonces oyó la voz en su cabeza.

«Adiós, Emma Wibberly.»

La muchacha lanzó un grito ahogado. La criatura saltó al aire y, sin perder en ningún momento su forma humana, abrió unas gigantescas alas negras. El *carriadin* descendió y desapareció de la vista.

—Si podía hacer eso —murmuró Emma—, ¿por qué no me ha traído volando hasta aquí arriba?

A continuación se volvió y entró sola en la cueva.

El aire en la cueva era más limpio y resultaba más fácil respirar. A Emma dejaron de llorarle los ojos y la tos remitió un poco. Había encendido la linterna de Michael. Sintió una especie de vértigo y se apresuró a avanzar casi de modo imprudente. El túnel ahondaba en la roca dibujando una curva. De repente llegó al final, y allí, apoyado en un saliente tallado en la pared del fondo del túnel, estaba el libro.

Por un momento Emma se quedó allí, jadeando, como si fuese incapaz de creer lo que estaba viendo. Lo había logrado. Había entrado en el mundo de los muertos ella sola y lo había logrado. El doctor Pym no contaba. Ella no le había pedido que fuera, y en realidad hasta un mono que supiera remar habría podido llevarla hasta donde estaba. Se sintió orgullosa. Ella, la más pequeña, la que todo el mundo creía que solo sabía dar puñetazos y patadas, había hecho algo de lo que nadie más habría sido capaz. Y allí estaba la prueba que de un salto la situaba al mismo nivel que sus hermanos.

Lo único que tenía que hacer era alargar el brazo y cogerla.

Pero aun así, vacilaba.

Para ser el Libro de la Muerte, Emma pensó que la *Cuenta* podría haber sido un poco más impresionante. Cierto, sus esquinas estaban bordeadas de oscuro metal, pero el libro era más pequeño y más delgado que el *Atlas* o la *Crónica*. Casi parecía un diario. ¿Se había pasado allí dos mil años? ¿Había estado esperándola todo ese tiempo?

«Sí», pensó Emma, sin saber cómo lo sabía. La había estado esperando.

—Pues cógelo —susurró, y su voz le fue devuelta por el eco, animándola a seguir.

El haz de luz iluminó el libro y la muchacha lo levantó de la plataforma de roca con mano temblorosa.

No parecía distinto de cualquier otro libro. Las esquinas metálicas estaban frías y pinchaban un poco. Con el corazón acelerado, Emma pasó los dedos por la labrada piel negra de la cubierta. Apoyó la linterna de Michael en el saliente de forma que su luz iluminase la cueva, inspiró hondo y abrió el libro.

Estaba en blanco, pero ya lo esperaba; el *Atlas* y la *Crónica* estaban también en blanco. A pesar del fresco aire de la cueva, Emma notó que empezaba a sudar. Sabía que no tenía por qué continuar. Ya tenía el libro; podía limitarse a cogerlo y volver a casa; había alcanzado el objetivo que la había llevado hasta allí.

Apoyó su mano, con la palma hacia abajo, sobre la página abierta.

Y al instante tuvo la sensación física de que le levantaban la tapa de los sesos.

Lanzó un grito y retrocedió tambaleándose. El libro cayó al suelo. Emma se quedó allí boqueando, tratando de asimilar lo que acababa de ocurrir. El libro estaba en el suelo, cerrado. La muchacha no se movió en mucho rato.

Debía de haber hecho algo mal. Tal vez hubiese activado una especie de alarma o trampa para asustar a la gente. Tenía que volver a intentarlo.

Le pareció oír algo en la cueva, unos susurros que revoloteaban y se acercaban; los ignoró.

Rápidamente, antes de que pudiera cambiar de opinión, Emma alargó el brazo y apoyó la palma de su mano sobre la página.

Fue igual que antes pero peor, porque no dejó de presionar con la mano. Un millón de voces que gritaban y lloraban, desesperadas por ser oídas, clamaron dentro de su cabeza; sintió que su propio ser era pisoteado y desgarrado.

Volvió a caer hacia atrás. Le zumbaban los oídos y el corazón se estremecía en su pecho.

¿A quién pertenecían esas voces? ¿Qué querían? ¿Qué estaban haciendo en el libro?

Recordó el sueño que tuvo aquella primera noche en la tierra de los gigantes. Unas figuras misteriosas se apiñaban a su alrededor, suplicando y gritando.

Inspiró hondo y trató de dominarse. Debía buscar ayuda. Se llevaría el libro al mundo de los vivos y le pediría a alguien que le enseñase a acallar las voces a fin de poder utilizar el libro para matar a Magnus el Siniestro.

Entonces alzó la vista y se quedó paralizada. Aparecían unas palabras en la página abierta: «Ponlas en libertad...».

Emma bajó a toda velocidad, de dos en dos, los peldaños rocosos. Apenas veía por dónde iba. Sostenía el libro apretado contra su pecho. Tenía que encontrar al doctor Pym o a aquella criatura con cabeza de pájaro. Ellos sabrían dónde encontrar el portal que conducía al mundo de los vivos.

De pronto llegó al pie del risco.

—¡Doctor Pym! ¡Doctor Pym!

No hubo respuesta. La garganta le escocía terriblemente.

Cerró los ojos. Seguía oyendo las voces que susurraban, que le pellizcaban los bordes de la mente.

—Hola —la saludó un hombre, saliendo de entre los árboles. La panza peluda le asomaba entre los botones de una túnica de cuero negro—. ¿Quién eres?

Emma se volvió para echar a correr y chocó con otro hombre. Este la tiró al suelo de un empujón, le sacó el cuchillo de los enanos del cinturón y le ató una cuerda alrededor de las muñecas con gestos rápidos y expertos. La muchacha forcejeó, pero el hombre se arrodilló sobre ella, paciente, como si hubiese hecho aquello muchas veces. Entonces el primero regresó con una fila de hombres y mujeres con las muñecas atadas igual que Emma. El hombre alto la levantó y la ató a los demás.

—¿Qué es esto? —preguntó el hombre gordo mientras recogía del suelo el libro negro—. ¿Un poco de lectura ligera? Pues para mí.

Se metió el libro en la cintura de los pantalones.

—No —dijo Emma—. Es mi...

El otro hombre le dio un fuerte manotazo en la boca.

—Cállate. —Luego se dirigió a su compañero—: Llegamos tarde. Vamos.

Y Emma, con la boca ensangrentada, se vio arrastrada lejos de allí.

17

La criatura de la playa

Kate despertó, se frotó los ojos y miró a su alrededor, intentando recordar dónde estaba...

Estaba en una estrecha tienda de lona. La luz del sol entraba a raudales a través de un hueco de la puerta. Había dormido vestida, sin molestarse siquiera en quitarse las botas, y notaba el cuerpo cubierto por una capa de sudor y mugre. Michael yacía de espaldas a ella, en un catre situado a pocos metros de distancia. Del exterior le llegaban voces, pisadas, un martilleo, chirridos metálicos; le llegaba el olor del desayuno: huevos, panceta, café y probablemente tortitas. De pronto notó en el interior de su estómago como un gran pozo hueco. No podría volver a conciliar el sueño.

Además, para entonces había recordado lo sucedido la noche anterior, el encuentro con el rey Robbie y lo que les había dicho sobre Emma y el portal.

—¿Hola?

Sonaba una voz en el exterior de la tienda. Pertenecía a un enano.

—¿Sí?

—Ah, ¿estáis despiertos? El rey desea que vengáis los dos a un Consejo. No hay un momento que perder. Aunque os he traído algo para picar. Nada del otro mundo: una docena de huevos revueltos, huevos escalfados, huevos fritos, cuatro o cinco lonchas de panceta, tortitas, tostadas, mermelada, bollos de pasas, bollos de arándanos, una tortillita que acabo de hacer...

Una vez que Kate despertó a Michael, le contó lo del Consejo y los dos se atiborraron de tanta comida como pudieron y tan deprisa como pudieron, y siguieron a su escolta, un viejo enano de rala barba gris y enormes orejas caídas, a través del campamento hasta llegar a la tienda del rey Robbie.

A la luz del día, Kate observó que la isla tenía forma de gran herradura estirada y que hacía pendiente. En la parte baja se hallaban los diversos acantonamientos y tiendas, y Kate vio cientos, tal vez miles, de hombres y enanos moviéndose de un lado para otro, preparando sus desayunos y comprobando sus armas. Más allá vio la playa y las aguas azules del muelle, al que Michael y ella habían llegado la víspera y donde seguía anclada la pequeña flota.

Mirando directamente hacia delante, al otro lado de la tienda verde del rey de los enanos, se encontraba lo que parecía un campo de enormes flores silvestres. De hecho, eran tiendas y pabellones de vivos colores, azules, verdes, rosa y amarillos; y moviéndose entre ellos Kate vio a centenares de duendes. Algunos tocaban música, y a Kate le pareció que la melodía formaba parte del sol matutino, que devolvía el eco del sonido distante del mar, del movimiento de la brisa, y se sintió más tranquila. Vio a varios duendes que limpiaban espadas y fabricaban flechas, aunque la mayoría se limitaba a peinarse o a aconsejar a otros sobre peinados, demostrar su técnica y cosas parecidas.

—Se mantienen alejados unos de otros —dijo Michael.

—¿Qué?

—Los tres campamentos. Los enanos, los humanos y los duendes. Ninguno de ellos tiene nada que ver con los demás.

Tenía razón: cada uno de los campamentos había marcado claramente su propio territorio, y no se veía a ninguno de ellos, humanos, enanos o duendes, entre los otros.

Aquello no presagiaba nada bueno, pensó Kate.

Acto seguido, Kate miró brevemente hacia la parte alta, en dirección al campo de refugiados. Aquellas eran las familias que habían vivido en Loris, maridos y mujeres, ancianos y niños. «Magnus el Siniestro va tras nuestra pista —pensó—. Somos responsables de lo que les pase a ellos.»

Cuando se aproximaban a la entrada de la tienda de Robbie Mc-Laur, Kate y su hermano oyeron voces altas, todas hablando, o más bien gritando, a la vez.

—Nos vamos a caer con todo el equipo, más vale que lo admitamos...

—Quizá si no hubiéramos renunciado a Loris...

—No tuvimos elección, ya lo sabes...

—Atacar ahora a Magnus el Siniestro sería un suicidio...

—El suicidio será que se apodere de la *Cuenta*...

—Tal vez si algunos de esos duendes que están en casa haciéndose la manicura vinieran a ayudarnos...

—Ya te he dicho que no seguirán a un enano. Me habrías oído si te limpiaras las orejas... O alguna parte del cuerpo...

El viejo enano retiró la puerta y dijo en voz baja:

—Buena suerte.

Y Kate y Michael entraron.

—Oh, sí, bueno, yo también me alegro de verte, muchacha.

Haraald le dio a Kate unas palmaditas en la espalda. La muchacha no paraba de abrazarle con fuerza.

Haraald estaba vivo; esa había sido la primera sorpresa, y también la mejor, que habían recibido los niños al entrar en la tienda, y Kate se había apresurado a estrecharle entre sus brazos. En realidad, su alegría al encontrar vivo al enano de barba roja la sorprendió incluso a ella, ya que tampoco le conocía demasiado. Sin embargo, cuando parecía que no paraban de perder a gente, tener a Haraald de vuelta contra todo pronóstico significaba que había esperanza para todos ellos, esperanza para Emma. La cara del enano seguía manchada de humo, sangre y polvo, y llevaba la mano derecha envuelta en un vendaje limpio, pero estaba allí, estaba vivo.

—¿Cuándo has vuelto? —preguntó Kate soltándole por fin.

—Justo antes del amanecer. —El enano tosió—. El capitán... esto... el capitán... bueno, verás...

—El capitán Anton volvió y le rescató —intervino el rey Robbie—. Se lo encontró nadando aproximadamente a un kilómetro y medio de Loris. Y por ese motivo estamos en deuda con nuestros aliados...

Y saludó con un gesto de la cabeza al rey de los duendes, que agitó la mano despreocupadamente.

—Eso fue lo que pasó, más o menos —añadió Haraald—. Aunque habría podido nadar hasta aquí si hubiera hecho falta.

—¿En serio? —dijo el rey de los duendes—. ¿Cincuenta kilómetros de mar abierto?

—¡No me ha visto nadar! —casi rugió el enano—. ¡Soy un verdadero pez!

—Bueno —dijo Kate—, gracias de nuevo. Nos salvaste la vida.

—No hay de qué, muchacha.

Y el rostro curtido del enano se suavizó hasta esbozar algo parecido a una auténtica sonrisa.

A Kate y a Michael les asignaron unas butacas situadas a la derecha del rey Robbie. En muchos aspectos, el Consejo fue una repetición de la reunión a la que habían asistido en la Ciudadela Rosa pocos días antes. Alrededor de la mesa se hallaban sentados Magda von Klappen, la severa bruja austríaca, el rechoncho brujo chino conocido como maestro Chu, Hugo Algernon, el capitán Stefano, comandante de la guardia de Loris, lady Gwendolyn, la duende de cabello plateado, el rey Bernard, padre de Wilamena, Haraald y el rey Robbie. Las diferencias consistían en la ausencia del doctor Pym, las heridas que mostraban varios miembros del Consejo (como el capitán Stefano, que llevaba la cabeza vendada y un brazo en cabestrillo) y, a juzgar por las miradas furiosas que circulaban, la desaparición de cualquier pretensión de cortesía. Kate sospechó que Robbie McLaur debía de tener dificultades para evitar que los asistentes se atacasen unos a otros.

Cuando los niños se sentaron, el rey de los enanos se dirigió a ellos.

—Bueno, he informado al Consejo acerca de lo que os ha sucedido, adónde ha ido vuestra hermana para conseguir la *Cuenta* y dónde podría aparecer. Hemos estado hablando de lo que podemos hacer al respecto.

—Buscarnos un buen bar y esperar a que el techo se hunda —rezongó Hugo Algernon.

—Doctor Algernon —le advirtió el rey de los enanos—, ya se lo he dicho: absténgase de hacer ese tipo de comentarios.

—Antes de seguir adelante, tengo que darles una mala noticia —dijo el rey Bernard—. He hablado con nuestra colonia en la Antártida, y me han hecho saber que la puerta que conduce al mundo de los muertos se ha cerrado inexplicablemente.

Kate no dijo nada, pero sintió que el pánico empezaba a despertar en su interior.

—Está bien —dijo el rey Robbie con tono sombrío—. Pues eso nos deja el portal de las Hébridas...

—Me temo que acaban de informarme de que ese portal se ha cerrado también —intervino Magda von Klappen.

Se produjo un silencio prolongado y denso. Kate cogió a Michael de la mano justo cuando él se disponía a hacer lo mismo.

—Ya —dijo el rey de los enanos—. ¿Alguien sabe por qué?

—Por los Libros —refunfuñó Hugo Algernon—. ¿Necesita otra respuesta? ¿Y qué importa? Es lo que hay. Queda un solo portal, y todos sabíamos qué ocurriría, ¿no?

—¿Y podría... cerrarse también? —preguntó Kate con voz temblorosa.

—Lo dudo —dijo el maestro Chu con el tono sereno y suave que le caracterizaba—. Es la puerta más antigua, y también la más fuerte. Forma parte del eje entre nuestro mundo y el mundo de los muertos. Si se cerrara, el universo entero llegaría a su fin.

—Bueno —dijo el rey Robbie, al ver que nadie más hablaba—, supongo que eso resulta tranquilizador.

De hecho, Kate se tranquilizó y notó que Michael le apretaba la mano.

—Voy a hacer una pregunta tonta —dijo Haraald.

—Por supuesto —agregó el rey Bernard con tono magnánimo—, ese es su derecho como enano.

Kate vio que Haraald, con la cara tan roja como la barba, se volvía rápidamente hacia el rey de los duendes, pero Robbie McLaur le apoyó una mano en el brazo.

—Sigue, Haraald.

—Digamos que esa niña cruza el portal con la *Cuenta*. ¿Por qué no mata a Magnus el Siniestro en ese momento? ¿Por qué no acaba con todo esto? ¿No se trata de eso, de conseguir ese dichoso libro para poder matarle?

—Creo que es una pregunta excelente —dijo Kate, y miró con dureza al rey de los duendes.

Sin embargo, mantuvo esa mirada solo un momento, pues el rey de los duendes la miró con unos ojos de un azul tan hermoso y con una expresión tan dulce que se sorprendió albergando el extraño pensamiento: «Seguro que es un bailarín maravilloso». Y el rey de los duendes, por su parte, asintió levemente como si dijera: «En efecto, soy un bailarín maravilloso».

—Por desgracia, no es tan sencillo —replicó Magda von Klappen desde el otro lado de la mesa, con su voz severa y cortante—. La cuestión es que esos Libros son instrumentos mágicos de una complejidad fantástica. Hace falta tiempo y habilidad para dominarlos. Corregidme si me equivoco, pero tardasteis algún tiempo en poder utilizar plenamente los Libros, ¿no es así?

—Sí —dijo Michael—. Eso es cierto.

Y Kate asintió también.

—Así que la chiquitina podría cruzar con el libro, tras soportar quién sabe qué horrores en el mundo de los muertos —el rey de los enanos hizo una pausa y miró a Kate y a Michael como pidiendo perdón—, aunque probablemente nada demasiado malo.

—¡Oh, será horrible! —dijo Magda von Klappen—. Puede estar seguro.

—Sin embargo, tal como iba diciendo, ni siquiera podrá utilizar el poder del libro para matar a ese demonio. Necesitará la ayuda de ustedes.

Robbie McLaur indicó a los brujos con un gesto de la cabeza.

—Exactamente —dijo Magda von Klappen.

—¡Ja! —exclamó Hugo Algernon.

—¿Quiere decir algo, doctor? —preguntó, ya harto, el rey de los enanos.

—Sí, tengo que decir una cosa. En primer lugar, Magda von Klappen lleva ropa interior de señora mayor. Lo sé porque esta mañana he visto cómo la lavaba...

—Esto es ridíc...

—He pensado que estaba lavando una sábana o quizá un mantel, pero eran sus bragas. En segundo lugar, aunque la muchacha pudiera utilizar la *Cuenta*, ¿no ha comprendido ninguno de ustedes que probablemente no tendrá oportunidad de hacerlo?

Esas palabras silenciaron a todo el mundo, incluso a Magda von Klappen, y Hugo Algernon miró triunfante a su alrededor.

—Sí —dijo Michael en voz baja.

El Consejo entero se volvió hacia él, incluso Kate, que se preguntó qué era lo que Michael sabía y no le había contado.

—¿Qué quieres decir, chaval? —le preguntó el rey de los enanos—. ¿De qué está hablando el doctor?

—Bueno —dijo Michael colocándose bien las gafas—, tienen que cuestionar la coincidencia de que Magnus el Siniestro haya atacado Loris y haya tomado el control del portal justo antes de que Emma vaya a cruzarlo con la *Cuenta*.

—¿Quieres decir que sabe que tu hermana está en el mundo de los muertos? —dijo Robbie McLaur.

—Seguramente. Si es así, estará esperándola. Así que, aunque pudiera utilizar el libro, como dice el doctor Algernon, él no le daría la oportunidad de hacerlo. Tendrá alguna trampa preparada.

—Pero ¿cómo iba a saberlo? —dijo el rey Bernard—. ¿Crees que tiene espías aquí?

—Quizá —dijo Michael—, aunque existe otra explicación.

Hugo Algernon asentía con la cabeza.

—Al menos hay dos personas en esta mesa que no son absolutos imbéciles. Un chico listo. En eso se parece a su padre. Claro que fui yo quien le enseñó a su padre todo lo que sabe, así que casi todo el mérito es mío.

—¿A qué te refieres? —preguntó Kate—. ¿Qué otra explicación?

Michael la miró.

—Que Magnus el Siniestro lo planeara todo: que huyéramos de la fortaleza y descubriéramos los restos de la condesa, que ella volviera a la vida, que nos enteráramos de dónde está oculta la *Cuenta*... Piénsenlo: si él sabía dónde estaba el libro, también debía de saber que solo la Protectora de la *Cuenta* podía entrar en el mundo de los muertos. Por eso dejó que pensáramos que lo estábamos haciendo todo nosotros mismos, y todo el tiempo supo que Emma le llevaría el libro directamente a él.

—Pero ¿cómo..., cómo habría podido hacer eso? —inquirió Kate. Tenía la garganta tan tensa que apenas podía hablar.

Michael sacudió la cabeza.

—Aún no lo he averiguado. Tendría que haber estado empujándonos de algún modo.

Michael seguía mirándola fijamente, y por un instante Kate pensó: «Lo sabe, sabe que Rafe se me ha estado apareciendo...».

Pero ¿qué más daba que Michael sospechara? Se equivocaba en una cosa: ¡quien se le había aparecido era Rafe, y no Magnus el Siniestro!

Y, sin embargo, preguntó una voz en su interior, ¿podía decirlo con certeza? En el fondo, aparte de su propia creencia, ¿qué pruebas tenía de que fuese Rafe y no su enemigo quien se había presentado ante ella en Loris y en la tierra de los gigantes? ¿Y lo creía realmente o, como ya se había preguntado en otras ocasiones, solo quería creerlo? ¿Acaso no demostraba el hecho mismo de haber evitado decirles nada a sus hermanos que tenía sus dudas?

Notó que el corazón se le aceleraba y se agarró a los brazos de la butaca para reunir fuerzas. Porque si era Magnus el Siniestro quien la había estado manipulando todo ese tiempo, eso significaba que ella había hecho lo que jamás creyó posible: había preferido a otra persona en lugar de a Michael y a Emma, condenándoles a todos.

Vio que Michael la miraba, intentando adivinar lo que ocurría a partir de la expresión de su rostro, y cuando empezó a hablar lady Gwendolyn, la duende de cabello plateado, Kate aprovechó para darle la espalda y mirar hacia el otro lado de la mesa, inmensamente aliviada.

—Si hablamos de asuntos prácticos —dijo lady Gwendolyn—, no nos es posible abrir un portal en el Jardín de la Ciudadela. Todos sabemos que hay guardias dispuestos a impedirlo. Pero ¿y el *Atlas*? Su poder podría neutralizar esa defensa. Podría introducir a un grupo que rescatara a la muchacha y la trajera aquí, donde podríamos indicarle cómo utilizar el libro.

—Quizá. Aunque... algo está ocurriendo con el *Atlas*. —Kate había tenido que tragar saliva antes de poder hablar, y su voz distaba mucho de ser firme. Esperaba que los demás, sobre todo Michael, lo interpretaran como una muestra del nerviosismo que le causaba tener que usar el *Atlas*—. No puedo controlarlo como antes. Al abandonar la fortaleza de Magnus el Siniestro, intenté que nos llevara a Loris y fuimos a parar a la tierra de los gigantes. Y anoche... —Recordó el dolor que había sentido al invocar su magia—. En fin, que haré lo que ustedes consideren mejor, pero no sé si deberíamos contar con él.

—Creo que tú has notado lo mismo al utilizar la *Crónica*, ¿no es así, muchacho? —Hugo Algernon casi fulminaba con su mirada a Michael desde debajo de sus espesas cejas.

Michael asintió con la cabeza.

—Sí, lo he notado.

—Pues ahí lo tienen —gruñó el hombre, cruzando los brazos como si hubiese demostrado definitivamente algo que solo él entendía.

—Así pues —dijo Robbie McLaur con el tono de alguien que tratase de seguir las líneas marcadas—, lo que tenemos es que Magnus el Siniestro podría o no haber planeado todo esto. Yo creo que sí, aunque no tengo la menor idea de cómo lo ha conseguido. Podría o no estar esperando a la muchacha. De nuevo, acepto que así sea. Además, no tenemos medio alguno para penetrar en el Jardín mediante un simple acto de magia. Bien. Pero aun así tenemos que entrar allí y recoger a la muchacha y el libro antes que él, ¡o nos vamos a caer con todo el equipo! Viene a ser eso más o menos, ¿verdad?

—Está también el espinoso asunto del tiempo —dijo el rey Bernard. Kate pensó que el duende tenía las pestañas más largas que había visto en su vida—. ¿Cuándo cruzará la muchacha? ¿Esta noche? ¿Mañana? Podría aparecer en este mismo momento, mientras estamos aquí sentados, bañados en olor corporal de enano...

—¡Eh! ¡Oiga!

Haraald empezó a levantarse, pero la mano del rey Robbie sobre su hombro le obligó a sentarse de nuevo.

—Y antes de que nadie plantee la posibilidad de que un pequeño grupo entre furtivamente en el Jardín para rescatar a la muchacha, tengamos en cuenta que tendrían que permanecer allí, sin ser descubiertos, hasta el momento en que apareciese ella. Creo que es una propuesta con pocas esperanzas de éxito. La cuestión es que la única forma segura que tenemos de proteger a la niña y evitar que el enemigo obtenga el control de la *Cuenta* es reconquistar Loris y la Ciudadela Rosa, y defenderlas hasta que ella cruce. Pero en vista de que acabamos de abandonar Loris...

—Innecesariamente —murmuró el capitán Stefano, las primeras palabras que pronunciaba.

—... y de que nuestras fuerzas son ahora más débiles que entonces, eso parecería imposible. Por lo tanto, ¿qué vamos a hacer?

—Ya se lo he dicho —contestó Hugo Algernon—. Irnos a un buen bar. Conozco un par de buenos bares, por si a alguien le interesa.

—Todo lo que dice el rey Bernard es cierto —dijo Robbie McLaur con los ojos encendidos de rabia—, salvo en lo que respecta a la reconquista de Loris. No es imposible. Lo único que necesitamos es un ejército más grande. ¡Y lo tenemos al alcance de la mano! —Señaló con un dedo rechoncho al rey de los duendes—. ¿Cuántos clanes de duendes hay repartidos por el mundo? Docenas. ¿Cuántos de esos duendes, sin contar los que ha traído usted, se han presentado aquí para ayudarnos? ¡Cero! —Se volvió rápidamente hacia el capitán Stefano—. ¡Y usted, capitán, a pesar de sus protestas por haber abandonado Loris, no ha exigido todavía a los demás humanos del mundo mágico que cumplan su juramento! Que yo recuerde, todos y cada uno de ellos juraron proteger la isla y la Ciudadela. ¡Pero no les hemos visto el pelo a ninguno! ¡Así que no me digan que es imposible, porque no lo es!

—Los demás clanes de duendes no vendrán a luchar bajo las órdenes de un enano —replicó el rey Bernard, enojado—. Aunque les he dicho que no tengo casi nada que objetar contra usted y que es bastante limpio para ser un enano.

—Y yo he intentado contactar con los otros feudos —respondió el capitán Stefano—. Nadie será el primero en moverse. Dicen que prestaron juramento a la ciudad de Loris, no a un rey de los enanos...

—¡Pues entonces dimitiré! —exclamó el rey Robbie, dando una palmada sobre la mesa—. ¡Por mí puede ser usted el maldito general! ¡O usted! ¡No me importa!

Haraald sacudió la cabeza.

—Majestad, sabe muy bien que los batallones de enanos que han respondido a su llamada no seguirán a un duende...

—Y yo no estoy en condiciones de aceptar ese puesto —dijo el capitán Stefano con voz cansada, levantando el brazo herido.

Michael echó su butaca hacia atrás y se puso de pie. La acción fue lo bastante brusca para silenciar a los presentes.

—¿Qué pasa, chaval? —dijo el rey Robbie—. ¿Tienes algo que decir?

—¿Cómo? ¡Ah, no! Es que... —Tenía el rostro enrojecido, pero Kate vio que no era de ira; se había ruborizado—. La princesa está aquí.

Kate y el resto de los presentes se volvieron y miraron hacia la entrada de la tienda. Wilamena estaba allí, con un vestido del color del cielo en el desierto. Su cabello brillaba tanto como si lo hubiera sumergido en el sol.

Avergonzados tal vez por la actitud respetuosa de Michael, Robbie McLaur, Haraald, el maestro Chu e incluso Hugo Algernon se pusieron de pie.

—Le doy la bienvenida, princesa —dijo el rey Robbie—. Hay una butaca junto a la de su padre...

—Puede sentarse aquí —intervino Michael, indicando una butaca que había a su lado—. Es decir, si ella quiere.

—Gracias —dijo Wilamena.

Los enanos y los dos brujos permanecieron de pie mientras Wilamena rodeaba la mesa como si levitase hasta llegar a la butaca que Michael había retirado ligeramente para que se sentara. Cuando Wilamena se hubo acomodado, Michael le preguntó si quería algo de beber (no quiso), miró a su alrededor, vio que todo el mundo le observaba y se puso más colorado todavía. Era como si hubiese olvidado que todos estaban allí. Pero entonces Kate vio que su hermano experimentaba un cambio; fue como si se dijera a sí mismo: «Bueno, ¿y qué?». El chico enderezó la espalda, y cuando habló su voz sonó fuerte y clara:

—Quisiera decir una cosa: mientras ustedes están aquí discutiendo, Emma ha entrado en el mundo de los muertos sola, algo que nadie había hecho jamás. Está arriesgando su vida para salvarnos a todos, no solo a mi hermana y a mí, sino a todos. Y tiene doce años. Así que, sin faltar al respeto a nadie, he de decirles que ya es hora de que maduren.

Se sentó y, ante la mirada de Kate y los demás, la princesa de los duendes, con los ojos brillantes de orgullo, cogió su mano, y Michael, aunque se puso más colorado todavía, no la apartó.

El primero en hablar fue el rey Robbie:

—Un momento, un momento —dijo, esbozando una sonrisa—. Me parece que tengo una idea...

Pero no pudieron oír de qué se trataba, pues justo en ese instante el capitán Anton entró apresuradamente para decir que la isla estaba siendo atacada.

—¿Dónde? —rugió el rey Robbie.

Estaban al sol, fuera de la tienda. Se oían gritos. Había gente corriendo de un lado para otro, y el caos era absoluto. El rey Robbie blandía un hacha, al igual que Haraald, y Kate vio que el rey Bernard y lady Gwendolyn habían desenvainado sus relucientes espadas.

—En la orilla septentrional. Parece ser un solo barco, tal vez una nave de reconocimiento. Ha llegado desde los acantilados.

—¿La orilla septentrional? Maldita... ¿Princesa?

—He dejado mi pulsera en la tienda —dijo Wilamena, y salió disparada, dejando a su paso un destello de oro.

El rey Robbie miró a Kate y a Michael.

—Vosotros, quedaos.

Acto seguido les gritó a los demás que le siguieran, se volvió y echó a correr ladera arriba.

Kate le lanzó una mirada a Michael y ambos marcharon detrás del rey Robbie, el capitán Anton y los demás.

Kate y Michael corrían por una suave cuesta desde la que veían con claridad lo que estaba sucediendo. A unos ochocientos metros de distancia, unas siluetas oscuras trepaban en masa por el borde del precipicio y se dirigían hacia las familias de Loris.

Habían recorrido solo un breve tramo cuando alguien les agarró con gesto brusco por el cuello de la camisa.

—Muy bien. Parad. Ya habéis oído al rey —dijo Hugo Algernon.

—¿Qué hace? —exigió saber Kate—. Podemos ayudar.

—Podéis ayudar más si no estáis muertos. ¡Oh, caramba...!

Una multitud de personas corría hacia ellos huyendo de los atacantes, mientras que una oleada de sus propios soldados se acercaba por detrás.

—Vamos a quedar atrapados —dijo Hugo Algernon.

Les cogió en brazos y se volvió de repente hacia la izquierda. Tras un minuto de resoplidos y bruscas sacudidas llegaron al borde de la isla. El doctor les dejó encima de un pequeño acantilado.

—Ya está —dijo—. Aquí estaréis a salvo.

—Pero ¿cómo nos han encontrado? —dijo Michael—. Creía que esta isla era invisible.

—Magnus el Siniestro tiene docenas de barcos buscándonos. Si estás lo bastante cerca, no es difícil ver el hechizo. Ahora sed buenos chicos y esperad aquí, y quizá os invite luego a un helado. ¡Quedaos aquí! ¡Lo digo en serio!

Luego se volvió y echó a correr en dirección a la batalla que se libraba en el extremo superior de la isla. En el aire resonaban los gritos de miedo, la estridencia y los golpes del metal, y los alaridos de los *morum cadi.*

—Esto no está bien —dijo Michael—. Deberían permitir que les ayudáramos y...

Se vio interrumpido por un grito, un grito infantil, y tanto él como Kate se volvieron. Bajo sus pies, a treinta metros de distancia, había una playa rocosa. Un imp salía del agua y se dirigía hacia un par de chiquillos, un niño y una niña de unos siete u ocho años, con una maza negra en la mano.

—¡Kate!

El imp agarró al niño y lo alzó en el aire. No había nadie más alrededor, nadie que pudiera ayudarles. Cuando el monstruo levantó la maza, Kate cogió a Michael de la mano, buscó la magia en su interior y detuvo el tiempo.

—Kate...

La voz de Michael sonaba extrañamente plana y apagada, y sin embargo era el único sonido en el mundo. Kate trató de hablar, pero notó un gran peso que le aplastaba el pecho.

—Has detenido el tiempo, ¿verdad? ¿Te... te encuentras bien?

—Tenemos... que... bajar. No puedo... aguantar mucho.

Un estrecho sendero descendía zigzagueando por el acantilado. Michael encabezaba la marcha seguido de Kate. Cada músculo del cuerpo de la chica temblaba por el esfuerzo. Sentía que a cada segundo que mantenía suspendido el tiempo estaba haciendo un daño terrible, tanto al mundo como a sí misma.

Llegaron a la playa. Michael echó a correr y arrancó al niño de las manos del imp. Se inclinó para coger también a la niña, pero no podía llevarlos a los dos.

—Tenemos que... ¿Qué haces, Kate?

Kate había adelantado a Michael y se detuvo a menos de medio metro del imp. Estaba demasiado débil para llevar a la niña, y si dejaba que fluyese el tiempo el imp les atraparía. Sacó una espada corta y fea de la vaina de la criatura.

Oyó que Michael volvía a pronunciar su nombre.

Blandiendo la espada con ambas manos, temblando y con la visión nublada, sostuvo la hoja con la punta hacia el imp.

—¡Tenéis que correr! —gritó—. Lo retendré aquí mientras pueda. ¡Buscad ayuda!

—¡Kate! ¡No!

Dejó que el tiempo fluyera.

—No te muevas —le dijo al monstruo.

Al instante el imp se abalanzó hacia ella, se atravesó con su propia espada y tiró a Kate al suelo.

Lo último que recordó la muchacha fue la parte posterior de su cabeza chocando contra una roca.

18

Una tribu perdida

El chico que les había llevado desde la aldea detuvo su camioneta y dijo en árabe que no podía seguir.

—Vale —respondió Clare en la misma lengua—. Bajaremos. —Se asomó a la ventanilla y, alzando la voz, les dijo a Gabriel y a su marido, que viajaban en la plataforma de la camioneta—: No quiere continuar.

Había sido un viaje de cuatro horas. La camioneta, un armatoste reciclado a partir de tres o cuatro camionetas diferentes, oxidado y con los tornillos flojos, parecía a punto de partirse por la mitad con cada bache; a Gabriel le sorprendía que hubiesen llegado tan lejos. Se bajó tras coger su mochila y su espada, y la camioneta entera se inclinó de repente. El padre de los niños se bajó a continuación. El hombre, cubierto, como Gabriel, de polvo marrón rojizo, desenrolló la bufanda que llevaba en torno a la cabeza, bebió un sorbo de agua de su cantimplora, le dio unas vueltas en la boca y la escupió. Luego miró sonriente a los otros dos.

—Vaya, ha sido horrible.

El chico había dado la vuelta y regresaba ya por donde habían ido. A solas, el grupo miró a su alrededor. Gabriel había estado en muchos lugares del mundo, pero ninguno como aquel. Unas montañas estrechas y pedregosas se alzaban en torno a ellos, inclinándose a uno y otro lados en ángulos raros, casi imposibles. Richard había explicado que miles de años atrás aquella tierra era exuberante, y que los ríos habían labrado extrañas formaciones en la roca. Pero ya no había agua en el agostado paisaje de color terracota. Incluso el cielo, cargado de polvo, se veía enrojecido por el sol del ocaso, como si el aire mismo estuviese en llamas. El sonido de la camioneta se había desvanecido ya y el silencio era completo.

El camino de tierra que habían seguido ascendía serpenteando por las rocas.

—Ha dicho que aquí arriba no hay nada —dijo Clare—. Solo más montañas.

—Bueno —contestó Richard—, averigüemos si es cierto.

Y el trío empezó a subir la cuesta.

Había transcurrido casi un día entero desde que abandonaran la pequeña ciudad del Adriático en el avión pilotado por el amigo de Gabriel. Habían cruzado el Mediterráneo, aterrizando en diversos puntos del mundo mágico, primero en Grecia, después en Chipre y por último en el Líbano, repostando cada vez, antes de cruzar el desierto infinito de la península Arábiga. El piloto había aterrizado al pie de las montañas de la costa meridional, cerca de un pueblo de casas de barro y cemento. Era allí donde habían encontrado al chico de la camioneta.

Gabriel tenía el hombro dolorido por el golpe que había recibido la noche anterior y se cambió de posición la mochila, donde llevaba comida y agua para los tres. Los padres de los niños seguían estando débiles, pero eran duros y no se quejaban. Gabriel calculó que disponían de tres horas hasta que anocheciese. A partir de ese momento la temperatura bajaría muy deprisa. Caminaba a buen ritmo, deteniéndose de vez en cuando para no adelantar a la pareja.

—Ya es hora de que me cuenten qué estamos haciendo aquí y cómo esperan descubrir el resto de la profecía —dijo Gabriel.

No les había presionado durante las etapas precedentes del viaje. Resultaba imposible conversar por el ruido del avión y el petardeo de la camioneta, y durante las breves paradas la pareja necesitaba descansar tanto como pudiera.

—Desde luego —respondió Richard, respirando con dificultad—.
Pero dígame: ¿cuánto sabe de la profecía y del profeta? ¿Qué le contó
Pym?

Gabriel confesó que en realidad sabía muy poco de la antigua
profecía que tanto había dominado su vida y la de los niños. Solo
conocía su esencia: que los niños encontrarían los Libros, los uni-
rían y luego perecerían.

—Eso no me sorprende —dijo Richard—. La mayoría de la gente,
si es que sabe algo de la profecía, no sabe más que eso.

Richard y Clare le explicaron que desde el día en que el doctor
Pym les dijo cuál era el destino de sus hijos, años atrás, se habían dedicado a averiguar tanto como pudieran de los Libros y su historia,
incluida la profecía.

—Aunque no lo averiguamos todo, claro —dijo Richard—. No
tuvimos noticia de las predicciones acerca de la muerte de los niños
hasta que nos lo dijo Rourke hace unos meses.

—Pero aun así sabemos bastante —añadió Clare.

—Cierto. Hace más de mil años, en una de las tribus nómadas del
Sáhara hubo un famoso adivino que realizó centenares de predicciones sobre guerras, hambrunas, plagas y desastres naturales y mágicos.
Y no eran de esas profecías vagas que pueden adaptarse a cualquier
situación. Eran específicas, como por ejemplo: «Toda la gente de esta
aldea en concreto debería marcharse antes de tal fecha porque va a
producirse una plaga de abejas asesinas».

—Y acertaba —dijo Clare—. Una y otra vez.

—La última predicción que hizo se refería a los niños y a los Libros. Luego se desvaneció.

—¿Quiere decir que murió?

—No —contestó Richard—. Simplemente desapareció del desierto junto con toda su tribu. Muchos relatos de la época lo men-
cionan. Al fin y al cabo, el adivino era toda una celebridad, y la
gente se dio cuenta de que ya no estaba. Quizá se cansó de que le
pidieran que predijese el futuro. También es posible que corriese
peligro, por lo que desapareció y se llevó a su pueblo consigo. Nadie lo sabe.

—Aunque en realidad la tribu no desapareció —dijo Clare—. Pronto empezaron a correr rumores de que había sido vista en la selva de América del Sur, en Papúa Nueva Guinea, en las estepas rusas, en las islas Feroe...

—¿Y estas montañas son uno de esos lugares? —dijo Gabriel.

—Sí —respondió Richard—. Encontramos un relato en las memorias de un comerciante de especias del siglo XIV que tropezó con la tribu. El pueblo en el que hemos aterrizado era un viejo establecimiento comercial. El comerciante se dirigió hacia el este desde allí, hacia las montañas, igual que nosotros, y fue allí donde les encontró.

—¿Y esperan simplemente que esa tribu siga allí? —dijo Gabriel, temeroso de pronto de haber cometido un error al confiar en el criterio de la pareja.

—No, no, claro que no —repuso Clare—. Lo estudiamos. Leímos todos los relatos que pudimos encontrar, trazando una ruta entre los lugares en los que habían sido vistos, y al final surgió un patrón. Resultó que la tribu seguía siendo nómada, aunque en lugar de emigrar cientos de kilómetros emigraban miles, por todo el mundo, y acudían a ciertos lugares en ciertos momentos. Llevaban a cabo una rotación a lo largo de un ciclo de cincuenta años. Una vez entrevista la pauta, resultaba muy claro. Nunca tuvimos la posibilidad de decírselo a Pym, porque no descubrimos todo eso hasta justo antes de ser capturados. Pero ahora deberían estar aquí.

—Si nuestra teoría es acertada —dijo Richard en voz baja.

Gabriel pensó que eso estaba por ver.

Sin embargo, no expresó sus dudas en voz alta. Tampoco les preguntó cómo esperaban que la tribu perdida, si es que la hallaban, les revelase el resto de la profecía. ¿Acaso pensaban que se conservaría en la biblioteca de la aldea o que la vieja tribu del profeta la recordaría literalmente? No se lo preguntó porque ya conocía la respuesta. Ellos no lo sabían. Estaban allí porque no tenían ningún otro sitio adonde ir. Y, por pequeña que fuera esa esperanza, era la única que tenían.

—No lo entiendo —dijo Clare—. Esto no está bien.

Habían recorrido el sendero que ascendía por la ladera de la montaña hasta llegar a un precipicio y contemplaban a lo lejos otros picos desolados de color terracota. El sendero bajaba serpenteando por la vertiente de la montaña.

—En su relato, el comerciante de especias afirmaba haber seguido el camino que salía del pueblo en dirección este, el mismo que nosotros, pero decía que había un puente hacia otra montaña y que lo atravesó hasta llegar a la aldea. ¿Dónde está entonces ese puente? ¿Dónde está la aldea?

Su voz sonaba cargada de pánico y frustración.

—Quizá nos hayamos pasado un desvío —dijo Richard— o estemos en el camino equivocado.

—¡Pero no hay más caminos hacia el este! El chico tenía razón: ¡aquí arriba no hay nada!

Mientras la pareja discutía, Gabriel echó un vistazo hacia el sendero por el que habían ascendido.

—¿Es muy antiguo el relato del comerciante?

—Del siglo xiv —dijo Clare—. Pero era increíblemente detallado. Aunque se hubiera caído el puente, debería haber alguna prueba...

—Por consiguiente, fue escrito antes de la Separación —continuó diciendo Gabriel—, antes de que el mundo mágico se apartara. Lo que entonces resultaba claro ahora estaría oculto.

Sin aguardar la respuesta de la pareja, retrocedió por el sendero. A sesenta metros del precipicio encontró lo que buscaba: un trémulo brillo acuoso en el aire. A la escasa luz del atardecer, lo había dejado atrás sin darse cuenta. Oyó detrás de sí a Richard y a Clare.

—Concéntrense en la reverberación —dijo Gabriel.

Entró en ella y sintió un cosquilleo. El mundo se ensanchaba a su alrededor. De repente había cruzado. El aire tenía el mismo sabor, el sol ocupaba el mismo lugar en el cielo, todo era igual pero también distinto, pues estaba en el mundo mágico.

Clare ahogó un grito y Richard soltó una imprecación. Gabriel supo que miraban la montaña, a menos de cien metros de distancia, la montaña que no estaba allí momentos antes y que estaba unida al pico en el que se hallaban por una larga cuerda o puente de cáñamo suspendido sobre un barranco de trescientos metros de profundidad.

—Este es el puente del relato del comerciante —exclamó Richard—. La aldea debería estar justo al otro lado.

Echó a andar, pero Gabriel alargó una mano para sujetarle.

—¿Qué está haciendo? ¡Tenemos que apresurarnos! ¡Tenemos que...!

—No estamos solos —dijo Gabriel.

Entre ellos y el puente había cuatro o cinco piedras grandes, y la pareja guardó silencio al ver que unas sombras se apartaban de las piedras y se convertían en hombres con capas del mismo tono que las rocas. Sostenían unos arcos cortos y curvados, y llevaban largas dagas al cinto.

—Han estado aquí todo el tiempo, ¿verdad? —susurró Richard—. En el mundo mágico. Esperando que cruzáramos.

—Sí.

—Hablaré con ellos —aseguró Clare—. Les diré que no estamos aquí para hacerles daño.

—Dudo que eso les preocupe —dijo Richard.

Un hombre alto y delgado, con una espesa barba negra y la piel del color de las rocas, dio un paso adelante. Miró a Gabriel y le tendió la mano. Tras vacilar un instante, Gabriel se despojó de su espada y se la pasó. También le dio su cuchillo y su mochila.

Después de meterse el cuchillo de Gabriel en el cinturón y colgarse al hombro la mochila y la espada, el hombre se volvió y les indicó por señas que le siguieran. Se pusieron en fila, Gabriel, Clare y finalmente Richard, con el grupo de hombres detrás. Se dirigieron hacia el puente y lo cruzaron. El puente se balanceaba bajo sus pies.

El siguiente pico era más estrecho que el que habían abandonado, y el hombre alto les condujo a través de un paso en la roca, un breve túnel que Gabriel no había visto desde el otro lado. Cuando salieron al cabo de un minuto, la aldea se hallaba ante ellos, treinta chozas de barro en la vertiente cóncava de la montaña. Gabriel vio unas figuras en movimiento y oyó el balido de las cabras y el tintineo apagado de los cencerros.

Al entrar en la aldea, hombres y mujeres salieron a verles pasar. Todos iban vestidos con las mismas capas largas que llevaban los hombres y observaban a Gabriel y a la pareja con sus grandes ojos oscuros. Gabriel miró el estrecho sendero que avanzaba entre las chozas de barro y piedra, y vio que en la última choza una figura retiraba una manta colgada a modo de puerta y salía. Era un anciano calvo y encorvado, y Gabriel no se sorprendió cuando el barbudo jefe del grupo se detuvo ante él.

Con su piel arrugada y al tiempo extrañamente lisa, el anciano parecía una tortuga. Se apoyaba en un bastón torcido y miró con atención a Gabriel y a la pareja.

—Dile quiénes somos —sugirió Richard.

Clare dijo algo y el anciano asintió con la cabeza, murmurando una respuesta.

—Dice que nos estaba esperando —les informó Clare en voz baja.

El anciano apartó la manta e hizo un gesto hacia la oscuridad de su casa. Richard y Clare intercambiaron una mirada y atravesaron el umbral. Gabriel hizo ademán de seguirles, pero el hombre barbudo le cerró el paso.

Acto seguido el anciano entró en la choza y dejó caer la manta a su espalda.

El anciano condujo a Richard y a Clare a la habitación del fondo y les hizo un ademán para indicarles que se sentaran en el suelo, cubierto de alfombras superpuestas. Se sentó frente a ellos, al otro lado de un pequeño hornillo de aceite que encendió con gestos hábiles y rápidos, y comenzó a calentar una olla con agua. El anciano tenía el cráneo curtido y correoso, y los ojos oscuros y de párpados pesados. Mientras manipulaba el hornillo sus dedos permanecían unidos, dando a sus manos el aspecto de unas aletas. Añadió a la olla hierbas, raíces y polvos, y lo removió con un palo que cogió del suelo.

—Pregúntale a qué se refería al decir que nos estaba esperando —dijo Richard.

Clare habló, escuchó la respuesta del anciano y le explicó a su marido:

—Dice que debemos de ser los padres de los Protectores. Que se predijo nuestra llegada.

—¿Quién es? —preguntó Richard—. ¿Es... el profeta?

Clare tradujo y el anciano hizo un sonido desdeñoso antes de responder.

—Dice que el profeta murió hace mil años. Él es simplemente quien ocupa su lugar.

—Mire —Richard se inclinó hacia delante—, no quisiera ser maleducado, es que el tiempo nos apremia. El motivo por el que estamos aquí...

Pero el anciano estaba hablando ya. Clare escuchó y luego tradujo.

—Pregunta si deseamos oír la profecía acerca de los niños y los Libros. ¿No es ese el motivo por el que estamos aquí?

Respondió ella misma.

El anciano negó con la cabeza.

—Dice que no conoce la profecía —dijo Clare.

—Pero... —empezó Richard.

—Dice que debemos oírla de labios del profeta.

—¡Pero si el profeta murió! —casi gritó Richard—. ¡Él mismo acaba de decirlo!

La olla del hornillo hervía ya, y el anciano fue hasta una cajita de madera situada contra la pared, soltó el pestillo que sujetaba la tapa y la abrió. Sacó un objeto envuelto en un paño, lo desenvolvió con cuidado y reveló un cristal opaco y blanquecino con la forma aproximada de un cubo.

El anciano comenzó a hablar deprisa y Clare le hizo varias preguntas, asintiendo con la cabeza si comprendía y frunciendo el ceño si no era así.

—¿Qué es eso? —preguntó Richard.

—Dice que es un momento de tiempo congelado.

El anciano dejó caer el cubo dentro de la olla y empezó a remover.

—Dice —Clare traducía mientras el hombre hablaba— que si deseamos escuchar la profecía debemos escucharla de labios del profeta. Debemos retroceder en el tiempo.

—Pero solamente el *Atlas* posee la capacidad de transportarnos a través del tiempo —dijo Richard—. Pym nos dijo...

—Dice que el cubo era una pieza de esa época tan remota. Vendrá a nuestro interior. Formará parte de nosotros. Veremos y oiremos como si estuviésemos allí.

Entonces el anciano cogió dos estrechos vasos y vertió en ellos el líquido oscuro, humeante y extrañamente denso. Se los tendió con manos temblorosas.

—Yo lo haré —dijo Richard—. Basta con que lo haga uno de nosotros.

El anciano pareció comprender, pues chasqueó la lengua.

—Dice que tenemos que hacerlo los dos —tradujo Clare—. Eso es lo que se predijo, y es lo que él ha preparado. O los dos o ninguno. Que hemos venido aquí buscando la respuesta, y que la respuesta es esta. ¿Nos lo tomamos?

Ya estaba oscuro y la temperatura descendía rápidamente. Gabriel se hallaba de pie, mirando fijamente la choza y al hombre que vigilaba la puerta. Le parecía que podía sentir cada segundo que transcurría. No tenía la menor idea de lo que estaba sucediendo en Loris, ni de lo que le ocurría a Emma en el mundo de los muertos. Sin embargo, si la pareja no salía pronto entraría por la fuerza.

Entonces Gabriel observó algo raro. Los aldeanos, hombres, mujeres y niños, ascendían por el sendero en dirección a la cima de la montaña. Se movían de uno en uno y de dos en dos, a veces familias enteras. Entraban en lo que parecía un templo excavado en la piedra, unos quince metros por encima del resto de la aldea. Todos llevaban hatillos. Dos niños conducían sendero arriba a una docena de cabras que iban balando y también desaparecieron en la boca del templo.

En menos tiempo del que Gabriel habría creído posible, la aldea quedó vacía y silenciosa. Entonces se movió la manta de la puerta y salió el anciano.

Miró a Gabriel y dijo en inglés:

—Debes protegerles hasta que regresen. Todo depende de eso.

Luego el hombre barbudo cogió al anciano del brazo y echaron a andar sendero arriba. La mochila, el cuchillo y la espada de Gabriel estaban en el suelo.

Gabriel entró inmediatamente en la choza, agachándose para no golpearse la cabeza con el techo bajo. Encontró a la pareja en la habitación del fondo, tendida en el suelo y con un par de vasos vacíos a su lado. Ambos respiraban, pero tenían el pulso debilitado. Aunque olió uno de los vasos, no pudo identificar el olor.

Salió a toda prisa y vio que el anciano y su compañero entraban en el templo de la montaña.

—¡Esperen!

Gabriel subió la cuesta corriendo. Al acercarse, vio que el templo no era más que una fachada hipóstila excavada en la roca, que daba paso a una cueva poco profunda. Entró en la oscuridad. La cueva medía solo tres metros de profundidad. Estaba solo. No había rastro de los aldeanos, de las cabras ni del anciano.

Se habían marchado.

Gabriel salió al gélido aire nocturno, y al hacerlo una luz distante le llamó la atención. Desde los peldaños del templo vio el otro lado del puente de cuerda y la montaña por la que habían subido esa tarde. Una fila de antorchas, muy lejos, ascendía despacio. No pudo distinguir las figuras, pero en algún nivel profundo e instintivo de su mente supo quiénes eran. Y comprendió las últimas palabras del anciano.

Su enemigo les había encontrado.

19

La profecía revelada

Gabriel se asomó a la ladera y vio lo que buscaba: una pequeña cueva, nueve metros más abajo. Volvió a la choza y llevó primero a la mujer y después al hombre hasta el borde del precipicio. Ató una cuerda alrededor de cada uno y los bajó. Luego fijó su cuerda a una piedra grande y descendió a su vez.

La cueva era lo bastante honda para que desde arriba Richard y Clare fuesen invisibles. Sin embargo, ¿podrían trepar sin una cuerda si él moría? Dejar la cuerda allí dejaría sin efecto el escondite. Consideró la cuestión durante unos instantes, trepó hasta arriba y quitó la cuerda. Tendría que sobrevivir.

Antes de esconder a la pareja, Gabriel había comprobado que el puente de cáñamo fuese el único modo de acceder a la cima. Así era: solo había barrancos vertiginosos por todos lados. Lo más sencillo sería cortar el puente. Pero eso solo serviría para que los tres quedasen atrapados, y no les libraría del enemigo, que tarde o temprano encontraría otra forma de cruzar.

Al final cortó la mitad de las cuerdas del puente, corrió hasta el otro pico y se apresuró por el camino para ocupar una posición ventajosa sobre el sendero que discurría más abajo. Contó veintiocho antorchas y varias figuras más. Tal vez llegasen a cuarenta en total.

Gabriel había encontrado un arco olvidado en la aldea, así como una docena de flechas, y localizó dos puntos en el camino hasta los que podía subir para continuar disparando. Se dispuso a esperar, y mientras lo hacía se puso a recordar que en la última década había hecho una visita anual al orfanato en el que se alojaban los niños en cada momento. La primera vez fue cinco años después de la aventura de Cascadas de Cambridge, y el orfanato era un inmenso y viejo edificio situado a orillas del río Charles, en Boston. Desde el otro lado de la calle vio a Emma, todavía un bebé, en brazos de su hermana Kate. El segundo año Emma se tambaleaba con ese paso inseguro típico de los niños pequeños. Y así fue año tras año, orfanato tras orfanato. Nunca se quedaba mucho; nunca le veía nadie. En una década, esas diez visitas debían de sumar una hora más o menos. Sin embargo, pese a su brevedad, le habían dado fuerzas para las misiones y pruebas que le esperaban a lo largo del año siguiente.

Richard y Clare nunca habían tenido esa suerte. No habían visto a sus hijos ni una sola vez durante todos sus años de cautiverio, y sin embargo seguían estando dispuestos a llegar a donde fuera, a asumir cualquier riesgo, con tal de garantizar su seguridad.

La advertencia del anciano había sido innecesaria. Gabriel protegería a la pareja del mismo modo que habría protegido a sus hijos.

Oyó un grito procedente de abajo, una maldición. Volvió la vista hacia allí y en mitad del grupo vio una cabeza calva que se alzaba por encima de las demás, reflejando el resplandor de las antorchas. Colocó una flecha en su arco y se preparó para disparar.

Clare abrió los ojos y quedó enceguecida. Parpadeó, dejando que sus ojos se adaptaran, y oyó lo que parecía el golpeteo de la lona de una tienda de campaña al viento. Percibió la presencia de Richard junto a ella.

Cuando por fin pudo ver, contuvo el aliento. Richard y ella estaban en el suelo cubierto de alfombras de una tienda al aire libre, acampados junto a un pequeño oasis, en un mar de infinitas dunas blancas. Otras tiendas salpicaban la arena. Unas figuras envueltas en capas se movían de un lado a otro.

—Richard...

—Es como él ha dicho —comentó su marido, sobrecogido—. Hemos retrocedido en el tiempo. Estamos en el Sáhara. Cuando los miembros de la tribu eran nómadas del desierto. Pero no creo que estemos realmente aquí. Creo que esto podría ser un recuerdo...

Se interrumpió. A pocos metros de distancia había un hombre sentado y con los ojos cerrados. Tenía el pelo blanco, la barba blanca y el rostro casi cubierto de arrugas. Estaba tan silencioso e inmóvil que parecía formar parte del paisaje.

—¿Crees que puede oírnos? —dijo Richard.

—No. Es como si fuéramos fantasmas —respondió su mujer, y se arrodilló delante de él—. Me pregunto si será...

El anciano abrió los ojos de golpe y Clare cayó hacia atrás, alarmada.

—Clare...

—Estoy bien. Pero mira...

Los ojos del anciano eran todo pupila, pero luego, poco a poco, cambiaron: las pupilas se encogieron, apareció el blanco y el iris.

Clare se volvió entonces para seguir la mirada del anciano. Se aproximaba a la tienda una figura alta que vestía una oscura capa con capucha. Clare y Richard retrocedieron y aguardaron.

La figura encapuchada entró y se sentó ante el anciano.

—Has venido —dijo el anciano.

La pareja no se preguntaría hasta más tarde cómo podían haber entendido cada palabra pese a que los dos hombres no hablaban en inglés ni en ningún idioma que Richard y Clare pudiesen reconocer.

—¿Sabes por qué estoy aquí? —dijo la figura encapuchada.

—Sí, pero debes decirlo.

—Deseo informarme sobre los Libros. ¿Quién los encontrará? ¿Cuándo?

—Debo ver tu rostro.

El visitante se quitó la capucha. Era un hombre de mediana edad con el pelo muy corto y unos rasgos severos. Pero Clare se sorprendió mirando fijamente sus ojos, del más asombroso verde esmeralda que jamás había visto.

Con sus doce flechas, Gabriel logró derribar once imps y chirridos. Su primera flecha había sido para el gigante calvo, pero Rourke se las había arreglado para apartarse. ¿Cómo podía tener un oído tan fino? Gabriel no perdió más tiempo con Rourke y empezó a lanzar flechas en rápida sucesión, una por segundo. Mientras tanto, en la pendiente, Rourke golpeaba entre maldiciones a los imps y *morum cadi* y se esforzaba por mantener el orden.

Tras disparar su última flecha, Gabriel no se quedó a ver qué ocurría. El sendero en el que se hallaban sus atacantes bordeaba el precipicio hasta llegar al puente, y a lo largo de casi sesenta metros no tenía más de sesenta centímetros de ancho, con un barranco de trescientos metros a un lado y una empinada ladera rocosa al otro. Gabriel se plantó en mitad del sendero, sacó su espada y esperó.

El primero en aparecer fue un chirrido, cuyos ojos amarillos brillaban en la oscuridad. La criatura soltó uno de sus terribles gritos y se abalanzó hacia él. Gabriel había elegido un punto en el que el terreno se hundía, una circunstancia que ocultaba con su cuerpo. Se quedó absolutamente quieto y cuando el *morum cadi* estaba a un metro dio un salto hacia atrás. El chirrido, lanzado, perdió pie y, tras recibir una patada de Gabriel, cayó rodando por el precipicio.

El siguiente atacante acudió justo después del primero, y el siguiente detrás de este, seguido de otro más. Gabriel luchó con toda la habilidad, fuerza y astucia que tenía, parando, golpeando, pinchando, dando patadas y puñetazos, empujando, abatiendo a algunos de sus atacantes y haciendo lo posible por tirar a otros por el precipicio. Durante todo ese tiempo se veía obligado a retroceder paso a paso. En varias ocasiones sus enemigos intentaron arremeter contra él, pero en el estrecho camino solo había sitio para uno, por lo que invariablemente acababan cayendo al vacío.

Para cuando llegaron al puente había reducido su número en otros trece. Entonces la flecha de una ballesta salió silbando de la oscuridad y se hundió en su hombro izquierdo, el mismo hombro donde le había herido el imp la noche anterior. El impacto le lanzó hacia atrás, y al cabo de un momento el dolor estalló en su pecho y su cuello. Se arrancó la flecha y la clavó en el ojo de un imp que se precipitaba hacia él. Al ver la cabeza de Rourke al borde del camino y notar el palpitar del veneno en su hombro, dio la vuelta y echó a correr.

Cuando llegó al otro extremo del puente, vio que solo lo cruzaban seis, cuatro chirridos y dos imps. Rourke había retenido a los demás.

Un imp estaba a punto de llegar hasta él cuando Gabriel cortó el puente. Las criaturas cayeron al vacío. Algunas se aferraron al puente hasta que este golpeó la ladera de la montaña. Oyó la carcajada de Rourke desde el otro lado del abismo.

—¡Buena jugada, chaval! ¡Aunque me parece que te has quedado atrapado! ¿Cómo esperas salir de ahí? No te apures. ¡Pronto cruzaremos!

Pero Gabriel se había alejado ya para empezar a planear la siguiente fase de la lucha.

—Eso no puede ser
El anciano adivino abrió las manos.
—Así ocurrirá. Vendrán tres niños y encontrarán los Libros. Son los Protectores.
—¿Y después qué? —preguntó el hombre de ojos verdes con desprecio—. ¡Habla! ¿Qué pasará cuando encuentren los Libros?
El anciano volvió a cerrar los ojos, sacudiendo la cabeza.
—El camino a partir de ahí no está determinado todavía. Si los Protectores reúnen los Libros y nada más, tanto ellos como los Libros serán destruidos.
—Sin embargo, tiene que existir otro camino —dijo el hombre inclinándose hacia delante—. Una forma de que los Libros no sean destruidos. ¡El poder no puede perderse! ¿Cuál es esa otra forma?

Al cabo de un momento, el anciano asintió con la cabeza.

—Veo dos caminos. En uno de ellos, los Protectores reunirán los Libros, y ellos y los Libros serán destruidos. En el otro, Tres se convertirán en Uno.

—¿A qué te refieres? ¿Tres se convertirán en Uno?

—Tres Libros en un Libro. Tres Protectores en un Protector. Si eso sucede, se producirá la Unión Final.

El hombre de ojos verdes guardó silencio con la cabeza gacha. Luego alzó la vista y sonrió.

—Otro Protector. Eso es lo que estás diciendo. Un Protector Final para la Unión Final. Uno que pueda controlar el poder de los Libros. —Metió la mano entre los pliegues de su capa—. Gracias, viejo.

Clare vio el cuchillo y gritó, pero solo Richard la oyó.

Utilizaron flechas de ballesta que tenían los extremos atados con cuerdas ligeras y fuertes, y las dispararon a través del abismo para que se clavaran en la tierra y la roca del otro lado. Gabriel trató de salir de un salto y cortar las cuerdas, pero Rourke estaba preparado, y una lluvia de flechas le obligó a retroceder.

En ese momento solo podía esperar.

Finalmente, cuando hubo más de una docena de estrechas cuerdas suspendidas a través del abismo, uno de los *morum cadi* agarró el haz de cables y cruzó a toda prisa. Una vez en el lado de Gabriel, la criatura aseguró las cuerdas en torno a uno de los postes que sostenían el puente. Solo quedaron Rourke y cinco más, tres chirridos y dos imps, pero el brazo izquierdo de Gabriel era casi inútil, y este notaba como el veneno se extendía por su cuerpo. Sabía que, si no trataba la herida de forma adecuada y rápida, el veneno le llegaría al corazón.

Gabriel tuvo la suerte de que uno de los chirridos se cayera del improvisado puente de piedra. Quedaban cuatro. El propio Rourke empezó a cruzar el último, y los postes de ambos lados se arquearon bajo su peso. Aún había un imp en las cuerdas, pero dos chirridos y otro imp estaban ya en su lado, y Gabriel se precipitó hacia ellos aullando. El terreno en el que luchaban era rocoso e inclinado, y Gabriel abatió a los tres, pero el último imp saltó desde las cuerdas y le asestó una cruel cuchillada en la espalda. Gabriel le dio una patada en el pecho y lo arrojó al precipicio.

Gabriel boqueaba de dolor y hubo de utilizar su espada como bastón para sostenerse.

—¡Vamos, vamos, chaval! Detesto verte en tan mal estado.

Gabriel se giró. Rourke pasaba por encima del cuerpo humeante de uno de los chirridos mientras sacaba sus largos cuchillos gemelos.

—Pero siempre has sabido que esto acabaría así.

Gabriel le miró durante unos momentos, se enderezó ignorando el dolor del hombro y la espalda, y dijo:

—¿Vamos a hablar o a luchar?

—Clare...

La mujer había caído de rodillas junto al anciano profeta, que se desangraba sobre las alfombras.

—¡Eso no puede ser todo! —gritó—. ¡Tiene que haber algo más! ¡Alguna forma de salvarles!

Al oír el grito del adivino acudieron corriendo varias figuras, pero el hombre de ojos verdes había desaparecido ya. Tres hombres tendieron al anciano en el suelo, y uno apretó un pañuelo sobre la herida. El anciano profeta agarró al hombre, y Richard oyó que le ordenaba que se llevara a su gente, advirtiéndole de que el brujo de ojos verdes regresaría. Tenían que echar a correr y no dejar de hacerlo nunca.

El anciano adivino alargó el brazo y cogió un puñado de arena. Se lo llevó a los labios y le echó el aliento, susurrando. Levantó la mano.

—Vendrán. Los padres de los Protectores. Un día vendrán. Dales esto. Guárdalo bien.

Abrió la mano y Richard vio que el cubo blanco lechoso caía en la mano del otro hombre. Ante sus ojos, la escena empezó a volverse borrosa.

—Clare...

Pero ella se inclinaba sollozando hacia el profeta moribundo.

—¡Dígame! ¡Dígame cómo salvar a los niños!

El anciano dijo con voz débil:

—No me ha dejado decir el final...

—¡Díganoslo a nosotros! ¡Estamos aquí! ¡Díganoslo a nosotros!

—Tras la Unión Final...

La voz del hombre se convirtió en un susurro, y Richard vio que su esposa colocaba la oreja junto a sus labios, esforzándose por captar las palabras. Sus lágrimas caían sobre el rostro del anciano, que no las sentía.

—¡No! —gritó Clare, apartándose de pronto.

El mundo desapareció ante ellos.

—Esto es decepcionante.

Estaban peleando al borde del precipicio. Gabriel luchaba con una sola mano y, ya fuese por espíritu deportivo o por desprecio, Rourke hacía lo mismo. Gabriel había atacado con todas las fuerzas que le quedaban, pero de nada servía. Recordaba sus anteriores enfrentamientos con Rourke, en la fortaleza y en el volcán de la Antártida. El enorme irlandés, más fuerte y rápido que nunca, bloqueaba o esquivaba con facilidad todos y cada uno de los golpes de Gabriel.

Gabriel dibujó un arco con la espada, pero Rourke se agachó y le golpeó el hombro herido con el mango de su cuchillo. Gabriel lanzó un grito.

—¡Venga ya, chaval, si apenas te he tocado! No te me ablandes.

Gabriel embistió una vez más, y una vez más Rourke se deslizó hacia un lado. En esta ocasión proyectó el codo contra su rostro. Gabriel quedó cegado por un momento y retrocedió hasta las rocas dando tumbos. Sabía que el borde del precipicio se encontraba cerca, pero se detuvo a tiempo, notando el vacío a pocos metros de distancia.

Rourke avanzaba despacio.

—¿Dónde están los padres de los críos? Imagino que no será demasiado difícil encontrarles. No puede haber muchos escondites por aquí.

Gabriel atacó de nuevo, y esta vez, cuando Rourke se deslizó para evitar su ataque, intencionadamente torpe, su oponente estaba preparado y le clavó el hombro en el estómago. Rourke soltó un gruñido, agarró a Gabriel por el pelo y estrelló su cabeza contra una piedra antes de arrojarle lejos, como si fuese un gato.

—Sabes que todo esto es inútil, ¿verdad? Los niños están condenados. El destino es más fuerte que todos nosotros.

Gabriel echó un vistazo hacia el precipicio. Necesitaba que el hombre se acercase más.

Rourke hizo una finta, y luego otra. A continuación atacó con su cuchillo. Gabriel notó que la punta se deslizaba sobre su pecho y estómago. Retrocedió tambaleándose, con la mano sobre el estómago herido, como para no derrumbarse.

Vio que estaba al borde del precipicio. Alzó la espada débilmente, pero Rourke la apartó de un golpe. El arma saltó de su mano y cayó al vacío. Rourke pinchó otra vez y Gabriel giró, por lo que la hoja solo le atravesó el costado en lugar de matarle.

Cayó de rodillas. Rourke estaba encima de él.

—Toda tu vida, chaval, ha sido en vano. Un tremendo desperdicio.

Gabriel notó que le agarraba por el cuello y le alzaba del suelo. Una terrible presión atenazó su garganta. Miró fijamente los ojos de Rourke, dos pozos negros. ¿Tenía razón? Si los niños y él mismo morían, ¿sería por nada?

—Se te ha acabado el tiempo, chaval.

Rourke echó su cuchillo hacia atrás.

—Te equivocas —dijo Gabriel con voz ahogada.

—¿Cómo? —preguntó Rourke deteniéndose—. ¿Dices algo?

Aunque en ese momento lo viese tan claro, Gabriel sabía que no podía hacerle entender al hombre de ninguna manera que querer a alguien y vivir tu vida guiado por ese amor nunca podría ser un desperdicio. De hecho, era la única vida que existía.

—¿Sonríes? ¿Te me has quedado tonto, chaval?

Gabriel repitió:

—Te equivocas.

Rourke soltó un gruñido y su cuchillo retrocedió de nuevo. Entonces Gabriel pensó en la espada que le había regalado la abuela Peet. De pronto, el arma ya no estaba en el fondo del barranco, sino en su mano, cálida y sólida. Tomó impulso y atravesó con la hoja el pecho del gigante. Pareció que Rourke tardaba un momento en entender lo que había ocurrido. Luego, casi con cuidado, dejó a Gabriel en el suelo. La expresión de asombro no abandonó su rostro en ningún momento, y Gabriel observó sus ojos a medida que la luz los abandonaba.

—Pues bien... —dijo Rourke.

Cayó hacia delante y se quedó inmóvil. Con dificultad, Gabriel le dio la vuelta, extrajo la espada de su pecho y se apoyó en ella para poder llegar hasta la cima de la colina. Se desmayó una vez por el camino, pero llegó al lugar en el que había ocultado la cuerda, la aseguró a la piedra y luego arrojó el rollo al precipicio de forma que quedara colgando sobre la boca de la cueva.

Dijo en voz alta:

—¡Soy yo!

Al cabo de un momento apareció en la oscuridad la silueta de la cabeza de Richard.

—Gracias a Dios. —La voz del hombre sonaba muy débil en el aire vacío—. No queríamos gritar. Acabamos de volver. ¿Qué ha pasado?

—Nos ha encontrado Rourke.

—Rourke...

—Ha muerto. ¿Han averiguado el resto de la profecía?

—Sí. Bueno..., eso creo. Clare lo ha oído. Aún... no ha podido decírmelo.

Y Gabriel oyó unos sollozos que procedían del interior de la cueva.

—Escuche —dijo Richard—. Más vale que subamos. Entonces podremos hablar de ello.

Gabriel se sentó a esperar al borde del precipicio. En su mochila había vendas y hierbas, pero no tenía energía ni fuerza para ir a buscarlas. Aguardaría a la pareja. Se puso a pensar en Emma. Durante quince años había recorrido el mundo y ella había estado con él en cada paso del camino. Igual que estaba con él en ese momento. Vio que la cuerda se tensaba y oyó el roce de los pies de la pareja contra la roca mientras empezaban a ascender. Luego alzó la mirada a las estrellas y pensó que su corazón nunca se había sentido tan lleno.

20

En prisión

Emma trataba de mantener el ritmo, pero sus piernas eran con diferencia las más cortas y siempre se rezagaba. Entonces el guardia daba un tirón de la cuerda que le ataba las muñecas, le soltaba una palabrota o una patada y la arrastraba hacia delante. Intentó comunicarse en susurros con sus compañeros de cautiverio (tres hombres y una mujer) para saber adónde les llevaban, pero ellos se limitaron a mirarla, sin decir nada, con la cara inexpresiva de los muertos.

Se dijo que solo tenía que liberarse, coger el libro y hallar el portal para volver al mundo de los vivos. Entonces todo se arreglaría. ¡Podía hacerlo!

Pero aunque hiciese todo eso, lo cual estaba por ver, la idea de tocar el libro, de dejar que todas esas voces volvieran a entrar en su cabeza, la llenaba de un terrible pánico que le atenazaba la garganta.

El libro le había hablado. «Ponlas en libertad», había dicho. ¿Poner en libertad a quién? ¿Se refería a las voces? Ya le gustaría. Pero ¿cómo y dónde?

Se chupó el labio hinchado por el golpe y deseó por enésima vez que Gabriel estuviera allí. Le encantaría ver qué le haría al tipo que le había pegado. Le mataría, ¡eso haría! O volvería a matarle, puesto que técnicamente el tipo ya estaba muerto. Pero si él y el gordo estaban muertos, y tenían que estarlo para encontrarse allí abajo, ¿por qué no parecían zombis como los demás?

La pequeña fila se detuvo una vez para que los guardias pudieran llenar sus cantimploras en un arroyo. Emma se aproximó al gordo, el que llevaba la *Cuenta* metida en la cintura de los pantalones.

—Hola —dijo—. ¿Cómo te llamas?

Su idea era hacerse la simpática, como si no le irritase que la hubiesen hecho prisionera, y arreglárselas para convencerle de que le devolviera el libro. Al menos entonces lo tendría cuando se escapase. Sin embargo, al oír que le preguntaban cómo se llamaba, el hombre se limitó a mirarla fijamente con rostro inexpresivo. Emma comprendió de pronto que ignoraba su propio nombre, igual que les ocurría a todos los demás en el mundo de los muertos, que los dos guardias podían hablar y actuar como vivos, pero que si ahondabas un poco veías que solo era eso, una actuación.

Mientras caminaban, la mente de Emma continuaba dando vueltas. Si los guardias eran idénticos al resto de los muertos, ¿quién les controlaba? ¿Magnus el Siniestro? Ninguno de los guardias le había mencionado. Tampoco habían dado muestras de saber quién era Emma. Se dijo que mientras pudiese mantener su identidad en secreto tenía una oportunidad.

Pasó el tiempo. Avanzaban fatigosamente. En un momento dado Emma alzó la vista y ahogó un grito.

Su grupo había llegado a la cumbre que habría visto al ascender por el risco con el *carriadin*, y descendía ya hacia una amplia llanura que se extendía en dirección a otras montañas y colinas, a lo lejos. No había a la vista un árbol ni una sola brizna de hierba. Un apestoso río de color gris verdoso, cargado de sedimentos, se deslizaba por la llanura. El paisaje estaba cubierto de basura. Pero lo que atrajo la atención de Emma y estuvo a punto de arrancarle un grito era una vasta ciudad de chabolas situada justo delante de ellos, que se apiñaba en torno a una inmensa estructura circular desde la que se alzaba al cielo una torre de humo negro, la que había visto desde el risco.

Emma no tuvo duda alguna de que se dirigían allí.

Muy pronto, Emma y los demás prisioneros caminaron por oscuros callejones resbaladizos por el fango que se retorcían entre las casuchas. Estas estaban hechas de palos y barro seco, y a través de los huecos que había en las paredes Emma vio a la gente que se movía en el interior. Cuando sus captores les arrastraron a las profundidades del laberinto, el cielo quedó tapado por los tejados salientes. Emma se mantuvo cerca de la espalda de la mujer que la precedía, segura de que si caía al suelo se vería arrastrada por las muñecas a través de la porquería. En varias ocasiones vio lo que parecían unos raquíticos gatos grises, pero al mirar con más atención comprobó que eran ratas gigantescas, con largas garras curvadas y colmillos como agujas. Las criaturas silbaban y escupían cada vez que alguien se acercaba demasiado.

De pronto les obligaron a detenerse. Aunque los tejados destartalados de la ciudad de chabolas seguían tapando el cielo, vio que habían llegado a una especie de galería o foro. Unos hombres de aspecto sombrío llevaban grupos de prisioneros de un lado a otro. Había media docena de mesas alineadas, y ante cada una de ellas se hallaba sentado un hombre con una libreta y un lápiz.

El guardia más alto, el que había golpeado a Emma y le había robado el cuchillo de Michael, se marchó sin despedirse mientras el de la panza peluda les conducía a ella y a los demás ante una mesa en la que un hombre calvo escribía con los ojos entornados.

—Llegáis tarde —dijo el hombre—. ¿Cuántos hay?

—Cinco.

—Tu cupo es de diez.

—¡Intenta tú encontrarlos! Las tierras están vacías. No hay un alma en kilómetros y kilómetros. Pronto se nos acabarán los muertos.

—¡Ja! Pues entonces él hará más, ¿no?

El hombre calvo alzó la vista y Emma notó que sus ojos se posaban en ella sin emoción alguna antes de volver a la libreta. Le preocupaba que alguien la identificara, pero al parecer estaba a salvo. Y mientras pensaba eso vio que se aproximaba una figura de túnica roja. Era el hombre con cara de rata al que había visto en la playa el día anterior, por lo que se apresuró a bajar la cabeza y volverse hacia el otro lado. Al hacerlo acudió a su mente el nombre que no recordaba, el que Rourke había empleado para referirse a los hechiceros que servían a Magnus el Siniestro: los *necromati*.

—Date prisa —le espetó al calvo el hombre con cara de rata—. El amo está impaciente.

—Sí, señor —respondió el otro—. Voy tan deprisa como puedo.

Emma no alzó la vista hasta que se marchó la figura de túnica roja.

—Estáis muy ocupados —dijo el guardia gordo.

—Hace días que trabajamos sin parar. Y todos los que aún retenemos tienen que salir esta noche. Algo grande está pasando arriba. ¿Qué es eso?

El hombre calvo apuntó con su lápiz hacia la parte superior de la *Cuenta*, que sobresalía de los pantalones del otro.

—Solo es un libro. Se lo he quitado a la niña.

—Dámelo.

—Pero es que es mío.

—Ya no lo es. A no ser que quieras que apunte que no has alcanzado el cupo.

El captor de Emma rezongó, pero se sacó el libro de los pantalones. Emma actuó sin pensar, asustada y desesperada por la cercanía del *necromatus*, y alargó el brazo hacia el libro mientras el hombre se lo tendía al otro. Por un instante lo sostuvieron tanto el hombre como ella. Aunque hubiera conseguido arrebatárselo no tenía ningún plan. Sin embargo, no importó. Tan pronto como su mano tocó el libro sintió que despertaba la magia.

Y el resto del mundo se vino abajo.

En su mente Emma vio la imagen de una anciana de espesos cabellos grises, con la piel cubierta de manchas y unos ojos azules y llorosos; se llamaba tata Marge y agarraba la mano de Emma con su mano grande y suave. Sin embargo, no era la mano de Emma la que cogía, sino la del guardia gordo, cuando era niño. Emma experimentó un amor repentino y abrumador por la anciana, un amor que la llenaba...

—¡Suelta!

Emma recibió un fuerte empujón en el hombro, soltó el libro y cayó al suelo. El hombre calvo estaba de pie ante la mesa, rojo de rabia. Le quitó el libro al aturdido guardia y se lo metió en el bolsillo de la chaqueta.

—¡Enciérralos ahora mismo! —exclamó—. ¡Y vigila a esa! —añadió señalando a Emma.

El guardia salió de su estupor y alzó a Emma del suelo de un tirón. Conmocionada, Emma se dio cuenta de que conocía su nombre: era Harold Barnes. Conocía eso y su amor hacia la anciana. Emma intentó captar su mirada, pero el hombre apartó la vista. Tirando de la cuerda que ataba a Emma y a los demás, les condujo a un oscuro pasadizo. Emma avanzaba a trompicones, tratando de entender lo que acababa de ocurrir. Desde que se había desmayado en el cuarto de Willy sabía que una parte de la magia de la *Cuenta* se hallaba en su interior. Pero eso era nuevo. ¿Y por qué le había mostrado el libro a aquella anciana? ¿Qué significaba?

Entonces salieron del túnel y todos los demás pensamientos abandonaron su mente.

Mientras recorrían el laberinto de la ciudad de chabolas, Emma había perdido todo sentido de la dirección y avance, por lo que encontrarse en el centro de la enorme estructura circular que había visto desde el otro lado de la llanura supuso una conmoción. La construcción parecía un circo, con su amplio y abierto espacio central. Pero no era un lugar para espectadores, al menos no voluntarios, ya que el edificio circular, una vez que Emma estaba cerca, resultó estar compuesto por cientos de jaulas de madera con las dimensiones de un vagón de carga, amontonadas unas encima de otras. Y en esas jaulas Emma vio a personas.

Era una prisión para los muertos.

Y eso no era todo. En el centro de la zona abierta, no muy lejos del punto en el que Emma y los demás habían emergido del túnel, había una fosa de unos quince metros de diámetro y seis metros de profundidad. Emma no vio ningún fuego, pero un humo negro se alzaba desde la fosa como si el fondo estuviera cubierto de rescoldos.

¿Por qué mantenían cautivos a los muertos? ¿Qué sucedía allí? ¿Qué les hacían los esbirros de Magnus el Siniestro? El hombre calvo que se había quedado el libro había dicho que tenían que irse todos esa noche, pero ¿adónde?

Recordó que el doctor Pym había dicho que había maldad en esa tierra, y tuvo la sensación de haber penetrado en el corazón mismo de aquella maldad solo para averiguar que entendía aún menos que antes. ¿Y quería entender? Emma nunca había estado en un lugar tan absolutamente desesperado y repugnante. Solo quería coger la *Cuenta* y escapar.

Un andamiaje cuadriculado conectaba las jaulas. A fuerza de gritos, patadas y empujones, Harold Barnes obligó a Emma y a los demás a subir por una escalera de mano hasta una jaula del segundo nivel. Tuvo que manipular durante unos momentos un tosco pestillo metálico hasta producir un chasquido. Acto seguido abrió la puerta de un tirón, cortó las cuerdas que ataban las muñecas de los prisioneros y les metió en la jaula de un empujón. Emma cayó de rodillas y oyó que la puerta se cerraba de golpe.

—¡Espere! —Emma se volvió y se arrojó contra la puerta—. ¡Ha visto a la tata Marge! ¡La ha visto!

El hombre se detuvo en la escalera de mano y miró hacia atrás. Por un instante su rostro cambió. Sencillamente volvió a la vida. Emma vio el cambio y supo con certeza que había visto lo mismo que ella y que además seguía recordándolo.

Se oyó un grito. Alguien llamaba al hombre desde abajo.

—¡No! —gritó Emma—. ¡No se...!

Pero Harold Barnes había bajado ya a toda prisa.

Emma se quedó allí, aferrada a los barrotes. «Vale —se dijo—, piensa un momento.» Cuando Harold Barnes y ella tocaron el libro al mismo tiempo, la magia abrió una ventana en la vida de él. Luego, de algún modo, o ella o el libro le devolvieron la memoria. ¡Sabía quién era!

Genial. ¿Y de qué le servía eso a ella exactamente? Seguía estando prisionera; seguía sin tener el libro; seguía sin saber cómo volver al mundo de los vivos.

Paso a paso. Necesitaba un plan. Emma sabía que la planificación no era su fuerte, pero Michael siempre estaba haciendo planes. No podía ser tan difícil.

Empezaba a anochecer, pero Emma vio que había unas veinte personas en la jaula, incluyendo a las cuatro con las que había llegado. Había hombres y mujeres, jóvenes y viejos, aunque al parecer ella era la más joven. La mayoría de los otros prisioneros estaban sentados en el suelo, con la espalda contra los barrotes de madera. Todos ellos tenían el rostro inexpresivo de los muertos.

En cuanto a la jaula en sí, el suelo y el techo eran sólidos, pero Emma veía a través de los barrotes el circo abierto y la fosa humeante en una dirección, y en la otra, por encima de los tejados de la ciudad de chabolas, la llanura y las montañas a lo lejos. También veía el interior de las jaulas que se hallaban a cada lado. Una estaba llena de gente, mientras que la otra parecía contener solo un montón de trapos sucios en un rincón. Emma fue hasta esa pared y se sentó con la espalda contra los barrotes.

¡Cómo le habría gustado contar con alguien que la ayudase, o simplemente que hablase con ella! ¡Tener allí a Kate, Michael o Gabriel! ¡Incluso al doctor Pym! ¡Debería estar allí ayudándola, en lugar de llevar una lancha colectiva para muertos! Y era inútil tratar de entablar conversación con los muertos atrapados con ella. El simple hecho de tenerlos cerca la deprimía.

¡Ojalá estuviera allí Gabriel! Su mente no dejaba de dar vueltas a esa idea. Sabía que solo la Protectora de la *Cuenta* podía entrar en el mundo de los muertos, pero tenía tanta fe en él y en su amor que una pequeña parte de su ser continuaba aferrándose a la esperanza de que su amigo encontrase una manera de llegar hasta allí.

«Para», se dijo. Estás tú sola y necesitas un plan.

Entonces habló una voz a su espalda, desde la jaula que había creído vacía:

—Me preguntaba cuánto tardarían en encontrarte.

Emma se levantó de un salto y se volvió hacia las sombras de la otra jaula. El montón de trapos empezaba a moverse. Ante los ojos de la muchacha, aquello se arrastró hasta la luz y mostró unos huesos torcidos y desgarrados, una piel fláccida y cubierta de manchas, unas uñas negras y, finalmente, un par de ojos violetas que parpadeaban inyectados en sangre.

—Pero ¿dónde está el libro? —preguntó la condesa con desprecio—. Lo has encontrado, ¿verdad? Cuando llegué aquí tras mi primera muerte traté de obligar al *carriadin* a devolvérmelo. ¡Pero se negó! «¡Solo la Protectora! ¡Solo la Protectora!» ¿Dónde está, niña?

Emma se aferró a los barrotes de la jaula. Le pareció que iba a desmayarse.

—Me... me lo han quitado. Los hombres que me han traído aquí —se oyó contestar.

Emma no conseguía apartar la mirada del cuerpo destrozado de la condesa. ¿Se encontraba en aquel estado porque Willy la había pisoteado? Por un momento, Emma se preguntó cómo podía alguien tener ese aspecto y estar vivo, pero entonces recordó que la condesa no estaba viva.

—¡Lo has perdido! —La mujer agarró los barrotes de su jaula como si pretendiese arrancarlos—. ¡No puedes haberlo perdido!

—¡No he podido evitarlo! Me...

Emma se detuvo. La bruja había bajado la cabeza, le temblaban los hombros y hacía ruiditos quejumbrosos. Estaba llorando.

—¡Eh, oiga! —dijo Emma en voz baja, agachándose—. ¿Se encuentra bien?

La condesa alzó la mirada: las lágrimas corrían por los gruesos surcos de su rostro.

—¿Tienes idea de lo que he sufrido? Morí hace más de dos mil años. Los muertos no sienten el paso del tiempo; yo sí. Sentí cada día mientras esperaba a que tu hermano me devolviese la vida. Sin embargo, nunca perdí la esperanza.

»Hace cuarenta años el propio Magnus el Siniestro vino a este mundo y empezó todo esto —hizo un gesto con su mano nudosa para indicar la prisión, la ciudad de chabolas—, y ni siquiera entonces dudé que algún día triunfaría. Y entonces lo hice. Volví...

—Y Willy la aplastó como si fuera un insecto.

La cara ya retorcida de la condesa se crispó aún más.

—Sí. Y fui devuelta a este infierno como la criatura degenerada que ves. Los esbirros de Magnus el Siniestro me capturaron al instante y me trajeron aquí. Sin embargo, seguí aferrándome a la esperanza. ¿De qué? De que vinieras y recuperaras el libro. De que al menos, aunque me pasara el resto del tiempo atrapada en este lugar despreciable, en este cuerpo despreciable, tú llevaras a cabo mi venganza y destruyeras a Magnus el Siniestro. ¡Pero has perdido el libro! ¡Has fracasado! Total y absolutamente. ¡Así que no, no me encuentro bien!

Y escupió asqueada en el suelo de su jaula.

Emma guardó silencio durante unos momentos. No tenía la menor idea de la sensación que podía experimentarse al esperar algo durante dos mil años y no conseguirlo, pero suponía que esa sensación sería muy mala. Y, tras dar a las palabras de la condesa la cantidad de consideración silenciosa que a su juicio merecían, es decir, tres segundos, Emma dijo:

—Entonces ¿cómo es que me recuerda? Ni siquiera el doctor Pym pudo recordarme. ¿Cómo es que usted sí puede?

La condesa se la quedó mirando. Agotada tras su invectiva, dudaba entre contestar la pregunta de Emma y retirarse a su rincón. Finalmente dijo:

—Hubo un tiempo en el que manejé la *Cuenta*, muchacha. No fue mucho, de acuerdo, pero dejó su huella. La muerte no pudo tocar mis recuerdos. Ahora déjame en paz.

Empezó a alejarse a rastras.

—¡Eh, oiga! ¡Espere!

—Se acabó. —La bruja ya no parecía enfadada, solo fatigada—. Has perdido tu única oportunidad. Nuestra única oportunidad.

—¡Espere! ¡No comprendo nada! Entiendo por qué puede recordarme, pero los canallas que me han traído tampoco son como otros muertos —dijo Emma, sin saber muy bien por qué le interesaba aquello. De todos modos, intuía que era importante, pues guardaba alguna relación con la *Cuenta*. Y la condesa conocía la respuesta—. Hablan y actúan casi como gente real. Gente mala, sí, pero...

—¡Cállate! ¡Deja de hablar! —La condesa sacudió la cabeza, más por resignación que por otra cosa—. Solo son instrumentos de Magnus el Siniestro. No recuerdan de su propia vida más que esos idiotas. —Señaló con la barbilla a los hombres y mujeres de la celda de Emma—. Pero su poder aquí es muy grande. Encuentra espíritus débiles y los obliga a obedecer su voluntad. Les da cuerda como si fueran muñecos y los pone en movimiento. Los hombres que te han traído pueden haberte dado una impresión de intención, pero están vacíos por dentro.

Emma pensó en Harold Barnes y el hombre alto que la había capturado, en el hombre calvo sentado ante su mesa. Se movían con más determinación que el resto de los muertos, pero su mirada seguía siendo vaga. Todo lo que decía la condesa coincidía con sus propias observaciones.

Aunque Harold Barnes se volvió diferente después de que ella le diese el recuerdo de su tata Marge; lo había visto en su cara.

—¿Y esos brujos de las túnicas rojas?

—¿Los *necromati*?

—Sí, ya sé cómo se llaman —dijo Emma con tono irritado, deseando haber dicho el nombre, ya que lo recordaba—. ¿Qué pasa con ellos?

—Su amo comparte con ellos una parte de su poder. Sin embargo, en el fondo no son distintos de los demás. Desde el principio de los tiempos, solo dos seres han llegado al mundo de los muertos y han logrado conservar sus recuerdos: Magnus el Siniestro y yo misma.

«Y yo también», pensó Emma, aunque no lo dijo.

—¿Y qué sitio es este? ¿Por qué está encerrada toda esta gente? ¡Tiene que decírmelo!

La condesa miró a Emma y esbozó una sonrisa lobuna.

—Sí, niña, claro que voy a decírtelo. —Se acercó a los barrotes—. Te has tropezado con el gran secreto de Magnus el Siniestro, la fuente de su nuevo poder. Y ahora es más fuerte en el mundo de arriba, ¿no es así?

—Sí. Rourke dijo que toda esta guerra es algo que nunca habría podido emprender antes.

—¿Y te contó alguna vez Pym por qué el Oscuro vivió tanto tiempo?

Emma sabía que el brujo se lo había dicho en aquel bosque de los duendes situado en el fin del mundo, después de que Michael y ella escaparan del volcán. Pero Emma apenas había escuchado; Kate acababa de regresar del pasado y acababa de morir, Gabriel estaba herido, y además, bueno, ¿quién podía prestar atención a todo lo que decía el brujo?

—No te acuerdas, ¿verdad? Qué desperdicio. La verdad es que lo siento por Pym. Siento que tuviera que tratar con semejante ignorante.

Emma estuvo a punto de decir algo del tipo «qué divertido fue ver cómo Willy la pisoteaba como si fuera una hormiga». Sin embargo, en una muestra de autodominio que habría sorprendido a cualquier persona que la conociera, mantuvo la boca cerrada.

—Verás —dijo la condesa—, el universo ha sido...

—Destruido y recompuesto varias veces —dijo Emma—. Recuerdo esa parte.

—¡Pero qué lista eres! Bien, hace mucho tiempo Magnus el Siniestro echó mano de esas versiones anteriores del universo y obtuvo nueve encarnaciones distintas de su espíritu, su esencia, su alma, como te guste llamarlo. Y las extendió a través del tiempo para volver a nacer una y otra vez.

—¿Puede hacer eso? —dijo Emma.

—¡Ya lo ha hecho, niña! ¿No es eso prueba suficiente?

Emma reconoció que era un comentario muy acertado. La condesa acercó aún más sus labios fláccidos y continuó:

—Pero la pregunta es: ¿qué ocurre en ese momento en que muere un Magnus el Siniestro y nace el siguiente?

—¿Quiere que lo adivine? —preguntó Emma—. Porque el doctor Pym siempre hace preguntas así pero luego las contesta él mismo.

La bruja pareció molesta.

—Se produce una transferencia. El espíritu del Magnus el Siniestro moribundo se injerta en el espíritu del nuevo, junto con todos los recuerdos y poderes del viejo. Has conocido a tu enemigo, ¿no es así? Y parecía un solo ser, una sola persona. Sin embargo, en su interior se hallan los espíritus de todas sus encarnaciones anteriores, como parches entretejidos hasta formar una sola alma.

Emma pensó en Rafe, el chico al que Kate había conocido en el pasado, que le había salvado la vida y al hacerlo se convirtió en Magnus el Siniestro. De acuerdo con la condesa, los espíritus y recuerdos de todos los Magnus el Siniestro prácticamente se habían pegado al suyo. Con razón creía Kate que Rafe seguía vivo allí dentro. Quizá fuese cierto.

La condesa siguió hablando:

—Y nuestro espíritu, presta atención ahora, es la sede de la magia en todos nosotros. Su sustancia misma es magia, así que cada vez que Magnus el Siniestro ha adquirido un nuevo espíritu, su propia reserva de magia, su poder, ha crecido.

Emma sacudió la cabeza.

—Eso no explica que ahora sea mucho más fuerte. Habría sido igual de poderoso hace cien años o lo que sea. Y el doctor Pym...

—A eso voy. Hace cuarenta años Pym y sus camaradas le vencieron. Le mataron. Creyeron ganada la batalla. Pero él se había preparado, enterrando sus recuerdos donde la muerte no pudiera tocarlos. Como yo, pretendía regresar al mundo de los vivos...

El circo parecía alborotado. Emma se quedó donde estaba, escuchando.

—No obstante, si regresaba necesitaría poder. Poder para librar una guerra contra el mundo mágico, poder para derrotar a Pym y a sus aliados, poder para tomar por fin el control de los Libros. Pero ¿dónde encontrarlo, sobre todo ahora que estaba atrapado en ese erial? La respuesta estaba a su alrededor.

»Porque no solo las brujas y los brujos tienen su espíritu impregnado de magia; todos los seres poseen ese don. Y el Oscuro razonó que, si su poder crecía cada vez que adquiría el espíritu de su antiguo yo, crecería también si consumía los espíritus de otros. ¡Cien, mil o diez mil! Así que, ya ves, Pym envió a su enemigo a un mundo de espíritus listos para ser devorados.

—Pero ¿por qué tuvo que esperar hasta estar aquí? —le preguntó Emma con voz temblorosa—. ¿Por qué no pudo comerse el espíritu de la gente cuando estaba viva?

—Piensa, niña: cada vez que consumía otro espíritu, este traía consigo todos los recuerdos de esa persona. Y, dada la escala a la que pretendía hacerlo, miles de recuerdos habrían acudido a su mente en tropel, gritando.

Emma recordó las voces que clamaban en su interior al tocar la *Cuenta* y dijo:

—Se habría vuelto loco.

—Exacto. Y en el mundo de los muertos los espíritus no tienen recuerdos. Son recipientes vacíos.

Emma se volvió y miró las figuras indiferentes de la jaula. ¿Sabían que eran prácticamente alimento para Magnus el Siniestro? No habría podido imaginar un destino peor que ver cómo te arrebataban los recuerdos de las personas a las que habías querido y quedarte tan extremada y terriblemente solo, y sin embargo allí estaba ese destino.

—El fuego sirve de portal para invocar las almas de los muertos —dijo la bruja.

—Ajá.

Emma estaba pensando que, cuando Rourke la llevó a la tienda de Magnus el Siniestro, había visto a Rafe arrodillado en el fuego. Recordó que le había parecido ver unas formas en las llamas. ¿Eran los espíritus de los muertos?

—Creo que también hizo uno de esos portales para mí. Cuando trató de unirme con la *Cuenta*, sacó mi espíritu de mi cuerpo y lo envió a través de una hoguera. Lo envió aquí.

—Reunió a los muertos durante años —siguió diciendo la condesa, como si Emma no hubiese hablado—. Los alojó en esta prisión. Y desde que ha regresado al mundo de arriba los utiliza para alimentar su poder. Por supuesto, no tardará en tener los Libros. Un poder ante el cual incluso este parece pequeño.

Emma seguía tratando de asimilar todo aquello cuando los gritos y maldiciones procedentes del exterior aumentaron considerablemente. En el rostro de la condesa se dibujó una horrible sonrisa.

—Aunque puedes verlo tú misma.

Emma se precipitó hasta la parte delantera de la jaula y se asomó. Seis o siete guardias, entre los que no se encontraba Harold Barnes, utilizaban látigos y palos para conducir a unos cincuenta hombres, mujeres y niños hasta el borde de la fosa y obligarles a saltar al interior. Entonçes Emma vio salir de un pasadizo que discurría bajo las celdas a tres de los hechiceros de túnica roja, los *necromati*. Uno de ellos se apoyaba en un nudoso cayado, y Emma le reconoció estremecida al distinguir, a la escasa luz del atardecer, un ojo completamente blanco en las sombras de su rostro. Las figuras de la fosa eran apenas visibles entre las nubes de humo negro, y Emma oyó que se asfixiaban, vio que luchaban por respirar. Y aunque Emma esperaba mayor ceremonia, el viejo hechicero del ojo blanco se limitó a hacer un gesto con su cayado. Las llamas cruzaron el fondo de la fosa y ascendieron con una explosión. Emma alzó un brazo para protegerse los ojos, y cuando volvió a mirar las llamas se habían apagado ya, y solo había una gran nube negra flotando en el aire. La fosa estaba vacía.

—Se han ido.

—No se han ido —dijo la bruja—. Están con él. Como lo estarás tú muy pronto.

—Va a decírselo, ¿verdad? Va a decirles quién soy.

La condesa esbozó la misma sonrisa lobuna.

—¿Y por qué iba a hacer eso? Si les dijese a los *necromati* quién eres, te trasladarían al otro lado de la llanura, hasta el portal que conduce al mundo de arriba, y te enviarían con su amo, a ti y al libro, como si fuerais una ofrenda. No te he mentido: lo último que quiero es que Magnus el Siniestro alcance su objetivo. En esto, tú y yo estamos juntas. No, niña, no se lo diré.

Luego retrocedió a rastras hasta las sombras del otro lado de su jaula y guardó silencio.

Emma se quedó muy quieta, sin decir nada. Algo estaba sucediendo en su mente. Tardó unos momentos en comprender qué era, dado lo novedoso de la experiencia, pero finalmente hubo de admitir que un plan tomaba forma y que sus piezas encajaban despacio. Era un plan muy peligroso, increíblemente peligroso, por lo que apretó los puños y deseó que se le ocurriera otro menos arriesgado. Sin embargo, no lo había; era la única forma y, si salía bien, Magnus el Siniestro no sobreviviría.

Aunque probablemente, pensó, ella tampoco.

21

Juicio

La jaula se estremeció por el impacto de unas pisadas en la escalera de mano, y luego apareció la cabeza del guardia. Era el alto, el que había golpeado a Emma en la boca y le había quitado el cuchillo de Michael, el cual seguía metido en su cinturón.

Ya era noche cerrada, pero gracias a las antorchas que ardían en el circo Emma distinguía el constante resplandor rojizo procedente de la fosa y las docenas de pequeñas hogueras diseminadas por la oscura extensión de la ciudad de chabolas.

Desde las primeras horas de la noche, los hombres de aspecto sombrío que servían a Magnus el Siniestro, bajo las directrices de los *necromati*, habían estado retirando jaula tras jaula de prisioneros y obligando a hombres, mujeres y niños a arrojarse a la fosa.

Emma lo había observado todo horrorizada. Aunque sabía que ya estaban muertos y había observado muchas veces que esa existencia en el mundo de los muertos sería equiparable al infierno, la ponía enferma saber que estaban siendo consumidos por Magnus el Siniestro.

Por otra parte, cada espíritu que entraba en la fosa fortalecía a su enemigo, y Emma no podía pensar en ello sin tener presentes a Kate, Michael y Gabriel, y lo que podían estar afrontando en el mundo de arriba.

—¿Qué pasa? —le preguntó el guardia alto a la condesa, que llevaba varios minutos profiriendo insultos y maldiciones—. ¿Acaso voy a tener que hacerte callar?

—Eres un imbécil —siseó la condesa. Estaba en el suelo de su celda, ya que sus piernas eran incapaces de soportar su peso—. ¿No sabes quién es esa niña?

Le tocaba hablar a Emma, que se agarró a los barrotes de su jaula y gritó:

—¡Cállese! ¡Cállese!

—Es la que está buscando vuestro amo, la muchacha viva. La Protectora de la *Cuenta*. ¡La habéis encerrado con los demás! ¡Ibais a arrojarla al fuego! ¿Qué habría hecho vuestro amo entonces?

—¡Miente! ¡Es una mentirosa! ¡No le haga caso!

La condesa la ignoró.

—¡Os ha traído la *Cuenta* y ni siquiera os habéis enterado! ¡Dice que se la ha quedado un empleado imbécil! ¡Se ha reído de lo idiotas que sois todos! ¡Ja!

—¡Cállese! —gimió Emma—. ¡Por favor! Voy... voy a... ¡Cállese! ¡Me lo ha prometido!

El hombre alto cruzó el andamiaje, metió la mano entre los barrotes, agarró a Emma por el brazo y con dos dedos apretó la cara interior de su muñeca. La muchacha forcejeó y protestó, pero no pudo liberarse. Le parecía notar su propio pulso palpitando contra las puntas de los dedos del hombre. Entonces, sin soltarla, el guardia se sacó una llave del cinturón.

—¡Magnus el Siniestro debe saber lo que he hecho! —chilló a voz en cuello la condesa—. ¡Debe recompensarme! ¡Debe perdonarme!

Emma no miró a la bruja mientras el hombre la sacaba de su jaula y le hacía bajar la escalera de mano. Se debatió pegando puñetazos, patadas y arañazos, pero no tardaron en llegar al suelo y en verse inmersos en una escena de caos: gritos y alaridos de rabia, humo, calor, gente golpeada y conducida de un lado a otro. Emma calculó que habría unos treinta guardias, además de cinco de los *necromati* de túnica roja. Ya había descubierto al hombre moreno con cara de rata al que había visto antes.

Emma buscó con la mirada a Harold Barnes, pero no le vio.

Cogiéndola del brazo, el guardia alto la arrastró hasta la fosa y se detuvo a pocos metros del borde. Una sola figura de túnica roja contemplaba el humo y las llamas. El guardia alto no dijo nada, y la figura se volvió al cabo de un momento sin dejar de apoyarse en su nudoso bastón negro. El ojo gris del anciano la observó. Pero fue su ojo blanco y ciego lo que angustió a Emma. La muchacha se imaginó que veía con más claridad que el sano, como si pudiera ver el interior de su mente y su corazón, todo su plan, y sintió un escalofrío a pesar del calor del fuego.

«Funcionará —se dijo—, tiene que funcionar.»

Si no lo hacía, acababa de condenarse a sí misma, a sus hermanos, a todo el mundo.

Aunque Emma había tardado un rato en convencer a la condesa para que saliera de su oscuro rincón, había persistido, pues había cosas que solo la bruja podía decirle.

—Lo digo en serio. ¡Tengo un plan!

—¡Oh, tienes un plan! ¡Oh, estamos salvadas!

—¡Cállese! ¿Quiere su estúpida venganza o no?

Finalmente, la bruja se había arrastrado de nuevo por su jaula.

—¿Y bien?

—Primero tiene que decirme cómo mato a alguien cuando consiga el libro. Sé que lo sabe, porque lo utilizó para matar a todos esos gigantes.

La condesa había soltado una risita.

—Sí, masacré a esos imbéciles. ¡Tendrías que haber visto cómo tembló la tierra cuando cayeron! ¡Trooonco vaaa! Je, je, je.

—Sí, sí. ¿Cómo lo hizo?

—¿Sabes qué es una cuenta, niña? ¿Conoces todo el significado de la palabra?

Emma había abierto la boca para responder. Conocía el significado porque Michael se lo había dicho. Pero la condesa fue demasiado rápida.

—Una cuenta es una deuda. Y hay una deuda que todo ser vivo debe acabar pagando: la muerte. Cuando invocas la magia del libro y te concentras en una persona, la *Cuenta* reclama el pago de esa deuda, y el espíritu de la persona es separado de su cuerpo y traído a este mundo. No se salva ni el propio Magnus el Siniestro.

—¿Y las voces?

—¿De qué voces hablas?

—Ya sabe, las que empiezan a gritar cuando tocas el libro.

—Yo no oí ninguna voz.

Emma había observado el rostro de su interlocutora. La mujer parecía decir la verdad. ¿Era posible que, pese a permitir que la condesa matara a los gigantes, hubiese cosas que el libro revelara solo a su Protectora?

Qué suerte.

—¿Qué pretendes, muchacha?

Emma vaciló un instante, pero razonó que si la mujer pensaba traicionarla habría podido hacerlo en cualquier momento. No tenía sentido mostrarse reservada entonces.

—Según usted, lo único que tengo que hacer para matar a Magnus el Siniestro es invocar la magia y pensar en él. Pero antes debo conseguir que uno de esos dichosos *necromati* me dé el libro. ¡Y sé cómo hacerlo!

Y se resignaría a oír las voces que gritaban. Tenía que hacerlo; no había otra opción.

La condesa había replicado con desprecio:

—Pequeña imbécil arrogante, ¡no puedes engañar a los *necromati* para que te den el libro sin más!

—No voy a engañarles. Uno de ellos va a ayudarme.

Y entonces le habló a la bruja del viejo hechicero del ojo blanco. Le contó que había sido amigo y aliado del doctor Pym. También le explicó lo que le había hecho a Harold Barnes. Finalmente la bruja empezó a asentir con la cabeza, murmurando:

—Sí, tal vez podría funcionar...

Y se había ofrecido incluso a llamar a los carceleros, diciendo que resultaría menos sospechoso que si les llamaba la propia Emma.

Tras oír la explicación del guardia, el anciano habló con el moreno *necromatus* cara de rata, que acto seguido cruzó correteando el circo. El hechicero del ojo blanco se aproximó a ella mientras la punta de su cayado producía un ruido sordo contra el fango agrietado por el calor. Emma supuso que debía ser más alto que ella, pero estaba tan encorvado que los ojos de ambos se hallaban a la misma altura. Daba la impresión de haberse pasado la vida inclinado sobre una mesa.

Emma se quedó allí frente a él, consciente de que los ocupantes de otra jaula estaban siendo conducidos a la fosa. Echó un vistazo hacia ellos sin pensar y el corazón le dio un vuelco. Una de aquellas figuras inexpresivas y confusas era Wallace. Emma había visto al enano solo una vez, durante la fiesta de Navidad celebrada en la mansión de Cascadas de Cambridge, pues era más amigo de Kate y Michael que suyo. Sin embargo, había dado su vida intentando rescatarla, y en ese momento le estaban empujando a la fosa ante la mirada de impotencia de la muchacha.

Miró de nuevo al anciano e hizo un esfuerzo para no mostrar debilidad. El guardia alto se hallaba a un lado, a pocos metros de distancia; Emma habló en voz baja:

—Sé quién es usted. Era amigo del doctor Pym. Le ayudó a luchar contra Magnus el Siniestro. ¡Tiene que acordarse!

Él se la quedó mirando y dijo:

—Tus palabras no significan nada para mí.

Agitó su cayado, y unas llamas surgieron desde la fosa con una explosión. Cuando Emma pudo volver a mirar, vio que Wallace había desaparecido. Sintió náuseas, y su plan le pareció de pronto infantil e inconsistente.

Todo se reducía a lo siguiente: Emma sabía que cuando Harold Barnes y ella habían tocado la *Cuenta* al mismo tiempo, el guardia recuperó sus recuerdos al menos en parte, tal vez del todo. Eso le había hecho pensar. ¿Y si todas esas voces que gritaban dentro del libro fuesen los recuerdos que se les habían arrebatado a los muertos? Si le había devuelto la memoria a Harold Barnes, ¿no podía volver a hacerlo? Solo tenía que arreglárselas para lograr que el viejo hechicero y ella sostuvieran la *Cuenta* al mismo tiempo. Entonces él recuperaría sus recuerdos, comprendería quién era y la ayudaría a matar a Magnus el Siniestro.

El *necromatus* cara de rata se acercaba a toda prisa, estrechando el libro contra su pecho y seguido del empleado calvo. No había tiempo para dudar. Emma dio un paso más hacia el hechicero para estar junto a él cuando recibiese la *Cuenta*.

Entonces el anciano dijo:

—Sujetadla.

Un par de manos grandes y fuertes la agarraron de las muñecas y se las inmovilizaron detrás de la espalda. Emma se debatió gritando, invadida por el pánico.

Ignorándola, el viejo hechicero se dirigió a los *necromati* y a los guardias reunidos a su alrededor.

—Después de todos estos años, nuestro amo poseerá finalmente los Libros. Pero solo los seres de espíritu puro pueden atravesar el fuego, y el amo quiere recibir el Libro y a la Protectora en perfecto estado. Iremos al último portal, el que está en las montañas del otro lado de la llanura.

Empezó a dar órdenes. Se marcharían de inmediato. El *necromatus* cara de rata se quedaría y acabaría de echar a los muertos en la fosa.

Una voz susurró al oído de Emma:

—¿Has visto a la tata Marge?

La muchacha volvió la cabeza de golpe. El hombre que le sujetaba las muñecas era Harold Barnes. Se inclinaba hacia ella y en sus ojos había una mirada desesperada e inquisidora.

—¿La has visto de verdad? ¿Has visto a mi tata Marge?

Emma asintió con la cabeza, recuperándose de su sorpresa. El guardia se mordió en silencio el labio inferior mientras las lágrimas asomaban a sus ojos.

—Por favor —susurró la niña—, tiene que soltarme. Por favor.

Durante un momento pareció que Harold Barnes y ella estaban solos en el circo. El guardia asintió y abrió las manos.

El anciano seguía dando órdenes cuando Emma avanzó de un salto y le agarró la mano. Sus dedos se estiraron hasta tocar la piel dura de la cubierta.

Al instante surgió la magia en su interior. Emma se sintió invadida por el alivio y la gratitud.

El circo, el fuego, los guardias, los *necromati*... Todo se vino abajo.

Emma vio un brillante mar azul, notó el aire salobre contra la piel y vio a un hombre de cara bronceada, manos gruesas y sonrisa fácil. Le vio en una barca enseñándole a un niño, enseñándole a ella, a ocuparse de sus redes. Aquel pescador era el padre del hechicero, y lo era todo para el niño. Y el día en que desapareció en el mar Emma sintió el vacío que dejó en la vida del niño... y entonces vio a una joven de cabellos y ojos oscuros, y sintió el amor del anciano, del muchacho, hacia ella... y luego vio a otro niño, hijo del hechicero, con el pelo de su madre y los ojos grises del padre, y Emma sintió que la herida causada por la muerte de su padre había empezado a sanar por fin...

Emma cayó hacia atrás, empujada por el *necromatus* cara de rata. Aterrizó de lado, cerca del borde de la fosa. Un silencio había descendido sobre el circo. El anciano tenía la cabeza hacia delante y se apoyaba casi sin fuerzas en su cayado. Emma apenas se atrevía a respirar. Deseó que el anciano alzase la vista. Una mirada le indicaría si recordaba quién era.

Pasaron unos segundos. Nadie se movía.

Emma cayó en la cuenta de que tocar el libro y entrar en los recuerdos del anciano no se había parecido en nada a la descripción que hacía Michael del uso de la *Crónica*. Él experimentaba la vida entera de una persona en un instante, pero ella solo había visto a las personas a las que el viejo hechicero había amado. Era lo mismo que le había ocurrido con Harold Barnes. ¿Y si el hechicero recordaba solo a aquellas tres personas y no el resto de su vida? ¡Su plan estaba condenado al fracaso! ¡Cómo podía haber sido tan estúpida! ¡Quién era ella para tratar de planear nada!

Entonces el anciano levantó la cabeza y las entrañas de Emma se convirtieron en ceniza. Su rostro era igual de inexpresivo que antes.

—Traed una mesa. Llevaremos a cabo la Unión aquí —dijo.

¿Qué significaba aquello? ¿Por qué decía semejante cosa? Se quedó allí tumbada, paralizada, tensa, llena de esperanza, diciéndose a sí misma que esa esperanza era estúpida...

—Pero es que el amo... —dijo el hombre con cara de rata.

—Me ha hablado —repuso el anciano—. Necesita el poder de la muchacha. Una vez que esté unida a la *Cuenta*, la arrojaremos a la fosa, y el espíritu del amo consumirá su espíritu y la magia que contiene. Su cuerpo perecerá entre las llamas. Vamos, traed una mesa.

Así que al fin y al cabo había fracasado. Emma sabía que debía levantarse de un salto, arrebatarle el libro y tratar de utilizarlo antes de que la detuvieran. Pero ni siquiera podía reunir las fuerzas necesarias para levantarse del suelo, de tan aplastante que era el peso de su fracaso. Y de todos modos habría sido inútil. Sus enemigos se habrían echado sobre ella en un instante.

El hombre con cara de rata se marchó a toda prisa. La levantaron unas manos, de nuevo las de Harold Barnes, y el anciano se acercó con el libro. Hizo un gesto, y Harold Barnes se apartó, al parecer deseoso de alejarse.

El rostro del hechicero se hallaba ante ella. Cuando habló, lo hizo en un susurro que solo ella pudo oír:

—Niña...

Y en ese instante Emma vio que había recordado quién era.

Estaba a punto de soltar un grito de alegría cuando el anciano levantó la mano y siguió susurrando:

—Silencio. Nos están mirando. Si sospechan lo que has hecho estás perdida.

Emma miró a los tres hechiceros de túnica roja que se encontraban en las proximidades y que, en efecto, les observaban con atención. Se esforzó por adoptar una expresión desafiante y hablar pese a la emoción que le obstruía la garganta y el pecho.

—¿De..., de verdad recuerda usted que es amigo del doctor Pym y que odia a Magnus el Siniestro? Le retuvo como esclavo, ¿sabe?

El anciano movió su cuerpo para ocultarla en lo posible y se permitió una triste sonrisa.

—Lo recuerdo todo. A Pym, nuestra amistad, nuestra lucha contra el Oscuro, incluso los años que he pasado doblegado a la voluntad del enemigo. Aunque lo que más recuerdo es a mi padre, a mi esposa, a mi hijo.

Al oír que el viejo hechicero mencionaba a sus seres queridos, cuyo recuerdo era aún tan reciente en la mente de Emma, la muchacha no pudo seguir negando el torrente de sentimientos que la invadía. Llevaba demasiado tiempo sintiéndose asustada, sola y agotada. Por fin tenía un aliado, alguien que llevase parte de la carga. Su cuerpo empezó a estremecerse por los sollozos.

Se enjugó las lágrimas, susurrando:

—Lo siento, lo siento, ahora paro. Es que...

—No tengas miedo, niña. Es razonable que llores. Los demás no percibirán la verdadera causa. Pero ahora cada instante es crucial.

Temblorosa, Emma respiró hondo varias veces y puso en orden sus ideas.

—De acuerdo. ¡Deme el libro y le mataré!

El anciano sacudió levemente la cabeza.

—Magnus el Siniestro no es un simple hombre. Si intentas matarle y fracasas, estamos acabados. Tendrás una sola oportunidad, y debes ser capaz de controlar todo el poder de la *Cuenta*. Por eso tengo que completar la Unión. Entonces el libro te reconocerá como su Protectora.

—¡Pero la condesa mató a un puñado de gigantes y no estaba unida al libro! ¡¿Por qué tengo que estarlo yo?!

Le sorprendía saber que el hechicero pretendía realmente completar la Unión, que no era una simple estratagema para ganar tiempo. Y también le sorprendía comprobar hasta qué punto le asustaba la idea, aunque lo cierto era que, desde hacía varios días, cada vez que pensaba en la *Cuenta* sentía un escalofrío. Siguiendo su costumbre, había hecho lo posible por ignorar el miedo. Sin embargo, al tocar el libro y oír todas las voces atrapadas dentro de él, aquel miedo se había multiplicado por cien. ¿Qué supondría estar unida a algo así? ¿Qué podía exigirle el libro? ¿Qué podía quitarle? Emma no lo sabía ni quería saberlo.

—Es necesaria la Unión porque nunca ha habido una criatura como Magnus el Siniestro. Lleva el espíritu de cada antiguo yo como si fuese una armadura. Hay que aprovechar toda la fuerza del libro. ¡Debes confiar en mí!

Emma asintió levemente. Sabía que no tenía elección.

El anciano se apoyó bruscamente en el cayado con los ojos anegados en lágrimas.

—Discúlpame, niña. Son los recuerdos. Me has devuelto los seres a los que más quise en vida, y estoy deshecho —declaró, apoyándole una mano en el brazo—. Te agradezco que me hayas juzgado digno.

—Se interrumpió y miró a la muchacha—. ¿Qué pasa?

Las palabras del anciano, en apariencia inocentes, le habían recordado algo que había dicho la condesa la primera vez que le explicó su plan. La bruja había preguntado si Emma sabía que la palabra «cuenta» tenía un segundo significado.

—Sí. Significa ser enjuiciado —le había contestado ella—. Como cuando se dice «rendir cuentas».

—Exacto —había dicho la condesa—, y hay una leyenda susurrada a lo largo de los siglos que afirma que la Protectora de la *Cuenta* juzgará a los muertos. Pero ¿de qué forma? ¿Y si es cierto que el libro contiene algún resto de los muertos, como sus voces y sus recuerdos, y te corresponde a ti separar a los justos de los injustos y a los buenos de los malos? No digo que tu plan no vaya a tener éxito, pero sospecho que dominar la *Cuenta* es más complicado de lo que te imaginas.

En aquel momento Emma había hecho caso omiso, pues solo le interesaba lo que pudiera ayudarla a matar a Magnus el Siniestro. ¿Qué sabía de juzgar a los muertos? ¿Qué le importaba? ¡Pero el anciano le había dado las gracias por juzgarle digno! ¿Por qué? Ella no había hecho nada. Al menos, no creía haberlo hecho.

El viejo hechicero continuaba hablando, y su voz no era sino un seco susurro:

—Recuerda, niña, que si los demás sospechan que estoy contigo no hay nada que hacer. Durante la Unión debo ser tan brutal como el Oscuro mismo.

—Pero ¿qué ha querido decir con lo de juzgarle digno?

Su ojo gris la miró inquisitivamente.

—¿No te lo dijo Pym?

—¿Decirme qué? ¡No me dijo nada!

—Niña —le apretó el brazo con ferocidad—, ¡debes juzgarles! ¡Esa es la tarea de la Protectora! La Unión te fundirá con el libro, ¡pero para ejercer realmente su poder debes juzgarles a todos! ¡Pym debería habértelo dicho!

—¡Pero no lo hizo! ¿De qué está...?

No pudo decir nada más, porque justo en ese momento llegó el *necromatus* cara de rata cargado con una mesa de patas cortas, y el viejo hechicero la obligó a arrodillarse en el suelo.

La mesa fue colocada ante Emma. El guardia alto se situó detrás de ella y la agarró de los hombros. Las cosas avanzaban deprisa, demasiado deprisa. ¿A qué se refería al decir que tenía que juzgarles? ¿Juzgar a quién? ¿A los muertos? ¿Cómo? ¿Y por qué no se lo había dicho el doctor Pym? ¿No lo sabía? ¿O pensaba decírselo pero murió antes de tener la oportunidad de hacerlo?

El viejo hechicero colocó la *Cuenta* abierta sobre la mesa. Emma se quedó mirando la página en blanco y se imaginó que veía aparecer las palabras que se le habían mostrado en la cueva, «Ponlas en libertad». También se imaginó que podía oír los millones de voces que clamaban.

«Debes juzgarles.»

El anciano tendió la mano y el guardia alto le pasó el cuchillo de Michael.

—Espere —dijo Emma, alarmada—. ¿Qué hace con eso?

—La Unión en sí es sencilla —dijo el hechicero—, aunque dolorosa. Debemos asegurarnos de que tu mano permanezca encima de la página.

Hizo un gesto, y el guardia alto agarró la muñeca de Emma y sostuvo su mano sobre el libro. El viejo hechicero le dio el cuchillo al *necromatus* cara de rata, que lo cogió sonriente y dio un paso hacia la mesa.

—¡Espere! —exclamó dejándose llevar por el pánico—. ¡Espere un momento!

Miró al viejo hechicero, pero su rostro estaba vacío, como una máscara.

El *necromatus* cara de rata levantó el cuchillo.

—Sí —dijo con desprecio—, grita.

Y antes de que Emma pudiera alzar la voz, antes de que pudiera pronunciar una sola palabra, el guardia apretó su palma contra la hoja. El cuchillo descendió, atravesó el dorso de su mano y la clavó en el libro.

Emma apenas notó como entraba el cuchillo. En parte se debió a lo afilado de la hoja, pero la causa principal fue que tan pronto como tocó el libro volvió a sentir la magia, y millones de voces, millones de vidas, amenazaron con hacerla pedazos. Segundo a segundo, sentía que perdía el contacto con la persona que era, como si se hallase en una playa y la arena desapareciera bajo sus pies, y debajo no hubiese más que vacío...

Luego volvió de golpe y se encontró arrodillada entre el polvo del circo. Se las había arreglado para separar la mano de la página, aunque la hoja del cuchillo seguía atravesándola. Vio la sangre que goteaba.

El hombre con cara de rata golpeó el pomo del cuchillo con el puño y lo clavó más profundamente en la madera de la mesa, de forma que la guarnición metálica del cuchillo anclase su mano a la página. Emma sintió de nuevo que surgía la magia y junto a ella las voces, abrumándola, ahogándola. Trató de rechazarlas, de combatirlas, pero era demasiado. Notó que se desmoronaba.

De pronto volvió y se encontró arrodillada junto a la fosa. Impulsada por un simple instinto animal, había logrado aflojar el cuchillo agitando el brazo de un lado a otro, aunque al hacerlo había ensanchado aún más la herida de su mano.

El *necromatus* cara de rata soltó una palabrota y se abalanzó hacia ella.

Justo antes de que la alcanzara, Emma alzó la vista, buscando el rostro del viejo hechicero. No le importaba quién supiera que él la estaba ayudando; necesitaba que hiciera o dijera algo para detener aquello. Y, saliendo de uno de los pasadizos con el doctor Pym, vio a Gabriel.

Tenía que estar soñando. No podía ser Gabriel. ¡Los vivos no podían entrar en el mundo de los muertos! ¡Pero era él! Y eso solo podía significar una cosa: ¡que había encontrado una forma de entrar! ¿No era exactamente eso lo que había esperado y rogado desde su llegada a aquel lugar terrible? No estaba muerto, lo sabía; ¡no podía estar muerto! Gabriel, su amigo y defensor, había encontrado un modo de entrar en el mundo de los muertos para poder acudir junto a ella cuando más le necesitaba, y al verle el corazón de Emma se llenó de amor mientras el hombre con cara de rata aporreaba el extremo del cuchillo, pegando su mano a la página.

Se alzó la magia, y los millones de voces y de vidas se le vinieron encima. Sin embargo, Emma se aferró a su amor por Gabriel igual que un náufrago habría podido agarrarse a una madera flotante; se aferró a él sabiendo que tenía que hacerlo, que era su única salvación, y pasó la ola y ella seguía allí, seguía siendo ella misma. Y se puso a pensar en Kate como si su amor por Gabriel la hubiera llevado a hacerlo, y después pensó en Michael y en lo mucho que le quería, en cuánto le gustaba su forma de ser. Y las voces siguieron aullando, pero el suelo bajo sus pies era sólido y seguro, podía permanecer sobre él, sabía quién era, y el amor que sentía por aquellas tres personas era la base misma, los cimientos de su vida.

Al abrir los ojos vio el mango del cuchillo saliendo del dorso de su mano y la sangre rojo oscuro que formaba un charco sobre la página y corría por la mesa. Pero no le importó el dolor, y las voces que acudían en masa, gritando, no la tocaron.

Gabriel y el doctor Pym permanecían en la boca del túnel, sin acercarse. El viejo hechicero del ojo blanco se inclinaba hacia delante, observándola con atención. Emma intuyó un movimiento sobre su cabeza y vio que unos enormes pájaros negros aterrizaban en el circo.

Entonces entendió por qué el libro le había mostrado a la tata Marge; entendió por qué le había mostrado al padre, a la esposa y al hijo del anciano, y por qué tanto Harold Barnes como el viejo hechicero habían sido juzgados dignos. Entendió cómo iba a juzgar todas las vidas contenidas en el libro.

Tenía que hacer una pregunta; solo tenía que darle forma en su mente, y el destino de cada vida dependería de la respuesta.

Y pensó en el mensaje que le había transmitido el libro: «Ponlas en libertad».

Miró a Gabriel, que estaba allí con ojos apagados, sin conocerla, y entonces supo la verdad, la verdad que tanto ansiaba apartar de sí; y sintió su amor por ella, porque estaba allí, en el libro, entre todos aquellos millones de vidas ajenas. Y sintió que ese amor había sido la piedra angular de la vida de su amigo, y más que nada, más incluso que matar a Magnus el Siniestro, quiso que recordase eso.

«Ve», pensó, y el recuerdo fluyó del libro y la atravesó.

Y sintió que la tormenta de voces arreciaba, más fuerte que nunca. Todas clamaban, suplicaban la libertad.

Oyó que el hombre con cara de rata gritaba:

—¡Algo está pasando! ¡Hay que arrojarla ahora mismo a la fosa!

Le arrancaron el cuchillo, pero mantuvo la mano apretada con fuerza contra la hoja. Una sangre húmeda y espesa se acumulaba debajo de su palma. En el preciso momento en que el guardia alto la agarraba de la muñeca, Emma formuló la pregunta en su mente, y en las profundidades del libro fue como si una llave girase en una cerradura.

Los recuerdos salieron en masa del libro, de ella, y aunque pareció una eternidad supo que solo era un instante. Luego dejó caer la mano y se derrumbó en el suelo. Oyó gritos y alaridos, el sonido que hacían las puertas de las jaulas al romperse. Notó que el *necromatus* cara de rata la arrastraba hacia la fosa, pero algo le derribó. El viejo hechicero del ojo blanco estaba forcejeando con el hombre. Vio que los demás *necromati* huían mientras los muertos salían libres de sus jaulas. Muchos de los guardias se unían a los prisioneros y la multitud invadía el circo. Emma observó que llevaba el libro en la mano sana y que la otra sangraba entre punzadas de dolor, y entonces llegó Gabriel y la cogió en brazos como tantas veces había hecho. Emma quiso decirle que el amor era el criterio por el que se juzgaba a los muertos, la cuenta, pero no lo dijo porque no podía hablar, porque la verdad que había comprendido momentos antes era que Gabriel no había encontrado ninguna forma secreta de entrar en el mundo de los muertos. Solo existía una manera de entrar en el mundo de los muertos, una manera de que los recuerdos de Gabriel pudieran meterse en el libro, y Emma, sollozando, apretó la cara contra su pecho.

22

El ejército de Michael

Kate abrió los ojos y se incorporó. Fueron dos errores. El dolor atravesó su cráneo y lanzó un gemido.

—Cuidado, muchacha, cuidado.

Volvía a estar en el catre de la tienda. Fuera estaba oscuro, pero en el suelo un pequeño farol daba una tenue luz amarilla. En el catre de Michael, la forma corpulenta de Hugo Algernon se inclinaba hacia delante para ofrecerle algo que tenía en la mano.

—Bebe esto.

—¿Qué es?

—Whisky.

—¿Qué...?

—Era broma. Es agua. Has tenido fiebre. Bebe.

Kate obedeció. El agua estaba fresca y tenía un sabor maravilloso.

—Esos niños de la playa...

—Los dos están bien —le aclaró él con una risita—. Es más de lo que puede decirse de ese imp al que has ensartado. Eso ha estado muy bien. Clare habría hecho lo mismo.

—Clare...

—Tu madre. Siempre tuvo chispa.

Kate asintió con la cabeza, pero se preguntó si solo lo diría para que se sintiera mejor. En efecto, se sentía mejor.

—¿Y los demás atacantes?

—Nos ocupamos de todos. Había un solo comando de ataque. ¿Cómo tienes la mollera?

Kate se palpó la parte posterior de la cabeza. El punto que había golpeado la roca seguía dolorido, aunque la muchacha sabía que no era el motivo de su desmayo.

—Bien.

—Bueno —dijo Hugo Algernon—, ¿cuánto le has contado a tu hermano de lo que está pasando?

Kate le miró. El farol del suelo proyectaba sombras sobre el rostro del hombre y no se le veían los ojos. ¿Cómo podía saber que se le aparecía Rafe?

Pero él siguió hablando y la muchacha comprendió a qué se refería en realidad:

—El chico sabe que te cuesta controlar el *Atlas*. Tú misma lo dijiste. ¿Le has contado lo demás? ¿Le has contado la sensación que te produce?

Kate se encogió de hombros antes de responder:

—Un poco. A él también le pasa algo parecido.

—Pero no es lo mismo.

Kate negó con la cabeza.

Hugo Algernon gruñó.

—La cosa empeorará. Para los dos.

—¿Por qué? ¿Qué sucede?

Kate no había olvidado lo que le había contado Rafe en la tierra de los gigantes, su advertencia acerca del daño que estaban causando los Libros, pero le pareció que necesitaba oírlo de labios de otra persona.

Hugo Algernon se sacó del bolsillo un botellín, lo destapó y vertió algo de líquido en una taza. El olor ácido y penetrante del alcohol llenó la tienda. Tomó un sorbo e hizo una mueca antes de hablar.

—Hay cosas que tu hermano y tú debéis saber. He hablado con Von Klappen y está de acuerdo.

A Kate le sorprendió oír que se refería a la bruja sin animosidad aparente.

—Sí, sí, lo sé. Es una sabihonda insoportable y malhumorada, pero se le da bien su oficio. —Hugo Algernon se inclinó hacia delante—. ¿Os advirtió Pym de que no utilizarais los Libros si no era absolutamente necesario?

Kate asintió con la cabeza.

—¿Dijo alguna vez por qué?

—La verdad es que no.

—¿Qué sabes de mecánica cuántica?

—Nada.

—Mejor. Es un montón de tonterías.

—¿Qué tiene eso que ver...?

—Absolutamente nada. No me interrumpas, por favor. Lo primero es que tienes que entender que, cuando funciona bien, el universo es un mecanismo equilibrado. Todas las piezas encajan. Aunque es frágil, y cuando Pym y sus colegas extrajeron la magia para introducirla en los Libros alteraron ese equilibrio. Eso, para empezar. —Se acercó más—. Pero es aquí donde la cosa se complica. Porque sí, Magnus el Siniestro es el enemigo, de eso no hay duda. Si se apodera de los Libros, y en especial de la *Cuenta*, sembrará el caos y probablemente destruirá el mundo entero. Eso es malo, y deberíamos hacer algo al respecto. Sin embargo, a fin de cuentas, él no es la auténtica amenaza.

—¿Quién lo es? —preguntó Kate en voz baja.

Hugo Algernon la miró.

—Tú, muchacha. Tu familia. Verás, la magia de los Libros sigue conectada con la magia responsable de todo esto. —Hizo un gesto para indicar el mundo que estaba fuera de la tienda—. Así que cada vez que tú y tu hermano, y pronto tu hermana, utilizáis los Libros, las cosas se estropean más y más. Si te has desmayado, es porque estás percibiendo el daño que provocas. Y la situación no hace más que empeorar. El universo se está desmoronando.

—¡Pues dejaremos de utilizar los Libros!

—Demasiado tarde.

—¡Pero tiene que haber algo que podamos hacer!

Él asintió con la cabeza.

—Lo hay. Los Libros deben ser destruidos.

—¿Y así se arreglaría?

—Sí. El problema es que los Libros son prácticamente indestructibles. Piensa que la *Crónica* se pasó mil años en un lago de lava y no tiene ni un rasguño.

—Pero puede hacerse algo, ¿no? —preguntó Kate en un susurro.

El hombre se echó hacia atrás, se sirvió más whisky y tomó un sorbo.

—Sí. Puede hacerse algo.

Y entonces habló Kate con la mente acelerada. De pronto todo tenía sentido: el desgarro que sentía cada vez que utilizaba el *Atlas*, tanto en el mundo como en su propio interior, el verdadero sentido de la profecía.

—Si la magia se hallase en algo que pudiera ser destruido, como por ejemplo en una persona, como Michael, Emma o yo, y esa persona muriera, se arreglaría todo.

Hugo Algernon asintió con la cabeza.

—La magia del *Atlas* está ya en ti. Si la *Crónica* no está dentro de tu hermano, no tardará en estarlo. Y lo mismo vale para la *Cuenta* una vez que la consiga tu hermana.

—Y si morimos, el universo se arregla. —La tienda cerrada y el olor del whisky le daban náuseas a Kate. La muchacha quería irse pero no podía, aún no—. Entonces... ¿qué importancia tiene Magnus el Siniestro?

—Ya te lo he dicho: tratará de controlar el poder. Como si convirtiera un reactor nuclear en una bomba nuclear. Y estará en condiciones de hacerlo, durante un tiempo. Aunque suponga destruir este mundo para crear otro. Así que tenemos que detener a Magnus el Siniestro. Pero también tenemos que destruir los Libros.

—Quiere decir que tiene que matarnos a mí y a mis hermanos —dijo Kate con frialdad.

—Yo no he dicho eso. Von Klappen y Chu han estado hablando...

—Tengo que ver a Michael.

Se precipitó fuera de la tienda y se detuvo.

Oyó que Hugo Algernon salía tras ella al aire nocturno.

—Sí, iba a contártelo ahora.

La isla estaba casi vacía. Las hogueras estaban apagadas. Los campamentos habían desaparecido. Los pocos soldados que seguían allí se dedicaban a ayudar a embarcar a las familias de refugiados. Y Kate cayó en la cuenta de que, durante todo el tiempo que había pasado hablando con Hugo Algernon, había sido consciente de la ausencia de ruido procedente del exterior de la tienda.

—¿Qué ha pasado? ¿Dónde está todo el mundo?

—Estamos evacuando a las familias por si esa nave de reconocimiento informó al enemigo de nuestra ubicación. El ejército se ha ido a Loris. Se ha marchado justo antes del ocaso.

—¡Pero les superan en número! ¡Es un suicidio! Todo el mundo lo decía.

—Pues bien. —Hugo Algernon se rascó la barba—. Has estado inconsciente durante algún tiempo. Ese ataque ha unido a todo el mundo. Les ha recordado a esos lelos quién era el auténtico enemigo. Entonces el rey Robbie, que no es demasiado bobo para ser un enano, ha tenido una idea: ha nombrado a un nuevo comandante que las tres razas estuvieran dispuestas a aceptar. Es más bien un cargo honorífico, por supuesto, pero en cuanto se ha sabido han empezado a llegar nuevos reclutas procedentes de todo el mundo. Von Klappen, Chu y yo hemos puesto a funcionar una docena de portales sin interrupción. Entre el mediodía y el ocaso el ejército ha duplicado sus efectivos, y luego los ha triplicado. Tienen una oportunidad. No es grande, pero la tienen.

Kate se volvió hacia él y preguntó:

—¿Quién es el nuevo comandante?

Hugo Algernon sonrió de oreja a oreja y contestó, azarado:

—Bueno, imagínate que había un humano que además era enano honorario y que resultaba ser el novio de una princesa de los duendes. Si puedes, intenta ver lo divertido de la situación...

Michael se hallaba de pie en la cubierta del barco. No había luna, lo cual era una suerte, pero las estrellas formaban un denso cúmulo en el cielo. El aire era cálido y salobre. El chico vestía la ligera y flexible cota de malla que le había regalado el rey Robbie, y también las prendas de cuero que los enanos usaban para las batallas, más gruesas y rígidas de lo que a él le habría gustado. Llevaba al cinto una espada y un cuchillo, regalos del rey Robbie. Contempló la flota, su flota, extendida por el agua oscura.

(Michael sabía que era una tontería considerar suyos los barcos y los soldados, que era comandante solo de nombre, pero no podía evitarlo.)

Como todos los barcos navegaban a la misma velocidad, parecía que apenas se moviesen. Sin embargo, Michael oía el chapoteo del agua contra los cascos, el chasquido de las cuerdas, el crujido y chirrido de la madera.

Kate se había pasado toda la tarde inconsciente en la tienda que compartían bajo la atenta mirada de él mismo, Hugo Algernon, Magda von Klappen o Wilamena, que hacían turnos para vigilarla. Mientras, no paraban de llegar soldados para sumarse a sus filas. Los primeros fueron los guerreros de la aldea de Gabriel, veinticuatro hombres morenos de expresión severa cuya presencia en el campamento infundió seguridad a Michael. Luego aparecieron enanos de Laponia, con carámbanos colgando de sus barbas y hachas tan largas como altos eran ellos; duendes del río de Tailandia, que hablaban un idioma incomprensible incluso para los demás duendes; otros tantos duendes de las montañas de Marruecos, ataviados con largas túnicas de vivos colores; combatientes humanos de las tierras baldías...

Michael se dijo que eran muchísimos, pero ¿serían suficientes?

Magda von Klappen estaba de pie en la cubierta de proa, conversando con el maestro Chu. Ya había tenido la misma conversación con Michael que Hugo Algernon había tenido con Kate.

—Pero todavía tenemos que enfrentarnos a Magnus el Siniestro —había argumentado Michael— y aún tenemos que rescatar a Emma.

—En efecto. Si consigue el control de la *Cuenta*, moriremos todos.

—Y si le derrotamos solo tendremos que morir mis hermanas y yo.

—Estamos trabajando en eso —había dicho la bruja.

Michael se maravillaba de su propia calma. Era como si se hubiera dividido en dos. Estaba el Michael Wibberly jefe del ejército, consciente de que el único modo de mantener el mundo a salvo era derrotar a Magnus el Siniestro, y luego estaba el Michael Wibberly muchacho de trece años, que habría hecho cualquier cosa por salvar a sus hermanas y que sentía la muerte y el desastre pisándoles los talones.

Su mano se apoyó en la forma de la *Crónica*, dentro de su bolsa, y se preguntó cuánta magia había en él. ¿Cuándo tiempo les quedaba? Haciendo un esfuerzo, devolvió su mente al presente.

Echó un vistazo a la silueta del capitán Anton en la cofa. El duende escrutaba la oscuridad a la espera de ver aparecer Loris. Alrededor de Michael, hombres y enanos comprobaban en silencio sus equipos. Observó que, aparte de las armas y utensilios habituales, todos contaban con unos aparatos que los herreros enanos habían confeccionado en la isla. Michael había examinado uno de los objetos, pero no pudo averiguar qué era ni para qué servía. Se lo había preguntado al rey Robbie, que se había limitado a sonreír y decir:

—Que sea una sorpresa, chaval. Para ti y para el enemigo. —Acto seguido añadió—: Además, puede que ni siquiera funcione.

—¿Conejo?

Wilamena caminaba hacia él. Llevaba un vestido del color de la medianoche y una daga en la cintura sujeta por un cinturón de plata; su pelo, que brillaba suavemente en la oscuridad, estaba peinado en dos gruesas trenzas.

—¿Qué te inquieta? ¿Estás preocupado por Katherine? Se recuperará.

—No. Ya lo sé.

—Entonces ¿qué te pasa?

Michael se planteó la posibilidad de contarle lo que Magda von Klappen le había explicado sobre el efecto que los Libros estaban ejerciendo en el mundo y lo de que su muerte y la de sus hermanas eran la única forma conocida de reparar el daño. ¿Lo sabía ya? No, decidió Michael, habría dicho algo. O habría escrito un poema al respecto.

—Nada. Bueno, tenemos un plan. Todos vamos a hacer lo que podamos y...

Michael notó que la mano fresca y suave de la princesa cogía la suya. Dejó de divagar y la miró a los ojos. Como siempre, se vio atraído a un espacio mágico y privado que únicamente les pertenecía a ellos dos.

Habló de forma que solo ella pudiese oírle.

—Sé que esto es necesario, que si no estamos en el portal cuando lo cruce Emma, Magnus el Siniestro se hará con la *Cuenta* y la vida que conocemos llegará a su fin. Pero a pesar de todos estos soldados nuevos podríamos fracasar de todos modos, y... —Se sentía cohibido a causa de la cota de malla y la espada, y echaba de menos su propia ropa—. Será culpa mía. Culpa nuestra. Mía y de mis hermanas. Porque todo el mundo cree que podemos derrotar a Magnus el Siniestro. Me asusta llevarlos a todos a la muerte.

La princesa de los duendes le puso un dedo debajo de la barbilla y le levantó la cara hasta que el chico volvió a mirarla a los ojos.

—Esta lucha era inevitable. Lo que tus hermanas y tú habéis hecho es infundirles esperanza. Eso es magia.

—Pero... ¿y si perdemos?

—Perdemos y ya está. Hay cosas por las que merece la pena morir. Amistad, lealtad, amor...Y si los duendes presentamos nuestra última batalla luchando por eso, que así sea.

Michael tuvo que hacer un esfuerzo para contener las lágrimas.

—Gracias.

Ella le besó en la mejilla.

—Ahora ven a ver lo que te he traído.

Le condujo por la cubierta hasta un gran objeto oculto bajo un paño negro. Apartó la tela, y al principio Michael no entendió lo que veía. Aunque el objeto era de cuero, se trataba de un cuero tan suave y flexible que al tacto parecía seda. Entonces lo entendió.

—¡Es una silla de montar!

—En efecto.

—¡Pero si no tenemos caballos!

—Oh, es para algo mucho más grande que un caballo.

—No te referirás a...

—Solo me fío de mí misma para protegerte, Conejo. Libraremos esta batalla juntos.

Le besó de nuevo, y esta vez no fue en la mejilla. Michael notó un calorcillo que se extendía por su cuerpo e intuyó que estaba a punto de decir algo sumamente embarazoso. En ese momento, un sonido tan apagado como la pisada de un gato les llevó a volverse: El capitán Anton había saltado a cubierta.

—Algo se aproxima —dijo.

Llevando el farol de su tienda, Kate se dirigió a la playa en la que había matado al imp. La isla se estaba vaciando, pues casi todas las familias de Loris habían embarcado ya. Hugo Algernon había desaparecido, diciendo que tenía que ocuparse de un asunto.

—Sin duda es una tontería, pero como Pym no está aquí para hacerla, supongo que tengo que hacerla yo.

Le había dicho que subiera a uno de los barcos que transportaban a los refugiados y ella prometió hacerlo.

Pero antes tenía que hacer una cosa.

Al despertar, había descubierto que le habían quitado la chaqueta. Al parecer estaba cubierta de sangre de imp, por lo que la habían quemado. Eso estaba bien. Sin embargo, también faltaba el relicario de su madre. Kate llegó a la conclusión de que la cadena debió romperse cuando el imp cayó sobre ella. Así que había vuelto a la playa, sola y a oscuras, para buscarla.

La playa estaba desierta y la marea había subido mucho. Con el farol cerca del suelo, Kate buscó atentamente hasta encontrar el relicario al borde del agua, entre las piedras. La cadena se había roto, en efecto, pero tanto esta como el relicario seguían estando allí, y Kate los cogió con dedos temblorosos. Había perdido el relicario en otra ocasión, en Nueva York, y Rafe lo había recuperado junto con la cadena y se lo había devuelto.

Se deslizó en el bolsillo el relicario y la cadena.

—Estás ahí, ¿verdad? —dijo.

—Sí.

Se volvió. Rafe se hallaba justo detrás de ella. A su lado, el farol iluminaba solo una parte del rostro del chico; sus ojos permanecían en la oscuridad. Kate trató de ignorar el latido desbocado de su corazón.

—¿Crees que Michael y los demás tienen alguna oportunidad?

Él se encogió de hombros.

—Ya lo veremos.

—He vuelto a tener ese sueño.

—¿Qué sueño?

—Cuando estuve en la iglesia. En Nueva York. Tú estabas allí.

—¿Dije algo?

—No.

—A veces un sueño es solo un sueño.

Kate deseó haber podido hablar con Michael antes de que se fuera con el ejército. Le habría revelado por fin que Rafe se le aparecía. Se habría disculpado por haberlo mantenido en secreto y le habría pedido perdón.

—¿Podemos dejar de fingir?

Por un momento no ocurrió nada. Luego Rafe esbozó una sonrisa.

—¿Cuándo te has dado cuenta?

Y esa sonrisa, la confirmación que contenía, fue como un martillazo. Kate tragó saliva y consiguió hablar:

—Hoy mismo. Creo que... hace algún tiempo que lo sabía, pero no quería reconocerlo.

La muchacha clavó la vista en las piedras del suelo. No podía mirarle, pues mirarle era ver a Rafe, y él no era Rafe. Rafe estaba muerto. Había muerto cien años atrás, la noche en que se había sacrificado para que ella sobreviviera. Lo que se hallaba junto a ella era el monstruo que le había matado. Eso era lo que tenía que recordar.

—¿Por qué lo hiciste? ¿Solo para atormentarme?

Él se las arregló incluso para contestar con tono ofendido:

—Claro que no.

—Entonces, desde el principio, aquella primera vez en el Jardín, eras...

—Era yo, sí.

—Pero ¡¿por qué?! ¡¿Por qué te me apareciste?! ¡¿Por qué me engañaste?!

Kate estaba echando mano de toda su fuerza de voluntad para no derrumbarse.

—Porque os necesitaba en la fortaleza a ti y a tu hermano. Ya tenía a Emma. Y si hubiera logrado unirla a la *Cuenta* habría dado cumplimiento a la profecía y a mi búsqueda en ese preciso momento.

—¡Pero no lo hiciste! Michael trajo su espíritu de vuelta y el doctor Pym...

—Se sacrificó, dificultando mi tarea. De todos modos, tenía prevista la posibilidad de que mi primer intento pudiera fracasar.

—¿Qué quieres decir?

Kate le miró y tuvo que morderse el labio para no lanzar un grito. Tuvo la sensación de que la partían por la mitad. Le entraron ganas de correr hacia él, de abrazarle, y al mismo tiempo le entraron ganas de matarle. ¿Por qué tenía que tener el aspecto de Rafe? ¡¿Por qué no podía parecer el asesino que era?!

—Es difícil, lo sé —dijo él con tono casi compasivo—. Te acostumbrarás.

La muchacha le dio la espalda, cruzó los brazos sobre el pecho y se quedó contemplando el agua negra.

—Contestaré a tu pregunta: no he esperado miles de años para jugármelo todo a una sola carta. Sabía que existía la posibilidad de que los tres escaparais, y que si lo hacíais sería utilizando el *Atlas*, así que tomé precauciones. Cuando aparecí ante ti en el Jardín de Loris, coloqué en tu mente la imagen de la tierra de los gigantes. Lo hice para que fuese lo primero a lo que se aferrara el *Atlas* cuanto intentarais escapar. A partir de ahí casi no tuve que hacer nada. Encontrasteis vosotros solos la ciudad de los gigantes y a la condesa. Le devolvisteis la vida como yo esperaba, y descubristeis dónde estaba escondido el libro.

—¿Cuánto tiempo llevabas sabiendo dónde estaba?

—Unos mil años.

—No... ¡No pudiste planearlo todo!

—En realidad no fue tan difícil. Y ya casi hemos terminado. Ven.

—No.

Notó que se le acercaba. Tanto, que pudo susurrarle al oído:

—Creíste que era Rafe porque quisiste. Sigo siendo él. Pero mucho más. Ya le dije a tu hermana que la única lucha que jamás ganas es la lucha contra tu propia naturaleza. Hace mucho tiempo que dejé de librar esa batalla. Soy quien siempre estuve destinado a ser. Está a punto de nacer un mundo nuevo, Kate. Quiero que estés allí conmigo.

Kate notó que la magia del *Atlas* despertaba en su interior. Podía invocarla y ordenarle que la llevase a otra parte, adonde fuese. Qué más daba que no pudiese controlarla como antes, qué más daba que le hiciese daño. Estaría lejos de él.

Pero no fue capaz de hacerlo.

«Eres débil —se dijo—. Eres débil e idiota. Y has traicionado a las dos personas a las que más quieres en el mundo.»

—Kate...

Ella negó con la cabeza.

—Pues lo siento.

Seguía contemplando el agua cuando oyó el rugido, y luego los gritos. No le miró; se limitó a dejar caer el farol y echar a correr.

Pronto volvió a estar encima del acantilado y desde allí vio el puerto y, más allá, el punto en el que huían las familias de Loris, una línea irregular de barcos extendida a través del agua.

Un par de trombas marinas, gigantescos embudos de viento y agua, había surgido de golpe y avanzaba a toda velocidad hacia la línea de barcos. Kate vio que la punta del primer embudo se abría paso a través de un barco cargado con más de treinta personas. Oyó que la madera se astillaba y se rompía, oyó gritos...

—¡Para! ¡Para!

—Tú eliges, Kate —dijo él a su lado—. Solo tienes que decir las palabras.

Kate vio que la segunda tromba marina se dirigía hacia un barco cargado con docenas de familias. A pesar de la distancia y la oscuridad, vio a los niños que viajaban a bordo y oyó sus voces aterradas.

—¡Sí! ¡De acuerdo! ¡Como quieras!

Al instante amainaron los vientos y las trombas marinas se hundieron en el mar. Kate se quedó mirando la bahía y los barcos que acudían al rescate de los náufragos, el agua llena de fragmentos de madera, de maletas, de gente.

—Pero ¿cómo se supone que voy a llegar hasta ti? ¡No puedo controlar el *Atlas*! Es...

Él emitió un sonido tranquilizador.

—No pasa nada. Puedo ayudarte.

Cuando alzó la mano para tocarle la sien, Kate sintió el mismo cosquilleo que había sentido días atrás en el Jardín.

—Ya casi ha terminado. Ahora ven —dijo él.

23

Niebla y hielo

Lo que el capitán de los duendes había visto era niebla, una masa gris a lo lejos donde debería haber estado la isla de Loris que se movía hacia ellos a una velocidad completamente antinatural. Michael no tardó en poder verla por sí mismo mientras las estrellas empezaban a desaparecer en el horizonte. A una orden del rey Robbie, los soldados empezaron a prepararse. Un enano provisto de un farol con pantalla se puso a enviar complicadas señales a los demás barcos.

—Trata de separarnos —explicó el rey de los enanos.

—¿Qué podemos hacer para evitarlo? —preguntó Michael.

—¿Maestro Chu?

—Ya estoy en ello —dijo el brujo.

Esas palabras deberían haber resultado tranquilizadoras. Sin embargo, Michael no veía que el maestro Chu hiciese nada aparte de sonreír y toquetearse la barba. Pronto alcanzaron la proa del barco las primeras volutas de niebla, largas serpientes grises de aire frío y húmedo. Era como navegar en un sueño. Michael vio que los otros buques desaparecían uno a uno mientras la quilla del suyo continuaba cortando las aguas a buen ritmo, propulsada por el viento hechizado que habían invocado Magda von Klappen y el maestro Chu.

De vez en cuando se oía un grito o el sonido amortiguado de una campana. Por lo demás, silencio. Michael notó que Wilamena cogía su mano.

Siguieron avanzando. También el tiempo parecía perderse en la bruma. El timonel, un arrugado enano, dijo:

—Me juego la barba a que estamos a menos de un kilómetro de Loris.

El rey Robbie murmuró algo, tal vez una maldición, y luego:

—¿Maestro Chu?

—Ya casi estoy.

A Michael seguía pareciéndole que el maestro Chu no hacía nada más que sonreír y tocarse la barba. El chico se disponía a preguntar por qué no paraban hasta que se despejase la niebla cuando el capitán Anton se plantó ante la princesa de los duendes y él con una flecha colocada en su arco.

—¿Qué pasa? —preguntó el rey Robbie.

Apenas habían salido las palabras de su boca cuando el capitán de los duendes soltó una flecha hacia la bruma y situó al instante otra en la cuerda. Una nube de formas negras salió aullando de la niebla. El rey Robbie gritó:

—¡A cubierto!

A continuación arrojó a Michael al suelo. Este, sin aliento, vio que las criaturas barrían la cubierta atacando a enanos y hombres con sus garras y acto seguido desaparecían entre la niebla.

—¡Arqueros! —vociferó el rey Robbie, blandiendo su hacha con la mano derecha—. ¡Atentos al capitán! ¡Obedecedle!

Había movimiento por todas partes. Los escudos estaban alzados; las espadas y lanzas, a punto. Hombres y enanos escrutaban la bruma en busca de alguna señal de ataque.

—¡Allí!

El capitán de los duendes disparó su flecha en dirección a la niebla. Michael oyó un impacto nítido, aunque amortiguado, y al instante ascendió un susurrante aluvión de flechas mientras los monstruos se lanzaban en picado. Tres de las criaturas cayeron de cualquier manera en la cubierta y otras fueron a parar al agua, heridas o muertas, pero algunas consiguieron atravesar la lluvia de flechas, y a su alrededor enanos y hombres fueron abatidos o arrojados al mar. Una de las criaturas rebotaba sobre la cubierta justo delante de Michael, con una flecha clavada en el pecho. El monstruo tenía el tamaño de un buitre, con alas de murciélago, garras tan largas como las manos de Michael y un cuerpo que no era más que piel correosa y hueso.

El rey Robbie hizo oscilar su hacha y la cabeza de la criatura se separó de su cuerpo. El rey de los enanos arrojó el cadáver por la borda.

—Princesa —dijo el rey Robbie—, agradecería cualquier ayuda.

Wilamena se sacó del bolsillo la pulsera de oro y miró a Michael.

—Ve a buscar la silla.

Luego se volvió, se tiró de cabeza por la borda y desapareció en el agua cubierta por la niebla. Michael corrió hasta la silla y se la colgó del hombro. No pesaba casi nada. El rey Robbie rugió:

—¡Ya vuelven!

Sin embargo, justo cuando Michael alzaba la mirada para ver las formas oscuras que se precipitaban hacia ellos, se produjo una explosión de oro procedente del agua, un gran chorro ondulante de llamas. Cuatro de los pájaros demonio caían ardiendo al mar mientras la dragona agarraba a otro y lo partía literalmente por la mitad.

—¡Ja! —gritó el rey Robbie—. ¡Así me gusta!

La dragona se cernía en el aire, junto al barco. Como siempre le ocurría en su presencia, Michael experimentó una vitalidad estremecedora, una sensación de estar desesperada y peligrosamente vivo.

—¿Estás preparado, Conejo?

—¡Sí! ¿Cómo puedo...?

—La silla sabe lo que tiene que hacer. Lánzala.

Michael obedeció. La silla se colocó perfectamente sobre el lomo de la dragona y las correas se abrocharon solas por debajo del torso.

—Tendrás que dar un salto. No puedo arrimarme al barco sin hundirlo.

Sin vacilar un solo instante, Michael se subió a la barandilla. Seguían surcando las aguas y Wilamena volaba para no quedarse atrás. El batir de sus alas la llevaba arriba y abajo, arriba y abajo.

—¡Eh, tú! —dijo el rey Robbie al ver a Michael—. ¿Qué estás...?

Michael saltó y aterrizó de lado en la silla. Intentó en vano sujetarse a las escamas del cuello de la dragona, y durante un momento aterrador pensó que iba a caer al mar, pero entonces la silla pareció agarrarle y colocarle en su lugar. Las correas le rodearon las piernas.

—No temas, Conejo. ¡Ahora que estás sobre mi lomo no te caerás!

Entonces Michael oyó que el maestro Chu daba una palmada, dos...

Una ráfaga de espectacular potencia barrió el mar y a punto estuvo de volcar el barco. Se despejó la niebla. Silencio.

La isla de Loris se encontraba a menos de seiscientos metros. Centenares de hogueras iluminaban la ciudad y el puerto. Pero entre ellos y la isla había una masa sólida de barcos que como mínimo duplicaba el número de buques de los atacantes. Eran más grandes y altos que los barcos de Michael, y rebosaban de imps, chirridos, trolls y quién sabía qué más. Los pájaros demoníacos surcaban el cielo. Su enemigo les estaba esperando.

Como si se hubieran puesto de acuerdo, los chirridos de todos los barcos lanzaron un solo grito ensordecedor.

—Abre los ojos.

Kate notó unos dedos en las sienes. Y no era el cosquilleo de unos dedos fantasmales, sino la presión de unos auténticos. Al alzar la vista se encontró con un par de ojos verdes. Él estaba inclinado sobre ella, que se hallaba tendida en el suelo con un almohadón bajo la cabeza.

—¿Cómo te encuentras?

—Bien.

Retrocedió al ver que Kate se incorporaba. Estaban en la Ciudadela Rosa. La muchacha lo sabía, aunque nunca había estado en esa habitación con suelo de piedra, una larga mesa de madera, cuadros y mapas en las paredes. Había velas por toda la habitación, más velas en un par de arañas de hierro y tres arcos con cortinas que daban a un amplio balcón, más allá del cual se distinguía el resplandor de las hogueras. Percibía olor de humo, metal ardiendo y brea. Llegaban a sus oídos los gritos de los *morum cadi*, pero sonaban muy lejos.

Los pantalones, la camisa y la chaqueta llenos de parches que llevaba puestos al aparecerse ante ella, la ropa de Rafe, habían desaparecido, e iba vestido con una larga túnica negra. El pelo oscuro, la nariz ligeramente torcida, los ojos... Todo eso era igual.

La muchacha trató de no mirarle y se obligó a ponerse de pie.

—¿Te ha contado alguien lo que están haciendo los Libros?

—Sí. Están haciendo pedazos el mundo; y la única forma de detenerlo es que Michael, Emma y yo muramos.

—Pues, por suerte para vosotros, soy la persona que sabe cómo salvaros.

Kate le miró entonces, sin poder evitarlo.

—No estoy mintiendo —dijo él—. ¿Por qué iba a hacerlo? Ya te tengo aquí.

—Dime cómo.

Él sonrió.

—Paciencia.

Frustrada, Kate le volvió la espalda y vio una espada que yacía sobre la mesa. Medía un metro de largo, se hallaba protegida por una vaina de cuero gastado y tenía la empuñadura de hueso. ¿De qué le sonaba?

Él alargó el brazo y la cogió.

—Esta espada perteneció a vuestro amigo Gabriel, que la utilizó para matar a Rourke. Confieso que fue un duro golpe. Rourke era un fiel sirviente. Cuando consiga la *Crónica* tal vez le traiga de vuelta.

—¿Dónde está Gabriel ahora?

—Muerto.

Él arrojó la espada con descuido sobre la mesa. Kate intuyó que decía la verdad acerca de Gabriel y se esforzó por disimular lo mucho que la afectaba esa noticia.

—Ven aquí.

La cogió de la mano y empezó a llevarla hacia el balcón.

—Emma...

—Todavía no. Cuando esté cerca lo sabré. Quiero mostrarte una cosa.

El contacto de aquella mano le provocó a Kate un escalofrío en todo el cuerpo idéntico al que había experimentado en Nueva York cien años atrás. Y, aunque se odió a sí misma por ello, no trató, de apartarse.

«Pero no es él —se dijo—. No es Rafe.»

Él la condujo al borde del balcón, desde donde se podía contemplar toda la ciudad hasta el puerto y el mar.

La ciudad que Kate había conocido pocos días atrás era tranquila, serena y bonita: casas bajas y callejuelas empedradas, olivos y limoneros. La piedra blanca con la que estaba construida resplandecía incluso de noche. Entonces vio una versión infernal de esa ciudad: las casas, derribadas; los olivos y limoneros, quemados; la piedra blanca, ennegrecida por el humo. La ciudad se había convertido en un auténtico hervidero de imps, chirridos y otras criaturas que Kate no pudo identificar. Enormes máquinas de guerra se concentraban tras las murallas junto a grandes tinas hirvientes de brea y aceite. El ruido que se alzaba desde la ciudad, los gritos y alaridos, el constante y terrible batir de tambores, resultaba discordante y ensordecedor, y amenazaba con aplastar los restos del valor de la muchacha.

Y eso no era lo peor.

Un poco más allá de la entrada del puerto, vio dos flotas, una inmensa y otra mucho más pequeña, y supo que la más pequeña transportaba a Michael, al rey Robbie y a todos sus amigos...

No podían vencer de ningún modo; estaban perdidos.

—Por favor...

—No, esta vez no.

—Pero...

—Depende de ellos. Si se rinden, no les haré ningún daño. Ellos eligen.

—¡Pero nunca se rendirán! Ni el rey Robbie ni los demás. ¡Sabes que no lo harán!

—Entonces morirán —dijo él.

Durante los primeros minutos, a pesar de que se decía a sí mismo que la silla de los duendes le mantendría firmemente sujeto sobre el lomo de la dragona y que no corría peligro de caerse, Michael comprobó que lo único que podía hacer era sujetarse e intentar no vomitar mientras Wilamena daba vueltas y volteretas en el aire. Aún faltaban varias horas para el amanecer, pero Michael podía ver, gracias a la lluvia de flechas encendidas, los incendios a bordo de los barcos y el resplandor de las luces lejanas de Loris. Así, vio que las dos flotas se habían mezclado y que el enemigo lanzaba cadenas y ganchos para que los imps y chirridos pudieran abordar los barcos del rey Robbie. Y a pesar del fuerte viento oía los gritos de los *morum cadi*, los cuernos y tambores, el zumbido de las flechas, el golpe sordo de las lanzas contra la madera. Nada se le escapaba.

Aparte de la batalla en el agua, otra cosa llamó la atención de Michael. Siempre había sido capaz de detectar a Wilamena dentro de la dragona, al menos desde que sabía quién era. En ese momento, mientras destrozaba, quemaba y despedazaba a las criaturas voladoras del enemigo, parecía más dragona y menos princesa que nunca.

Por fortuna, esa nueva crueldad hizo que el cielo quedara despejado muy pronto. Pero Michael no lo celebró, porque al mirar hacia abajo vio que su bando seguía estando en inferioridad numérica.

—¡Vuelve al barco! —gritó Michael—. Tenemos que hablar con el rey Robbie.

Para mareo del chico, Wilamena dio una voltereta hacia atrás y se lanzó en picado.

Encontraron el barco del rey de los enanos bloqueado por un barco mucho más grande que lo estaba abordando. Imps y chirridos cruzaban como una flecha las pasarelas, y los soldados del rey Robbie se esforzaban por rechazarlos.

—¡Tenemos que ayudarles! —exclamó Michael.

La dragona masculló:

—¿Cuánto puedes aguantar la respiración?

—¿Qué?

Michael tuvo el tiempo justo para quitarse las gafas y tomar una profunda bocanada de aire. La dragona se zambulló en el agua, junto al barco enemigo. Todo era oscuridad a su alrededor y el agua estaba muy fría. Michael notó que la dragona se meneaba como un gran pez, agitando la cola, y agarraba algo. Al cabo de un momento se produjo una explosión de luz. Cuando se atrevió a mirar, vio que la dragona lanzaba un torrente concentrado de fuego contra el fondo de madera del barco. Michael notó que el agua se calentaba. El fuego se detuvo y la dragona empezó a arrancar las tablas carbonizadas con las garras, creando un agujero cada vez mayor en el fondo del barco. Michael comenzó a aporrear el lomo de la dragona para indicarle que se le había acabado el aire, pero ella seguía arrancando tablas y agrandando el boquete aún más. Justo cuando Michael tuvo verdadera conciencia de que no podía más, la dragona tomó impulso y ascendió a la superficie.

El aire fue lo más dulce que Michael había probado jamás.

—Perdóname, Conejo. Tenía que asegurarme de que el agujero fuese lo bastante grande.

—¿Qué... qué ha sido eso?

—Mira.

Michael volvió a ponerse las gafas chorreantes a tiempo de ver que el enorme barco desaparecía bajo la superficie del mar. Los imps y los chirridos se lanzaban al agua, donde los arqueros de Robbie McLaur los iban abatiendo de uno en uno.

«Vale —pensó—, uno menos. Quedan cincuenta.»

Acto seguido la dragona se precipitó hacia el barco del rey de los enanos. Robbie McLaur les recibió en la barandilla.

—¡Bien hecho, princesa! Estamos en deuda con usted..., ¡otra vez!

—Pero ¿cómo van a pasar entre sus barcos? —gritó Michael contemplando la inmensa flota que seguía interponiéndose entre ellos y el puerto.

El rey de los enanos sonrió y Michael vio que en cierto modo lo estaba pasando en grande.

—Solo tenemos que acercarnos lo suficiente a la costa. Recuerda que tenemos una sorpresa. —Alzó su escudo y una flecha de ballesta se clavó en él con un ruido sordo—. La cuestión es que los enanos luchan mejor con algo sólido bajo los pies.

A continuación se volvió hacia Magda von Klappen y el maestro Chu, y gritó:

—¿Están preparados?

—¡Sí! —le espetó Magda von Klappen—. Aunque esto es complicado y...

—¡De acuerdo! ¡En marcha!

Y Michael vio que el rey de los enanos le hacía una señal a un trompeta, que hizo sonar su instrumento cuatro veces en medio del estrépito. Siguieron más gritos y una intensa actividad en todos los barcos de la flota, y Michael vio que los soldados humanos y enanos hacían algo con sus botas.

—¿Qué pasa? —preguntó Michael—. ¿Qué está ocurriendo?

Porque ya notaba que la temperatura descendía bruscamente. La dragona dijo:

—Fíjate en el agua.

Al bajar la mirada, Michael vio que sobre la superficie del mar se formaba una capa de hielo que se extendía a una velocidad increíble. El agua negra se volvió blanca y dura, y todos los barcos quedaron inmovilizados. De los barcos de la flota cayeron rampas de madera y tubos de hierro que se clavaron en el hielo para mantener la posición vertical. Michael vio que enanos y hombres bajaban corriendo por las rampas. Esperó a que los soldados llegasen abajo y resbalasen, pero no fue así, y vio que todos ellos se habían fijado una especie de soporte de metal con agudos dientes a las suelas de las botas, que se agarraban al hielo. Michael recordó el arduo trabajo de todos los herreros enanos en la isla. Por todas partes, las tropas abandonaban los barcos y sus botas se adherían al hielo. Observó que los duendes no llevaban crampones, y al principio pensó que no debía de gustarles cómo quedaban, pero entonces vio que no los necesitaban, pues corrían ligeros y seguros por la superficie helada.

Mientras tanto, los barcos enemigos se tumbaban sobre el costado, con muchos de los imps y chirridos atrapados en el interior. Los que lograban salir resbalaban y caían, incapaces de combatir contra enanos, duendes y humanos.

En un momento habían cambiado las tornas.

Los cuernos volvieron a sonar y Michael oyó la voz atronadora del rey de los enanos, que vociferaba:

—¡A la muralla! ¡A la muralla!

—¿Les ayudamos? —preguntó la dragona con un rugido sensual.

—Sí —dijo Michael.

Y notó que una nueva fuerza surgía en su interior.

La dragona sobrevoló el caos a toda velocidad y dispersó al enemigo mientras el rey Robbie corría con su ejército hacia la entrada rocosa del puerto.

Ante ellos se alzaban los blancos muros de Loris. Michael vio las murallas erizadas de defensores, que empezaron a lanzar flechas cuando el ejército se abalanzó hacia la orilla. Wilamena ascendió bruscamente y Michael oyó repiquetear las puntas de acero de su vientre acorazado.

La dragona frenó su ascenso fuera del alcance de los arcos. Con el corazón aporreándole el pecho, Michael miró hacia abajo y vio el ejército, su ejército, concentrándose en la franja de playa situada ante las murallas de la ciudad, y supo que el rey Robbie estaría formando a los soldados en unidades. Pero los crampones que les habían ayudado a cruzar el hielo les estorbaban entonces...

—¡Debemos hacer algo! —gritó Michael—. ¡Debemos...!

—Tenemos nuestros propios problemas, Conejo.

Siguiendo la mirada de la dragona, Michael alzó la vista más allá de la ciudad y vio que se alzaba una silueta desde la Ciudadela. El corazón le dio un vuelco. Se alzó otra silueta. Y otra más.

—¡Oh, no! —murmuró Michael.

Los tres dragones alzaron el vuelo, soltaron chorros de llamas y se lanzaron directamente hacia ellos.

Por un momento, al contemplar el hielo que se extendía por el puerto mientras los enanos, duendes y humanos corrían hacia la ciudad, y distinguir el lejano destello de oro de Wilamena, Kate había experimentado una chispa de esperanza.

Sin embargo, cuando miró a Rafe, vio que sonreía. Entonces asimiló el tamaño del ejército que se amontonaba detrás de las murallas. A continuación los tres dragones alzaron el vuelo, y Kate se volvió rápidamente hacia él mientras unas lágrimas de miedo y rabia asomaban a sus ojos.

—¿Por qué me has traído aquí? ¡¿Solo para ver morir a todos mis amigos?! ¡¿Para ver cómo les asesinas?!

Al instante, Rafe rodeó el cuello de Kate con la mano y se inclinó hacia delante. Su voz era un siseo apasionado:

—Te he traído aquí porque te necesito. ¿No lo ves? Necesito que me mantengas humano. Te he dicho que me conozco, y así es. ¡Sin ti, solo soy el monstruo! ¡Solo soy eso! —Tendió el brazo hacia la batalla y Kate comprendió que no le impulsaba el odio, sino la desesperación—. ¡Ese no es el mundo que quiero! Creíste que seguía vivo en tu enemigo. Cree en mí ahora. Todo esto terminará. ¡Estaremos juntos!

—¡Mereces morir!

Las palabras brotaron bruscamente de su boca y ambos se quedaron sorprendidos. La mano de él se relajó. Kate contuvo las ganas de sollozar, pero no dejó de mirarle.

—Henrietta Burke me dijo que te amara, que eso lo cambiaría todo. Pero no hacía falta que me lo dijera. ¡Te amaba ya! Y siempre he pensado que Rafe estaba ahí dentro, en alguna parte, que saldría si yo creía en él.

—¿Y qué piensas ahora? —preguntó él con una voz brusca y espeluznantemente fría.

—No sé si sigues siendo Rafe o no, si él está ahí dentro o no, pero tienes que morir.

Él la atrajo hacia sí; Kate notó su aliento contra la cara.

—¿Y serás tú quien me mate, Kate? ¿Podrás?

Kate se lo quedó mirando mientras se hacía la misma pregunta. Entonces, sin previo aviso, él lanzó un grito y cayó de rodillas. Llevada por el instinto, Kate se agachó a su lado.

Él inquirió con voz jadeante:

—¿Cómo...?

Incapaz de detenerse, Kate preguntó:

—¿Qué pasa? ¿Qué ha sucedido?

—Les ha devuelto... sus recuerdos.

—¿Qué...?

—Tu hermana... No puedo aguantar...

Soltó otro grito de dolor y la luz empezó a salir a raudales de él. Kate retrocedió dando tumbos, parpadeando ante la explosión de luminosidad. La luz brotó de él en un torrente cada vez más alto, hasta desaparecer en la noche.

Kate le miró asombrada. Era Emma quien había hecho aquello.

Oyó un estruendo y se volvió hacia el exterior. Una parte enorme de la muralla de la ciudad se había derrumbado, y le pareció que algún poder, alguna fuerza, había abandonado a las hordas de imps, chirridos y trolls, que parecían desorganizados, perdidos.

Miró una vez más a Rafe. La luz seguía saliendo a raudales de él. Tenía los ojos cerrados. Luego dio la vuelta y echó a correr.

Llegaba Emma.

24

El salto

La prisión estaba siendo desmantelada; las jaulas, despedazadas y arrojadas a la fosa. Una inmensa hoguera ardía con·fuerza en esta, y sus llamas se alzaban hasta el cielo. Hubo momentos de gran confusión cuando los prisioneros empezaron a bajar al suelo desde el desvencijado andamiaje. El circo ya se hallaba casi vacío y las cosas estaban más tranquilas.

En los instantes más caóticos, cuando el circo estaba abarrotado de hombres, mujeres y niños recién liberados, Emma se había quedado junto a Gabriel, agarrando con la mano sana la mano grande y áspera de su amigo. ¿Cómo podía estar muerto con lo real y sólido que era? Mientras, se apoyaba la otra mano contra el pecho, por encima del corazón, para reducir en lo posible las punzadas. Lo primero que hizo Gabriel fue vendarle la herida. Para ello, se arrodilló ante la niña y con una tira de tela se puso a dar vueltas y más vueltas en torno a su mano. La hemorragia se había cortado, aunque habían aparecido manchas de color granate en la parte anterior y posterior del vendaje.

Pero Emma apenas se fijaba en la sangre ni sentía las punzadas.

Lo que atraía su atención cuando no estaba pensando en Gabriel y en cómo iba a salvarle, en cómo corregiría el terrible error de su presencia allí (eso era, un error), era la multitud de los muertos liberados.

Desde su llegada a ese mundo, casi se había acostumbrado a la inexpresividad y el vacío de los ojos de la gente, su indiferencia y silencio, tal vez sobre todo al silencio. Por eso se sintió mareada cuando un millar de personas empezó a hablar a la vez, llamándose, llorando, gritando, riendo, incluso.

Y eso solo fue el principio.

Emma había visto que un niño tendía sus manos hacia una mujer y que la mujer le cogía en brazos.

Había visto a dos hombres de edad avanzada que se abrazaban entre sollozos.

Había visto a grupos de personas que hablaban todas al mismo tiempo, que trataban de entender lo que había sucedido, que contaban sus historias.

En todas partes había visto a hombres y mujeres, jóvenes y viejos, consolarse unos a otros con caricias y palabras.

Por lo que pudo oír, eran como personas que despertasen de un largo sueño. Una y otra vez, Emma oyó:

—Era como si estuviera soñando...

Para su sorpresa, nadie arremetió contra el hecho de estar muerto, y no tardó mucho en oír decir a algunos que se iban a buscar a sus seres queridos. Parecían creer que aquello era posible, que ellos y las personas que habían amado en vida podían encontrarse en la inmensidad del mundo de los muertos. Y tal vez fuese cierto, tal vez se viesen atraídos entre sí por algún extraño magnetismo. Emma se dio cuenta de que solo unos días atrás se habría burlado de la idea, pero entonces pensó: «¿Por qué no?».

Poco a poco, la multitud había ido saliendo por los pasadizos y avenidas que se habían creado en la prisión derribada y desaparecida en la noche.

Y Emma no dejaba de recordarse que aquello estaba sucediendo en todas partes, que estaban despertando millones, un mundo entero.

No, se corrigió, un mundo entero no.

Unas cuantas figuras permanecían ociosas en distintos puntos del circo, con la vista clavada en el suelo. Todos tenían la familiar expresión vacía de los muertos. Algunos habían servido a Magnus el

Siniestro, como el *necromatus* de pelo negro y cara de rata, que se hallaba al borde de la fosa, mirando fijamente el fuego; casi parecía desafiar a Emma para que le empujase dentro, pero ella no lo haría; ella era mejor que eso, aunque aquel ser se lo merecía, desde luego. Y también había guardias, aunque, evidentemente, no Harold Barnes, que ya se había ido a buscar a su tata Marge, diciendo:

—Estará preocupadísima por mi culpa.

En cuanto a los otros, los antiguos prisioneros que no habían recuperado los recuerdos, Emma no podía evitar compadecerse de ellos. Pero así eran las cosas. Había hecho el juicio que el libro exigía, y el juicio se mantenía. Y la *Cuenta* le pertenecía.

Sostuvo el libro entre el codo y el pecho. Con cada latido de su corazón sentía una punzada en la mano.

El doctor Pym le había garantizado que aquellos que habían sido enviados al fuego, a los que Magnus el Siniestro había devorado, estarían volviendo ya al mundo de los muertos.

—Al recuperar sus recuerdos —había dicho el brujo—, Magnus el Siniestro no habrá podido retenerles. Regresarán aquí, y gracias a ti casi todos recordarán quiénes son. Sospecho que ha liberado incluso a aquellos a quienes no se les han devuelto sus recuerdos. En el momento, no habrá podido elegir. Le has asestado un serio golpe.

Como prueba de lo que decía, señaló a los hechiceros de túnica roja y a los antiguos guardias que vagaban por allí.

—Su amo les ha abandonado. Ahora ya no tienen nada. Ningún recuerdo de sí mismos. Ninguna conexión con su poder. Están perdidos.

Emma se había limitado a asentir con la cabeza sin decir nada. En ese momento su mente se dedicaba ya a pensar, planificar y descartar todo lo que no guardara relación con un objetivo: cómo iba a salvar a Gabriel.

En los primeros minutos que sucedieron a su llegada, cuando los prisioneros escapaban de sus jaulas y ella se encontró entre los brazos de Gabriel y comprendió lo que debía significar su presencia en ese mundo, había estado sollozando tan furiosamente que no había podido ver ni oír gran cosa. Él la había abrazado, emitiendo sonidos tranquilizadores como los que se le dedicarían a un niño pequeño, y al final había dicho:

—Debo vendarte la herida.

Gabriel tenía ya el cuello, el pecho y los brazos manchados de sangre, pero se arrodilló junto a ella sin darle importancia, desgarró una tira alargada de su capa y le envolvió la mano. Con calma, como si aquel fuese solo un encuentro más entre ellos, empezó a contarle que había encontrado a sus padres, que Richard, Clare y él habían ido a investigar la profecía para poder salvarles a ella y a sus hermanos. A pesar de los gritos de los prisioneros liberados y el estrépito provocado por la destrucción de las jaulas, Emma oyó todas y cada una de las palabras que pronunció Gabriel. Su voz la fortalecía, del mismo modo que su amor la había fortalecido durante la Unión. Emma dejó de sollozar.

Incluso le hizo preguntas sobre sus padres, qué aspecto tenían, qué habían dicho, si habían hablado de ella, y otras sobre Michael y Kate que Gabriel no pudo contestar, pues no les había visto desde que les había enviado de vuelta a Loris. Lo único que Emma no preguntó, y que él no le aclaró, fue cómo había muerto.

Y su mente no dejaba de avanzar a toda velocidad.

El doctor Pym se había apartado a un lado y hablaba con el viejo hechicero del ojo blanco y uno de los *carriadin*. Podía ser el que antes había ascendido con Emma por el risco; ella no los distinguía. Los demás *carriadin*, en total una docena más o menos, estaban destruyendo sistemáticamente la prisión, derribándola nivel tras nivel.

Emma le había preguntado al brujo qué les había llevado a él y a Gabriel a aparecer en la prisión cuando lo habían hecho, y el doctor Pym había respondido que, del mismo modo que se había sentido impulsado a guiar a Emma hasta el libro, se había sentido impulsado a llevar a Gabriel. No pudo explicarlo mejor. Sin embargo, indicó con un gesto de la cabeza a varios de los *carriadin* y dijo:

—Sospecho que ellos tienen algo que ver. Al fin y al cabo, este es su mundo.

El doctor Pym se aproximó entonces para decir que había llegado el momento de marcharse.

—Debemos devolverte al mundo de arriba, y el portal está a cierta distancia.

—Ajá —dijo Emma agarrando la mano de Gabriel con más fuerza que nunca—. He estado pensando. En cuanto matemos a Magnus el Siniestro, le diré a Michael que utilice la *Crónica* para traer a Gabriel de vuelta. Y a usted también —le dijo al doctor Pym—, aunque no estoy del todo segura de que siga teniendo cuerpo. Tendremos que trabajar en eso, ¿sabe?

Asintió varias veces con la cabeza después de decir eso, como para subrayar que el regreso de Gabriel a la vida debía ser un hecho aceptado, y no se percató en absoluto de la mirada que cruzaron Gabriel y el brujo.

Entonces el anciano y canoso hechicero del ojo blanco dio un paso adelante, apoyándose pesadamente en su cayado. Parecía más agotado y aún más viejo que antes.

—Lamento lo de tu mano.

—No lo lamente. Tenía que hacerlo.

—Aun así. —Y tocó levemente su mano herida—. Perdóname. Y gracias.

Emma le dio un fuerte abrazo.

Lo último que sucedió antes de que abandonaran ese lugar fue que uno de los *carriadin* aterrizó cerca de ellos procedente de una jaula. Llevaba a la condesa en brazos. La cara de la bruja se volvió hacia ellos y Emma vio al instante que sus recuerdos habían desaparecido.

—¿Qué le ha pasado?

—Cuando te has unido con el libro le han sido arrebatados los últimos restos de la magia. Lo mismo me pasó a mí cuando Michael se convirtió en Protector de la *Crónica*. El Libro de la Vida me mantuvo vivo durante miles de años, pero después de que él se convirtiera en Protector, aunque no me hubieran matado, habría vivido los días que tuviese asignados y luego habría muerto.

Los ojos de color violeta de la condesa estaban opacos, apagados. Emma vio que la criatura con cabeza de pájaro la sacaba del circo. Sentía hacia la condesa una pizca de odio que nunca desaparecería, pues la bruja se había esforzado demasiado por perjudicarles a ella y a sus hermanos, pero al final la mujer la había ayudado, y Emma también recordaría eso.

—Ha llegado el momento —dijo el doctor Pym.

Emma notó movimiento a su espalda y unas manos ásperas bajo sus brazos; la estaban cogiendo en volandas, y su mano se separó de la de Gabriel. Al cabo de un breve instante, volaba por el cielo nocturno, contemplando la prisión y la hoguera que se hallaban bajo sus pies. Soltó un grito involuntario y alzó la vista para mirar al *carriadin* que la sujetaba.

—¡Para! ¿Qué estás...?

La niña oyó la voz en su mente.

«Tranquila, Emma Wibberly. Estás a salvo.»

Y de hecho notó que se tranquilizaba. Miró hacia abajo y vio otras dos siluetas oscuras, las grandes alas perfiladas contra la hoguera, y supo, sin poder distinguirles, que Gabriel y el doctor Pym ascendían también por el cielo, entre el fuerte viento.

Los *carriadin* se alejaron volando de la prisión y la ciudad de chabolas, y cruzaron la oscura y vacía llanura hacia las lejanas montañas. El aire era frío pero limpio, y después del humo y el hedor de la prisión suponía un alivio. Emma se acordó de haber volado sobre el lomo de Wilamena, cuando la princesa de los duendes tenía forma de dragona; cada vez que la criatura batía las alas se producía el mismo ascenso y descenso. La diferencia era que en esta ocasión las piernas y los pies de Emma pendían sobre la nada, y la niña se sentía llena de emoción y terror a partes iguales.

Pronto se alzaron de la llanura las montañas. Emma miró los picos apretados y vio serpentear entre ellos la larga y plateada cinta de un río. El *carriadin* se ladeó bruscamente y se lanzó en picado. Emma apretó la *Cuenta* contra su pecho mientras el viento pasaba rugiendo y los picos escarpados se precipitaban hacia ellos. Se acercaban demasiado rápido, no podrían frenar a tiempo, pero en el último momento el *carriadin* remontó el vuelo, suspendió su ímpetu para cernerse en el aire, batió sus alas dos veces para aterrizar y dejó a Emma suavemente en el suelo.

La muchacha se quedó allí, con el corazón desbocado, como si no acabara de fiarse de la tierra que se hallaba bajo sus pies. Estaban sobre un risco situado junto al río, justo antes de que este cayera por un barranco. El rugido de la catarata atronaba el aire, pero Emma oyó un fuerte roce de plumas. Se volvió y vio que el *carriadin* se lanzaba de nuevo al cielo. Quiso gritar «¡gracias!», pero la criatura había desaparecido ya en la noche.

Emma se arrastró como pudo hasta llegar al punto en que el río caía por el barranco. Se quedó allí, dejándose empapar por las salpicaduras de agua y asomándose para ver cómo desaparecía el río entre la bruma y la oscuridad. La única catarata que conocía hasta entonces era la de Cascadas de Cambridge, y le había parecido enorme. Calculó que aquella era por lo menos el doble de grande y dudó que hubiese podido ver el fondo ni siquiera de día. Pero ¿por qué estaban allí? ¿Dónde estaba el portal?

Al oír el roce de unas alas, se volvió y vio aterrizar a Gabriel en el saliente con pie firme, sin que su *carriadin* se detuviese siquiera. La criatura con cabeza de pájaro siguió adelante, sobrevoló la cabeza de Emma y se alejó. Y aunque hacía unos minutos escasos que se había separado de Gabriel, la niña corrió hacia él y le abrazó, y él volvió a estrecharla entre sus brazos.

—Saldrá bien —dijo ella—. Haré que salga bien.

Luego se apartó enjugándose los ojos mientras aterrizaba el brujo. El *carriadin* que le había llevado apenas se detuvo antes de ascender de forma vertical.

—Bueno —dijo el doctor Pym, el cual sonreía como su antiguo yo—, aquí estamos.

—¿Aquí estamos dónde? —exigió saber Emma—. ¿Dónde está el portal?

El último portal que había atravesado era un túnel bajo el nido de una araña. Evidentemente, por allí no había nada parecido.

Aun así, lo que el brujo dijo a continuación la sorprendió:

—En la catarata. Más o menos a media altura.

—¡¿Qué?! ¿Cómo voy a llegar ahí? ¡Tiene que llamar a esa especie de pájaros!

—No será necesario. Tengo un plan. Pero antes, ahora que los tres estamos solos, debo saber exactamente cómo les devolviste los recuerdos a los muertos.

Emma no respondió enseguida. Sabía que había hecho lo que tenía que hacer, y también sabía que había tomado la decisión acertada, pero seguía costándole hablar de ello.

—La palabra «cuenta» tiene dos significados distintos. —No trató de dominar con la voz el rugido de las cascadas, pues intuía que Gabriel y el brujo podían oírla—. Uno es algo que debes. Como que todos debemos una muerte. Así es como el libro mata a la gente. El otro significado es el de ser enjuiciado. Cuando la gente murió, sus recuerdos se guardaron en el libro a la espera de que alguien los juzgara. Esperándome a mí. Probablemente ya lo sabía, ¿no?

El brujo asintió con la cabeza.

—Podría habérmelo dicho.

—Pensé estúpidamente que habría tiempo, pero no fue así. Lo siento.

—No pasa nada.

No podía enfadarse con él, no después de todo lo que había pasado. Además, lo había averiguado, ¿verdad? Casi sin ayuda de nadie. Cuanto más lo meditaba, más orgullosa se sentía Emma de lo que había hecho. No era el mismo orgullo que había experimentado en la cueva la primera vez que se encontró con el libro. En aquel caso había hecho algo difícil y peligroso, y había sido fuerte y valiente. Pero para hacer lo que la *Cuenta* le había exigido tuvo que aceptar la responsabilidad que conllevaba decidir a quién se le devolverían los recuerdos y a quién no.

Emma notaba el peso de la decisión sobre sus hombros y se preguntó si era eso lo que Kate había sentido durante diez años al saber que era responsable de Michael y de ella.

—Aunque, bueno, ¿cómo juzgas a todas las personas que han vivido? Hay muchas, y todas son muy distintas. ¿Y quién era yo para juzgar a nadie? En serio. Pero entonces vi a Gabriel y de pronto me sentí muy bien, muy fuerte. Quedó claro que la mejor parte de mí era quererle a él, y a Michael y a Kate, e incluso a usted, aunque casi puede decirse que nos mintió. Así que esa fue la pregunta que le pedí al libro que hiciera: «Cuando estabas vivo, ¿alguna vez amaste a alguien?».

Hasta ese momento le asustaba la posibilidad de que, al decirla en voz alta, esa pregunta que se le había ocurrido a ella, una niña de doce años, para decidir el destino de toda la gente que había vivido sonase tonta. Pero no fue así; sonaba bien.

Cuando estabas vivo, ¿alguna vez amaste a alguien?

No importaba si te habían correspondido o si el amor había acabado desapareciendo. ¿Alguna vez habías dado amor? Si la respuesta era afirmativa recuperabas la memoria. Pero si no lo habías hecho, si solo te habías amado a ti mismo, el dinero, el poder o los objetos, o si no habías amado nada, te quedabas tan vacío como lo habías estado en vida.

El propio libro le había dado pistas. Como cuando lo había tocado al mismo tiempo que Harold Barnes y había visto a su tata Marge. O cuando había visto al padre, a la esposa y al hijo del viejo hechicero. El libro le había estado diciendo: «Esto es lo que importa, esto es lo que debes buscar». Y, finalmente, Emma había escuchado.

«Libérales», decía el libro. Y Emma lo había hecho.

—Cuando llegué aquí por primera vez, pensé que este sitio era un infierno. Fue usted quien me dijo que podía ser un paraíso. Resulta que los dos teníamos razón. Podría ser las dos cosas. Depende de quién seas. Porque el mundo de los muertos no debe ser solo un sitio en el que esperas como si fueras una planta; lo que debería importar es lo que hiciste cuando estabas vivo. Y si te pasaste la vida viviendo solo para ti mismo, pues sí, quizá esto debería ser un infierno. Pero si alguna vez te olvidaste de ti mismo lo suficiente para querer a otra persona, deberías poder recordar eso.

—Y no hay cielo ni infierno, salvo los que nosotros mismos construimos. —El brujo tenía los ojos brillantes, aunque Emma no supo si era por la bruma o porque estaba llorando—. Emma Wibberly, has correspondido con creces a todas las esperanzas que tenía en ti, a toda la fe que deposité en tu sabiduría y tu valentía. De un plumazo has creado un nuevo fundamento para la vida y para la muerte. Y ese fundamento es el amor. Nunca me he sentido más orgulloso.

El doctor Pym apoyó su mano temblorosa de emoción en el hombro de Emma, que no pudo hacer nada para impedir que las lágrimas rodaran por sus mejillas.

—Ya es hora de que regreses al mundo de arriba. No sé lo que está ocurriendo allí, pero sin duda Magnus el Siniestro sabe que tienes el libro. Cada momento cuenta.

Emma agarró la *Cuenta* aún con más fuerza, aspiró dos veces por la nariz y encontró su voz:

—Como he dicho, cuando muera Magnus el Siniestro le diré a Michael que les traiga de regreso...

—Yo no puedo regresar —dijo el brujo.

—¡Pero quizá haya un modo de hacerlo! No se rinda solo porque no tenga cuerpo. Seguro que Michael puede construir algo. Quizá un robot o algo así. No sé...

—Viví durante miles de años. Permanecí vivo con un único objetivo: el de rectificar el gran error que cometí al crear los Libros, verlos destruidos por fin...

—¡¿Qué?! ¡¿De qué está hablando?!

El brujo la miró.

—Los Libros deben ser destruidos. Es la única forma de que todo esto termine.

—Pero... ¡pero necesitamos los Libros para matar a Magnus el Siniestro!

—En efecto. ¡Y cuando el enemigo deje de existir, los Libros deben ser destruidos! Su existencia misma perturba el equilibrio del que dependemos. Las uniones que mantienen a flote el universo se están desgarrando. Dejar de destruirlos supondría el fin de todo.

Emma notó que se relajaba. Por un momento había pensado que el brujo se había vuelto realmente loco. Pero mientras fuese a matar a Magnus el Siniestro y Michael pudiera llevar a Gabriel de vuelta, no le importaba demasiado lo que ocurriese con los Libros a continuación. Y aunque seguía queriendo convencer al brujo de que su actitud era absurda, de que debía dejar que Michael le llevase de vuelta también a él, comprendía cómo se sentía. Había hecho lo que tenía que hacer.

—Estamos cerca del final —dijo el brujo—. No tardaré en descansar, y gracias a tus actos lo haré con tu recuerdo y el de tus hermanos.

A continuación el doctor Pym se agachó y Emma le abrazó con todas sus fuerzas, a sabiendas de que era la última vez.

El brujo la soltó y dio un paso atrás. Gabriel se arrodilló ante ella.

—Debes buscar a tus padres —dijo—. Ellos conocerán el final de la profecía, el secreto de tu supervivencia y la de tus hermanos. No pudieron decírmelo, pero nuestro plan siempre fue ir a Loris. A estas alturas deberían estar allí.

Emma asintió con la cabeza.

—Y nos veremos pronto, ¿vale?

Gabriel cogió su mano sana y abrió la boca para hablar, pero la muchacha intuyó lo que iba a decir.

—¡No! ¡No me digas que tú también te quedas! ¡Averiguaré lo que saben mis padres y mataré a Magnus el Siniestro, y Michael te traerá de vuelta! ¡Puede hacerlo! ¡Trajo de vuelta a Kate! ¡Trajo de vuelta a la estúpida de la condesa! ¡Puede hacerlo!

Gabriel esperó a que se callara. Entonces dijo:

—Existe un orden en la vida y la muerte. Lo hemos alterado para satisfacer nuestros propios deseos y necesidades, y el universo ha pagado el precio. El perjuicio debe terminar aquí.

—¡Pues te traeremos de vuelta y ya está! ¡Luego destruiremos los Libros!

Gabriel negó con la cabeza.

—Es demasiado tarde.

—Pero...

—Escúchame: volvería a hacer todo lo que he hecho desde que te conocí. No me arrepiento de nada. Sin embargo, si haces que tu hermano me traiga de vuelta, todo, cada uno de los sacrificios que he hecho, perderá su sentido. Tu destino es restaurar el orden y la paz. Debes dejar que me quede.

Emma le apretaba la mano con todas sus fuerzas. Gabriel se equivocaba. Ella sabía que se equivocaba; ¡solo tenía que convencerle! Él levantó la barbilla y los ojos llorosos de Emma se encontraron con los suyos.

—Recuerda: por mucha distancia que haya entre nosotros, siempre estarás conmigo.

Los sollozos brotaron del pecho de Emma, que le echó los brazos al cuello. ¡Gabriel se equivocaba! ¡Se equivocaba! ¡Ella sabía que se equivocaba! No obstante, en el preciso momento en que lo pensaba, una voz en su interior, una voz que ni siquiera existía pocos días antes, le dijo que estaba en lo cierto, que el orden del universo consistía en que las personas muriesen y las perdieses. Se despediría del doctor Pym y de Gabriel. Algún día, años y años más tarde, perdería a Kate y a Michael o ellos la perderían a ella.

La muerte era la cuenta que todo el mundo tenía que pagar.

Pero el amor que dabas era tuyo. Eso podías conservarlo.

Y mientras se le destrozaba el corazón sintió su amor por Gabriel como una llama que ardía en su interior.

—Debe irse ya —dijo el doctor Pym.

Sin soltarle el cuello, Emma susurró entre sollozos:

—Te quiero.

Y Gabriel susurró a su vez:

—Y yo a ti.

Entonces el doctor Pym la cogió de la mano y la llevó hasta el borde del precipicio. Emma se enjugó las lágrimas con el brazo y vio por encima de las montañas el espacio infinito que se abría ante ellos. Gabriel se situó al otro lado. La muchacha respiró hondo varias veces, temblorosa. No le miró. Le bastaba saber que estaba allí.

—Bueno... ¿cómo llegaremos al portal? ¿Puede llevarme volando o algo así?

—No exactamente —dijo el brujo—. Agarra bien el libro.

—¿Qué...?

—Lamento tener que hacer esto.

Y a continuación la empujó al precipicio.

25

Magnus el Siniestro rinde cuentas

Los tres dragones que se dirigían hacia ellos a toda velocidad por encima de los tejados de la ciudad eran negros. Dos de ellos tenían aproximadamente el mismo tamaño que Wilamena, mientras que el tercero era todavía más grande.

—Voy a dejarte con el rey Robbie.

—¡No!

—Es demasiado peligroso.

—¡Igual de peligroso es estar ahí abajo! ¡No pienso dejarte!

—Muy bien, Conejo.

Y Wilamena se lanzó hacia delante, dirigiéndose hacia el trío de dragones.

Michael gritó contra el viento:

—¿Estás segura de que esta es la mejor forma de actuar?

La dragona dorada se limitó a batir las alas con más fuerza. Cuando sobrevolaban las puertas de la ciudad, Michael advirtió que, al frente del ejército de duendes, hombres y enanos, el rey Robbie iniciaba el asedio de las murallas tras levantar unos bastiones para proteger a los guerreros de las flechas, las lanzas y la brea hirviente que les arrojaban desde arriba. A su espalda, el último soldado alcanzaba la costa justo cuando el hielo empezaba a resquebrajarse.

Los tres dragones cayeron sobre ellos. Wilamena soltó un chorro de fuego y, aunque el trío se apartó dibujando una espiral, las llamas lamieron sus alas.

—¿Por qué no han tratado de quemarnos?

—Gracias a ti. Eres demasiado valioso. Esa es la única ventaja que...

Wilamena dio un bandazo, aullando de dolor. Uno de los dragones pequeños había girado en redondo y le había hecho un corte en el vientre con las garras. El dragón forcejeó intentando morder a Wilamena, que se revolvió con idéntica ferocidad. Llevado por la desesperación, Michael había desenvainado su espada, pero él no podía hacer nada. Entonces oyó un alarido a su espalda, se dio la vuelta a toda prisa y vio que el segundo dragón iba directamente hacia ellos.

—¡Wilamena!

No sabía si su voz se oiría por encima de los alaridos y silbidos, pero la dragona dorada se apartó y se lanzó en picado. Se inclinó sobre la parte superior de la muralla, batiendo las alas furiosamente, pero Michael vio que los dos dragones negros estaban muy cerca.

—¿Dónde está el otro? ¿Dónde está el tercero?

Pero Wilamena no respondió.

En cuestión de segundos estaban lejos de la ciudad, más allá de los acantilados, y todo estaba extrañamente silencioso y oscuro. Wilamena voló más bajo, rozando el agua, y Michael notó las salpicaduras frescas contra la cara cuando el mar se lanzó contra las rocas.

—Allí —masculló Wilamena.

Ante ellos los acantilados dibujaban una curva, y en la roca había una especie de arco natural.

—No lo entiendo. ¿Qué estás...?

Pero Wilamena había cruzado ya el arco y se inclinaba para seguir la curva de la isla. En cuanto estuvo fuera del campo visual de los otros dragones ascendió con fuerza, girando mientras ganaba altitud. Michael miró hacia abajo y vio que los otros dos dragones entraban en el arco y que el primero ya había cruzado. De pronto Wilamena y él se lanzaron en picado, y esta vez la dragona no tuvo que decírselo: Michael se llevó la mano a las gafas e inspiró hondo.

Wilamena se estrelló contra el lomo del segundo dragón, lo arrastró al agua y lo empujó hasta el fondo rocoso del mar. Con la oscuridad y el torrente de burbujas era imposible ver nada, y los pulmones de Michael no tardaron en pedir aire a gritos. Notó un gran chasquido, un desgarro, una violencia terrible que se desataba muy cerca; luego Wilamena se lanzó hacia arriba y rompió la superficie del agua. Michael se puso a tomar grandes bocanadas de aire y vio que Wilamena arrojaba a un lado un par de enormes alas parecidas a las de los murciélagos.

De pronto el primer dragón llegó junto a ellos.

Esta vez, increíblemente, Michael tuvo ocasión de colaborar.

Su espada seguía desenvainada, y el muchacho se volvió con ella levantada. Gracias al afilado acero de los enanos y a la fuerza de su propio impulso, el otro dragón se atravesó con la punta.

Michael tuvo la impresión de que le habían arrancado el brazo del cuerpo. Lanzó un grito y soltó la empuñadura, dejando la espada incrustada en el dragón. La espada de setenta y cinco centímetros no era lo bastante larga para matar a la criatura, pero la bestia se vino abajo aullando de dolor.

El viento soplaba con fuerza a su alrededor y se estaban formando unas nubes sobre sus cabezas. Un rayo atravesó el cielo, y Michael vio lo que parecía una gran cueva en las alturas del acantilado.

—¡Allí!

Al cabo de un momento entraban con decisión en una cueva ancha y profunda, en un lado de la isla.

—¿Sabes adónde va a parar esto? —preguntó Michael.

—No.

Michael no dijo nada más, pero volvió la vista atrás y vio que el otro dragón entraba en la cueva detrás de ellos.

—¡Pero tiene que haber alguien que pueda llevarnos! ¡Por favor! Nosotros...

—Quizá no me han oído bien —dijo el dueño del barco, cuyo rostro tenía la forma y textura de una bolsa de papel abandonada bajo la lluvia—. Ahora Loris pertenece a Magnus el Siniestro. Es el más malo entre los malos. Y no está él solo. Hay monstruos y trolls. Toda la isla está invadida.

—Peor aún —dijo un marinero sentado a la mesa contigua—. He hablado con Giuseppe. Vio una flota que se dirigía hacia Loris. Buques de guerra y demás. Habrá una buena borrasca. Más vale alejarse de allí.

—Exacto —añadió el primer hombre—. Olvídense de Loris. Echen el ancla aquí.

—¡Usted no lo entiende! —exclamó Clare, frenética—. ¡Nuestros hijos están allí!

Pero los hombres de la taberna dejaron de hablar y volvieron la espalda a la pareja.

Irritados y frustrados, Richard y Clare salieron al aire nocturno. Hacía más o menos una hora que habían llegado a San Marco, una isla situada en un extremo del Archipiélago, en el avión del viejo amigo de Gabriel. El piloto les habría llevado más lejos, pero en Loris no había ningún sitio donde aterrizar, así que la pareja necesitaba una embarcación y él les había aconsejado acudir a la taberna en la que se congregaban los capitanes. Después se fue a buscar el cadáver de Gabriel, que se encontraba en la aldea de la península Arábiga. A Richard y a Clare les había sido imposible transportarlo por las cuerdas que Rourke había colgado sobre el abismo; ellos mismos habían tenido grandes dificultades para cruzar. Aun así, la decisión de dejar atrás el cadáver de Gabriel había resultado tremenda, y más teniendo en cuenta su sacrificio.

Sin embargo, el momento de reflexionar sobre eso y llorar su pérdida llegaría más tarde.

—¿Qué vamos a hacer? —dijo Richard al salir de la taberna.

—¿Y si robamos una barca?

Se oyó un sonido detrás de ellos, y al volverse vieron que la camarera, una mujer de unos cincuenta años con los hombros anchos, les había seguido hasta la calle.

—¿Dicen ustedes que sus hijos están en peligro? ¿Por eso quieren ir a Loris?

—Sí —dijo Clare—. ¿Puede ayudarnos?

—Hace un rato han venido dos tipos que intentaban llegar allí. Nadie ha querido llevarles tampoco, así que han acabado comprando una barca. —Miró hacia el puerto—. Ese espigón. Cuarto amarradero. Son aquellos. Pero ándense con cuidado. Parecían un poco raros.

Richard y Clare le dieron las gracias y se apresuraron a bajar hasta la orilla. Encontraron una barca pequeña de unos seis metros de eslora con un motor destartalado. Un par de hombres sumamente viejos discutían sobre el modo de ponerlo en marcha.

—Dijiste que sabías hacerlo. Cuando lleguemos habrá terminado la batalla.

—Pues si es así prometo machacarte la cabeza con un garrote. No puedo consentir que te pierdas toda la matanza.

—Voy a echar una siesta. Despiértame cuando arranque el motor o se acabe el mundo, lo que ocurra antes.

—Disculpen —dijo Clare—. ¿Van a Loris?

Los dos ancianos dejaron lo que estaban haciendo y alzaron la mirada. Richard les habría echado cien años. Además, había algo en ellos que le llevó al instante a pensar: «brujos».

Ninguno de los ancianos dijo nada; se limitaron a seguir mirando a la pareja.

—Me temo que no podemos pagarles —dijo Richard—, al menos ahora mismo. Pero necesitamos de verdad llegar allí. Y sí, estamos enterados de la batalla.

Uno de los ancianos le dio un codazo al otro.

—¿Piensas lo mismo que yo?

—¿Que soy un tipo muy agraciado?

—No.

—Que es idéntica a tú ya sabes quién.

—Sí.

—Su vivo retrato.

—Su vivo retrato.

Richard se dio cuenta de que miraban a su esposa.

En ese momento el motor se puso en marcha con un rugido. Los dos ancianos aullaron de alegría.

—¡Suban! ¡Suban! —gritó uno de ellos—. ¡No se queden ahí! ¡La batalla no va a durar toda la vida!

—¡Desde luego! —gritó el otro mientras la pareja bajaba por la escalera de mano y subía a la barca—. A menos que estén pensando en abrir una tienda. La Tienda Quedarse en el Muelle Mientras Nosotros Salvamos el Mundo.

—Permitan que me presente —dijo el primer anciano cuando salían del puerto a toda velocidad después de soltar amarras—. Me llamo Beetles; este es mi mayordomo, Jake.

—Estás sangrando.

—Estoy bien.

—No es verdad: estás sangrando.

El segundo dragón negro estaba muerto. Wilamena lo había esperado agarrada al techo, tras un recodo de la caverna, hasta que estuvo justo debajo de ella; entonces se le echó encima. Hizo lo mismo con el otro dragón, aunque esta vez el dragón estaba preparado y la lucha fue salvaje. A Michael le había parecido aún más terrorífica porque le resultaba difícil seguirla en la oscuridad, aunque los chorros de fuego de ambos dragones la iluminaban de vez en cuando.

Michael se había sentido inútil, y aún más que inútil un estorbo, pues al tratar de protegerle Wilamena se exponía más de lo debido. Finalmente, el muchacho había cogido su cuchillo y había cortado las correas que le sujetaban a la silla para bajarse de un salto, botar y rodar por la pared rocosa. Que no se hubiera roto todos los huesos del cuerpo decía mucho a favor de aquella armadura confeccionada por los enanos.

Al llegar al fondo se había dado la vuelta entre gemidos, justo a tiempo de ver que una silueta enorme se precipitaba hacia él. Apenas había logrado apartarse cuando la silueta se desplomó, estremeciendo la tierra. Cayó tan rápido y la cueva estaba tan oscura que no pudo saber qué dragón era. Luego se fijó y vio las escamas negras. Esperó un poco, casi sin atreverse a respirar, pero el dragón no se movía.

Finalmente se arriesgó:

—¿Wilamena?

Pasó un momento largo y terrible. Luego se oyó desde la oscuridad:

—Sí, Conejo. Estoy viva.

La dragona descendió despacio y con cuidado por la pared de la cueva, cojeando de forma visible. Luego trató de planear a lo largo del tramo que quedaba, y Michael vio que también tenía una herida en el ala. Wilamena aterrizó pesadamente a su lado. De cerca, gracias al resplandor que emanaban sus escamas doradas, el chico vio numerosas heridas en su cuerpo.

—Ven. Volveremos a la ciudad.

Michael pensó que la princesa no podría volar. Sin embargo, Wilamena no tardó en encontrar el equilibrio moviendo con más fuerza el ala izquierda. Al poco rato el chico vio unos relámpagos. Se aproximaban a la boca de la cueva.

—No deberías haber saltado así.

—Tenía que hacerlo. Te estabas perjudicando al intentar protegerme.

Aunque Wilamena no dijo nada, Michael oyó un profundo rugido sensual y notó la vibración que lo acompañaba.

De pronto salieron de la cueva. Una vez fuera cayó sobre ellos el mayor de los dragones negros. Michael vio el movimiento con el rabillo del ojo, pero cuando lanzó un grito de advertencia una de las garras del dragón había hecho ya un corte, el más profundo de todos, en el costado de Wilamena. El impulso que llevaba el dragón hizo que pasara de largo, y Wilamena giró con una sacudida en dirección a la ciudad. Batió sus alas frenéticamente, pero no pudo alcanzar demasiada velocidad, y cuando Michael se giró vio que el dragón negro volaba en círculos encima de ellos.

—¡No está atacando!

—Sabe que estoy muerta. Está saboreando la victoria.

De repente Michael sintió un dolor agudo. Al bajar la vista vio que la sangre fresca que salía burbujeando de la herida que el dragón le había infligido a Wilamena le estaba escaldando la pierna. Metió la mano en su bolsa y agarró la *Crónica*. Acto seguido se tendió sobre el lomo y puso la mano encima del corte. La sangre de la dragona le quemaba la piel, pero dejó la mano donde estaba. Durante un fugaz instante se acordó de que Magda von Klappen le había advertido de que no utilizara la *Crónica*. Acto seguido cerró los ojos e invocó la magia.

Por segunda vez Michael compartió la existencia de la princesa de los duendes, su alegría en el mundo de los vivos, la sensación que le producía la silenciosa luz de la luna en la piel, el recuerdo perfecto del canto de un pájaro que había oído cien años atrás. Y al compartir sus recuerdos supo que se había transformado en dragona demasiadas veces y durante demasiado tiempo, que al reparar la pulsera Pym le había advertido de que, si no tenía cuidado, se encontraría atrapada para siempre como dragona, pero ella se había arriesgado y seguía arriesgándose por el bien de Michael.

Entonces Michael sintió que se desgarraba por dentro, lanzó un grito y se derrumbó contra el lomo de la dragona.

—¡Conejo!

Michael, sin aliento, se sentía incapaz de responder. Pero se acordó del desmayo de Kate, en la playa, después de utilizar el *Atlas* para detener el tiempo y se dijo que, fuese cual fuese el daño que se había hecho a sí mismo o que le había hecho al mundo, Wilamena estaba herida y él no tenía elección.

Se oyó un grito detrás de ellos y el dragón negro se lanzó al ataque.

—Agárrate bien, Conejo.

Wilamena se lanzó con fuerza hacia la isla, y Michael, a pesar del dolor y la confusión, advirtió que seguía volando de forma irregular, desplazándose bruscamente de un lado a otro como si no tuviera control alguno. Vio que el suelo se acercaba a toda velocidad y se agarró a la silla como pudo. Wilamena se estrelló de cabeza en la playa. El muchacho salió despedido, pero aterrizó ileso sobre la arena. Cuando por fin logró levantarse y su visión se despejó, se volvió y vio que el dragón negro se mofaba de su enemiga, soltando largos rugidos triunfantes ante una Wilamena encogida. La princesa, cubierta de sangre y arena, cojeaba del lado herido.

El ala izquierda yacía arrugada bajo el cuerpo. Michael no lo entendía. ¿Por qué no había funcionado la *Crónica*? ¿Por qué no estaba curada?

El dragón negro echó la cabeza hacia atrás para soltar una llamarada, pero Wilamena dio un salto y cerró las fauces con fuerza en torno a su cuello. El chorro de llamas quedó cortado. Sin embargo, el dragón negro, más grande y fuerte, contraatacó clavando sus garras en el pecho y torso de Wilamena. Cascadas de escamas doradas cayeron en la oscuridad, despidiendo un brillo trémulo. No obstante, Wilamena se negó a soltar al otro dragón y se puso a zarandearlo con las fauces apretadas, hasta que de un gran tirón cruel y retorcido le arrancó la cabeza de cuajo. El dragón negro permaneció un momento de pie mientras de su cuello brotaban chorros de sangre y fuego. Luego se derrumbó sobre la arena.

La dragona dorada soltó un rugido atronador y proyectó un torrente de llamas que se alzó decenas de metros en el cielo. Para Michael había sido como ver combatir a unos dinosaurios, a unas criaturas procedentes de un pasado salvaje y primitivo, y Wilamena era una de ellas.

Caminó hacia Michael cojeando levemente.

—Le has engañado. Le has hecho creer que seguías estando herida.

—Sí, pero tú has utilizado la *Crónica* y no deberías haberlo hecho. Lo he notado.

—No importa.

Aunque lo cierto era que Michael percibía que algo se había roto en su interior, algo que la *Crónica* no podía recomponer con su poder. Con mano temblorosa, el muchacho sacó el libro rojo de su bolsa y se puso a hojearlo.

—Ahora es solo un libro. Toda la magia está en mí.

Lo dijo envaradamente, sabiendo y no sabiendo lo que significaba. Luego abrió la mano y dejó caer el libro sobre la arena; ya no lo necesitaba.

—Me has salvado —dijo la dragona—, pero has pagado un precio muy alto.

—Volvería a hacerlo.

La dragona se abalanzó sobre él, le agarró por el cuello de la túnica y le levantó del suelo como si fuese una gata levantando a su gatito. A continuación le depositó sobre su lomo.

—Ven.

En menos de un minuto sobrevolaban la ciudad. Michael vio varios boquetes en las murallas. Los combates eran intensos y encarnizados. El ejército avanzaba. La dragona dorada aterrizó en la playa, donde parecía haber una especie de área de mando. Cuando Michael saltó al suelo, el rey Robbie corrió a abrazarle.

—¡Estás vivo! Al ver a esas tres lombrices me he preocupado. ¡Sin ánimo de ofender, princesa! ¡Pero ya has vuelto, y justo a tiempo! Como puedes ver, hemos abierto unos buenos agujeros en las murallas de la ciudad. ¡Los malditos no sabían que coloqué unas minas antes de abandonar la isla! No tardaremos en atravesar sus líneas y ocupar la Ciudadela. ¡Al final puede que lo consigamos!

Michael miró a Wilamena.

—Quítate la pulsera.

—¿Qué?

—Quítate la pulsera.

—No seas tonto. Me necesitáis.

—Sé lo que te está haciendo. Si la llevas mucho más tiempo no podrás volver atrás. Quítatela.

Michael esperó, no demasiado seguro de cómo iba a salir aquello.

Al cabo de un momento que se hizo larguísimo, la dragona inclinó la cabeza y abrió el cierre de la pulsera. Al instante, el lagarto gigante empezó a encogerse. Desaparecieron las alas, los grandes brazos escamosos se transformaron en unas extremidades esbeltas y delicadas, los ojos inyectados en sangre se volvieron del azul que Michael siempre había recordado y nunca había podido describir, y Wilamena se derrumbó contra él.

Sin que Michael dijese una sola palabra, un par de duendes aparecieron a su lado.

—Está herida —les explicó—. Tenéis que conducirla ante un médico.

Cuando los duendes se la llevaron, Michael cogió la pulsera, que se había encogido también hasta alcanzar unas dimensiones humanas, y la dejó sobre una piedra. Se volvió hacia el rey Robbie, esforzándose por permanecer de pie y hablar con voz firme:

—¿Me deja su hacha?

El rey de los enanos se la entregó; a Michael se le cayó.

—Puedo traerte una más ligera...

Pero Michael levantó el hacha con las dos manos, tan alto como pudo, y luego la dejó caer, cortando la pulsera por la mitad.

—Espero que sepas lo que haces —dijo el rey de los enanos—. Contar con la presencia de un dragón resulta tremendamente útil.

—Ya sé... —empezó a decir Michael.

Trató de devolverle el hacha al rey Robbie, pero se le volvió a caer. Él mismo estuvo a punto de venirse abajo y se apoyó enseguida en el enano.

—Un momento, chaval. ¿Qué pasa? ¿Estás herido?

Antes de que Michael pudiera responder, un sonido atrajo la atención de todos los que estaban en la playa. Al volverse, vieron que el agua oscura de la bahía empezaba a agitarse y a hervir mientras un enorme... algo, pues Michael no sabía lo que era, que emergía del mar.

—¿Qué... qué es eso?

—Ni idea —dijo Robbie McLaur—, pero me da la sensación de que esta es una de esas ocasiones en las que uno querría tener un dragón a su lado.

Mientras atravesaba corriendo la Ciudadela Rosa, Kate esperaba a cada paso encontrarse a Magnus el Siniestro, a Rafe, esperándola. Pero no había sido así. Y a pesar de que su mente rebosaba de preguntas (¿qué había hecho Emma?, ¿estaba herida?, ¿iba de verdad?), había estado lo bastante atenta para evitar las tropas de imps y chirridos que recorrían los pasillos dando fuertes pisadas.

Llevaba un rato descendiendo muy deprisa, sin seguir una dirección concreta, cuando salió disparada por una puerta e irrumpió en el Jardín, rompiendo a su paso varias ramas mientras un rayo partía el cielo por la mitad.

Avanzó ciegamente, a trompicones, y de repente llegó al claro. Allí, ante ella, se hallaban el árbol y la charca.

Se detuvo.

La mitad de las ramas del árbol estaban arrancadas y yacían diseminadas por el claro. Las hojas muertas cubrían el suelo y la superficie de la charca. Hubo más rayos y la muchacha notó la repercusión del trueno.

Kate cayó en la cuenta de que nadie le había dicho adónde debía ir; simplemente lo supo. Pero ¿dónde estaba el portal? ¿Por dónde iba a aparecer Emma? Gritó el nombre de su hermana una y otra vez mientras la tormenta se tragaba el sonido de su voz. En un momento determinado miró hacia atrás, hacia la oscuridad del Jardín, esperando a medias ver a Rafe salir de las tinieblas. Fue entonces cuando oyó algo a su espalda, un chapoteo, el sonido de alguien a quien le faltara el aire. Se volvió y vio que Emma salía de la charca llena de hojas. Por un momento Kate olvidó todo lo demás, los Libros, la batalla y a Rafe, y se abalanzó sobre su hermana para estrecharla contra su pecho entre sollozos.

—¡Emma! ¡Emma! ¡Pensé que te habíamos perdido! No sabía...

Emma cayó de rodillas, tosiendo y expulsando agua.

—¡¿Estás bien, Emma?!

—No puedo... ¡No puedo creer que me haya empujado!

—¿Quién te ha empujado? ¿Y qué te ha pasado en la mano? ¡Oh, Emma!

Emma negó con la cabeza.

—No pasa nada. Estoy... estoy bien.

Kate se la quedó mirando. Tal vez fuese porque estaba empapada, pero Emma nunca había parecido tan pequeña, delgada y cansada, como si llevara días sin comer ni dormir.

Emma alzó la vista y miró a su hermana a los ojos.

—Gabriel ha muerto.

—Lo sé. Lo siento mucho. Pero ¿cómo te has enterado?

—No importa.

Se levantó despacio, temblorosa, sin soltar el brazo de Kate.

—Espera. Tienes que contarme lo que ha pasado. Has hecho algo, ¿a que sí? A Ra... Magnus el Siniestro le ha pasado algo. Ha sido como si brotase de él un torrente de luz.

—Les he devuelto a los muertos sus recuerdos —le dijo Emma—. No ha podido aferrarse a ellos. —Y añadió—: Tengo el libro.

Kate vio que la mano vendada de Emma, que tenía apretada contra el pecho, sujetaba un librito negro.

—Bien.

Al volverse, Kate y Emma vieron una figura que salía de entre las sombras.

Rafe dijo:

—Así podremos terminar con esto.

Robbie McLaur lanzó un grito, y treinta arqueros se alejaron corriendo de la muralla para ocupar posiciones en la playa y empezar a disparar flechas contra el monstruo.

La criatura tenía una espalda inmensa y redondeada, cubierta de percebes, algas y lodo negro. En sus costados, una docena de largos tentáculos se agitaba en el aire. La criatura todavía estaba saliendo del agua, y Michael vio un par de ojos brillantes, tan grandes como él mismo, y luego una gran boca con varias hileras de dientes que se le doblaban hacia la garganta.

—Es un kraken.

Michael se volvió y vio a su lado al padre de Wilamena, el rey de los duendes.

—Pero no puede venir hasta aquí, ¿verdad? —le preguntó Michael—. No puede salir del agua...

En respuesta, la criatura dio un paso sobre unas piernas gruesas como troncos de árbol. Empezó a alargar sus tentáculos y a agarrar a los soldados para metérselos en la boca, estrellarlos contra las rocas o lanzarlos al mar.

Michael se agachó al ver que un tentáculo se desplazaba hacia él con un movimiento oscilante. Se oyó un zumbido cuando pasó por encima de su cabeza. Pero se salvó por poco tiempo, pues el tentáculo retrocedió de golpe, rodeó el cuerpo de Michael y le inmovilizó los brazos junto a los costados. El monstruo le levantó del suelo, muy alto, por encima de la playa. El muchacho se esforzó por alcanzar su cuchillo, pero el tentáculo le sujetaba con fuerza. Acto seguido le condujo hacia las fauces abiertas y sus colmillos como navajas. Justo cuando iba a gritar, Michael vio un brillo trémulo a su derecha, casi perdido entre la oscuridad y la lluvia. Algo descomunal se acercaba a paso de carga. Oyó un pum pesado y húmedo, y el monstruo le soltó.

Michael cayó y cayó, y entonces...

—¿Estás bien, Bocadesapo?

Michael se encontró mirando el enorme rostro sonriente de Willy el gigante. Había atrapado a Michael en plena caída.

—¿Cómo... cómo has llegado hasta aquí?

—He cruzado el portal, por supuesto.

Señaló con el pulgar, y Michael vio que se había creado un portal justo al otro lado de la entrada del puerto. Ese era el brillo trémulo que había visto, y los gigantes lo estaban atravesando uno tras otro. Llevaban armaduras, garrotes y mazas, y se pusieron a aporrear al kraken, que se lamentaba, chillaba y hacía todo lo posible por volver al agua.

—Tu amigo, ese tan peludo y maleducado, nos dijo que necesitabas ayuda.

—¿Quién?

—¿A ti qué te parece? —exclamó una voz malhumorada, y Michael vio a Hugo Algernon agarrado al hombro del gigante—. ¡Oí tu historia y pensé que sería útil contar con unos cuantos de estos zoquetes descomunales! ¡Magda von Cerebro de Strudel dijo que yo no podría hacer un portal lo bastante grande! ¡Parece que yo tenía razón y ella no! Como siempre...

Y luego cayó hacia delante. Pero Willy le agarró a tiempo, se agachó y dejó tanto a Michael como al inconsciente Hugo Algernon en la playa, junto a un atónito Robbie McLaur y el rey de los duendes.

—Al traernos aquí ha quedado rendido —dijo Willy, y entonces vio que el duende y el enano le miraban fijamente—. ¿Qué tal? ¿Son amigos de los niños chiquitines?

El rey Robbie y el duende asintieron en silencio.

—Muy bien, pues despacharemos a esta babosa marina y luego os ayudaremos con esa batallita. Tal vez podamos lanzarles a esos monstruos unas cuantas rocas. Nos encanta lanzar rocas.

—Lanzar rocas estaría muy bien —respondió el rey Robbie.

Entonces el gigante se inclinó hacia Michael y, como de costumbre, intentó bajar la voz sin conseguirlo:

—¿Te has fijado en la armadura? —preguntó a un volumen ensordecedor—. Es del rey Davey; la he mandado lustrar. Me queda bien, ¿no te parece?

Michael tuvo la impresión de que la armadura le iba varias tallas grande, pero dijo:

—Te queda muy bien.

—Gracias. Vale, ahora me voy a machacar a ese gran bicho marino.

Y echó a andar por el puerto a grandes zancadas, levantando grandes columnas de agua a cada paso. El rey Robbie puso su mano en el hombro de Michael.

—Chaval, hay que reconocer que sabes hacer buenos amigos.

Antes de que Michael pudiera responder, oyó unas voces que gritaban su nombre. Al volverse, vio dos figuras que corrían hacia él por la playa. Cuando estuvieron cerca, Michael vio que eran un hombre y una mujer.

Entonces vio sus caras y sintió que un nudo se deshacía dentro de su pecho.

Y seguía mirándoles cuando se oyó un silbido de flechas. Las dos figuras se sacudieron y cayeron sobre las piedras. Desde donde estaba, Michael vio los tubos con plumas que tachonaban sus cuerpos.

—Enhorabuena.

Rafe se dirigió hacia Kate y Emma. Llevaba una larga espada desenvainada, la espada de Gabriel, en una mano. Llovía a cántaros.

Sobre sus cabezas, las ramas del árbol oscilaban al viento entre crujidos. En aquella tormenta los tornillos y pernos que sujetaban el mundo parecían estar soltándose.

—Les has devuelto a los muertos sus recuerdos. Nunca pensé que lo lograrías.

—Emma —dijo Kate—, dame la mano.

—No. —Emma estrechaba la *Cuenta* contra su pecho. En su interior se agitaban la rabia, el dolor y el recuerdo de Gabriel. Y allí estaba el causante de todo su sufrimiento; iba a hacérselo pagar muy caro—. Antes tengo que matarle.

Rafe sonrió y clavó la espada en el suelo húmedo.

—No puedes matarme. Si lo haces, tú y tus hermanos estáis perdidos.

Sus palabras desconcertaron a Emma, que logró espetarle:

—¡¿De qué estás hablando?!

—Pregúntaselo a tu hermana.

—Son los Libros —dijo Kate—. Están desgarrando el mundo. Hay que destruirlos...

—¡Ya lo sé! ¡El doctor Pym me lo ha dicho!

—Y la única forma de que ocurra eso es que la magia esté en nosotros y muramos —dijo Kate.

—Lo que significa que, si me matas, toda esa gente a la que consideráis vuestros amigos irá a por vosotros —siguió diciendo el chico—. No querrán, se odiarán a sí mismos, pero ¿qué son las vidas de tres niños en comparación con el mundo entero?

Emma apenas podía hablar.

—Eso... ¡eso no está bien!

Rafe soltó una breve carcajada amarga.

—¿Y eso qué más da? Ocurrirá. Pero yo puedo salvaros. A ti y a tus hermanos. La magia que corre por el interior de cada uno de vosotros es una sentencia de muerte. Puedo quitárosla. —Se encogió de hombros—. O puedes matarme.

Entonces Emma vio con claridad que todo se había reducido a ese único momento; su propia vida y las de Kate y Michael dependerían de lo que hiciera a continuación.

Las ramas del árbol crujían sobre su cabeza. La lluvia le azotaba el rostro. Deseó con todas sus fuerzas que su madre y su padre aparecieran con la respuesta que les salvara de forma mágica. ¿No era ese el motivo de que averiguasen el final de la profecía? ¿No era ese el motivo de la muerte de Gabriel? ¡¿Por qué no estaban allí cuando más importaba?!

Pero el pensamiento solo duró un instante. Quizá sus padres se hubiesen retrasado, quizá les hubiesen capturado o asesinado. La cuestión era que habían desaparecido durante diez años. Y durante diez años Kate, Michael y ella se habían salvado ellos solos. ¿Por qué iba a ser distinto entonces?

—Emma —dijo Kate—, vámonos. Por favor. ¡Encontraremos otro modo de solucionar esto!

Emma sabía que, de haber sido posible, su hermana se habría sacrificado de buena gana con tal de que Michael y ella pudieran sobrevivir, pero esa no era una opción.

El chico la observaba, esperando.

—¿Cómo? —dijo ella.

—¡No, Emma! ¡No sabes lo que hará!

Emma se volvió rápidamente hacia su hermana.

—¡No queda tiempo! ¡Tú no lo ves, pero yo sí! ¡Se cierne sobre ti!

—¿A qué te refieres? ¿Qué se cierne sobre mí?

—La muerte —dijo Rafe—. La *Cuenta* le permite verla.

Y así era: desde el instante en que Emma salió de la charca veía la sombra sobre su hermana, una sombra aún más oscura que la noche, y tan cerca que casi la tocaba.

—Lo siento, Kate. No puedo perderos a ti y a Michael. No lo haré. —Le dijo al chico—: Dime cómo.

Él sonrió.

—Por favor. Ya sabes cómo.

Y Emma comprendió que era cierto.

—Adquirirás nuestros espíritus. Igual que adquiriste los espíritus de los muertos. El libro te dará ese poder.

—Este es el final de la profecía. Tres se convertirán en Uno. Tres Libros en un Libro. Tres Protectores en un Protector. Una vez que el poder de los tres Libros se concentre en mí, se producirá la Unión Final. La magia pasará a mí. Yo soy el Protector Final.

—¿Y nosotros? ¿Qué sucede con nuestros espíritus?

—Los liberaré una vez que la Unión se haya completado. Igual que liberé los espíritus de los muertos cuando les devolviste sus recuerdos. ¿De verdad crees que quiero teneros parloteando en mi cabeza durante toda la eternidad?

Emma vaciló; veía que el chico se impacientaba.

—¡Hay algo que no nos dices! Tiene que haber algo...

Él agitó la mano, molesto.

—Hay muchas cosas que no os digo. Sabéis lo que necesitáis saber. ¿Qué decides? ¿Me matas y al hacerlo te condenas a ti misma y condenas a tus hermanos, o salvas a tu familia?

—¡Emma, por favor! ¡No hagas esto!

Kate se le acercó, y por un momento el chico no pudo ver a Emma. Esta miró a su hermana, expresando con sus ojos toda una vida de amor y gratitud, diciéndole en silencio que, aunque había cuidado de ellos y les había protegido durante mucho tiempo, le tocaba a ella.

Dijo moviendo solo los labios: «Confía en mí».

La lluvia caía con fuerza, el viento aullaba.

Kate asintió imperceptiblemente.

Emma miró a espaldas de su hermana y dijo simplemente:

—Hazlo.

El padre de Michael había recibido dos flechazos; su madre, uno. El rey de los duendes cogió a la madre mientras el rey Robbie se hacía cargo del padre. Aunque este abultaba casi el doble que el enano, el rey Robbie no dio muestras de ningún esfuerzo. Seguidos de Michael, echaron a correr por la playa hacia uno de los refugios fortificados mientras las flechas rebotaban contra las rocas a su alrededor.

Michael temblaba. Se sentía despojado de todo lo que era solo momentos antes: Protector de la *Crónica*, jefe del ejército, comandante de dragones y gigantes; de pronto era solo un niño tembloroso e inseguro.

Cuando llegó al refugio, habían tendido ya a sus padres en sendos catres. Su padre tenía los ojos cerrados y respiraba de forma rápida y superficial. Un anciano calvo se inclinaba sobre él mientras otro anciano igual de calvo examinaba la flecha que salía del costado de su madre.

Su madre alargó los brazos hacia él.

—Michael...

Oír a su madre pronunciar su nombre era algo muy simple, pero respondía a una necesidad vital de Michael, una decisión que llevaba tanto tiempo sin satisfacerse que el muchacho sintió que su corazón se inflamaba y se rompía en ese mismo instante.

El refugio era un cobertizo abierto al puerto e iluminado por unos faroles colgados de la viga superior. En su interior había unas dos docenas de catres en los que habían tendido a los demás heridos. Entraban en el refugio ráfagas de lluvia impulsadas por el viento que empapaban a los heridos y a quienes se ocupaban de ellos. Mientras, resonaban en el aire los sonidos de la batalla y la furia de la tormenta.

Michael se dejó caer de rodillas en el hueco que había entre los catres de sus padres y agarró la mano que le tendía su madre.

—¡Puedo curarte! —exclamó el chico con voz temblorosa y entrecortada por los sollozos—. ¡Puedo...!

Fue a coger la *Crónica*, pero entonces recordó que ya no tenía el libro, que ya no lo necesitaba; la magia estaba en él. Entre murmullos, los ancianos partieron los tubos con plumas que salían del cuerpo de sus padres. Sus manos se movieron con una rapidez y una firmeza sorprendentes al sacar las puntas de las flechas y colocar vendajes sobre las heridas.

—Espera —dijo su madre, jadeando de dolor—. Tienes que saber una cosa...

Su padre gimió, y Michael se volvió hacia él. Mantenía los ojos cerrados e hizo una mueca mientras el anciano retiraba la segunda flecha.

—Michael. —Su madre le apretó la mano, atrayendo de nuevo su atención—. No puede morir.

—¡Papá no morirá! ¡No lo permitiré! ¡Puedo curaros!

—¡No! Me refiero a Magnus el Siniestro. No puede morir.

—Pero... ¡no lo entiendo! ¿De qué estás hablando?

La voz de su madre se estaba debilitando.

—No hasta... la Unión Final... Solo entonces... Es la única forma...

Cerró los ojos, y antes de que Michael pudiera gritar o reaccionar el anciano que se inclinaba sobre ella dijo:

—La he adormecido. Necesita descansar.

—¡Yo puedo curarla! —masculló Michael—. ¡Puedo curarles a los dos!

—No hace ninguna falta —contestó el otro anciano—. Sobrevivirán los dos.

Pero Michael sentía que salvar a sus padres era el motivo por el que había encontrado la *Crónica*, y por eso insistió:

—¡No! ¡Voy a curarles!

Sin embargo, al coger la mano de su padre y buscar la magia en su interior notó que le ocurría algo. Fue como si una fuerza invisible le presionara por todas partes, cada vez con más intensidad. Lanzó un grito ahogado. Acababan de arrebatarle algo cuya existencia ignoraba, pero que siempre había formado parte de él.

—¿Qué demonios...? —oyó que decía el rey Robbie.

Michael vio en el aire, delante de sí, algo que despedía un brillo trémulo. Aquello se elevó y se desvaneció a través del tejado del refugio.

—Beetles... —dijo el anciano que estaba a su lado—, ¿eso era...?

—Sí —respondió el otro—, era su espíritu.

Pero Michael apenas les oyó, porque se había dado cuenta de otra cosa.

—La magia ha desaparecido... —dijo, sin soltar las manos de sus padres.

Emma se quedó allí, agarrando la *Cuenta* con fuerza y mirando fijamente al chico, que tenía la vista clavada en el cielo y los brazos extendidos como si suplicara a la tormenta. Kate había caído al suelo, entre las hojas empapadas y arremolinadas por el viento, y un brillo trémulo había surgido de su interior para entrar en el chico. Emma sabía lo que se sentía cuando te arrancaban el espíritu y habría hecho cualquier cosa con tal de ahorrarle el dolor a su hermana. Sin embargo, nada se podía hacer. En ese momento, un brillo trémulo que reconoció como el espíritu de Michael descendió flotando hasta el claro.

Había una especie de resplandor alrededor del chico, como si la energía y la magia que había absorbido palpitaran en los límites de su piel. A Emma le pareció ver la cabeza de un esqueleto tras la cara del chico y se preguntó si era algo que la *Cuenta* le permitía ver o si solo eran imaginaciones suyas.

—La vida y el tiempo —dijo él cuando el espíritu de Michael desapareció en su interior y el brillo que le rodeaba se hizo más intenso—. Y ahora, la muerte. La Unión casi se ha completado.

—No —repuso Emma abriendo el libro, cuyas páginas quedaron salpicadas por gotas de lluvia—. Ahora es cuando mueres.

Él se aproximó, y Emma volvió a experimentar la sensación de que el aire se espesaba a su alrededor.

Siguió hablando con voz temblorosa pero decidida.

—Como la *Crónica* y el *Atlas* están en vosotros, también se destruirán. Los espíritus de Kate y Michael volverán a sus cuerpos, y todo esto acabará de una vez.

—¿Y tú? —dijo el chico—. El poder de la *Cuenta* seguirá en ti. Esos amigos en los que tanto confías te perseguirán.

—Quizá —contestó Emma—, pero eso es problema mío.

En efecto, ¿quién le decía que Hugo Algernon u otro brujo no encontraría alguna forma de destruir la *Cuenta* sin matarla? Además, sus padres podían aparecer por fin con el secreto que lo resolviese todo.

Pero en realidad no importaba. Lo importante era que, tan pronto como Magnus el Siniestro estuviese muerto y el *Atlas* y la *Cróni-*

ca fuesen destruidos, Kate y Michael estarían a salvo. Vivirían su vida. Se reunirían con su madre y su padre. Y, si resultaba que no había ningún modo de destruir la *Cuenta* sin que ella muriese, al menos Emma sabía que Gabriel la estaría esperando en el otro mundo. Puso su mano sobre el libro. El poder se alzó en su interior, llenándola. Emma vio la expresión del chico, la comprensión, y le pareció ver los espíritus de todos los Magnus el Siniestro concentrados alrededor de él.

Entonces, mientras tendía su mente hacia él, recordó las palabras que el hechicero del ojo blanco había pronunciado en el mundo de los muertos: «Lleva el espíritu de cada antiguo yo como si fuese una armadura». De pronto, Emma pudo ver como nunca había visto, y en lugar del cuerpo físico del chico vio una masa palpitante y brillante. Eran los espíritus de todos los antiguos Magnus el Siniestro, injertados unos sobre otros. Percibió las distintas voces y esencias de cada Magnus el Siniestro; también notó los espíritus de Michael y Kate, que habían sido absorbidos dentro de aquella terrible masa cancerosa.

Emma notó que a su alrededor el aire se volvía cada vez más sólido y que la presión trataba de sacarle el espíritu como había ocurrido en la fortaleza unos días antes. Se le acababa el tiempo.

Tendió su mente hacia uno de aquellos antiguos Magnus el Siniestro y lo separó de los demás. Fue como arrancar la brea de la brea; el espíritu luchaba por mantenerse conectado. Cuando lo extrajo, la vida de un Magnus el Siniestro que había existido siglos atrás pasó a través de ella y del libro. No había en él recuerdos de amor. Era un ser vacío, frío y hambriento. Emma retuvo el espíritu un momento en su mente y luego lo arrojó al mundo de los muertos.

Siguió adelante a buen ritmo, sintiendo apenas la fuerza que la presionaba desde fuera mientras iba sacando de aquella masa el espíritu de todos los Magnus el Siniestro. Unos se resistían más que otros, pero ninguno contenía un solo recuerdo de amor. Emma oyó la voz lejana del chico gritándole que se detuviera, jurando matarla. Sin embargo, no le prestó atención. Continuó reteniendo cada espíritu unos momentos antes de arrojarlo al mundo de los muertos. Y la magia seguía llenándola, palpitando a través de ella. Emma se dio cuenta de lo aterrada que se había sentido durante mucho tiempo, y de que en definitiva no había nada que temer. Solamente podías controlar el amor que dabas o negabas, y eso era todo lo que importaba. Al final solo quedó el espíritu de Rafe y otro que se le agarraba como una araña. La niña supo que era el primer Magnus el Siniestro, el que lo había puesto todo en marcha. Se dirigió hacia él, pero en ese momento la magia se alzó más fuerte que nunca, y en el interior de Emma algo se hizo pedazos.

Kate yacía inmóvil. La había despertado la voz de Emma. Sabía que le habían arrebatado el espíritu y que la magia del *Atlas* había desaparecido. Lo sabía porque nunca se había sentido tan vacía, débil y desolada. Finalmente, invocando toda su fuerza, había logrado abrir los ojos y ver que Emma ponía su mano sobre el libro y Magnus el Siniestro caía de rodillas.

Luego Emma lanzó un grito y se desmayó.

Durante un rato no ocurrió nada, pero de pronto Kate vio que el muchacho, su enemigo, se levantaba despacio y se acercaba a Emma, que estaba tendida en el suelo. No pudo verle la cara. Parecía moverse con rigidez, como si sintiera algún dolor. Emma había caído hacia delante, encima del libro, y él le dio la vuelta para cogerlo.

Luego se arrodilló y extendió la mano sobre el cuerpo de ella. Al cabo de un momento Kate vio que un brillo trémulo salía de su hermana y empezaba a entrar en él.

Sin darse apenas cuenta se puso de pie, agarró la espada clavada en el suelo y echó a correr hacia la figura oscura que estaba agachada junto a su hermana. A diferencia de lo que le sucedió con el imp de la playa, no le tembló la mano. No había vacilación en ella. El ruido de la lluvia ahogaba sus pisadas, pero el chico debió de intuir que se acercaba, pues se levantó y se volvió justo cuando Kate llegaba hasta él. Solo tuvo tiempo de extender la mano, mirarla a los ojos y decir:

—Kate...

Y ella le atravesó el pecho con la espada.

26

Una promesa

Michael se hallaba en el espigón, diciendo adiós con la mano a los ocupantes del barco que se llevaba los últimos restos del ejército ampliado, en este caso un clan de fornidos enanos bávaros de cueva, a varios de los cuales les crecía en la barba un denso musgo verde.

«Bueno, ya está —se dijo Michael—. Mi carrera militar ha llegado a su fin.»

El ejército no había tardado mucho en dispersarse; solo había transcurrido un día desde el final de la batalla, un día desde que las fuerzas de Magnus el Siniestro se dispersaron y fueron destruidas, y ya se habían marchado los diversos clanes, facciones y razas mientras empezaban a regresar a Loris las primeras familias de desplazados. En ese momento, varias barcas cargadas de refugiados que volvían a casa maniobraban para evitar a los dos gigantes del puerto que, con el agua hasta la cintura, retiraban los barcos hundidos durante la batalla.

A su espalda, los enanos del rey Robbie se dedicaban a reconstruir los tramos de la muralla dañados por las explosiones. Los enanos ofrecían gratuitamente su trabajo y sus conocimientos de albañilería, cosa que Michael consideraba muy generosa por su parte, aunque le advirtió al rey Robbie en privado de que si se ponían a regalar sin más una artesanía de tan alta calidad la gente se acostumbraría y dejaría de valorar su gesto.

—Bueno, chaval —había dicho el rey de los enanos—, creo que esta vez lo dejaremos pasar.

«Muy bien —pensó Michael—, ya le he avisado.»

Michael sabía también que Wilamena, quien había recuperado su salud y estaba perfecta y resplandeciente gracias a un equipo de médicos duendes, recorría la ciudad dañada siguiendo un «programa de embellecimiento» personal consistente sobre todo en ir por ahí sonriéndole a todo el mundo.

El aire era cálido y Michael inspiró hondo. Por suerte, la brisa marina se había llevado las columnas de humo negro de las hogueras que el ejército había encendido esa mañana para incinerar los cuerpos de los imps y trolls muertos, al parecer por razones de salud pública.

Un día nuevo. La gente seguía adelante con su vida.

Michael pensó que seguramente era bueno que fuesen tan pocos los que conocían la verdad.

—¡Michael!

El muchacho se volvió. Aunque sabía quién llegaba por el espigón, su sensación no cambió: le siguió pareciendo que la tierra temblaba bajo sus pies. Le ocurría lo mismo cada vez que veía a su padre o a su madre. Como Wilamena, ambos se habían recuperado de sus heridas. Los dos viejos brujos, Jake y Beetles, habían demostrado ser unos sanadores muy competentes, a pesar de pasarse casi todo el tiempo insultándose el uno al otro. Pero lo que tanto agitaba a Michael no era la salud mágicamente restaurada de sus padres, sino el simple hecho de que estuvieran allí con ellos, de que aquello fuese real y no un sueño.

—Ha despertado —dijo su padre—. Emma ha despertado.

Al despertar, Emma se había encontrado en una cama de sábanas frescas y limpias, en una habitación llena de luz. Enseguida comprendió que estaba viva, y lo supo porque todo su cuerpo era un gigantesco cardenal doloroso.

Eso fue lo primero. Lo segundo que comprendió fue que alguien dormía en la silla situada junto a su cama, y estaba a punto de pronunciar el nombre de Kate cuando vio que en realidad aquella persona no era su hermana. A no ser que Kate hubiera envejecido veinticinco años de golpe.

Eso la llevó a comprender otra cosa más, la tercera: quién tenía que ser la mujer de la silla.

Entonces su madre abrió los ojos.

A lo largo de su niñez Emma había imaginado innumerables veces, igual que Kate y Michael, cómo sería el encuentro con sus padres. Como Emma no tenía recuerdo alguno de sus padres, su madre y su padre aparecían siempre como unas manchas imprecisas y llenas de amor. Sin embargo, había imaginado lo que dirían, los regalos que llevarían. Les arrancaría la promesa de un perro. Había un millón de posibilidades diferentes, y casi todas incluían una tarta, lágrimas y una montaña de juguetes.

Lo que ocurrió en realidad fue que su madre y ella se abalanzaron una hacia otra al mismo tiempo, sollozando. Luego Clare exclamó:

—¡Richard!

Y su padre acudió corriendo desde el balcón y se sumó al abrazo. Al cabo de unos momentos, después de todas las exclamaciones y preguntas de rigor («¡eres tú de verdad!», «¡estábamos muy preocupados!», «¿seguro que te encuentras bien?»), y una vez que su madre le explicó que Jake y Beetles, un par de viejos brujos que se habían hecho amigos suyos, le habían curado a Emma la herida de la mano, que ya solo mostraba unas leves cicatrices en la palma y el dorso, su padre le dio un beso y salió a toda prisa en busca de Michael.

A solas con su madre, que tan pronto abrazaba a Emma como la apartaba de sí para mirarla bien, la niña había podido comprobar que la magia de la *Cuenta* ya no estaba. En realidad lo supo en cuanto despertó, pero la aparición de su madre y su padre había apartado esa conciencia de su mente. Aunque había algo que no tenía sentido. Antes de que Emma pudiera averiguar lo que era, su padre regresó con Michael.

Emma, que tenía cogida la mano de su madre, estuvo a punto de soltar una carcajada al ver juntos a su padre y a su hermano. Se parecían mucho.

—¡Michael! —gritó, y corrió a echarle los brazos al cuello—. ¡Mira! Son...

Aunque no pudo decir «mamá y papá», él la entendió.

—Pero ¿dónde está Kate? —preguntó, sorprendido—. ¿Por qué no está aquí?

Michael miró a su madre y esta sacudió la cabeza.

—Más vale que te sientes —le dijo Michael—. Puedo contarte toda la historia.

Michael empezó por la aparición de sus padres en la playa, diciendo que había visto como eran derribados por unas flechas. Les habían llevado a la tienda de convalecencia, y Michael explicó que les había seguido hasta allí y que estuvo a punto de utilizar la magia de la *Crónica* para curarles. Sin embargo, antes de que pudiera hacerlo le habían arrebatado tanto su espíritu como la magia.

—Lo sé —dijo Emma—. O sea, sé por qué.

—¿Sí? Eso es genial. Esperaba que lo supieras.

—Pero primero cuéntame tu versión.

Así que el muchacho siguió hablando. Dijo que estaba en la tienda con sus padres inconscientes, y que el rey Robbie, el rey Bernard y todos los demás discutían a gritos acerca de lo que convenía hacer. En ese momento notó que su espíritu regresaba.

—Fue como si estuviera vacío y frío por dentro; nunca me había sentido tan mal. Y de repente, no sé, me pareció que me llenaba de luz o algo así.

—Sí —dijo Emma—. Conozco esa sensación.

Se había oído un gran grito procedente de las proximidades de las murallas, y el rey Robbie había vociferado que todos los imps y trolls huían mientras los *morum cadi* se disolvían en el sitio, como si el poder que les alimentaba se hubiera acabado de golpe. Michael supo al instante que Emma había vuelto, dejó a sus padres con Jake y Beetles, y le dijo al rey Robbie que tenía que llegar hasta la Ciudadela. El rey de los enanos llamó a gritos a los guardias y se unieron al ejército que cruzaba en masa el agujero en las murallas. Las tropas de Magnus el Siniestro se esfumaron ante ellos. Haraald y el capitán Anton estaban también a su lado, y juntos salieron del puerto a la carrera, alcanzaron la Ciudadela Rosa y no dejaron de correr hasta llegar al centro del Jardín.

—Y fue ahí donde te encontramos, inconsciente y tumbada en el suelo.

—¿Puedes decirnos qué pasó, cariño? —dijo Clare—. ¿O tienes hambre? ¿Necesitas comer algo antes?

—Estoy bien. Pero ¿no os lo ha contado ya Kate?

—Nos gustaría oírtelo contar a ti —dijo Richard.

—Claro —respondió Emma, aunque en ese momento deseó haber pedido una hamburguesa con queso o algo así; se moría de hambre—. Creo que os lo puedo contar muy bien, prescindiendo de las partes aburridas. Pero ¿cuándo llegasteis aquí?

—Es una larga historia —contestó su madre—. Gabriel nos encontró. Nos dijo dónde estabais. Pero lamento decirte que...

—Está muerto —dijo Emma en voz baja—. Ya lo sé.

—Murió defendiéndonos —le explicó su padre—, cuando intentábamos averiguar el final de la profecía.

—Y lo logramos —añadió Clare—. Pym pensó que era el secreto que salvaría vuestra vida.

—¡Pero no lo necesitábamos! ¡Lo hicimos nosotros solos! ¡Matamos a Magnus el Siniestro! —Emma hizo una pausa, esforzándose por recordar con exactitud lo que había sucedido en el Jardín—. Es decir..., se acabó, ¿no? ¡La *Cuenta* no está ya en mí! ¿Está la *Crónica* en ti?

Michael negó con la cabeza.

—No.

—Sin duda alguna lo que hicisteis fue increíble —dijo su padre—, pero aún estamos reuniendo las piezas del rompecabezas. Necesitamos oír tu historia. Desde el principio.

Emma cedió; no quería discutir. De hecho, pensó que no quería discutir nunca más, y empezó a contarles cómo había regresado del mundo de los muertos llevando consigo la *Cuenta*.

—¿Cómo era el mundo de los muertos? —dijo Michael.

Emma abrió la boca para contestar, para hablarle de los caminantes, del doctor Pym, del *carriadin* y la cueva del risco, de que Magnus el Siniestro consumía las almas de los muertos, de Gabriel... Sin embargo, se dio cuenta de que no podía. No estaba preparada.

—Está bien —respondió su madre—. Cuenta solo las partes que puedas.

Así que Emma contó que se había encontrado con Kate en el Jardín, que el chico, Magnus el Siniestro, se presentó ante ellas y le ofreció la oportunidad de salvarla y salvar la vida de sus hermanos adquiriendo su espíritu, y que ella accedió, pero que cuando tomó el de Kate y el de Michael...

—Eso fue lo que sentí —dijo Michael—. Eso fue lo que pasó.

... ella trató de matarle con la *Cuenta*, lo cual suponía que la convertía en una mentirosa, pero se le puede mentir a la gente absolutamente mala, ¿verdad? Y empezó a arrancar los espíritus de todas las demás encarnaciones de Magnus el Siniestro y a devolverlos al mundo de los muertos, y entonces...

—¿Qué? —inquirió Michael.

—No lo sé, porque perdí el conocimiento. Pero debí de matarle. Es decir, ganamos la batalla. ¡Y ahora todo va bien!

—No exactamente —dijo su madre—. Verás, los Libros...

—¡Estaban desgarrando el mundo! ¡Pero los destruimos! ¡Yo los destruí! Estaban en él, y yo...

Emma guardó silencio. Acababa de entender por qué no tenía sentido que la magia de la *Cuenta* hubiera desaparecido. Era lógico que Michael no tuviera ya la *Crónica*, puesto que había sido transferida a Magnus el Siniestro junto con el *Atlas*. Sin embargo, la *Cuenta* había permanecido en ella, al igual que su espíritu. ¿Qué había sucedido? ¿Dónde estaba la magia?

—Esa es la cuestión —dijo su padre—. Parece que, hiciesen lo que hiciesen los Libros hasta ahora, la cosa está empeorando. No me gusta nada tener que decirte esto después de todo lo que has hecho, pero Hugo Algernon, Magda von Klappen y los demás magos nos aseguran que es así. Ellos perciben el desgarro mucho mejor que nosotros.

—Los efectos son visibles —dijo Michael—. En la orilla han estado apareciendo peces muertos toda la mañana, a docenas. Aunque la gente cree que es por la batalla, el doctor Algernon ha dicho que son los Libros.

—¡Pero yo maté a Magnus el Siniestro! —gritó Emma aferrándose a la idea de que ese acto lo había arreglado todo, aunque no explicase lo sucedido con la *Cuenta*—. ¡Sé que le maté! ¡Le maté!

—Bueno —dijo Richard muy despacio—, no estamos seguros de que haya muerto.

—¿De qué estás hablando?

—Ha desaparecido —dijo Michael—. Se ha esfumado.

Emma se levantó. Tenía una sensación terrible, más que desagradable.

—¿Dónde está Kate? Quiero verla ahora mismo.

—Emma —le explicó su madre, cogiéndole la mano—, cuando Michael te encontró en el Jardín estabas sola. Tanto Kate como Magnus el Siniestro habían desaparecido.

Kate se arrodilló junto al arroyo e inclinó el cubo hasta llenarlo. El borboteo del agua era el único sonido que se oía en la ladera de la montaña. A continuación bebió un trago tras otro de agua fría y limpia. Cuando acabó, se levantó y contempló las montañas. Se estaba poniendo el sol. Pronto estaría oscuro y haría mucho más frío; encendería un fuego. No lo había hecho durante el día por miedo a que alguien pudiera ver el humo.

Kate escrutó el cielo, pero no vio ningún pájaro.

Mientras volvía sobre sus pasos se preguntó de nuevo por qué había escogido ese lugar. Lo cierto era que había tenido muy poco tiempo para decidir. Todo había ocurrido muy deprisa. No dejaba de repetir la escena en su mente...

Se precipitaba hacia delante, espada en mano, cuando Rafe se volvió. La punta de la espada topó contra su pecho. El ímpetu de Kate la impulsó inexorablemente. La hoja estaba tan afilada que apenas encontró resistencia. El chico retrocedió tambaleándose y se derrumbó contra el árbol. Toda la ira de la muchacha se disipó al instante. Gritó su nombre, dejó caer la espada y se precipitó a su lado. Apretó las manos contra la herida de su pecho, sollozando...

Vio que del cuerpo de él surgía un brillo trémulo, vio y sintió que entraba en ella, que la llenaba, que le daba calor, y supo que era su propio espíritu, que regresaba, que estaba regresando porque Rafe se moría. Dos siluetas más surgieron de su cuerpo. Una avanzó hacia Emma, y otra, que por fuerza tenía que ser el espíritu de Michael, ascendió, salió del Jardín y se desvaneció en la oscuridad.

—Por favor —suplicó Kate—, por favor, no te mueras.

Luego vio otra forma brillante. Había en ella algo que emanaba malicia. Kate retrocedió, asustada y asqueada. La forma ascendió también y desapareció.

Y Kate seguía mirando el punto en el que había desaparecido cuando notó que una mano tocaba la suya.

—Kate...

Él se incorporó y se puso de pie despacio. La muchacha se levantó también, demasiado atónita para hablar. Se miraron a los ojos bajo la lluvia. Kate supo con cada fibra de su ser que era él, solo él. Entonces él dio un paso adelante y la besó.

—Llevo cien años esperando este beso.

—Rafe... ¿Cómo...?

—Tu hermana ha eliminado el espíritu de todos los Magnus el Siniestro que me precedieron. Todos menos el primero. Él se ha resistido. Hasta que me has atravesado el corazón. Aunque debería haber muerto, la *Crónica* no lo ha permitido. Se había unido a mi espíritu. Sin embargo, él no ha podido aguantar y su espíritu ha sido arrastrado al mundo de los muertos. Ya ha acabado todo.

Acto seguido desvió la mirada, como si viese más allá de los confines del Jardín y la Ciudadela.

—Tus padres están aquí. Están en el puerto con Michael.

—¿Están bien?

—Sí.

—¿Qué pasa? —preguntó ella al ver que adoptaba una expresión extraña.

—Tus padres han descubierto algo y se lo han dicho a tu hermano. Yo lo averigüé al adquirir su espíritu. De otro modo no lo habría sabido. Aunque tiene sentido.

—Dime qué es.

—Aún no —contestó él, cerrando los ojos—. Es asombroso el poder de la magia, su amplitud y profundidad. Y todo está en mí. Incluso esto —levantó el librito negro— es solo un libro. —Luego lo bajó, diciendo—: Tus amigos están cerca. Tengo que irme.

—¡Pero ya se ha acabado!

—Los demás no confiarán en mí. Ellos no...

No lo dijo, pero ella supo a qué se refería: no le amaban.

—Me voy contigo.

—No.

—Sí. Me voy contigo.

—Kate...

Ella le echó un vistazo a su hermana, aún inconsciente en el suelo.

—¿Está bien?

—Sí. Y tu hermano también. Él y los demás estarán aquí enseguida.

Ella se le acercó.

—Creí en ti cuando nadie más lo hizo. Me lo debes.

Él se la quedó mirando mientras la lluvia caía a cántaros. Finalmente asintió con la cabeza y la cogió de la mano.

—Piensa en algún sitio seguro.

Y el suelo desapareció bajo sus pies.

Kate encontró a Rafe sentado en un banco delante de la cabaña, contemplando el valle. Llevaba puesta una ropa gastada que había encontrado en la cabaña. Al verla llegar se levantó, le quitó el cubo y lo dejó en el suelo.

—Este sitio es precioso. Me alegro de que lo eligieras.

Luego la cogió de la mano e hizo que se sentara junto a él.

Cuando Rafe le había dicho que pensara en algún sitio seguro, Kate supo que se refería a un sitio en el que pudieran esconderse, y el primer lugar que acudió a su mente fue la cabaña de Gabriel, cerca de Cascadas de Cambridge. Tal vez pensara en ella al ver la espada de su amigo en el claro, bajo el árbol. En cualquier caso, aquella cabaña aislada en la ladera resultó ser la elección perfecta. Al menos eso esperaba Kate. La habían encontrado bien aprovisionada, por lo que Kate supuso que debían de utilizarla los habitantes de la aldea de Gabriel, aunque de momento nadie les había molestado.

Habían llegado al amanecer, pasando en un instante de la oscuridad y la tormenta en el Jardín de Loris, al sol que se alzaba por encima de las montañas y al aire fresco, sin viento y cargado de bruma. Entonces llegó por fin el desahogo que Kate necesitaba desde hacía días, y la muchacha se desmoronó contra Rafe entre sollozos. Él la condujo hasta la cabaña, a ratos haciéndola caminar y a ratos llevándola en brazos. Se tendieron juntos en la cama donde Kate había dormido con Michael y Emma muchos años atrás, y Rafe la abrazó mientras lloraba. Permanecieron allí tumbados, sin hablar, hasta mucho después de que sus lágrimas se detuvieran.

Era mediodía cuando se levantaron por fin, impulsados por el hambre y la sed. Encontraron comida en la cabaña y Kate hizo su primer viaje hasta el arroyo. Una vez a solas, se permitió pensar en sus hermanos y en sus padres, preguntarse si estarían bien, tal como Rafe le había prometido, y esperar que no se preocupasen por ella, aunque sabía que eso no podía ser.

Ninguno de los dos había hablado del futuro todavía, como si al no hacerlo el futuro dejase de existir y fuesen a vivir en un eterno presente. Pasaron el día vagando juntos por el bosque, sin alejarse en ningún momento de la cabaña. Kate se había imaginado que parecían un chico y una chica normales, y había momentos, como aquel, sentada junto a él, notando el tacto de su mano sólida y caliente en la suya, en que casi podía convencerse de que era cierto.

De no haber sido por los pájaros.

Rafe y ella regresaban a la cabaña cuando oyeron un gran estruendo que sonaba cada vez más fuerte. Treparon a una roca grande que se alzaba en un claro, miraron por encima de los árboles y vieron que una oscura cortina atravesaba el cielo. La inmensa bandada tapaba el sol a su paso, y alrededor de ellos los pájaros alzaban el vuelo desde los árboles y se unían a la migración. La bandada tardó más de una hora en pasar, pero eso solo fue el principio. Durante toda la tarde vieron que otros animales, osos, ciervos, zorros y mapaches, cruzaban el bosque en la misma dirección que los pájaros, como si obedecieran a una alarma silenciosa.

Kate sabía lo que significaba y sabía que Rafe lo sabía, pero ni el uno ni el otro hablaron de ello.

«Ahora estamos juntos —pensó la muchacha—. Eso es lo único que importa.»

Tras la puesta de sol la temperatura descendió deprisa. Rafe y ella se levantaron del banco y entraron en la cabaña. Rafe encendió el fuego y juntos prepararon un estofado con las zanahorias, las cebollas y la carne en salazón que habían encontrado en el cobertizo, añadiendo unos trozos de jengibre y unas ramitas de perejil que hallaron en la alacena. Mientras se cocinaba, Rafe le pidió que le hablase de la primera vez que Michael, Emma y ella habían ido a Cascadas de Cambridge. Kate le contó que abandonaron Baltimore en tren, llegaron a la mansión, encontraron el *Atlas*, fueron capturados por la condesa, se escaparon, huyeron de los lobos, Gabriel les salvó y les condujo allí, bajo la lluvia...

La muchacha se detuvo y le miró.

—Ya debes saber todo esto.

—Me gusta oírtelo contar.

Empezaron a cenar sentados junto a la chimenea y se apartaron cuando el calor del fuego se hizo demasiado intenso. Al terminar la historia Kate guardó silencio unos instantes. Luego miró a Rafe. Las sombras y la luz se movían sobre su rostro.

—¿Puedo preguntarte una cosa?

—Claro.

—¿Cómo fue?

No explicó a qué se refería, pero él lo comprendió.

—Fue como si me empujaran a las profundidades de mí mismo. Como si contemplase el mundo a través de los ojos de otro.

—Como si fueras un títere.

Él negó con la cabeza.

—No. Bueno, en parte sí. Pero también era Magnus el Siniestro. Es importante que sepas eso. Esas otras voces que sonaban en mi cabeza me animaban a hacer cosas, me empujaban, pero se aprovechaban de defectos que siempre habían estado en mí, como la rabia, la amargura y el ansia de poder y venganza.

Kate bajó la mirada durante unos momentos, y cuando volvió a alzarla sus ojos brillaban a la luz del fuego.

—Pero también había amor.

Él asintió con la cabeza.

—Sí. Eso también.

Rafe dejó su cuenco sobre la chimenea y se inclinó hacia ella.

—No puedo quedarme mucho más.

Ella sacudió la cabeza. Más que discutírselo, quería negarse a escuchar, como si al hablar de lo que se avecinaba él hubiera incumplido algún convenio entre ellos.

Rafe cogió su mano.

—Sabes lo que están haciendo los Libros. Que la magia esté en mí en lugar de estar en tus hermanos y en ti no ha cambiado lo que le está pasando al mundo. Ya has visto los pájaros y los demás animales. Ellos también lo perciben: la destrucción ha empezado.

—Hugo Algernon dijo que quizá hubiese un modo...

—No lo hay. ¿Te acuerdas de que te dije que tus padres habían averiguado el final de la profecía?

Kate levantó la vista sin poder evitarlo.

—Ya te dije en el Jardín que me enteré cuando adquirí el espíritu de Michael. La profecía afirma que Tres se convertirán en Uno. Tres Libros en un Libro; Tres Protectores en un Protector. Y afirma que el Protector Final debe morir para sanar el mundo. De lo contrario...

—¡¿De lo contrario qué?! —preguntó Kate, hecha una furia—. ¡¿Se acabará el mundo?! ¡No me lo creo! ¡Y no me importa! ¡No es justo! ¡Después de todo lo que ha ocurrido! —Se levantó y arrojó su cuenco hacia el otro lado de la cabaña—. ¡No me importa! No puedo... No puedo...

Pero ni siquiera pudo acabar su frase.

Kate se dejó abrazar, y transcurrió el tiempo. Llevaba todo el día tratando de no pensar que el poder de los Libros, incluyendo el poder de la *Cuenta*, estaba dentro de él. ¿Significaba eso que lo único que él tenía que hacer era desear su propia muerte, simplemente pensar en ella, para que llegase? Kate no soportaba la idea de que Rafe tuviera ese poder.

—Kate...

Ella se incorporó y se volvió para mirarle. Él la observaba con atención.

—¿Entiendes lo que hizo Emma en el mundo de los muertos?

—Les... devolvió los recuerdos a los muertos.

—Pero ¿entiendes lo que eso significa? Ahora, cuando alguien muere, se lleva todo el amor que tuvo en vida. Para siempre. Es algo maravilloso.

—¿Por qué me dices eso?

—Porque es importante que lo sepas. ¿Qué ha pasado con tu relicario?

—Se rompió la cadena. Pero...

—Enséñamelo.

Tras un instante de vacilación, Kate se metió la mano en el bolsillo y sacó el relicario y la cadena. Rafe cerró los dedos con fuerza alrededor de los eslabones rotos. Cuando los abrió, la cadena volvía a estar entera. Se la pasó a Kate por la cabeza y la muchacha notó que el peso familiar se instalaba sobre su pecho.

—Haz una cosa por mí —dijo Rafe.

—Lo que quieras.

—¿Ese relicario te recordó siempre a tu madre, la promesa que hiciste?

—Sí.

—Y mantuviste tu promesa. Tus hermanos están a salvo con tus padres. Pues quizá ahora, cuando lo lleves, puedas recordarme a mí.

Kate le volvió la espalda. Unas lágrimas corrieron por sus mejillas y cayeron en su regazo.

Él cogió su mano.

—Prométemelo.

Ella asintió con la cabeza y dijo en voz baja:

—Sí, lo prometo. —Luego apretó la mano de Rafe con todas sus fuerzas y le miró con los ojos anegados en lágrimas—. ¿No hay nada que pueda hacer? ¡Tiene que haber algo!

—Sí que lo hay —dijo él—. Puedes vivir.

En todo el día no había habido ni una nube en el cielo, por lo que cuando llegó la tormenta lo hizo sin previo aviso. La lluvia azotaba el costado de la cabaña, las puertas y las ventanas se estremecían por el vendaval, el viento bajaba aullando por la chimenea y esparcía las cenizas por la habitación. A Kate le parecía que era la misma tormenta que se desató en Loris la noche anterior, que la tormenta se las había arreglado de alguna manera para seguirles hasta allí.

Decidió no dormir, permanecer despierta tanto como fuese necesario, no perder un solo momento, y más tarde se preguntaría si Rafe había hecho algo para que se durmiera o si los días de luchas y esfuerzos habían acabado pasándole factura. Tenía el vago recuerdo de que él la había llevado en brazos a la cama.

Cuando despertó, la cabaña estaba bien iluminada por el sol, la tormenta había terminado, y todo era paz y silencio. Miró a Rafe, a su lado, se levantó y salió al exterior después de echarle un vistazo al libro encuadernado en piel negra que descansaba sobre la mesa.

Se sentó en el banco. La mañana era fresca. Cerró los ojos y escuchó a los pájaros, que saludaban al nuevo día en toda la ladera.

Al final había decidido él; el poder era suyo, y él lo había utilizado para salvarles a todos, para salvarla a ella. Kate intentó tener presente ese pensamiento.

Pero en su interior había un vacío que nunca creyó posible.

No se sorprendió cuando un poco más tarde oyó ruidos y vio salir a Michael y Emma de entre los árboles. Se quedó donde estaba, esperando a que llegasen a la cabaña para llevarles dentro y enseñarles dónde yacía el cuerpo de Rafe.

27

Despedida

Kate decidió enterrar a Rafe junto a la cabaña, a escasa distancia del banco en el que se habían sentado aquel último día para ver ponerse el sol detrás de las montañas.

Y permaneció con él toda la noche en la aldea de Gabriel mientras la abuela Peet preparaba su cuerpo para el entierro, limpiándole las manos y el rostro, peinándole el cabello, susurrando bendiciones. Por supuesto, había sido la abuela Peet quien había percibido la presencia de Kate y Rafe en la cabaña y había avisado a los demás. La muchacha se alegró de no estar sola, pues Emma, Michael, su madre y su padre hicieron turnos para acompañarla durante la noche. Por la mañana, con la ayuda de Robbie McLaur y sus enanos, llevaron a Rafe montaña arriba, al lugar en el que habían cavado la tumba. Los únicos asistentes eran Kate y su familia, la abuela Peet, Hugo Algernon, el rey Robbie y sus enanos, y la princesa Wilamena, vestida de forma casi recatada con un traje de seda negra.

Cuando Rafe estuvo en su ataúd, Kate le apoyó la *Cuenta* sobre el pecho, bajo las manos cruzadas. Luego dio un paso atrás. Colocaron la tapa en su lugar y clavaron los clavos. Junto a su madre y a Emma, Kate contempló cómo bajaban el ataúd.

Pasaron esa noche en la aldea de Gabriel y cenaron en el edificio principal de la tribu. Michael conocía de vista a muchos de los hombres, pues había luchado junto a ellos durante la batalla. La familia durmió en una cabaña que les cedieron, aunque Kate no pudo conciliar el sueño. Si bien no lo dijo directamente, a Kate se le hacía raro pasar la noche bajo el mismo techo que dos adultos a los que apenas conocía, aunque fuesen sus padres. Al fin y al cabo, a Michael y a Emma les había sucedido lo mismo. Pero su madre pareció intuirlo, pues al darle el beso de buenas noches susurró:

—Lo lamento, pero mejorará.

—¿Qué mejorará? —preguntó Kate.

—Todo.

Al día siguiente se marchó Hugo Algernon y también lo hizo Wilamena, aunque la princesa prometió regresar lo antes posible, así que solo quedaron Kate, su familia, la abuela Peet, el rey Robbie, que acudió vestido con su mejor armadura, y unos cuantos enanos. Todos subieron a la montaña para enterrar a Gabriel en la tumba que habían cavado junto a la de Rafe.

Habían ido a buscar el cadáver de Gabriel a la aldea de la península Arábiga. Emma colocó a su lado la espada llevada del Jardín de Loris. Cuando bajaron el ataúd, la abuela Peet le preguntó a Emma si quería decir algo.

—No —respondió Emma—. Ya se lo dije a él.

El propio rey Robbie llenó la tumba de tierra y todo terminó.

Sus padres, la abuela Peet y el rey de los enanos se alejaron. Kate permaneció con sus hermanos junto a las dos tumbas recientes y, aunque ninguno de ellos habló, Kate pensó, y supuso que Michael y Emma pensarían lo mismo, que Gabriel y Rafe habían muerto por ellos, y que era imposible pagar esa deuda.

Esa tarde, tras despedirse de la abuela Peet y darle las gracias por todo, siguieron a Robbie McLaur por las montañas hacia la mansión de Cascadas de Cambridge, donde habían encontrado por primera vez el *Atlas* y habían conocido al doctor Pym. Tal vez fuese un lugar extraño al que regresar, pero ninguno de ellos, ni los niños ni sus padres, estaba listo para reintegrarse al mundo real.

En cuanto avistaron la mansión, el rey de los enanos se despidió de ellos, abrazando a cada uno de los niños y besándoles en ambas mejillas. Les aseguró que siempre serían bienvenidos en su reino y les invitó a regresar tan a menudo como quisieran. Luego, después de estrechar la mano de su padre e inclinarse ante su madre, se marchó al bosque y desapareció en la creciente oscuridad.

Kate, Emma, Michael y sus padres llegaron a la mansión. Abraham, el anciano conserje, y la señorita Sallow, la cocinera, les esperaban en los peldaños de la entrada principal. Tras los abrazos y exclamaciones de Abraham y el breve saludo con la cabeza de la señorita Sallow, que tuvo que frotarse los ojos con el delantal porque «el maldito fogón suelta mucho humo», aunque estaba fuera y muy lejos del fogón, los niños y sus padres entraron en la mansión, donde les aguardaba una cena caliente y abundante.

Fue la primera vez que se sintieron realmente solos como una familia y, de ese modo, fue como una visión del futuro. Aunque sus padres hablaron nerviosos durante toda la cena, como si intentaran llenar los silencios, en realidad los niños apenas se percataron de la incomodidad. Al estar en la mansión y disfrutar de los platos de la señorita Sallow se dieron cuenta de lo profundamente agotados que estaban, pues apenas podían masticar. Pronto les llevaron arriba, a su vieja habitación, que Abraham había preparado horas antes. Se caían de fatiga.

Los niños y sus padres se quedaron en la mansión más de dos semanas, comiendo, descansando y haciéndose a la idea de ser una familia. Al principio, a Kate se le hacía raro no ser ya la única responsable de la seguridad y el bienestar de sus hermanos, pero no podía negar que cada día se sentía más ligera tras quitarse de encima el peso que llevaba sobre sus hombros desde hacía diez años. Sin embargo, intuía que algún día echaría de menos ese peso y desearía recuperarlo.

Aparte de eso, aquellos primeros días fueron difíciles para todos. Por mucho que los niños hubiesen anhelado reunirse con sus padres, y por mucho que Richard y Clare hubiesen echado de menos a Kate, Michael y Emma, nadie podía fingir que los años de separación no habían existido. Tenían que conocerse unos a otros, y eso requeriría tiempo.

Era más fácil en la mesa, cosa que Kate atribuía en parte a los guisos de la señorita Sallow, tan exquisitos, deliciosos y nutritivos como siempre. Tanto que Kate se preguntaba si la mujer sería un poquito bruja. No obstante, no siempre podían estar comiendo o cenando, y después de todos los años que llevaban esperando a estar juntos, costaba asimilar que las cosas no fuesen perfectas enseguida.

—No pasa nada —le aseguró Clare a Kate. Como era de esperar, Kate y su madre fueron las primeras en encontrar su equilibrio, y no tardaron en dar paseos por los bosques que rodeaban la mansión—. Vuestro padre y yo lo comprendemos. Llevará su tiempo.

Fue en uno de esos paseos cuando Clare le contó a Kate que aquella no era la primera visita que Richard y ella hacían a Cascadas de Cambridge. Ya habían estado allí en una ocasión.

—Fue justo después de vuestra aventura aquí, aunque antes de que nacierais ninguno de vosotros. Stanislaus nos había dicho quiénes estabais destinados a ser, qué haríais. Imagínate que no tienes hijos y te dicen que vas a tener tres, y que van a ser el centro de una antigua profecía. Le convencimos para que nos trajera aquí. Y vimos a todos los niños a los que habíais salvado. Estábamos muy orgullosos de vosotros, y ni siquiera habíais nacido todavía. Ese día, tanto Richard como yo supimos que, os reservara lo que os reservara la vida, teníamos que confiar en que seríais fuertes, os apoyaríais entre vosotros y sobreviviríais. Y lo habéis hecho.

Fue también durante uno de sus paseos cuando su madre señaló el relicario que llevaba Kate, el que ella le había regalado la noche en que se separaron.

—Lo has conservado todo este tiempo.

—Sí.

—Me alegro. Siempre te he imaginado llevándolo.

—Voy a continuar llevándolo —dijo Kate, y su mano fue a agarrarlo como si su corazón no residiera dentro de su pecho, sino en la pequeña cavidad de oro.

Y si su madre intuyó que Kate no le contaba algo, lo dejó pasar.

También muy pronto, Michael y su padre habían empezado a encontrar la forma de acercarse el uno al otro. La cosa empezó cuando

Michael se disculpó por perder *La enciclopedia de los enanos* y su padre le dijo que no se preocupara; de hecho, había oído que G. G. Greenleaf había sacado una nueva edición, y Robbie McLaur había prometido enviarle un ejemplar que podrían leer juntos él y Michael. A partir de ese momento, siempre que Kate les veía parecían estar hablando de enanos, y la comodidad que sentían al estar juntos, su sensación de ser dos almas gemelas, no hizo sino aumentar. En una ocasión, Kate oyó que Michael amonestaba a su padre diciéndole:

—Pues lo cierto es que los duendes no son nada estúpidos. Se trata de un prejuicio equivocado, aunque bastante habitual, del que deberías intentar librarte.

A mediados de la segunda semana, Kate vio entrar a Michael en la mansión con los ojos enrojecidos e hinchados.

Le preguntó si le había sucedido algo.

—¡Ah! —dijo sacando su pañuelo y sonándose la nariz de forma ruidosa mientras hacía un comentario improvisado sobre las alergias estivales (aunque ya casi estaban en otoño—. Wilamena acaba de estar aquí. No se ha podido quedar. Su pueblo está buscando un nuevo hogar. Como la *Crónica* ha desaparecido, su valle de la Antártida se ha congelado y el portal que conducía al mundo de los muertos se ha cerrado, no hay ningún motivo para que permanezcan aquí. Están considerando la posibilidad de mudarse al barrio mágico de París, pero al parecer es muy caro.

—Ajá.

—Y, bueno, después de hablar del tema hemos decidido que seremos solo amigos. En fin, seguramente voy a estar muy ocupado con el colegio, y además resulta que su padre deja de ser rey porque el estrés perjudica a su cabello o algo así, y ella tendrá que sustituirle... Ha sido de mutuo acuerdo, por supuesto.

—Entonces es mejor así —dijo Kate.

Pero le abrazó con fuerza y él se dejó mientras murmuraba algo sobre lo poco que dura el amor en tiempos de guerra.

Emma fue la que tuvo más dificultades con sus padres. Tras esa primera mañana después de la batalla en que Emma había visto a su madre, la había abrazado y había llorado, la niña se había retraído. Kate pensó que era como si Emma no estuviese segura de que sus padres fueran a quedarse, como si creyera que Kate, Michael y ella podían despertar un día y encontrarse con que sus padres se habían marchado y los tres debían ingresar en el siguiente orfanato. Incluso evitaba llamarles «mamá» y «papá», y de hecho se refería a ellos, cuando estaba a solas con Kate y Michael, como «él» y «ella».

Su madre insistía en que su padre y ella lo entendían.

—Tomará su tiempo; eso es todo. Solo tenemos que demostrarle que no nos vamos a ninguna parte.

Les preocupaban en mayor medida las otras cargas que podían pesar sobre Emma, las terribles pruebas y experiencias que había vivido y de las que se negaba a hablar.

—No estamos diciendo que deba sincerarse con nosotros —le explicó a Kate su padre—. También puede hacerlo contigo o con Michael. Hablar la ayudaría.

Sin embargo, Kate, que conocía muy bien a su hermana, insistió en que nadie la presionara.

—Ha sufrido mucho. Ha perdido a su mejor amigo. Contará su historia cuando esté preparada.

Lo cierto era que Kate también estaba preocupada. Cada día esperaba que Emma acudiera a ella y le contara lo ocurrido, y cada noche, cuando se acostaban, Emma le volvía la espalda y se hacía un ovillo como si se cerrara en torno a su pena.

Varios días después de la visita de Wilamena, cuando estaban cenando, su madre dejó a un lado el cuchillo y el tenedor, cogió la mano de su padre y dijo:

—Ha sido maravilloso estar aquí. Abraham y la señorita Sallow han sido muy amables...

—Abraham por lo menos —dijo Richard.

Clare miró a su padre con mala cara y luego siguió hablando.

—Pero hemos estado hablando y creemos que quizá haya llegado el momento de pensar en volver a casa.

—«A casa» —repitió Emma—. ¿A qué casa?

—Pues a casa —respondió el padre de los niños—. A nuestra casa. A vuestra casa.

Kate se preguntó qué reacción esperaban sus padres. Seguramente, no un silencio absoluto y atónito. Pero lo cierto era que ni Emma ni Michael habían pensado nunca que tuviesen una casa; eran demasiado pequeños cuando la abandonaron. Lo único que sabían era que durante años habían ido saltando de un orfanato a otro. La noticia de que tenían un hogar que les esperaba y al que no tardarían en regresar era un concepto demasiado amplio y extraño para poder asimilarlo.

—Vale —dijo Kate contestando en nombre de todos.

—Sí —convino Michael.

Emma no dijo nada, pero a la mañana siguiente despertó a Kate y le expresó su deseo de volver a la cabaña de Gabriel en compañía de Michael y ella para despedirse.

Cuando le preguntaron, Abraham dijo que conocía el camino y podía dibujarles un mapa. Fue una suerte, ya que ninguno de los niños había prestado demasiada atención cuando caminaban con el rey Robbie. Abraham dijo también que, si salían después del desayuno, podían estar de vuelta antes del anochecer. La señorita Sallow accedió a hacerles el almuerzo, aunque dijo que con tan poca antelación no podía de ningún modo prepararles unos pastelillos de foie gras ni unas galletitas de trufa, por lo que más valía que sus Altezas Reales le cortaran la cabeza en ese momento, le lanzaran fuegos artificiales y acabaran de una vez.

—Cualquier cosa que nos prepare estará bien —le dijo Kate.

—¿Os parece buena idea? ¿Seguro que no os pasará nada? —preguntó su madre cuando Kate le explicó sus planes. Sin embargo, se corrigió de inmediato—: Pero ¿qué estoy diciendo? Con todo lo que habéis pasado, bien podéis dar un paseo por el bosque vosotros solos. Supongo que, ahora que os he recuperado, quiero protegeros.

—Todo irá bien —dijo Kate.

Así que al día siguiente, tras un desayuno a base de huevos escalfados, tortitas con crema de limón, una panceta gruesa como una salchicha y patatas crujientes, y después de que Michael comprobase su mapa con Abraham varias veces y verificase y volviese a verificar su equipo (más adecuado para un viaje de tres días que para una excursión de uno), se pusieron en marcha.

Era una mañana fresca de comienzos de otoño. El aire estaba limpio; las agujas de pino y la tierra, levemente húmedas por la lluvia ligera que había caído esa noche. En cuanto empezaron a andar, Kate supo que hacían algo bueno, que era importante y necesario que salieran los tres solos en el lugar en el que todo había empezado. Y además, era agradable caminar por el bosque. Fuese o no magia, Kate sentía algo actuando sobre ella, sobre todos ellos.

Los niños avanzaban en silencio. Los únicos sonidos que se oían eran los gritos y gorjeos de los pájaros, el corretear de las ardillas por las ramas y sus propias pisadas amortiguadas. Michael hacía diligentes correcciones en el mapa que había dibujado Abraham para poder mostrarle al conserje sus errores a su regreso.

—Lo agradecerá —les aseguró a sus hermanas.

Después de caminar durante una hora, se detuvieron en un saliente que ofrecía una buena vista de las montañas. Tenían calor y guardaron los jerséis en las mochilas, y se sentaron al sol a beber agua y comer manzanas.

Y fue entonces cuando Emma empezó a contar su historia.

Comenzó de buenas a primeras, sin preámbulos ni advertencias, describiendo su llegada al mundo de los muertos, las horas andando entre la bruma y el encuentro con los caminantes. Les contó que se había topado con el doctor Pym y que él no se acordaba de ella, que habían atravesado un mar y más tarde un páramo en llamas. Les habló de los *carriadin*, que habían guardado el libro miles de años, y de la primera vez que lo tocó, del agobio que le causaron las voces de los muertos. Les dijo que estuvo prisionera, que descubrió que Magnus el Siniestro consumía las almas de los muertos, que se encontró con la condesa y su cuerpo destrozado, y que esta la ayudó; les contó que el *necromatus* le había clavado la mano al libro con el cuchillo de Michael, uniendo de ese modo su espíritu con la magia...

(Kate y Michael se fijaron en que, mientras lo decía, se frotaba sin darse cuenta la cicatriz de la palma de la mano.)

... y les contó que apareció Gabriel y la salvó, que ella les devolvió a los muertos sus recuerdos planteando una pregunta, y que esa pregunta serviría para juzgar a los muertos hasta el final de los tiempos. Les contó que Gabriel, el doctor Pym y ella fueron al último portal, y que los dos decidieron quedarse en ese mundo en lugar de dejar que Michael les llevase de regreso, que se despidió de Gabriel sobre el risco, y que él le prometió que nunca la olvidaría.

—En fin —dijo después de un silencio—, eso fue lo que pasó. Y ahora él ya no está.

Cuando Kate alargó el brazo para coger a su hermana de la mano, Emma no la apartó.

Entonces Michael dijo:

—Así que ¿los muertos nos recordarán? ¿El doctor Pym, Wallace y Gabriel nos recordarán?

—Sí —dijo Emma.

Kate sintió que el corazón se le encogía en el pecho y se llevó la mano al relicario. Vio que Emma la miraba.

—Estoy bien. Todos lo estamos, ¿no es así?

Y Emma dijo, apretando la mano de su hermana:

—Sí, así es.

Luego cogieron sus mochilas y continuaron.

El sol no había alcanzado aún su cénit cuando doblaron un recodo y la cabaña de Gabriel apareció en la falda de la montaña. Almorzaron en el pequeño banco situado junto a la puerta, y aunque lo que les había preparado la señorita Sallow era sin duda exquisito, más tarde ninguno de ellos recordaría con exactitud lo que había comido. Luego se acercaron a las dos sepulturas. La tierra había sido ya pisoteada por los animales y no se distinguía demasiado del resto de la ladera. Los niños pensaron que así debía ser.

Kate y Michael fueron a recoger sus mochilas y dejaron sola a Emma para que pudiera despedirse de Gabriel. Emma volvió al cabo de unos minutos, enjugándose los ojos. A sabiendas de que le tocaba a ella, Kate se acercó a las tumbas. Se quedó mirando el trozo de tierra que contenía el cuerpo de Rafe mientras sus dedos toqueteaban el relicario de oro. Trató de pensar en algo que decir, pero nada le sonaba bien. Finalmente se arrodilló, apoyó la mano en la tierra aún húmeda y susurró:

—Te quiero.

Y se fue.

Michael y Emma cargaban ya con sus mochilas. Michael le dedicó una mirada inquisitiva. Kate asintió con la cabeza. No se atrevía a hablar por miedo a estallar en sollozos.

—Más vale que nos pongamos en marcha —dijo Emma—. Mamá y papá se preocuparán si no estamos de vuelta antes de que oscurezca.

Kate y su hermano dejaron lo que estaban haciendo y la miraron. Emma sonrió, incómoda.

—Ya lo sé. Parece raro llamarles así. También parece raro saber que hay personas que se preocupan por ti. Pero supongo que es bueno.

Luego guardó silencio, y Kate y Michael aguardaron a sabiendas de que no había terminado.

Finalmente dijo:

—Yo pensaba que al devolverles a los muertos sus recuerdos todo mejoraría, pero en realidad no cambia nada, por lo menos mientras estás vivo. Todos tus seres queridos van a morir de todas formas. Vas a perderles de todas formas.

Kate miró a Emma con atención y vio matices de la hermana que había conocido, valiente, intrépida e irreflexiva, mezclados con los de esa nueva persona más madura que había aparecido en su lugar y que se esforzaba por asimilar poco a poco sus sentimientos.

—He acabado comprendiendo que no pasa nada por querer a alguien a sabiendas de que la relación va a terminar, de que ese alguien morirá o morirás tú, o de que le dejarás atrás y nunca volverás a verle, porque eso es lo que significa estar vivo. Ese es el sentido de la vida. Querer a alguien. —Emma miró a sus hermanos con los ojos muy abiertos y brillantes por las lágrimas—. ¿No creéis?

Y Kate cogió su mano y dijo:

—Sí, lo creo.

Agradecimientos

No habría escrito los Libros de los Orígenes sin el apoyo, la generosidad y la inteligencia de una auténtica multitud de personas. En particular, quisiera dar las gracias a:

Los amigos que me escucharon hablar de los libros a lo largo de los años, que leyeron borradores, que me dieron su opinión y no me estrangularon, especialmente Kimberly Cutter, Bob DeLaurentis, Nate DiMeo, Leila Gerstein, J. J. Philbin y Derek Simonds.

Toda la gente de Random House. Han apoyado tanto esta serie que a menudo pienso que debieron de confundirme con otro escritor y son demasiado corteses para corregir el error: Markus Dohle, por su incesante entusiasmo; Chip Gibson, que es todo lo que un escritor espera encontrar en un editor, aunque más divertido; Barbara Marcus, que tuvo la tarea imposible de sustituir a Chip y logró lo imposible; John Adamo, Rachel Feld y Sonia Nash, por la inspirada promoción de los libros; Joan DeMayo y su equipo, que recorrieron el país desaforadamente en nombre de las novelas; Felicia Frazier, que ayudó a traer al mundo *La cuenta negra*; Isabel Warren-Lynch y el departamento de diseño, por dedicar tanto esfuerzo y creatividad a hacer unos libros tan bonitos; Grady McFerrin y Nicolas Delort, por sus dibujos complicados y exquisitos; Jon Foster, por sus preciosas y evocadoras cubiertas; en el departamento de publicidad, Dominique Cimina, Noreen Herits y en especial Casey Lloyd, la defensora infatigable de los libros, que me acompañó en las giras, me escuchó decir las mismas cosas una y otra vez, y siempre rió mis chistes; Adrienne Waintraub y Tracy Lerner, que realizaron la labor esencial de poner los libros en manos de maestros y bibliotecarios; Kelly Delaney, por leerlos innumerables veces y siempre con ojos nuevos; Tim Terhune, en producción; y por último, Artie Bennett, Janet Renard, Nancy Elgin, Amy Schroeder y Karen Taschek, por su diligente revisión, que me enseñaron lo mucho que me queda por aprender de mi idioma y cuyo trabajo hizo a los libros mejores de lo que jamás habrían llegado a ser.

En Writers House: Cecilia de la Campa y Angharad Kowal, por su ayuda con las ventas de los libros en el extranjero; y Katie Zanecchia y Joe Volpe, por su buen ánimo y duro trabajo a lo largo de los años.

Kassie Evashevski, Julien Thuan y Matt Rice en UTA, por su gran entusiasmo y su apoyo, que aún perdura.

Karl Austen, que me mantiene alejado de los problemas.

Philip Pullman. Sinceramente no le conozco, pero no habría escrito estos libros de no haber sido por él. Por lo tanto, señor Pullman, gracias, esté donde esté.

Los numerosos editores extranjeros que han creído en estos libros y los han llevado a tierras lejanas, hasta lectores a los que jamás esperé llegar. Ojalá pudiera nombrar y dar las gracias a todas las personas de las diferentes editoriales que han prestado su apasionado apoyo a estos libros. Han correspondido con creces a la confianza que deposité en ellas, colectiva e individualmente.

Y, por último, mis mayores deudas.

Nancy Hinkel y Judith Haut. Más que nada, estoy agradecido por las personas que estos libros han traído a mi vida, y Nancy y Judith, completamente al margen de su apoyo incansable durante la escritura de esta trilogía, cruzaron hace mucho la línea que existe entre ser editoras y ser amigas. Ya no me separaré de ellas. Ja.

Mi agente, Simon Lipskar. Hay un puñado de personas de las que puedo decir con absoluta franqueza que han cambiado mi vida, y Simon es una de ellas. Toda la atención que han recibido los libros se debe a que él los defendió desde el principio. Se lo jugó todo, y mi deuda con él es más grande de lo que puedo expresar.

Mi editora, Michelle Frey. Por más que la alabe o le dé las gracias, nunca podré hacer justicia a todo lo que ha hecho. A lo largo de los últimos cuatro años no ha desfallecido ni una sola vez en sus esfuerzos para que estos libros fuesen los mejores posibles, ni ha dejado de impresionarme con su visión del argumento y los personajes, su paciencia y su fe. Ha hecho de mí un escritor mejor, y estos libros son lo que son gracias a ella.

Por último, mi familia: mis hermanas, que me enseñaron que los hermanos pueden discutir veintitrés horas al día y aun así quererse; mis padres, por su aliento interminable y su obstinada negativa a decirle a un niño que ser escritor constituía un plan de vida poco viable; mis hijos, Dashiell y Turner, que han hecho de mi mundo un lugar más grande; y Arianne, mi esposa, primera lectora y mejor amiga, por todo, gracias.

Índice